LOCUS

LOCUS

LOCUS

LOCUS

在時間裡，散步

walk

反抗者

L'Homme Révolté

卡繆

Albert Camus

《反抗者》導讀

沈清楷（哲學星期五創辦人、輔大哲學系助理教授）

或許每個世代內心懷抱著改造世界，我的世代知道在這個世代是無法做到，而他的任務或許更大，在於阻止這個世界的崩解。

——卡繆，〈一九五七年諾貝爾文學獎得獎演說〉

卡繆出生於第一世界大戰前夕、法國殖民阿爾及利亞的期間，在一個貧窮的葡萄農的家庭中長大，經歷第二次世界大戰、加上親身體驗殖民與被殖民之間的不平等，構成他行動以及作品很重要的參考。《反抗者》是卡繆對「反抗」論述的集結，它不單是一本名稱響亮、內容豐富的作品，《反抗者》必須從卡繆對他自己整體作品的評述脈絡來看：一是「荒謬」式的如：小說《異鄉人》（一九四二）、文集《薛西弗斯的神話》（一九四二）、劇本《卡里古拉》（一九三八）、劇本《誤會》（一九四四），構成了一個荒謬的循環；另一個是「反抗」式的如：小說《鼠疫》（一九四七）、劇本《戒嚴》（一九四八）、《正直的人》（一九四九）、文集《反抗者》（一九五一），則構成了反抗的循環。《反抗者》一書，經過荒謬的循環，再透過小說、劇本的淬鍊而成的思想之作。

《反抗者》的出版，也是當時法國文化界重要的歷史事件，起因於沙特創辦的《現代》雜誌對這本書的批評，以及卡繆、沙特彼此攻擊性的回應，讓他們的友誼出現了裂痕，沙特酸了《反抗者》，認為這本書證明了卡繆「哲學能力的不足」，並認為《反抗者》的內容是由「二手的、匆忙拼湊的知識」所構成。加上媒體的推波助瀾，挑動著這兩位未來諾貝爾文學獎得主（卡繆於一九五七年、沙特於一九六四年獲獎）的不和，終於造成沙特與卡繆之間一九五二年的正式決裂。儘管這兩位，在行動上有不少相似之處，都是劇作家、小說家，也從事報刊寫作，但是他們對生命、政治以及時代的看法，卻有許多不同之處。而造成他們友誼破裂的，不僅是作品的品味與哲學素養的問題，也是長期政治理念分歧所造成。尤其是，他們當時對蘇聯集中營的看法，沙特贊成蘇聯的共產主義思想；卡繆則揭露蘇聯的殘酷性。卡繆不從偉大的革命目的去談，而是從人的存在處境以及歷史的角度，並以非暴力的精神去深化反抗的意義。

荒謬到反抗

荒謬起於追求意義的人面對世界，生命的無意義所產生的一種存在衝突感。如果不知道荒謬，要反抗什麼？如果了解荒謬，任其宰制，不去反抗，又會是什麼樣荒謬？荒謬產生於存在的「不可思議、這是不對、怎麼會這樣」的驚訝，面對荒謬，我們可能屈從於令人順服的引誘，轉為「就是這樣、怎麼樣都一樣、不然還能怎麼樣？」，而荒謬牢牢地寄居在自身的存在當中，從而產生一種「無所謂的態度」，然後人靜靜地、荒謬地享受著痛苦。卡繆筆下《異鄉人》男主角從第一人稱，以純然的旁觀，來看自身與周遭的關係，或許毫無緣由或是基於「因為太陽太大了」而開槍殺人，然後又冷冷地對著屍體補了幾槍。陽光、女人、沙灘的小確幸構成荒謬的陷阱，讓主角活在對外在價值的質疑與冷淡，既清醒卻毫無作為，在可有可無之中載浮載沉。而男主角在審判的過程中，卡繆也上演了一場從法庭到媒體，跟著習慣性虛假的隨波逐流。在《薛西弗斯的神話》中，薛西弗斯永無止境地承受宙斯對他的懲罰——把大石頭推上山，到山頂又滾下來，周而復始。而卡繆告訴我們，必須想像「薛西弗斯是快樂的」，又是何其荒謬。面對這句話可以有兩種解釋，一是設想「薛西弗斯是快樂的」用快樂來反諷毫無意義、徒勞的努力，和無止境的折磨，合理化這種不合理的現象，因而試圖將荒謬提升到最高點；二是面對毫無道理可言的磨難，薛西弗斯也可以象徵為面對現實不合理的人，快樂而勇敢地保持自己的正直，作為反抗的見證，為了大地的陽光而不願意進入地獄的黑暗中。薛西弗斯的角色，為荒謬到反抗埋下了伏筆。

卡繆從文學到評論，提出荒謬的概念，去凸顯了人自身的處境。即使，沙特批評卡繆的《反抗者》是拼湊出來的二手貨，卻無損我們看見卡繆透過文字，如何在荒謬的黑暗中，迸發出閃閃發光且具有深度的反抗思想。

直接進入到《反抗者》，可以發現，卡繆有其深厚的哲學背景，不論是法國詮釋學大師呂格爾

（Paul Ricoeur, 1913 – 2005），還是當代法國哲學家翁斐（Michel Onfray, 1959 – ），都認為《反抗者》是一部經典之作。卡繆透過荒謬的概念去「反抗」當時流行的（從黑格爾到馬克思的）歷史主義的目的論。後者承繼著由黑格爾以降的歷史哲學，認為在歷史有種看不見的理性，朝向一種意義的目的前進著。儘管在歷史中充滿著暴力、不幸，但是就神聖的目的來看，所有的苦難都微不足道，重要的是如何看出歷史所顯示出的意義，真正幸福並不存在歷史當中。相較於歷史目的論者，卡繆要揭示的人們所相信的歷史的合理性，掩蓋了多少的苦難，容許了多少的罪惡，充滿著多大的荒謬。人難道不是透過歷史理性的解釋，以更大的合理性所包裹著虛假、殘忍、暴力、死亡，在歷史意義喊得響亮之際，掩蓋了受難者的哀號。歷史理性所預設的最終朝向所有人都將自由的虛幻目的，只是讓荒謬更荒謬。

「我反抗，故我們存在」

反抗產生於對現實的荒謬、無理、不動、停滯、面對屈辱，也包括自己的絕望，失去了耐心；在長期的沉默中，他旁觀著、醞釀著、猶豫著、恐懼著，中間不乏妥協，直到反抗行動的剎那，他開始清醒，拒絕他所認為不對的事情。反抗者不僅是勇敢的反對他覺得不對的事，在反抗中，人將自己置身於自我覺醒當中。這就是為什麼一個反抗者，不僅是一個說「不」的人，同時也是對自己捍衛的價值說「是」的人。反抗看似拒絕現實的合理性，但並不放棄反抗背後的價值，因此，在反抗的否定中，帶著對價值的肯定，而對其捍衛的價值肯定地說「是」。

卡繆強調並非所有價值都會導致反抗，但是所有的反抗都帶有價值。因此，當反抗變成價值的肯定與捍衛，它不僅僅是個人的義憤（indignation），不是充滿怨恨的人，更不會讓自己身陷於仇恨與蔑視當中。反抗者相信價值跨越了個人或是自私的考量，將人從孤獨性超拔出來，因為他所相信的價值是一個普遍的價值，因而適用於其他人，從自我覺醒走向集體覺醒，從個人走向了群體，為了所有人共同存在而冒險。反抗的行動也不僅限於被壓迫的當事者，有時被壓迫者並不反抗，但反抗背後的價值，促使著人看到他人被壓迫時，起身反抗。因為反抗是集體性的，不會止於個人的義憤，又具有對他者的關懷，卡繆借用笛卡爾的「我思故我在」名句，轉化為一種更具有實踐性的格言——「我反抗，故我們存在」。

面對荒謬，卡繆提出三種可能：反抗（la révolte）、自由（la liberté）、熱情（la passion），最重要的是反抗，清醒地認識生命的無意義，然後接受這種無意義，而非逃離這種荒謬，甚至去相信非理性的信仰以及自殺。當人停止相信存在有其目的時，才能獲得自由，在當下充滿熱情並帶著希望盡情活著。在《反抗者》中，卡繆主要將反抗分為兩種：「形而上」的反抗和「歷史」的反抗。卡繆理解的形而上，並非就存在來談存在的傳統形上學，而是將它放在「人的存在」角度來理解：人起身反對自身及全人類的荒謬處境。另外一個脈絡是，大多數的法國哲學家受到馬克思影響的黑格爾詮釋，將黑格爾的主奴辯證放在最重要的位置，我們也可以在《反抗者》看到主奴問題脈絡。反抗面對的不僅是無意義的荒謬，還具體正視主奴之間不平等的問題，當奴隸要求和主人一樣，從現實的不平等，透過反抗促成自由的行動。因而，反抗者堅定地拒絕暴君，或被奴役下的舒適、小確幸。

卡繆區分了義憤與反抗的差異，前者是個人性的，後者是集體性。在歷史的反抗，他也區分「反抗與革命」的差異，不同於當時馬克思與存在主義合流的看法，卡繆不覺得反抗到革命是一種進步，革命的血腥與暴力，是不應該被進步的邏輯所合理化，也不能宣稱流血是不可避免的，就忽視無辜的受害者。他認為，在革命的歷史主義進步主義裡，革命者追求虛無的目的，卻允許手段之惡，不惜使自己成為壓迫者，違背了反抗的初衷，最終墮入虛無主義的漩渦。卡繆認為，人的手段需要自我的節制，因為反抗面對的是一個個活生生的人，不同於歷史主義中預設著神，並將神當作目的，人當作手段。如果有目的，在歷史的行動中，人要成為人，而不是神。

當時法西斯主義結合無神論，奪取上帝的位置，透過造神所建立的超人，荒唐地「製造了屍體與低等人，從而讓自己也成為低等人，與死神卑賤的奴才」。他對共產主義解放全人類的理想，在自由的偉大理念下，卻成為實際的壓迫者，一個獨裁、極權國家，革命勝利卻藉由「警察、審判、流放驅逐」等手段，在迫害異己的同時，摧毀著人性尊嚴。而一個追求自由的革命，卻不斷地上演著壓迫的荒謬場景：在屍體與血泊中高歌人性自由的意義。

對卡繆而言，反抗必須拒絕手段之惡，目的的崇高，只能藉由手段來檢驗。不是反抗本身就是高貴的，而是反抗所要求的事情：反抗者檢視著手段的正當性，不會為達目的、不擇手段。《反抗者》也重提卡繆改編自一九〇五年的真實事件，而創作的劇作《正直的人》，故事大概是這樣：社會革命黨打算用炸彈殺掉俄國沙皇的大公，時間到了，投擲炸彈的男主角卡利亞耶夫，看到大公的小孩在旁邊，所以他並沒殺掉大公。第二次，卡利亞耶夫成功殺掉了大公，卻被逮捕入獄。大公夫人前去談條件，只要供出同夥，他就自由了。但是他並沒說出來；很快地，他就被公開絞刑。卡利亞耶夫的女友朵拉認為她的男友很有勇氣，她決定下個攻擊，她要去丟炸彈。在過程中有太多的意外，或許可以歸諸於當事人的軟弱，但是卻並非如此。在《正直的人》中，卡繆筆下的主人翁，第一次他不願傷害無辜而放棄謀殺；第二次，他寧願被處死，也仍堅持拒絕說出同黨之名。這指出他拒絕「不擇手段」，拒絕為了自我保存而接受「私利的誘惑」。這些拒絕，對抗著荒謬，反抗那些讓正直妥協的虛無力量。

反抗者在拒絕荒謬的同時，無時無刻不在追求著意義，不是因為自由所以要反抗，而是透過反抗，才能擺脫奴役而帶來真正的自由；不是由於希望才要反抗，而是透過反抗，才能在絕望中帶來希望。

獻給
尚・柯尼葉[1]

1 尚・柯尼葉（Jean Grenier, 1898–1971），法國哲學家，卡繆一生摯友，兩人書信往來甚多。譯註。

我公開地把心獻給莊嚴而受苦的大地。經常，在神聖的夜裡，我許諾將忠誠愛護它直到死亡，無所畏懼，承受它沉重的命運，絕不蔑視它顯現的任何謎團。因而，我和它生死與共。

——荷爾德林[2]，《恩培多克勒之死》（*La Mort d'Empédocle*）

2 荷爾德林（Johann Christian Friedrich Hölderlin, 1770–1843），德國抒情詩人。譯註。

導言

Introduction

世上存在著衝動的犯罪與理性的犯罪，其間的差異不易界定，但刑法根據預謀與否來區分，相當方便。我們目前處於預謀和天衣無縫犯罪的時代，面對的罪犯不再是手無寸鐵、以愛為藉口尋求原諒的孩子，相反的，他們是成年人，擁有完美的藉口：哲學論調無所不能，甚至能把殺人犯變成法官。

《咆哮山莊》主人翁赫斯克里夫（Heathcliff），為了得到凱西（Cathie），不惜毀掉所有人，但他並沒有把這殺戮合理化，或是拿任何思想系統來辯解；他就是做了，這就是他的信仰，沒有別的話好說。這裡我們可以看出愛情的力量，以及他的性格骨氣。愛情的力量是罕見的，驅使到殺人的程度更是例外，因此帶著叛逆的調調。但是，一旦缺少骨氣，人們就忙不迭攀住某種學說來辯解，罪行被合理化的那一刻，犯罪也就連同層出不窮的理由一樣滋長繁衍，像三段式論證般堂皇。以前犯罪孤獨得像是一聲控訴吶喊，現在卻變得像科學一樣普遍。犯了罪，在昨日應接受審判，在今日卻無法無天。

我們在此並不是要氣惱洩憤。本書只是想再一次正視目前的現實情況——理性犯罪，並找出其確切根由，以便理解我們的時代。大家或許會認為，值此時代，五十年內讓七千萬百姓流離失所、受奴役、遭屠殺，首先要做的應該是評斷，當然還要找到始作俑者才行。在質樸的古代，暴君夷平一座城池只為了顯耀聲威，奴隸被鍊於征服者的戰車後在歡慶的城裡遊街，敵人在聚集的民眾眼前被丟到猛獸嘴裡，面對這些單純的罪行，意識是堅定的，評斷是明確的。然而打著自由旗幟之下的奴隸集中營、以愛世人或追求「超人性」[3]之名義進行的殺戮，在某種意義上混淆了評斷。在我們這個是非顛倒的時代，罪惡喬裝成無辜，無辜反而需要為自己辯駁。本書的目的就是正視、剖析這個怪異的辯駁。

首先必須弄清的，是當「無辜」起而反抗的時候，是否無法制止自己殺人呢？我們只能在自己的時代與周遭的人一起行動，倘若我們連是否有權殺面前這個人、或是同意這個人被殺都不知道，任何的知識思想都是無稽之談。既然今日所有的行動都直接或間接通向殺人一途[4]，在知道我們是否應該、又為什麼殺人之前，不能任意行動。

現在重要的還不是追溯事物的根源，而是，既然世界現況是如此，要知道該如何自處。在否定的時代，思考自殺這個問題可能是有用的，而在意識形態的時代，則必須弄清殺人的問題。倘若殺人有其原因，我們的時代和我們本身都要承擔後果；如果沒有原因，我們就是處在一種瘋狂狀況之中，除了重新找出一個結果或是逃避，沒有其他的路可走。總之，在本世紀的鮮血和喧囂中，我們必須清楚回答該面對的問題，因為我們就在問題的核心。三十年前，在決定「殺」這個動作之前，

3 尼采的「超人」學說，和唯物歷史觀以歷史凌駕人性這兩種學說的組合。譯註。

4 時代背景是兩次世界大戰、蘇聯共產革命，不管反抗或當局壓制反抗，勢必殺人流血。譯註。

人們否定了很多東西，甚至以自殺否定自己。上帝是個騙子，所有人都和祂一起行騙，包括我在內，所以我要死：那時的議題是自殺。今日呢，意識形態只否定其他人，只有其他人是騙子，所以該殺。每個黎明，裝成無辜的殺人者潛進囚室裡：因此，現在的議題是謀殺。[5]

這兩個推論彼此相關，尤其和我們如此緊密相關，不是我們選擇討論自殺或殺人的議題，而是它們相繼選擇了我們，那就接受被選擇吧。面對謀殺和反抗，本書企圖把有關自殺和荒謬概念而展開的思考[6]，延續下去。

但這個思考目前只提供我們一個概念，「荒謬」的概念。關於謀殺問題，荒謬概念也只帶來衝突矛盾。如果真想由荒謬的感覺找出一個行動規則，它至少讓謀殺變得無所謂，因之是可能的。倘若我們什麼都不相信，倘若什麼都沒有意義，我們無法肯定任何價值，所有都是可能，沒有任何是重要的。既沒有贊成也沒有反對，殺人者沒錯也沒對；人們可為焚屍爐撥火添柴，也能獻身照顧痲瘋病患。惡意與美德純屬偶然或隨性。

人們因而決定不再行動，這意味著同意他人的殺人之舉，只不過是眾聲嘆息人類的不完美罷了。甚至我們還可以想像，人以業餘者不負責的糟糕態度取代行動，在這種情況下，人命就只是一顆棋子。否則，人也可能採取行動，但是這是要有目的的行動，這種情形，由於沒有崇高價值指引行動，人追求的就是行動的立即效果，沒有真假好壞，行為規則就只剩下去展現我們是最有效的，也就是最強大的。之後，世界不再區分為正義與非正義，而是主子與奴隸，如此一來，不管我們朝向哪一邊，在否定和虛無主義的核心，謀殺都佔了一個優越的地位。

倘若我們自認採取荒謬的態度，那就要準備殺人才對，朝邏輯邁出一步，壓過我們認為是虛假的審慎小心。當然，殺人還需要一些部署準備，但從經驗判斷，這些準備比人們以為的來得要少；何況，當然也可以派人去殺人，如同我們常見的。只要邏輯能說得通、得到好處，一切都以邏輯為名義。

然而，如果一下說殺人是可能，一下說是不可以的，邏輯上就無法自圓其說，因為，在斷定殺人無足輕重之後，荒謬的分析推論到最重要的結論時，還是譴責殺人舉動。荒謬推論到最後的結論，確實是駁斥自殺，保持人類的疑問和世界的沉默之間這個絕望的對峙。[7]自殺，意味結束這個對峙，然而荒謬的推理認為，同意自殺就是否認荒謬理論本身的前提，根據荒謬理論，以自殺為結論只是逃避、或是一了百了的解脫。很顯然，這個推論將生命視為唯一必需的資本，正是保有生命才有這

---

5 殺人者裝成無辜，把其他人關進監牢，找機會殺掉。這是一個意象，指的是以意識形態為藉口，自認有權殺人的掌權者或反對派。譯註。

6 卡繆在本書之前的多本著作，討論的就是自殺與荒謬的議題。譯註。

7 參考《薛西弗斯的神話》（*Le Mythe de Sisyphe*）。原註。

個對峙，否則荒謬理論的賭注就沒了支柱。要說生命是荒謬的，至少必須有生存的意識吧，如果不能大大犧牲舒適安逸，何能維持這個推論獨有的好處呢？[8]一旦生命被認定是一種資本，那它也就是所有人類的資本；人們如果拒絕自殺，那就不能贊同殺人。一個深受荒謬思想滲透的人無疑會接受命定的殺人，但不能接受推理的殺人。面對生命與荒謬的對峙，殺人和自殺是同一回事，要不就二者都接受，要不二者皆摒棄。

相同的，絕對的虛無主義接受自殺是合理的，那就更簡單，直接得出支持殺人的邏輯。倘若我們的時代輕易接受殺人有其合理性，是因為虛無主義表現出對生命的漠然；無疑也曾有一些時代，對生存的熱愛如此強烈，也爆炸成罪惡的極端，然而那些過度行為就像灼熱的迷罪狂喜，不是一個汲汲營營創造出的邏輯，認為一切都相等、都無所謂所製造出的僵化舉動。這個邏輯把我們這個時代賦予自殺的價值推到極端後果，那就是殺人合理化，價值的頂點就是集體自殺。一九四五年希特勒的世界末日[9]為我們提供了最顯著的示範，對那些挖地下掩體來神化死亡的瘋子來說，自我毀滅算不了什麼，重要的是不單獨死去，要拖上所有人一起死。從某種意義上說，孤獨中自殺的人還堅持了一種價值，因為顯然他不認為自己有權決定他人的生命，他從未把這種讓他決定去死的恐怖力量強加在別人身上；所有個人的自殺，只要不存怨恨，多少是勇敢或是蔑視的。但是蔑視，是要以某個名義來蔑視；如果自殺者漠視世界，那是因為對他來說，有一些事是不能漠視或將來可能無法漠視的10，人們以為死了就全都毀滅，帶走一切，然而從這個死裡卻生出一個價值，或許值得人去經歷的價值。因此絕對否定並不因自殺而結束。絕對否定的結束是絕對的毀滅，本身和其他所有人的毀滅，要厲行絕對否定，就要嘗試這令人迷醉的極限。自殺和殺人變成同一個形式的兩面，不幸的智慧創造出的形式：與其在侷限的條件下受苦，不如領略天地共毀的陰鬱邪惡狂熱。

相同的，若駁斥自殺的理由，也就不可能同意殺人的理由，不能是半個虛無主義者，荒謬的推論不能讓自己保住命，卻同意其他人犧牲。一旦我們認定絕對的否定是不可能的——而且這種認定某種方式說來，就是活下去——那麼第一件不能否定的事，就是他人的生命。因而，讓我們以為殺人是無所謂的那個概念就站不住腳了，我們又回到嘗試想掙脫的不合理狀況裡面。實際上，這樣的推論同時告訴我們可以也不可以殺人，讓我們陷入矛盾裡，不能阻止殺人也不能將之合理化，我們具威脅性同時感到被威脅，被整個狂熱於虛無主義的孤獨時代拖著走，手舉武器，喉頭發緊。

---

8 生存很困難很煎熬，自殺卻很容易、很舒適，犧牲舒適安逸的意思，就是活下去。譯註。

9 第二次世界大戰最後幾個月，德國發生大規模自殺潮，因希特勒已呈敗象，「信徒們」視為世界末日。一九四五年四月，德國戰敗，希特勒在地下掩體中自殺。譯註。

10 如果真正什麼都漠視，都不在乎，何必自殺呢？自殺者漠視的是世界，並非一切事物。譯註。

當人們自認抱持荒謬理論時，這個根本的矛盾就會連同其他一堆矛盾同時顯現出來，人們忽略荒謬的真正性質，它是一個經驗的過程、一個出發點，以生存議題來說，等同於笛卡爾「普遍懷疑方法」的思想。荒謬本身就是矛盾的。

*

荒謬的內涵本來就矛盾，它排除所有價值評斷，卻又要維持生命，然而活著本身就是一種價值判斷。呼吸，就是判斷。說生命是不斷的選擇，絕對是錯的；但是一個沒有任何選擇的生命，也是無法想像的。以這個簡單的觀點來看荒謬的立場，在行動上，是無法想像的，在表達上，也是無法想像的：任何「無意義」的哲學，一旦要表達出來，就會產生矛盾，因為要表達清楚，就必須在不協調之中找出最低程度的一致性，傳達一個結果，卻又要表達這結果並沒有下文。一旦表達，就會修正內容，唯一合乎「無意義」這個思想的態度，只有沉默，但是沉默不也饒有意味嗎？完美的荒謬竭力保持沉默，如果它發聲，那就是炫耀表現，或是如同我們將會看到的——只是稍縱即逝的過渡罷了。這種炫耀表現、這種孤芳自賞，清楚顯露了荒謬立場的含糊曖昧，以某種形式說來，荒謬自認為要表達孤獨的人，其實是讓人活在一面鏡子之前，最初的撕裂痛苦變得令人快慰，滿懷關切不停搔抓的傷口，到最後反而讓人愉快。

偉大的荒謬思想家何其多，但他們的偉大之處，在於他們拒絕荒謬的炫耀表現，只保留其約束；他們破壞是為了創造更多，而非減少。尼采說：「只想推翻而不自我創造的那些人，是我的敵人。」他推翻，但是是為了創造，而且他頌揚正直，抨擊那些「豬一樣貪婪嘴臉」追求享樂的人。為了避免炫耀表現，荒謬推理於是選擇了放棄和克己。尼采拒絕分散精力，他的克己不憑藉任何信仰，他特意沉默，進行奇特苦行的反抗。歌吟「美麗的罪惡在街上泥濘裡尖叫呻吟」的韓波[11]，遠至哈拉爾，抱怨在那裡無家人的單調生活，生命對他來說，成為「眾人共謀的一個惡作劇」。但是，在死前，他對妹妹大喊：「我將下到地底，而妳，妳將在陽光下前行！」

*

荒謬若被視為生存規則，是衝突矛盾的，所以它無法為我們解釋殺人合理的價值理由，又何需訝異？何況，一種特殊的情緒不可能奠定一種態度，荒謬的感覺只是諸多其他感覺之一；兩次大戰

---

11 韓波（Jean Nicolas Arthur Rimbaud, 1854–1891），十九世紀法國早期象徵詩人。這句詩出自《彩畫集》（*Illuminations*）裡描述城市的章節。韓波之後遠至非洲從商，在衣索比亞的哈拉爾（Harrar）待過滿長一段時間，家書上寫在那裡沒有家人，生活單調無聊。譯註。

期間，這麼多的思想和行動都沾染它的色彩，這只證明它的力量和正當性，但是感覺儘管強烈，不足以使之放諸四海。這一整個時代的錯誤，就在於根據一種絕望的情緒提出了、或自以為提出了普遍的行動準則。然而如果事關情緒，應該做的行動其實是超越它。巨大的痛苦或巨大的幸福，可以是推論的開端，是催動器，但是在整個推論過程中就不該再看到它、維持它。正視荒謬的感覺是合理的，用以診斷出自己本身或其他人身上的惡，但是這種感覺以及它意味的虛無主義，只應被視為出發點，一個親身經歷後發出的批評，以存在這個範疇來說，等同於執拗的存疑。之後呢，必須打破鏡子的折射反射影像，進入行動，藉由不可抗拒的行動超越荒謬本身。

鏡子打破了，再也無任何東西可幫助我們回答這個時代的問題。荒謬，如同「普遍懷疑論」，已一筆勾消，讓我們陷入死巷子。但是，它就像懷疑論一樣，能作為一個出發點，指引出新的探索，那新的推論又會繼續下去。我吶喊我什麼都不相信，一切都是荒謬的，但我不能懷疑自己的吶喊，至少必須相信我的抗議；因此在荒謬的經驗裡，第一個也是唯一一個無法駁斥的事實，就是反抗。我不持任何理論，急著去殺人或是同意別人殺人，擁有的只是反抗這個讓我痛苦更加深的事實。反抗生成於目睹不合理的事、面對一個不公平而無法理解的情況，但是它盲目的衝動裡，訴求的其實是在混亂中建立秩序、在消失流逝的中心發現一致性。它吶喊、要求，要求不合理的情況停止，想固定在亙古以來不停消逝的事物上。它要的是改變，但是改變，就是行動，但行動，又將是殺人，然而它不知道殺人是不是合理的。它引發的行動必須找出正當性，反抗必須從自身裡找到之所以反抗的理由——只有從自身才能找到，它必須自我檢視，才能學著怎麼去做。

兩個世紀以來的反抗，不管是形而上的或是歷史的[12]，都提供我們思索的方向。唯有歷史學家才能試圖詳細解說接續不斷的主義與運動，或至少能從中找到發展的脈絡。接下來的這些章節，僅僅指出了幾個歷史性的標示，提出一個可能的詮釋，這絕不是唯一可能的詮釋，也遠遠不能釐清所有情況；但它部分解釋了方向，也幾乎全面地解釋了我們這個時代的過度作法。本書所提到的這段特殊歷史，是歐洲自恃而驕所造成的歷史。

無論如何，唯有審視調查反抗的態度、意圖和得到的結果，才能知道反抗有沒有理由，在它的結果裡，或許能找到荒謬思想無法提供的行動規則，或至少針對殺人的權利或義務、創造的希望找到指示。人是唯一拒絕忍受現狀的生物，問題是要弄清，這個拒絕必定導致其他人和自身的毀滅嗎？所有的反抗最後都必須以普遍謀殺讓自己合理化嗎？或是相反，它雖不能企求不可能的全然無辜，卻能夠發現一個合理的罪惡[13]原則呢？

12 卡繆所稱「形而上的反抗」，是以個體出發，面對命定、神等種種的根本反抗；「歷史上的反抗」則是人面對當時代所經歷的（政治、社會、思潮等等）做的反抗。譯註。

13 合理的罪惡指的是一個道德指標，殺當殺之人也是罪惡，但卻是遵循一個合理的道德指標。譯註。

I.

反抗者

L'Homme Révolté

何謂反抗者？一個說「不」的人。但是他雖然拒絕，並不放棄：因為從他第一個行動開始，一直是個說「是」的人，就像一個奴隸一生接受命令，突然認定某個新的命令無法接受。這個「不」的意義是什麼呢？

它表達的可能是「這種情況持續太久了」、「到目前為止還可以接受，再超過就不行了」、「您太過分了」，以及「有一個界限是不能超過的」。總之，這個「不」字證實了有個界限存在。反抗者的精神中，我們也看見這個界限的概念，對方「太超過了」，權力擴張超越了這個界限，必須有另一個人出來使其正視、加以規範。反抗行動建立在一個斷然拒絕上，拒絕一種被認定無法忍受的過分，同時也建立在一個信念上，相信自己擁有某種模糊的正當權利。更確切地說，反抗者感覺自己「有權……」，他若不是堅信自己多少是有理的，就不會反抗。因此，起而反抗的奴隸同時既說「是」也說「不」，他在肯定界限的同時，也肯定界限之內他所揣測、想維護的一切。他固執地表明自己身上有某種東西是「值得……的」，要求大家必須注意。某種方式來說，他反抗的是，壓迫自己能拒絕超過可接受範圍命令的權力。

一切反抗在厭惡被侵犯的同時，存在著人本身全然而且自發的投入，涉入了不言自明的個人價值判斷，他堅信不疑這個價值，讓他在危難之中能挺住。在此之前，他都保持沉默，絕望地承受某種大家都認為不公卻都接受的情況。保持沉默，會讓人以為不判斷也不要求，在某些情況下，的確也是一無所求；絕望，如同荒謬，廣泛言之對一切都判斷都要求，卻又沒判斷、沒要求任何具體特定的事，所以保持沉默。但是一旦他開始發聲，即使說的是「不」，都表明了他的判斷和要求。從詞源上的意義來看，反抗者就是做一百八十度的大轉變，之前他在主子的鞭子下前進，現在則與之面對面，他反對不好的，爭取比較好的。並非所有的價值都會引發反抗行動，但所有的反抗行動都默默援引自某種價值。不過首先該知道，這涉及的至少是反抗的價值嗎？

儘管還曖昧不明，反抗行動引發意識的覺醒：突然強烈意識到，就算只是在一段時間內，人身上有某種東西足以讓自己認同，在此之前他從未真正感受到這種認同。在揭竿而起之前，奴隸忍受所有的壓榨，甚至經常乖乖接受比激起他反抗的命令還更該反抗的命令。他逆來順受，或許很難隱忍，但他保持沉默，對眼前利益的關心勝過意識到自己的權利。當他不想再逆來順受，煩躁不耐時，便發起行動，擴及對之前所有接受的一切。這個衝動幾乎是追溯以往，終於爆發。奴隸否決主人屈辱的命令的那一刻，也同時否決了他的奴隸身分。反抗行動比單純的拒絕帶他走得更遠，甚至超越了他之前針對對手界定的界限，現在要求被平等對待。起初不可抑制的反抗，變成了這個人的整體，他認同這個反抗，認為反抗足以代表自己，他要別人尊敬自己這部分，將之置於一切之上，宣稱這是他最珍貴的，甚至勝於生命，反抗成了至高無上的善。之前不斷隱忍妥協的奴隸豁出去了（「既然都如此了……」），要嘛就「全有」否則就「全無」（Tout ou Rien）。意識隨著反抗甦醒了。

這個意識要求內容還很模糊的「全有」，同時也窺見這「全無」可能讓人為了保全「全有」做出犧牲。反抗者要成為「全有」，完全認同自己突然意識到的反抗，並希望他身上這反抗精神受人感激頌讚；否則的話，他就是「全無」，被支配他的力量徹底打垮。最不濟的話，如果被剝奪他稱為「自由」這無可商量的神聖之物，他接受死亡這最終結局。寧可站著死去，也不跪著苟活。

根據一些傑出作家的解釋，價值「往往代表由事實通向權利、由渴望通向合乎渴望的過程（通常經由一般人普遍渴望的事物為媒介）」。[14]在反抗活動中，通向權利的過程相當明顯，也就是由「必須如此」通向「我要求如此」；不僅於此，或許還顯示了今後將為公眾的善超越個人利益。和一般見解相反的是，反抗所顯現的「全有」否則「全無」雖然來自於個體的訴求，卻同時質疑了「個體」這個概念。的確，如果個體接受死亡，並在反抗行動中死了，這就表現他為自己所認為置於個人命運之上的善而犧牲了。為了捍衛權利不惜一死，他把捍衛權利置於個人死生之上。他以某種價值觀的名義行動，雖然這個價值觀還混沌不明，但至少他感覺是所有人一致擁有的。由此可見，任何反抗行動的訴求都超越個人，前提是這個訴求將他抽離個人孤獨的境地，給他一個發起行動的理由。然而，必須注意，這個價值觀存在所有行動之前，違背以純粹歷史為本的哲學論調：在唯物歷史哲學思想中，價值觀是行動最終獲得的結果（如果有獲得結果的話）。對反抗的分析讓我們至少存疑，好像有某種「人的本質」存在，這是古希臘人所相信，卻和當代思想的假設剛好相反。倘若沒有任何需要保護的永恆之物，為什麼要反抗呢？奴隸起而反抗，是為了所有同時代的人，他認為某個命令不只是否定他自身，而且否定了所有人身上的某種東西，甚至包括那些侮辱他壓迫他的人在內。[15]

兩個事實足以支持以上這個判斷。首先我們注意到，反抗行動本質上不是個自私的行動，當然它無疑也有一些自私的考量，但是人反抗的不只是壓迫，也反抗徇私的謊言。此外，反抗者雖然以這些考慮為出發點，但是在最深沉的衝勁之中，毫不保留投注一切，他為自己爭求的是尊重，但是是在他所認同的群體當中的尊重。

其次，反抗並不一定只出現在受壓迫者身上，也可能目睹他人受到壓迫，在這種情況下產生認同，起身反抗。必須說明一點，這裡牽涉的並非心理狀態的認同，並非把自己想像為受到侵犯的那個人；相反的，有可能自己之前也受到相同侵犯的時候並沒有反抗，卻無法忍受看到同樣的侵犯施加在別人身上。俄羅斯恐怖主義者在牢裡眼見同志受到鞭打，以自殺抗議，足以體現上述這個情況。其中牽涉的也不是某個團體的共同利益，沒錯，甚至在我們視為敵手的人遭受不公平時，也會讓我們產生反抗的情緒。這裡面只有命運的認同和表態，個人要捍衛的，不僅是個人的價值，而是所有

---

14 拉蘭德（Lalande），《哲學詞彙》（*Vocabulaire philosophique*）。原註。

15 這些受欺壓的群體，和劊子手刀下的死刑犯與劊子手結集成的群體一樣，但是劊子手自己並不知道。原註。

人凝聚的價值觀。在反抗中，個人因為認同自己與他人而超越了自己，就這個觀點而言，人群的團結是形而上的。只不過，當今情勢下的團結只是被奴役的人彼此間的互助罷了。

藉著和舍勒[16]所定義的「憤恨」（ressentiment）這個負面概念做對比，我們可以進一步釐清反抗表現出的積極面，的確，反抗行動遠超越了訴求。舍勒為「憤恨」下了很確切的定義，視它為一種自我毒害，一種有害的分泌，一種長期禁閉下的無力感；相反的，反抗撼動人，幫助他脫離現狀，打開閘門讓停滯的水傾瀉而下。舍勒自己也強調憤恨的消極面，指出憤恨在女性心態佔有一大位置，因為她們心存欲望和佔有欲。相反的，追究反抗的緣起，有一個原則就是充沛的行動力和旺盛的精力。舍勒說得有理，憤恨中絕不缺乏妒忌，妒忌自己未擁有的，反抗者則捍衛自身這個人，他要的不僅是未曾擁有或被剝奪的東西，而且要人們尊重他所擁有的，幾乎在所有情況下，這個他認為已擁有且值得尊重的東西，重要性遠超過他妒忌的東西。反抗並不現實。按照舍勒的看法，他認為憤恨在強悍的人身上變成不擇手段，在軟弱的人身上則變為尖酸，但在這兩種情況下，都是想成為與自己現在不同的另一種人，憤恨永遠是先憤恨自己。反抗者卻相反，在最初的行動中，他拒絕人們觸及到他個人，為自己完整的人格奮戰，並不先去征服，而是要人接受。

另外，憤恨似乎預先為了仇恨的對象將遭到的苦而欣喜。尼采和舍勒從戴爾圖良[17]著作中一段文字看到這種現象：天國裡的人最大的快樂，就是觀賞羅馬君王在地獄受煎熬。就有點像一般人前去觀看死刑處決的快樂。反抗者則不然，他的原則僅止於拒絕侮辱，並不去侮辱他人，他為了人格受到尊重，甚至願意受苦。

我們不懂的是，舍勒何以非要把反抗精神和憤恨相提並論不可。他對人道主義中表現的憤恨（他指的人道主義是非基督教的對世人之愛）的批評，或許適用某些人道理想主義的模糊形式或是恐怖手段，但用在人對現狀的反抗、個人挺身捍衛所有人共同尊嚴的行動，則是謬誤的。舍勒要彰顯的是，人道主義伴隨的是對世界的憎恨，愛廣泛的人類整體，其實就是不去愛任何特定的人。在少數的情況下，這種說法是正確的，而且當我們看到他拿邊沁[18]和盧梭[19]當作人道主義的代表，就更能理解他發出這種批評的原因。然而，人與人之間的情感並非只來自功利算計或是對人性的信任，何況這種信任只是理論上的。相對於功利主義者和愛彌兒的導師，有一個邏輯由杜斯妥也夫斯基（Dostoïevski）

---

16 舍勒，《憤恨之人》（*L'Homme du ressentiment*），N.R.F.。原註。
舍勒（Max Scheler, 1874–1928），德國哲學家和社會學家。譯註。
17 戴爾圖良（Tertullien），西元二世紀基督教神學家、哲學家。譯註。
18 邊沁（Jeremy Bentham, 1748–1832），英國哲學家、經濟學家、法學家，支持功利主義與動物權利。譯註。
19 盧梭（Jean-Jacques Rousseau, 1712–1778），啟蒙時代瑞士哲學家。認為人性本善，教育須師法大自然，所著《愛彌兒》（*Émile*）一書就是宣揚這樣的教育方法。譯註。

筆下的伊凡·卡拉馬助夫體現出來，由反抗行動到形而上的反抗；舍勒知道這一點，如是簡述這個概念：「世界上的愛沒有多到能讓人將之浪費在人類以外的事物上」。即使這個論點是對的，其中表達的深沉絕望不應等閒視之，它錯估了卡拉馬助夫的反抗中所帶的分裂性質。相反的，伊凡的悲劇緣起於太多沒有對象的愛，既然他否定上帝，這愛無處可施，便決定以慷慨的和平共存名義轉移到人類身上。

在我們談及的反抗行動之中，並不因心靈貧乏或是徒勞的訴求，而選擇一種抽象的理想。人們要求人身上不能被簡化成概念的東西受到重視，這個感情沒有實際用途卻是人所不能缺少的。難道所有的反抗都沒有憤恨的元素嗎？不是的，在我們這個仇恨的世紀，看到的例子可不少。然而，我們應以廣泛的視角來理解，否則就會曲解，如此看來，反抗從各方面都超出憤恨這個侷限。《咆哮山莊》裡，赫斯克里夫為了鍾愛的女人，寧可放棄上帝，這不只是他屈辱的年輕歲月的吶喊，而且是一生慘痛遭遇的流露。同樣的反抗行動驅使艾克哈特大師[20]說出離經叛道令人驚愕的話語：寧可和耶穌一起下地獄，也不願上沒有耶穌的天國。這是由愛驅使的反抗，我們駁斥舍勒的理論，特別強調反抗行動中激情的部分，這也就是區分反抗與憤恨的元素。反抗乍看下是負面的，因為它不創造任何東西，但其實深層來說是積極的，因為它揭示了人身上自始至終要捍衛的東西。

然而，這反抗與其傳導的價值難道不會因大環境而改變嗎？隨著時代與文化不同，人們反抗的理由當然改變了。印度的賤民、印加帝國的戰士、中非的原始人、基督教最早期修會的成員，對反抗的想法當然不同。我們甚至可以相當篤定地說，反抗這個概念在上述這些例子裡毫無意義。然而，一個希臘奴隸、一個農奴、一個文藝復興時期的義大利傭兵隊長、攝政時期巴黎的中產階級、一九〇〇年俄國的知識分子、一個當代工人，就算他們反抗的理由不同，卻毫無疑問都可稱之為反抗。換句話說，反抗這議題只在西方思想中有確切的意義，甚至可以更明確地說，如同舍勒所言，雖然反抗的原因不同，他們都堅信自己反抗的合理性。換句話說，在非常不平等（印度的種姓制度）或在絕對平等（某些原始社會）的社會裡，反抗精神很難顯現。在一個社會裡，唯有平等理論粉飾現實上的不平等，才可能產生反抗。因此反抗這個問題只出現在我們西方世界內部，我們也想斷言這與個人主義的發展有關，但是之前提到的幾點推翻這樣的結論。

顯而易見的，從舍勒的言論中能得到唯一的結論，就是經由政治自由的理論，我們社會中出現了愈來愈多人本的思想，而這個政治自由理論的實踐，連帶增加了人們的不滿。自由的實際狀況跟不上人本意識的速度，經由這個觀察，我們得出以下簡論：反抗是知道情況、意識到自己權利的人的

20 艾克哈特大師（Maître Eckhart, 1260–1328），德國神祕主義神學家。譯註。

事。但我們不能說這僅僅牽涉到他個人的權利，相反地，發源自上面說到的互助精神，人在反抗行動中，這種意識愈來愈擴展。事實上，印加帝國的子民或印度的賤民並沒有想到反抗這個問題，因為在想到反抗之前，傳統已經解決了問題，答案就是「神意如此」。由神主宰的世界裡，不存在反抗，因為人們根本沒有真正爭論的議題，所有的答案都一次交代清楚了。神話取代了形而上的思考，疑問不復存在，存在的只是永遠不變的答案與詮釋，這些答案和詮釋倒可能是形而上的。然而，人進入神的世界之前或當他走出來之後，才有疑問和反抗。反抗者是在進入神的世界之前或走出之後的人，他要求一個人性的秩序，所有的答案必須是人性的，意即以理性表述。從這一刻開始，所有的疑問和發言都是反抗，而在神的世界裡，所有的言論都是恩典的作用。或許可以這麼說：人的想法裡只可能有兩個世界，神的世界（以基督教語言來說，恩典的世界[21]）或反抗的世界，唯有其中一個消失，另外一個才出現，儘管另外一個世界出現時，可能還混沌不清，這裡又呼應「全有」否則就「全無」的概念。目前反抗的問題只是因為有些社會整體想要和神的世界拉開距離，我們正經歷一個去神聖化的歷史。當然，人不能簡化為反抗，但今日歷史以其種種爭議和反彈，使我們不得不說反抗是人的基本架構之一。反抗是我們歷史的現實，除非逃避現實，否則就必須在反抗裡找到我們的價值。遠離神的世界和它絕對的價值之後，我們能否找到一個行為準則呢？這就是反抗提出的問題。

我們已經指出反抗範圍內產生的還很模糊的價值，現在要思考，當代思潮和反抗行動中是否體現了這個價值。如果體現了，就要弄清這個價值的內涵。但在繼續探討之前，必須先指明這個價值建立於反抗本身。人與人之間的互助奠基於反抗行動，反過來說，反抗行動也只在這同聲共氣之間找到存在的意義。因而我們可以說，所有意欲否定、摧毀這個互助的反抗行動，已經喪失反抗的名義，淪為同意殺人而已。同樣的，這種同聲共氣的互助，離開神的領域之後，唯有在反抗之中才有意義。這就是反抗思想真正的問題：為了存在，人必須反抗，但他的反抗必須在反抗自訂的界限之內，眾人在這個界限內聚合，才能開始存在。因此，反抗思想不能脫離記憶，永遠與之相互抗衡。評論每一次反抗的行動或結果時，都要檢視它是否忠於崇高的初衷，或是疲軟或變了調，乃至於忘記初衷，沉陷於殘暴專制與奴役。

這就是緣起於荒謬思考和荒蕪世界的反抗精神的第一進程。在荒謬經驗中，痛苦是個體的；一旦有反抗活動，人意識到痛苦是集體的，是大家共同承擔的遭遇。一個察覺荒謬的人，第一個進程，就是意識到這個荒謬感是集體性的，人世的現實整體都因自身與世界的距離而感覺痛苦，而這個個

21 然而，基督教初始也有一個形而上的反抗，耶穌的反抗，卻被祂再度降臨人間的宣示、神的世界詮釋為永生的國度抹去，這反抗成為不必要之舉。原註。

體受的痛苦成了集體的瘟疫。在我們每天遭受的試煉中，反抗的角色就如同「我思」（cogito）在思維範疇裡起的作用：它是首要明顯的事實。這個事實讓人擺脫孤獨狀態，奠定所有人首要價值的共通點。我反抗，故我們存在。（Je me révolte, donc nous sommes.）

II.

形而上的反抗

La Révolte Métaphysique

形而上的反抗，是人起而對抗自身情況與人類全體情況的行動，之所以形而上，是因為它對人的最終目的與創造提出質疑。奴隸反抗自身境況裡所受到的對待，形而上的反抗則是反對作為一個人受到的對待。造反的奴隸肯定心中有某種東西無法接受主子的對待；形而上的反抗者則表達對一切的失望。對這兩者而言，牽涉的不僅是單純、純粹的否定，我們在這兩種情況中，看到一種價值判斷，對身處的狀況無法認可的判斷。

起而反抗主子的奴隸，並沒有否定主子「身為人」的身分，只否定他「身為主子」的身分。他否定主子有權否定奴隸的訴求，主子因對訴求毫不在意，置之不理，因此喪失主子的角色。如果人不參照一個大家都承認的共同價值，人與人之間便無法互相理解。反抗者要求這個價值被明確地公認，因為他知道、甚至擔心，失了這個原則，世界就會失序、罪惡橫行。對他而言，反抗行動訴求光明與團結。很弔詭的，最基本的造反行動，渴求的竟然是秩序。

這個描述字字句句也適用於形而上的反抗者，形而上的反抗者面對一個分崩的世界，要求團結一致。他以自身堅持的正義原則反對世上橫行的不正義，最開始他要求的只不過是解決這個矛盾，可行的話，組成正義的團結，若是被逼到牆角的話，就讓不正義到處瀰漫吧。介於這兩者的期間，他揭露這個矛盾，反對死亡讓一切未竟、惡讓一切分崩的生存情況，形而上的反抗以和諧團結為訴求，對抗生存的痛苦與死亡。如果人的生存定義是必有一死，某種意義上來說，反抗同時應聲而起。

在拒絕死亡的同時，反抗者拒絕接受讓他生存在此狀況下的力量，因此，形而上反抗者絕不是大家認為的無神論者，但他一定是個瀆神者，只不過，他的褻瀆是以世間秩序為名，宣告神是死亡之父，宣告死亡這令人無法接受的惡行。

要說明這一點，就要回頭再談反抗的奴隸。奴隸在反抗當中，確立了反抗對象——主子——的存在。他顯示自己隸屬於主子的權力之下，同時也確立自己的權力，這權力就是時時刻刻可以質疑至今主宰他的上層。以此看來，主子和奴隸息息相關：一方暫時的權威取決於另一方的順從，這兩股力量彼此相互確立，直到反抗的那一刻。兩方對峙毀掉這個確立，其中一方的力量便會暫時消失。

同樣的，形而上反抗者起而反抗一個權威時，同時確認了它的存在，正是因為他發出質疑，質疑的對象因而存在。他將這個高超的神拖入凡人屈辱的生存，他徒然的權力和我們空洞的生存狀況是一樣的；反抗者將祂置於我們拒絕的力量之下，換祂在不屈服的凡人面前低頭，強迫將祂融入一個對我們而言是荒謬的存在，終於將祂拉出超越時間的庇護地，投入歷史之中，遠離永恆的穩定，唯有在人類一致同意之下，祂才能再找到這種恆常的穩定。反抗以此肯定了一件事：任何高超於人類的存在是一個矛盾的說法。

因而，形而上反抗的歷史，不能和無神論的歷史混為一談，就某方面來看，它甚至和當代歷史的宗教精神有所關聯。反抗者發出挑戰，而非否定，至少在最初期並未抹滅神，只是與其平等對話，當然這不是謙恭有禮的對話，而是被想打敗對方的欲望挑起的論戰。奴隸開始是要求公正，到最後卻想得到權威，換他來主宰。對生存狀態的抗拒，演變為一場針對上天激烈的長征，擄回一個被囚禁的國王，先廢黜他，再判他死刑。人類的反抗最後成為形而上的革命，從發跡到行動，從浪蕩子[22]到革命家。一旦神的王位被推翻，反抗者發現自己以前在生存中徒然尋找的正義、秩序、團結，現在靠自己雙手創造出來了，由此證明罷黜神祇是正確的行動。從這時開始奠基人的帝國，以一場絕望的努力，甚至必須以罪惡為代價；這一切並非沒有慘痛後果，我們知道的僅是其中一些而已，但這些後果完全不是來自反抗本身，或至少應該說，只有當反抗者忘卻初衷，疲憊於「是」與「否」的拉鋸煎熬，終至放棄一切或全然臣服，才造成這些後果。形而上的反抗在最初行動中，顯現出與奴隸起而反抗同樣積極的內涵，我們的任務就是研究這個反抗的內涵在實質上得到了什麼結果，看看忠於或不忠於初衷的反抗者導致了什麼結果。

該隱[23]的子嗣

在思想史上，真正所謂形而上的反抗在十八世紀末期才有系統地出現。現代就在圍牆倒塌的巨響中展開了。從此時開始，反抗的種種後果連續不斷出現，說其塑造了我們當代的歷史也不嫌誇張。這是否說形而上學的反抗在這之前就無意義呢？其實，反抗的典範可追溯於相當遙遠的過去，因為我們喜歡自稱活在普羅米修斯時代，但是，真的是嗎？

遠古的神話告訴我們，永恆的烈士普羅米修斯[24]被綁在世界盡頭的石柱上，因為不乞求原諒，所以永遠受折磨。埃斯庫羅斯[25]進一步提高這位英雄的形象，把他塑造成一個洞悉者（「我早預見所

22 這裡的浪蕩子（dandy）並無貶意，指的是反對資產階級、商業活動的人，大多是藝術文學界人士。當時正因為這些人不專心於營生，卻喜歡風花雪月、出入藝術沙龍、重視裝扮，被稱為浪蕩子。譯註。

23《聖經．舊約》中，該隱是人類祖先亞當的長子，與弟弟亞伯各自向上帝獻上祭品，但上帝偏愛亞伯的祭品，該隱憤怒嫉妒殺死弟弟，被上帝放逐。譯註。

24 在埃斯庫羅斯的悲劇中，他幫人類盜火觸怒宙斯，被鎖在高加索山懸崖上。譯註。

25 埃斯庫羅斯（Eschyle, 525–456 B.C.），古希臘悲劇真正創始者，被稱為「悲劇之父」。譯註。

有將遭遇的不幸」），讓他呼喊對諸神的仇恨，把他投入「命定的絕望暴風雨海洋」裡，在電閃雷鳴中結束生命：「啊！你們看我所忍受的不公平！」

因此，我們不能說古人不知道形而上學的反抗。早在撒旦之前，他們就樹立起反抗者痛苦而高貴的形象，並創造出關於反抗智慧的最偉大神話。希臘人汲取不盡的才華在神話裡不只描述人的群聚力和面對命運的謙卑，也創造了反抗的典範。普羅米修斯的某些特點又出現在我們所經歷的反抗歷史中：反對死亡而鬥爭（「我讓人們擺脫死亡的糾纏」），救世主降臨說（「我在他們身上植下盲目的希望」），博愛（「我太愛人類，因此成為宙斯的敵人」）。

但是，我們不能忘記，埃斯庫羅斯三部曲中的最後一部《帶火種的普羅米修斯》昭示了反抗者將被原諒的時代開始了。希臘人並不激烈，在最大膽的行為中，仍然忠於他們自己創建的這個尺度，他們起而反抗的並不是造物主，而是宙斯，他只不過是諸神之一，生命是有限的。普羅米修斯本人也是半個神。這其中牽涉的是一個特定的恩怨和對善的爭議，而非惡與善之間的一場全面爭鬥。

這是因為古人相信命運，更相信它們生存其間的大自然，反抗大自然就是反抗自己，無益之舉。唯一思行合一的反抗就只有自殺。希臘人眼中的命運是一個晦暗不明的力量，人只能承受，猶如承受大自然的威力。對希臘人來說，過度的行為莫過於持杖擊海，這是野蠻人的瘋狂之舉。希臘人描繪過度行為，因為這種行為的確存在，但當他們描述這種行為時，同時為其定下了界限。阿基里斯在帕特羅克洛斯戰死後發出挑戰[26]，被命運操弄的悲劇英雄詛咒自己的命運，卻不會全盤推翻。伊底帕斯[27]知道自己有罪，在不知情的情況下犯了罪，受命運擺布，他抱怨，卻未說出無法挽回的話。至於安堤岡妮[28]，她是以傳統的名義反抗，讓她的兄弟在墳墓中得到安息，尊重對死者之儀式。在某種意義上說，她的反抗是針對某個命令發起的行為。希臘人的想法，這種善惡兩面的思想，幾乎總是在最悲戚的曲調之後發展一個相對的曲調；伊底帕斯雙目失明、景況淒慘，發出了一句不朽之言，認為一切都是好的。「是」與「不」獲得了平衡。甚至當柏拉圖塑造了一個尼采式的人物克里克斯時，甚至當克里克斯高聲說出：「如果出現了一個擁有足夠力量的人……他會逃走，他會踐踏我們一切的成規、咒語和護符，推翻我們所有違背自然的法律。我們的奴隸造反了，以主人自居」，儘管他拒絕法律，還是說出了自然這個詞。

因為形而上的反抗對造物提出一種簡化的看法，是希臘人不可能有的看法。對古希臘人來說，不可能一邊是神，另一邊是人，而是從人走向神的進程。無辜相對於有罪、整個歷史簡化為善與惡之

26 希臘第一勇士阿基里斯（Achille）在摯友帕特羅克洛斯（Patrocle）被殺之後，對兇手海克特（Hector）發出挑戰，將之殺死。譯註。
27 伊底帕斯（Oedipe），底比斯國王，在不知情的情況下殺死自己父親娶了自己母親。譯註。
28 安堤岡妮（Antigone），伊底帕斯王的女兒，兄弟死後，舅父柯立昂國王下令不得安葬，她抗命前去安葬。譯註。

間的鬥爭這種對立觀點，希臘人不會有。在他們的世界中，錯誤多於罪惡，唯一根本的罪惡就是過度。在全然被歷史支配的世界中（很可能就是我們的社會），不存在錯誤而只有罪惡，首惡就是適度。這可以解釋我們在希臘神話中感覺到的殘暴和仁慈的奇特混合，希臘人從來不把思想孤立為壁壘森嚴的陣營，與之相比，我們遜色許多。總之，反抗只針對個人，被視為人的神，祂創造一切並為其負責，才能給人類的反抗賦予意義。因此，在西方世界反抗的歷史與基督教史密不可分這說法並不矛盾。必須等到古代思想告一短落，方能看到反抗開始在過渡時期的思想家的作品中出現，其中伊比鳩魯[29]和盧克萊修[30]探討得特別深沉透澈。

伊比鳩魯深沉的悲傷已經發出了一個新的聲音。這悲傷無疑來自於對死亡的焦慮，這在古希臘想法中並不陌生，然而，這種焦慮的悲愴色彩具有啟示性。「人有把握對付一切；但是對於死亡，我們都像那些城堡被攻陷的居民一樣。」盧克萊修進一步說：「這個廣闊世界的物質註定死亡和毀滅。」那何不及時行樂呢？伊比鳩魯說：「等待復等待，消耗了生命，我們都將痛苦死去。」所以要享樂，但這是多麼詭異的享樂！堵住城堡的牆眼，存好麵包和水，在寂靜的陰影中苟活。既然死亡威脅我們，那就應當證明死亡算不了什麼。猶如愛比克泰德和馬可·奧理略[31]，伊比鳩魯將死亡排除生命之外。「在我們眼裡，死亡不算什麼，因為已消解之物不會有感覺，既無感覺，就什麼都不是。」這是虛無嗎？不是，因為世界上的一切均為物質，死亡代表的只不過是回歸元素。存在，就是石頭。伊比鳩魯所說的奇特的快樂意指不受痛苦，這是石頭的幸福。為了擺脫命運，伊比鳩魯採取了一個和之後偉大的古典主義者同樣決然的動作，他扼殺感覺。首先是扼殺感覺的第一聲呼喊，即希望；這也是這位希臘哲學家對於神的看法，人的一切不幸源於希望，它把人從城堡的寂靜中抽離，把他們丟到城牆上等待神的救贖。這些不理智行動唯一的作用，只是打開已仔細包紮的傷口而已。伊比鳩魯並不否定神，只是敬而遠之，如此之遠，靈魂別無其他出路，只能把自己重新封閉起來。「幸福且永生的人沒有任何世俗紛爭，也不給人製造紛爭。」盧克萊修更進一步地說：「神祇們因為是神，無疑在最深沉的平靜中享受著永生，不識我們塵世的紛擾，徹底超脫。」那就讓我們忘掉神吧，永遠不要去想，那麼「無論白天的思緒或是夜裡的夢境都不會攪亂心靈」。

我們之後還會談及反抗這個永恆的主題，但中間會有相當大的差異。反抗者唯一的宗教想像，就是一個賞罰不分、充耳不聞的神。維尼[32]咒罵神明的沉默，伊比鳩魯卻認為，既然必有一死，人的

29 伊比鳩魯（Epicure, 341–270 B.C.），古希臘時期著名哲學家，享樂主義倫理學代表人物。譯註。
30 盧克萊修（Lucrèce），西元前一世紀羅馬詩人、哲人，伊比鳩魯學派，反對神創論，認為物質存在是永恆的，整個世界包括神都由原子組成。譯註。
31 愛比克泰德（Epictète）是斯多噶派哲學家，馬可·奧理略（Marc Aurèle）是羅馬皇帝，也是斯多噶派哲人。譯註。
32 維尼（Alfred de Vigny, 1797–1863），法國浪漫主義悲觀詩人。譯註。

沉默比神的話語更能為這種命運做好準備。這位想法奇特的思想家努力在人的四周築起圍牆，修砌城堡，無情地窒息人類無法抑制對希望的吶喊。這個閉關自守的戰略完成之後，伊比鳩魯像人群中的神那樣，高唱勝利凱歌，昭示他反抗中的防衛性：「我挫敗了你的詭計，喔，命運，我堵截所有你可以侵襲我的道路。我們絕不讓你或任何一種惡力戰勝我們。當不可避免的死亡來臨時，我們對那些徒勞想攀住生命的人的蔑視，將以這首動人的歌曲表達：啊！我們的一生活得多麼有尊嚴！」

盧克萊修是當時唯一將這種邏輯推至更遠，並推演至近似於現代思想的人。從根本上來看，他並沒有增添任何伊比鳩魯的學說。他也拒絕一切超出感覺之外的解釋原則。原子只不過是人最後歸宿，存在還原成最初的元素，繼續維持一種看不見也聽不到的永生狀態，一種永生的死亡。這對盧克萊修來說，如同對伊比鳩魯，這是唯一可能的幸福。然而他必須承認，原子並非自動結合在一起；他不同意有一個更高的規律在掌控，因為這又會引導到命運存在這個結論，而這正是他要否定的，他只承認有一種偶然的運動，偶微偏[33]，原子才能碰撞聚合。請注意這一點，這已提出現代社會的重要問題了，現代智者發現，人否定了命運，卻又落入偶然性之手，因此只好竭力重新賦予人一種命運，這次是歷史的命運。盧克萊修並不這樣看，對命運和死亡的仇恨，使他滿足於這塊酣醉的土地，原子在這裡因偶然創造出生物，生物又偶然地分裂為原子。然而，他的詞語表現出一種新的體會。森嚴自保的城堡成為設防的壁壘，也就是盧克萊修修辭學中的一個關鍵詞「世界之堡壘」（moenia mundi）。當然，在這個堡壘中最重要的事就是讓希望銷聲匿跡。但是，伊比鳩魯有條有理的捨棄轉變成令人戰慄的禁欲，有時還變成對世界的詛咒。對於盧克萊修來說，「虔誠」無疑是「能夠以一種不受任何擾亂的精神觀看一切」，然而，這種精神卻因為人所遭受的不平而被擾亂。憤慨之下，他在闡釋物性的偉大詩作中，詮釋了罪行、無辜、犯罪和懲罰的新概念。詩中談到了「宗教最初的罪行」，無辜的伊菲姬尼[34]被送上祭壇；談到神「往往讓罪人逃過，卻以不公的懲罰奪取無辜者的生命」。盧克萊修嘲諷對來世懲罰的恐懼，不同於伊比鳩魯防衛性的反抗態度，而是出自一種攻擊性的推論：既然我們現下看見善並沒有獲得好報，那麼惡為什麼要遭到懲罰呢？

在盧克萊修的史詩中，伊比鳩魯本人也成為一個傑出的反抗者，其實他不是。「在所有人眼中，人類在塵世卑屈苟活，被宗教踐壓，宗教在高高天上俯視我們，以恐怖的面目威脅眾生，一個希臘人，第一個膽敢抬起眼直視它，站立起來反對它……正因此舉，宗教被推翻，被踩到腳下，這個勝利讓我們飛騰上天。」在此，我們感到了在這種新的褻瀆之語與古代咒罵神祇之間的差別。古希臘的英雄

---

33 偶微偏（clinamen）是盧克萊修創出的哲學術語，其義為原子運動因偶微偏才脫離單調被決定的軌跡，發生碰撞，形成複雜關係，創造新的事物。譯註。

34 伊菲姬尼（Iphigénie），古希臘悲劇中，特洛伊戰爭首領阿伽門農的長女，為祈求戰爭勝利被當作祭品。譯註。

會渴望變成神，那是因為神祇們已存在，這是一種升級。相反地，盧克萊修作品中的人進行一場革命，人在否定卑鄙、罪惡的神的同時，取而代之。人走出森嚴的壁壘，以人類受苦的名義向神發起最初的攻擊。在古代社會中，謀殺是無法解釋且無法補償的。對盧克萊修來說，人的謀殺已然只是回應神的謀殺。盧克萊修的詩以一幅神聖殿堂上橫陳瘟疫致死屍體的驚人畫面做結尾，這絕非偶然。

伊比鳩魯和盧克萊修的同代人漸漸意識到神是一個人的概念，若非這種感知，就無法理解盧克萊修這個新的語言。從這個神統治之初，反抗就以最堅定的決心開始，做出了斷然的拒絕。因為該隱第一次反抗伴隨著第一個罪惡。我們今日所經歷的反抗，應該說是該隱子孫的歷史，而非普羅米修斯信徒們的歷史。就這個意義而言，激起反抗的是舊約中的上帝。反過來說，當人們像巴斯卡[35]一樣，完成了智慧質疑的反抗之後，便應該臣服於亞伯拉罕、以撒、雅各的上帝[36]。最具懷疑精神的靈魂最嚮往冉森主義[37]。

由這個觀點來看，新約可以視為預先對世界上所有該隱子孫的回答，它使上帝的形象變得溫和，並在上帝和人之間提出一個中間人。耶穌來到世上要解決兩個主要問題：惡與死亡。這也正是反抗者面對的問題。耶穌的解決辦法首先是一肩扛起，這位人神耐心地忍受苦難，無論是惡還是死亡都不能再歸咎於他，因為他也忍受痛苦並且死了。各各他山[38]的那一夜，在人的歷史上之所以如此重要，就是因為在那個黑夜，神明顯地放棄了他傳統的特權，嘗盡所有生命之苦，包括絕望、面對死亡的焦慮。人們如此理解 Lama sabactani[39]和耶穌臨死之際的難忍的懷疑。若死亡之際他已知會獲永生的話，臨死的恐懼就會變得輕微。神若要成為人，就必須領受到絕望。

諾斯替教派（gnosticisme）是希臘與天主教相合的果實，為了反對猶太思想，在兩個世紀時間裡曾試圖強調「神人」這個想法。例如瓦倫泰就曾想像出諸多中間人，這種鄉村集會式形而上的始源[40]，與古希臘文化中介於神與人之間的半神扮演的是相同的角色，旨在減弱悲慘的人面對無情的神之間的荒謬性。這尤其是馬西安[41]提出的次位神的角色，這個「低階」的神祇殘酷尚武，創造了終結的世界和死亡，我們應該憎恨他，同時應該通過禁欲來否定他的創造，直至戒除性欲不再繁殖，以

---

35 巴斯卡（Blaise Pascal, 1623–1662），法國科學家、哲學家。反對教條主義，斥責懷疑論與無神論，支持冉森教派。譯註。

36 這裡所言《舊約》、《新約》的差別，是耶穌誕生。神於是有了一個人的相貌。譯註。

37 冉森主義（Jansénisme），羅馬天主教在十七世紀興起的教派，教義極端，強調原罪、人類的敗壞、宿命論。巴斯卡由懷疑論出發，最後卻轉為冉森主義信徒。譯註。

38 各各他山（Golgotha），或譯為髑髏地，是耶路撒冷的一座山丘，據說是耶穌被釘上十字架的受難地。譯註。

39 《新約》中，耶穌被釘在十字架上說的句子，意思是「神啊，神啊，為什麼離棄我？」譯註。

40 瓦倫泰（Valentin）是諾斯替教派重要人物，創出許多介於神與人之間的低階神祇，稱之為始源。譯註。

41 馬西安（Marcion），諾斯替教派中後期新興的一支別派，主張神分二元，高階之於低階，好神之於壞神。譯註。

毀滅他的創造，因而這是一種高傲而反抗性的禁欲。只不過呢，馬西安將反抗引向一位低階的神，以便更加歌頌那位高階的神。諾斯替教派起源於希臘，說法還是比較溫和，只試圖摧毀基督教裡所殘留的猶太教思想。同時，諾斯替教派也要預先避開奧古斯丁學派[42]，因為這學派為一切反抗提供論據。譬如，巴西里德[43]認為受難者是有罪的，甚至耶穌也是有罪的——證據就是他們在受苦。這個想法很奇特，它的目的在於抽離苦難的不正義性。針對無所不能又無道理可循的聖寵，諾斯替教派僅僅以原本古希臘的概念來取代，留給人無限的機會。第二代諾斯替教派中的眾多派別更全力將古希臘思想發揚光大，使基督教世界更易為人親近，清除教義中可能引起反抗的理由，因古希臘文化將反抗視為萬惡之首。但是教會譴責這種努力[44]，進而引來更多的反抗。

漫長的世紀之中，該隱的後代們贏得愈來愈多勝利，因此可以說，舊約中的神有了意料之外的重要性。很矛盾的，瀆神者讓基督教想排斥於歷史舞台之外的那位「妒忌之神」[45]復活了。褻瀆神明者真正大膽的，正是把耶穌拉入他們的陣營，使耶穌的歷史停留在十字架上和臨終的那聲苦澀呼喊中。如此一來，保留了一個充滿仇恨的神的形象，符合反抗者的想法。在杜斯妥也夫斯基和尼采之前，反抗針對的只是一個殘酷而任性的神，毫無理由偏愛亞伯的獻祭而不喜該隱的獻祭，以至於挑起了第一次謀殺。杜斯妥也夫斯基在想像中、而尼采在事實上把反抗思想的範圍無限擴大，並且直接質疑神的愛。尼采昭示在他同代人的心靈裡，上帝已死。他像他的先驅施蒂納[46]一樣，攻擊上帝的幻象還披著道德的外衣滯留在當代的精神中。但在杜斯妥也夫斯基和尼采之前，例如放蕩思想[47]還只侷限於否定耶穌的歷史（薩德形容為「乏味的故事」），並且在否定中，維持恐怖的上帝這個形象。

相反地，當西方世界還是基督教的天下時，福音書是上天與塵世的媒介，隨著每一聲孤獨的反抗吶喊，都伴隨耶穌受難的意象。既然耶穌經歷了這個痛苦，並且是自願的，那就沒有任何苦難是不公正的，每個痛苦都是必需的。從某種意義上看來，基督教義裡的苦澀和悲觀，來自於其認定世人對於普遍的不公與全然的公正都同樣滿意，唯有一個神的無辜犧牲，方能合理化所有無辜眾生受到的長期折磨；唯有一個神的受難，受到最大的折磨，方能減輕人面臨死亡的痛苦。倘若所有——從天上到塵世——無一例外，都註定受苦，才可能滋生出一種怪異的滿足。

然而，基督教脫離全盛時期，必須重新遭受理性的批評，就在耶穌的神性被否定的那一刻，痛

---

42 奧古斯丁學派駁斥一切懷疑，應相信《聖經》真理。譯註。
43 巴西里德（Basilide），諾斯替教派主要人物。譯註。
44 當時基督教領袖對諾斯替教派學說反應激烈，斥為異端。譯註。
45 《舊約》中神自稱妒忌之神，這裡的妒忌並非尋常意思，請查閱《聖經》。譯註。
46 施蒂納（Max Stirner, 1806–1856），德國哲學家，唯我論者。著作影響後來的虛無主義、存在主義，尤其是無政府主義。譯註。
47 Libertin 有兩個意思：「放蕩」與「不信神」。十八世紀法國「放蕩文學」，首要人物就是薩德。譯註。

苦又再次變為人類註定的命運。受難的耶穌只不過是無辜者之一，亞伯拉罕的上帝所派出的使者們對他施加殘酷的折磨。主人與奴隸之間的鴻溝重新顯現，反抗繼續在妒忌之神文風不動的面前吶喊。無神論思想家和藝術家們醞釀這個決裂，謹慎小心地攻擊道德觀與耶穌神性。卡洛[48]畫筆下相當成功顯現這難以置信的悲慘世界，原先的竊笑最終和莫里哀筆下唐璜[49]的哈哈大笑一齊抵達天上。十八世紀開始醞釀的革命與反神的推翻行動，兩個世紀以來，不信神的思想致力於把耶穌變成一個無辜者，或一個無知傻子，讓他加入人的世界，擁有凡人的高尚與卑微。如此一來，準備大舉挑戰上天的戰場就清理出來了。

絕對的否定

綜觀歷史，第一次真正條理分明的攻擊，來自於薩德，他把直至梅斯里耶牧師[50]和伏爾泰[51]的不信神思想的論據，全部組合成一個龐大的戰爭機器，他的否定自然也是最極端的。薩德對反抗做出的結論，就是一聲絕對的「不」字。二十七年的囚禁的確不會製造出一個妥協的智者，長時間的監禁產生的不是奴僕就是殺手，有時身兼兩者。如果一個堅強的人雖身陷囹圄，卻不屈服，那在大多數情況下，他必然有主宰他人的意志。孤獨使人產生力量。就這一點，社會以殘酷方式對待一個人，他也以殘酷的方式回應，薩德算是代表人物。他是二流作家，除了幾個亮眼的句子，我們當代人對他過度吹捧。他今日之所以被推崇為充滿創造力，原因和文學並不相關。

48 卡洛（Jacques Callot, 1592–1635），法國畫家、版畫雕刻家。最出名的是一系列描繪宗教戰爭期間的版畫。譯註。
49 莫里哀（Moliére, 1622–1673，法國喜劇作家、演員）筆下的唐璜（Don Juan）公開否定、嘲笑神的存在。譯註。
50 梅斯里耶（Jean Meslier, 1664–1729），法國牧師，留下著名的長篇遺書，嚴厲抨擊基督教。譯註。
51 伏爾泰（Voltaire, 1694–1778），法國啟蒙時代思想家、文學家，反對宗教迷信。譯註。

人們頌揚他是戴著鐐銬的哲學家，發揚絕對反抗的理論家，他的確是如此。在監獄裡，夢想無邊無際，沒有現實的禁制。身陷牢獄的智者在憤怒中得到的，在意志清明時便會失去。薩德的邏輯只有一個，就是情感的邏輯。他並未創立一種哲學思想，只不過延展一個受虐者的恐怖夢想，然而這夢想預測了未來。對自由激烈的訴求讓薩德陷入樊籠；對已然被禁止的人生極度渴望，在一波波激憤中，只能藉毀滅世界的夢想來滿足。至少在這一點上，薩德是我們同時代的人，讓我們追隨他連續不斷的否定。

一個文人

薩德是無神論者嗎？在下獄之前，他在《牧師和臨終者的對話》（*Dialogue entre un prêtre et un moribond*）裡如此承認，大家也相信；但是之後，他火力十足地褻瀆神祇時，我們不免對他自稱無神論者起了懷疑。他筆下最殘酷的一個人物聖封（Saint-Fond），完全沒有否定神，只是發展諾斯替主義裡「壞的低階神」的理論，從中汲取適合自己說法的結果。人們會說，聖封不是薩德。不，當然不是。一個小說人物絕不會是作者本人，然而有的時候，小說作者可能是筆下創造的所有人物。

薩德筆下的無神論者，原則就是神不存在，顯而易見的理由是神如果存在，代表的就是冷漠、惡毒或殘酷。薩德最重要的一本小說[52]，結尾呈現的是神的愚蠢和仇恨。無辜的茱斯蒂納在暴風雨中奔跑，壞蛋諾亞克發誓如果她沒被雷劈死，他就要改信異教；雷劈死茱斯蒂納，諾亞克勝利，人的罪惡繼續回應神的罪惡。這其中有一個不信神的打賭，挑釁巴斯卡的賭注。[53]

薩德眼中的神，是個罪惡的、壓迫的、否定人類的神。根據他的看法，謀殺是神的標誌，宗教歷史中屢見不鮮。那為什麼人應該要善良呢？薩德第一個行動就是跳到極端的結論裡。如果神殺害並否定人，那有什麼可以禁止人殺害和否定同類呢？這個激烈的挑釁和一七八二年寫的《牧師和臨終者的對話》裡否定神的平靜口吻，已經天差地別。那個吶喊「沒有任何屬於我，沒有任何來自於我」，結論「不，不，而善良與罪惡，一切都在棺材裡混合為一」的他，既不平靜，也不快樂。對他而言，神的概念是「他不能原諒人類」的唯一一件事。「原諒」這兩個字出現在這個酷刑的倡導者筆下已經相當怪異，但其實他不能原諒的，是他自己對神的概念，以他觀看世界絕望的眼光、以他被監禁者的身分拚命想要駁斥的概念。這種雙重否定引導薩德的推論朝向對世界秩序和對自己的反對。在

---

52 指的是小說《茱斯蒂納或美德的不幸》（*Justine ou Les Malheurs de la Vertu*）。譯註。

53 哲學上所稱「巴斯卡的賭注」，是巴斯卡的《思想錄》（*Pensées*）中提出的「賭注論證」，把信仰上帝當作賭博，如果贏了，就贏得一切，如果輸了，也沒有損失。譯註。

這個受監禁者翻騰的內心，此兩者互相衝突，他的推論時而含糊不清，時而可以理解，端看我們是從純粹邏輯角度或是從同情他的角度而言。

因此他否定人以及人的道德，既然神也都否定這兩者；但是在他否定神的同時，又引據神為佐證。為什麼？為了關在大牢裡的人心中比仇恨還強烈的本能：性的本能。這是什麼本能呢？一方面這是自然的吶喊[54]，另一方面是完全佔有、甚至毀滅的盲目衝動。薩德以自然的名義否定神——當時的物質主義意識形態為他提供了機械論的論述——他將自然解讀為毀滅的力量。自然對他來說，就是性，他的邏輯把他引導到一個無法治的國度，唯一的主宰就是過度的欲望，那就是他流連的王國，在那裡他發出最亮麗的吶喊：「大地所有的生靈加在一起，也不值我們的一個欲望！」薩德筆下的人物冗長地推論出，自然需要罪惡，要有毀滅才能創造，我們在毀滅的時候，就是在幫助創造。這些推論都是在奠立身陷牢獄的薩德心中的絕對自由。他受到極不公正的箝制，自然一心渴望毀滅性的爆炸。就這一點，他與當時的思想相違背：他追求的自由不是原則上的，而是本能上的自由。

薩德無疑曾夢想一個世界共和國，由札美[55]這個改革智者展現共和國藍圖。他的反抗行動加速，愈來愈無法忍受限制，因此由共和國指出他反抗的目標之一，那就是解放全世界。但是他所有思想都與他這個緊守的夢想相矛盾，他不是人類的朋友，他憎恨博愛者。他偶爾談及的平等是個數學概念：人與物品平等、所有受害者之間並無差別。他把欲望推到極點，必須主宰一切，他真正的實現是在仇恨當中。薩德的共和國並非以自由為原則，而是放蕩。這位奇特的民主主義者寫道：「正義並沒有實質的存在，它是所有激情的神祇。」

最能揭露他這種思想的，莫過於多芒樹在《閨房裡的哲學》（*La Philosophie dans le boudoir*）中宣讀的那篇著名誹謗文章，文章標題很奇特：〈法國人，要成為共和黨人，再加把勁吧〉。皮耶·克羅索夫斯基[56]正確地強調，這篇誹謗文向革命者指出，他們的共和國是建立在謀殺具有神權的國王之上，一七九三年一月二十一日將神送上斷頭台的時候[57]，他們便永遠禁止自己廢除罪惡、消滅作惡本能的權利。緊接著的君主制度，維持著神的概念來制定法律。至於共和體制呢，必須拋棄神靠自己，人的德行在體制內不應受到控制。然而，並非如同克羅索夫斯基所言，其實薩德並沒有深沉的褻瀆神的意圖，也不是因對宗教的厭惡導致他做出那些結論。他其實是先抓住這些結論，然後才找出適當的論詞，來辯護他想和當時政府要求的絕對品德放蕩。激情的邏輯推翻了傳統的理性邏輯，他把結論置於前提之前。在這篇文章中，薩德以一連串令人讚嘆的詭辯來證明誹謗、盜竊和謀殺是合理的，

54 薩德筆下的罪犯都以無法掌控的性欲為藉口。原註。

55 札美（*Zamé*）是薩德小說《阿麗娜和瓦爾古》（*Aline et Valcour*）中人物，一個烏托邦天堂的哲學家國王。譯註。

56 《薩德，我的相似者》（*Sade, mon prochain*），Seuil 出版社。原註。

57 將法王路易十六送上斷頭台時，革命者自己已殺人，所以沒有權力自稱廢除罪惡、消滅作惡本能。譯註。

只消讀了就能看出他是把結論放在前提之前，他並要求這些罪行在新城邦中能被接受原諒。

然而，從這裡可看出他思想最深刻的地方。他以一種當時罕見例外的真知灼見，拒絕把所謂的自由和美德混為一談；自由，尤其在一個像他被監禁的人腦海裡，無法忍受限度，自由就是罪行，否則便不再是自由。就這個基本觀點，薩德從未改變過，論調總是互相矛盾的薩德，只在死刑這點上從不矛盾，決然一致。他身為挖空心思發明虐待方式的愛好者、性犯罪的理論家，卻無法忍受法律判定的罪行。「國家對我的監禁，眼皮下就是斷頭台，對我的折磨勝過所有想像中的巴士底監獄。」在這種恐懼下，於恐怖時期[58]，他竭盡勇氣在公開場合盡量克制自己，還慷慨地替害他下獄的丈母娘求情。數年之後，諾帝耶[59]或許不自知地明白概述了薩德頑強捍衛的論點：「在極度狂熱的情況下殺人，這是可以理解的行為；經過嚴肅思考、以令人尊敬的政府部門名義決定一個人要被殺，這無法理解。」這個想法像個導火線，薩德將之發揚光大：殺人者必須償命。我們可以看出，薩德比我們當世人還注重道德。

然而，薩德痛恨死刑，首先來自他痛恨那些自認為很有美德的人，痛恨他們那些名義，膽敢對別人做出決然的處罰，其實他們自己也是殺人犯。我們不能自己犯了罪，卻去懲處他人。要不就打開監獄放出所有人犯，要不就證實自己的品德毫無瑕疵，而這是不可能證實的。一旦人們認可了殺人，哪怕僅是一次，就必須認可全部的殺人行為。因為本性犯了罪，就不能又同時置身於法律那一方。

〈法國人，要成為共和黨人，再加把勁吧〉要說的是：「接受犯罪的自由，唯一合理的自由，進入永遠進行造反世界如同進入恩寵裡。」對惡的絕對遵從，反而導致一切都必須克制尊崇恐怖的邏輯，讓來自啟蒙思想、相信良善本性的法蘭西共和國感到驚恐。共和國成立後第一次暴動，就燒毀了《索多瑪一百二十天》手稿，這個意義深長的巧合，當然也揭露了薩德所呼籲的異端怪異的自由，再次把這個會腐化人心的信奉者丟進了牢獄[60]，同時也讓他把他恐怖的反抗邏輯推向更極端。

普世共和或許是薩德的一個夢想，但他從未真正嘗試去推動。在政治方面，他真正的立場是犬儒主義。在「犯罪之友社」[61]裡，人們公開聲稱贊同政府及其法律，然而一心只準備違反法律，因此，娼寮業者們把票投給保守派議員[62]。薩德所構思的計畫，前提是要有一個仁慈中立的政權。罪惡的共和國不可能，至少暫時不可能是普世的，所以必須佯裝服從於法律。然而，在一個只以犯罪作為規

---

58 一七九三至一七九四年雅克賓黨專政法國的時期，大規模鎮壓所謂的「反革命分子」。譯註。
59 諾帝耶（Charles Nodier, 1780–1844），法國早期浪漫派作家，文學界領袖之一。譯註。
60 巴士底監獄之後，薩德被關進精神病院。譯註。
61 薩德在《茱莉耶特》（*Juliette*）一書裡虛構的一個會社。譯註。
62 這裡指出犬儒主義的虛偽，表面贊同法律，私下走後門違反，就像娼寮業者支持保守派議員立法禁娼，因為知道私下可以包庇不受罰。譯註。

則的世界，在犯罪的天空之下，以本性就是會犯罪之名，薩德其實只服從於永不倦怠的肉欲。但是無限制的肉欲，也就是反過來無限制被肉欲所囚；允許毀滅，也就意味著自己可能被毀滅，因此必須鬥爭和統治。他那個世界的法律也就只是鬥力，其動力也就只是權力意志。

犯罪之友薩德，真正遵循的只有兩種權力：一種是與生俱來，恰好出生於他那個社會的權力世家；另一種則是被壓迫者往上爬，運用卑劣手段終於能和大人物平起平坐，後者正是薩德書中出身平凡的主角走的路線。這個有權勢的小圈子，這些熟知內情的內行人，知道他們擁有一切權利。若有誰懷疑這個令人生畏的特權，哪怕只是一秒鐘，就會立刻被排擠出去，變回受害者。如此一來，儼然像布朗基主義[63]精神，一小群男女因為擁有怪異的本領，便自居高位，凌駕於一群奴隸階級之上。對這些人說，唯一的問題就是如何組織起來，完全地行使不受羈束的肉欲的權利。

只要世界不接受罪惡的法律，他們便無法被世界接受。薩德甚至從來也未曾相信他的國度會多一點努力，成為「共和國」。但是罪惡和欲望如果不是全世界的律法，不是至少主宰一塊界定出的地域，就無法成為眾人一致的原則，反而成了衝突的因素。如果罪惡和欲望不再是律法，人又會回到分裂和無秩序的狀態，所以必須從無到有創造一個完全符合這個新規範的世界。造物主並沒有達到的一致性（unité），在這個小小王國裡實現了。強權的法律從沒耐心等到蔓延全世界，必須立刻界定出可以實現的地域，儘管這個地域必須以鐵絲網和崗哨圈起。

薩德的主張圈起了一個封閉的地域，層層包圍的城堡，沒有人可以逃脫，這個罪惡和欲望的社會遵循著無情的規則，在裡面安然橫行。最不受羈束的反抗、對自由全然的訴求，卻導致大多數人被奴役。對薩德來說，人唯有在這些放蕩的城堡中才能獲得自由，進入這不能回頭的欲望地獄的男女眾生，由罪惡的政治機構主宰生死。他的作品大量描寫這些充滿特權的地方，放蕩的仕紳每一次向集結的受害階級指明他們休想反抗和絕對的奴性時，都會重複布朗基公爵在《索多瑪一百二十天》裡對著小老百姓說的那句：「你們對世界來說，已經死了。」

薩德住的的確是自由塔，但卻是巴士底監獄裡那座名為「自由塔」的地方，絕對的反抗跟著他藏匿在那座骯髒的巴士底堡壘裡，受虐和施虐者都無法逃出。為了辯證他的自由理論，他不得不以無法遏制的欲望為名義。無限制的欲望自由代表的是對他人的否定和抹滅憐憫之心，必須扼殺心靈這個「精神上的弱點」；封閉的地域和規範的目的就是要扼殺心靈。在薩德虛構的城堡裡，規範扮演著最重要的角色，建構出一個懷疑不信任的世界，它的角色就是防止任何意料不到的溫情或憐憫滋生，以免破壞愉悅享樂的美好藍圖。薩德的享樂無疑相當奇特，以控制來運作，「大家每天早上十

63 布朗基（Louis Auguste Blanqui, 1805–1881），法國無產階級革命運動家，空想社會主義者，主張建立少數人的專政。譯註。

點鐘起床！」必須防止性享樂轉變為感情，必須把性享樂抽離出來，使之變得冷硬。同時也必須從不把性享樂的對象視為人。人是「一種絕對物質化的植物」，只能視為物體，而且是一種試驗的物體。在他那個鐵網團團圍住的共和國裡，只有機械和機械師，規範則是機械使用說明，這些規範無遠弗屆，無所不管。這些齷齪的修道院自有其規範，不懷好意地抄襲於宗教團體的規範，在這裡放蕩者當眾懺悔，但是標準變了：「若行為純善，將受到懲罰。」

薩德如同他當時的人，建構心目中的理想社會，但是和他的時代相反，他的理想社會建構在人本性中的惡上面。他身為先驅，精準籌建了一個權力與仇恨的城邦，甚至還把征服成果化為數據，從這些犯罪數字就可看出他冷血犯罪的哲學觀：「三月一日前屠殺十人。三月一日以來：二十。逃返家鄉的：十六。共計：四十六人。」他是先驅沒錯，但我們可以看見，他殺的人數比起後繼者算是小巫見大巫。

如果一切只到此，人們只知道薩德是個沒沒無聞的先驅者，但是一旦護城吊橋拉起，就必須生存在城堡裡。規範訂得再精密，終究無法預見一切，它只能破壞，不能創造。這些變態的小團體裡的主子找不到他們追求的滿足……薩德經常提到「甜美的罪惡習慣」，然而，這裡沒有任何是甜美的，應該是身陷鐐銬的人的狂怒而已。的確，薩德的思想擺脫不去性高潮，最大限度的性高潮卻相伴著最大程度的破壞。佔有被害者，在痛苦中交媾[64]，這就是城堡裡萬事依歸所尋求的絕對自由。但是，一旦性犯罪消滅了肉欲的對象，也就抹殺了只在消滅那一刻才能感受到的快感，所以必須尋找下一個目標，再殺，然後再下一個，不停找尋下一個可能的目標。薩德小說裡就是這些無趣的情色、犯罪的畫面累積，生硬不變，反而讓讀者留下一個可厭的、和性歡愉相反的印象。

在這樣一個世界裡，何來性歡愉，肉體和諧契合滋生出的甜蜜快感呢？只不過是徒勞地想逃脫絕望，卻又跌回絕望之中，從奴役回到奴役，從監牢回到監牢。如果唯一真實的只有大自然，如果大自然中只有肉欲和毀滅是合理的，那麼，毀滅再毀滅，人的世界已不足以滿足嗜血的欲望，必須毀滅一切。按照薩德的說法，人必須成為大自然的劊子手，但是這並不是那麼容易達成的。當人數結算完畢，所有的受害者都殺光之後，在孤立的城堡中剩下劊子手們面對面，他們還未饜足。被蹂躪的軀體瓦解成元素回歸大自然，繼起為另一個生命。因此殺戮並未完成：「謀殺只剝奪了被殺那個人的第一個生命，必須拔除他的第二個生命……」薩德思考針對所有造物的謀殺：「我厭惡大自然……我要攪亂它的格局，阻撓它的進程，止住星體轉動，顛覆宇宙中浮動的星球，摧毀為大自然效勞的一切，保護傷害它的一切，侮辱它創造的所有事物，但我無法成功。」他雖然想像了一個足

64 這是卡繆對姦屍、性虐待的含蓄說法。譯註。

以粉碎宇宙的機械師，但他知道在星球粉碎的粉末中，生命還在繼續。謀殺所有造物是不可能的，不可能毀滅一切，一定會有遺留。「我無法成功……」這無情冰冷的宇宙突然在薩德極度的憂鬱中緩和了，憂鬱中的他不再想摧毀宇宙時，才讓我們感動。「我們或許能攻擊太陽，讓宇宙失去太陽或是讓陽光灼燒全世界，這至少是罪刑……」是的，這是罪行，但不是最終的罪刑。還是必須往前，劊子手們彼此以眼光掂量對方斤兩。

現在只剩下他們了，被唯一一條法律支配，那就是權力。既然當他們是主子時接受這條權力法律，現在它反過來針對他們時，就無法迴避。所有的權力都試圖成為獨一不二，無人能抗衡。還得繼續殺下去：現在輪到他們，主子們互相殘殺。薩德看到了這個後果，卻不退縮，這在他的反抗領域中出現奇異的以邪惡克己的影子，他絲毫不想加入溫情和妥協的社會。護城吊橋不會放下，他甚至接受自己被毀滅。拒絕一切的力量一發不可收拾，推至極端，直至對一切無條件接受，這其實也有崇高的意味。主子接受輪到他當奴隸，甚至還希望成為奴隸。「斷頭台對於我，也將是肉體享樂的王位。」

最大的破壞因此和最大的肯定相符一致。主子們互相撲向對方，這部以高唱放蕩為基礎的作品最終卻「四散著放蕩者屍身，在他們天分的最高點處」[65]。殘存下來的，最強大的那個人，也將是孤獨的，獨一無二，薩德開始替自己歌頌榮耀，此時他終於統治全世界，身為主子與上帝。但在他最終勝利的那一刻，夢想也破滅了。獨一無二的他返回監獄裡，誇張無拘的想像力造就了獨一無二的那個人，他把自己和那個人混淆了。他的確成了孤獨一人，關在血腥的巴士底監獄，他的整個世界建構在尚未平息的性快感上，然而已無對象。他只在夢境中得勝，十多本著作充滿暴力與哲學，概括說明他被迫不幸的禁欲，一場虛幻的進程，從「全然的不」走向「絕對的是」，甚至到對死亡的接受，將對萬物及所有人的謀殺轉變為集體自殺。

薩德以芻像被處決[66]，他自己也只在想像裡殺人，大膽為人類盜火的普羅米修斯最後成了聖經裡的自慰者俄南（Onan）。他在監禁中結束了一生，但這次是在精神病院裡，面對一堆精神病患，在拼湊的舞台上演出。世界秩序無法讓他滿足的，他在夢幻和創作中尋求到一丁點慰藉。當然，作家什麼都想嘗試，至少他打破所有的限制，讓欲望延伸到底，就這一點來說，薩德是個完美的文人，建構了一個虛幻世界，給自己一個存在的幻覺。他將「通過寫作犯的道德罪惡」置於一切之上，他無可置疑的價值，就是在積壓的憤怒中洞悉、並立即描繪出，如果反抗邏輯忘卻了其根源開端，可

---

65 莫里斯・布朗修（Maurice Blanchot）。《洛特雷阿蒙和薩德》（*Lautréamont et Sade*），子夜出版社（Minuit）。原註。

66 以芻像代替犯人被處決是中古世紀以來就有的事，一七七二年薩德因在馬賽毒害妓女被判死刑，因家境豐厚以錢擺平，僅以稻草芻像被處決。譯註。

能引發的極端後果。後果就是封閉的全體、普遍的罪惡、犬儒主義的貴族思想和對世界末日的期盼。這些後果在他死後多年一一應現，但是他當時已體驗到這些後果，並且似乎陷入了死胡同，只能在文學中獲得解脫。很奇怪的是，薩德將反抗引到藝術創作的路上，之後浪漫主義才更發揚光大。他認為「人們對文字的曲解如此危險，無所不在，這些作家在印行可怖的言論時，目的只是想讓罪惡流傳身後，他們縛手縛腳無法行動，但這些被詛咒被禁的手稿代替他們犯下罪行，他們帶著這甜美的想法死去，以死亡逼迫他們放棄追求來當成慰藉。」他也身屬那些作家之列。他反抗的歷程表現出對生存的渴望，雖然他渴望的永生是該隱的永生[67]，他至少渴望，並且不自覺地展現了形而上反抗最真實的一面。

除此之外，他的後繼者讓他的思想更發揚光大，受他思想影響的也並非只有作家。他確實受盡苦難，他所受的苦難與死亡激起文學咖啡廳中知識分子熱切的想像以及高談闊論。但不僅於此，薩德在我們這個時代這麼受歡迎，是因為他的夢想和我們當代人心相通：要求完全自由、去人性地以智慧冷酷地規劃。將人簡化為試驗的物體，以規則準確界定掌握權力者和被物化的人之間的關係，而恐怖的試驗是在封閉的環境裡進行。這些論點被後來掌權者翻出來大做文章，用來為新奴隸時代鋪路。

兩個世紀以前，薩德就曾小規模地以狂熱自由的名義歌頌極權主義社會，事實上反抗根本未曾有過這種訴求。當代悲劇的歷史隨著他真正開始；他相信的只是一個以罪惡為基底的社會，可以解放道德，彷彿奴性會有其界線。而我們這個時代，很詭異地侷限於掃除他普世共和國的夢想和他墮落的手段，卻未觸及他真正的思想。而他最痛恨的合法殺人，卻搖身一變取代了他本歸因於本能式犯罪的功用[68]。罪惡，在他眼中是一連串放縱惡行得來的特殊、甘美的果實，今日卻成了喊著美德口號的警察系統一成不變的慣用手法。這是文學令人驚訝之處。

浪蕩子的反抗

現在還是繼續談文人世界。浪漫主義以其魔王路西法[69]式的反抗，真正的功勞只是在創新文學想像範疇。如同薩德一樣，浪漫主義重點放在惡和個人，以區別於古代的反抗；在這個階段，反抗強

---

67 該隱殺了兄弟，是第一個殺人犯，薩德身為一個殺人犯，追求的永生也只能是該隱的永生。譯註。
68 立法殺人、以革命為名殺人，就像薩德因為欲望所需不得不殺人的藉口，異曲同工。譯註。
69 本文中的路西法原是天使長，後墮落。聖經記載撒旦原是天使中最高位的天使長，後人就拿路西法代表撒旦。譯註。

調挑戰與拒絕的力道，忘卻了它積極的本質內容。既然上帝要求人的良善，就該把這良善變成可笑，選擇惡這一邊。就算沒有真的付諸行動，浪漫主義對死亡和不正義的怨恨導致為惡和殺人辯護。

在浪漫主義者最喜歡的《失樂園》[70]裡，撒旦和死亡兩人的反抗——尤其當死亡是撒旦的孩子時（死亡連同原罪是撒旦的兩個孩子）——象徵了這個悲劇。反抗上帝的撒旦自認為無辜，為了抗拒上帝的惡，全盤否定了善，因此又重新注入了惡，這位浪漫主義的史詩人物混沌宗教領域的一切，混淆善惡[71]。這位主角可說是「命定的」[72]，因為命運混淆善與惡，人無力辯說；命運摒除價值判斷，以一句「就是如此」作為一切的藉口，只除了造物主沒有藉口，是所有不公不義唯一的負責人。浪漫主義的主人翁也是「命定的」，因為隨著他勢力逐漸強大名聲漸高，惡的力量也在他身上增長。一切的權力，一切過度都以一句「就是如此」掩護。雖然藝術家——尤其是詩人——身上都有惡魔的影子，但這種自古以來的說法在浪漫派身上更顯露挑釁的一面。在那個時期，一種惡魔的帝國主義風潮把所有人，甚至正統思潮的大藝術家都歸併到其下。布萊克指出：「彌爾頓描述天使和上帝時顯得縛手縛腳，提到惡魔和地獄時淋漓精采，那是因為他是個真正的詩人，屬於惡魔那一方而不自知。」這位詩人、天才、他的人本身，以最崇高的形象，和撒旦一起大喊：「永別了，希望，與希望永別的同時，永別了，恐懼，永別了，悔恨……惡，來當作我的善吧。」這是一個無辜者憤慨的吶喊。

浪漫主義的主人翁自認被迫行惡，因為善已經不可能。撒旦起身對抗創造他的上帝，因為上帝運用暴力想除掉他，彌爾頓的撒旦說：「以理來說我們是平等的，他卻以暴力凌駕於與他平等的人之上。」神的暴力如此明白受到譴責。反抗者遠離這個愛攻擊又不夠格的上帝[73]，「離他愈遠愈好」，凝聚所有與神的秩序敵對的力量。惡的王子之所以選擇了惡，只因善這個概念被上帝利用於不正義的計畫了。甚至純真也會激怒反抗者，因為純真也代表虛偽的盲目，這種「被純真激起惡的黑暗念頭」引起了人性的不正義，和神的不正義其實異曲同工；既然創造的始源是暴力，就以更強烈的暴力回應。過度的絕望加在絕望之上，就像惡性循環，讓反抗處於充滿怨恨的萎靡狀態，歷經長期不正義的試煉，善與惡的分野終至完全消失。維尼的撒旦——

……再也感受不到惡或善

他甚至對自己製造的不幸毫無歡欣。

---

70 十七世紀英國詩人彌爾頓以《聖經．舊約》〈創世記〉為題材寫的史詩。譯註。

71 《失樂園》敘述撒旦率眾反抗天神，被逐出天界，在地獄之門遇到他分別命名為「罪惡」、「死亡」的孩子，這兩個孩子也跟隨父親撒旦一起建造連接地獄和人間的橋梁。撒旦之後化身為蛇，引誘亞當夏娃違反神的禁令偷食禁果。譯註。

72 這也是威廉．布萊克（William Blake）作品的主題。原註。

73 「彌爾頓筆下的撒旦道德比上帝高出很多，就像一個維護敵手處境的人，比起一個為確保勝利不惜對敵手發動恐怖報復的人，高尚很多。」——赫爾曼．梅爾維爾（Herman Melville）。原註。

這替虛無主義下了定義，也允許了殺人。

的確，殺人成了可親的一件事。只消比較中世紀雕刻家創作的路西法和浪漫主義的撒旦，就可看出；一個「年輕、憂鬱、迷人的」的少年（維尼）取代了頭上長著角的怪物。「俊美無比的美男子」（萊蒙托夫[74]），孤獨而有力，痛苦而不屑，肆意欺壓眾人。然而他有痛苦作為藉口，彌爾頓的撒旦說：「有誰敢說羨慕那個曾在最高位，繼之又受到永無止境最大處罰的那個人呢？」這麼多不正義的折磨，如此不斷的痛苦，成了過度行為的藉口，反抗者也從中得到一些優勢。誠然，反抗者並不煽動殺人，但是殺人已寫進浪漫派至高無上的特質裡，這特質就是狂熱。狂熱是厭倦無聊的反面：羅倫札齊奧嚮往冰島兇漢[75]，纖細敏感心儀野獸式的狂暴本質。好比拜倫[76]筆下的主人翁，沒能力去愛，或是只遇見不可能的愛情，孤獨、頹喪，現實令他筋疲力盡，想要感受自己活著，就必須藉由短暫而毀滅性的行動帶來興奮的刺激。愛上此生不會再看見的東西，就如同愛上轉瞬而逝的火焰和吶喊，與之俱焚，只活在這一刻，只為了感受——

> 這短暫但充滿生氣的結合
> 一顆受苦難的心和苦難合而為一。（萊蒙托夫）

死亡威脅籠罩著我們的生存狀態，使一切凋萎，唯有吶喊讓人覺得活著，興奮刺激取代了真實生存。到這種地步時，世界末日的思想成了一種價值觀，愛與死、意識與罪惡感都混淆一起。世界沒了方向，生存只是深淵，據阿斐德．勒博德範[77]的形容，深淵裡「人們憤怒戰慄，珍愛著他們的罪行」，詛咒著造物主。這種狂亂的迷醉，甚至可稱為美麗的罪惡，一瞬間就耗盡生命的意義。浪漫主義並未真正宣揚罪惡，而是藉由改變傳統裡無法無天之徒、受盡折磨的人、劫富濟貧的綠林大盜的形象，進行一場含義深刻的訴求。灑狗血的悲喜劇和黑色小說受到大眾歡迎，大眾藉著皮克塞黑古爾[78]的作品紓解身心，另一些人則更省事，藉由殺人的集中營滿足這些心靈上的渴求。這些作品當然也對當時社會提出挑戰，但是浪漫主義興起時，挑戰的首先是道德和神性的規範；因此它最原始的面目並非革命者，而是——以邏輯來說——是浪蕩子。

---

74 萊蒙托夫（Mikhail Lermontov, 1814–1841），俄國浪漫派詩人。譯註。

75 羅倫札齊奧（Lorenzaccio）是繆塞（Alfred de Musset, 1810–1857）同名劇中主角，《冰島兇漢》（*Han d'Island*）是雨果早期小說。這句話是比喻憂鬱君子嚮往熱血猛漢。譯註。

76 拜倫（George Gordon Byron, 1788–1824），英國浪漫主義詩人。譯註。

77 阿斐德．勒博德範（Alfred Le Poittevin, 1816–1848），法國詩人。譯註。

78 皮克塞黑古爾（René-Charles Guilbert de Pixérécourt, 1773–1844），法國劇作家，寫出當時受歡迎高潮起伏、扣人心弦的大眾劇。譯註。

為什麼「以邏輯來說」呢？正因為執著於撒旦思想，只能重複不斷以不正義來證實自身，甚至以某種方式來說，以遭受的不正義來鞏固自己的存在。到了這個階段，痛苦必須是無法治癒，才能被接受。反抗者選擇了形而上意義裡最糟糕的一個，藉由文學闡釋自己被詛咒無法逃離的命運，直到今日我們還擺脫不掉。「我感受到我的力量，也感受到鐐銬」（彼得呂斯．伯雷爾[79]），但是鐐銬是珍貴的，如果沒有它做藉口，該如何證明、發揮其實他們根本就沒有的力量呢？拿伯雷爾來說吧，成了阿爾及利亞的一介公務員，盜火天神淪落在殖民地村子取締歌舞酒館整頓民風。然而不管：所有詩人若要讓人欣賞，無論如何都得是受詛咒的。[80]夏爾．拉賽伊[81]，就是打算寫《羅伯斯比[82]和耶穌基督》（*Robespierre et Jésus Christ*）那本哲學小說的作家，每晚睡前一定大聲朗誦幾句褻瀆上帝的詩句以激勵自己。反抗穿著黑色喪服，在舞台上搔首弄姿。浪漫主義在個人崇拜之上，更創造出對作品角色的崇拜，也是合乎邏輯。對上帝代表的規範和統合不再抱希望，固執地想集結起來對抗敵對的命運，急切想維持在被死亡環伺的世界上還能保有的一切。浪漫主義的反抗尋找態度上的對策，以美學一致性的態度，聚合所有被偶然牽著走、被神的暴力毀滅的人，讓註定要死的人，在消失之前至少發光發熱，讓這光熱證實人曾經存在過。這態度是一個不變的支點，唯一能讓人面對上帝仇恨僵化的臉的支點，讓並無行動的反抗者能勇敢地迎戰上帝的目光。彌爾頓說：「沒有任何東西可以動搖這不變的精神，這被觸怒的心靈滋生出的傲氣。」一切都騷動不已，朝虛無奔去。雷蒙．葛諾

[83]挖掘出的一位怪異的浪漫主義作家，聲稱人一生智慧的努力只為了成為上帝，老實說這位浪漫主義者有點超前時代；當時的浪漫主義目的不是與上帝較量，而是維持和祂一樣的高度，並不是要毀掉祂，而是不斷努力不順從於祂。浪蕩主義只是低階一點的禁錮形式。

浪蕩子透過美學方式創造了一個團體，但這是個標新立異、以否定為中心的美學。「在鏡子之前生存與死亡」，波特萊爾[84]認為這是浪蕩子的箴言，的確相符，浪蕩子的功用就是反對派，只在挑戰中存活。直到那之前，人接受造物主的天地和諧秩序，一旦與造物主斷絕，就必須獨自面對當下此刻、流逝的時光、分散擾亂的情緒，人必須重新靠自己來掌握一切。浪蕩子們靠著拒絕的力量凝聚成

---

79 彼得呂斯．伯雷爾（Petrus Borel, 1809–1859），法國「狂熱浪漫派」詩人，曾在阿爾及利亞當視察員。譯註。

80 今日文學中還是能感受到這一點。馬爾羅（André Malraux, 1901–1976）說：「再也沒有受詛咒的詩人了。」不對，是比較少了，但成功的作家很多都擔心自己是受詛咒的。原註。

81 夏爾．拉賽伊（Charles Lassailly, 1806–1843），法國「狂熱浪漫派」作家。譯註。

82 羅伯斯比（Maximilien François Marie Isidore de Robespierre, 1758–1794），法國大革命時期政治人物，是雅各賓黨實際首腦及獨裁者。譯註。

83 雷蒙．葛諾（Raymond Queneau, 1903–1976），法國超現實小說家，被視為後現代主義先驅。此處所說他挖掘的浪漫主義作家到底是誰，未有定論。譯註。

84 波特萊爾（Charles Pierre Beaudelaire, 1821–1867），法國象徵主義先驅詩人，但創作仍保留著浪漫主義的主題。譯註。

一個團體。身為個體，已經沒有規範可循，必須化身為作品角色才能圓滿；然而角色需要觀眾，浪蕩子唯有相對才存在，別人的臉上看到的自己才是存在。別人是那面鏡子，但是鏡子很快模糊黯淡，因為人的注意力是有限的，必須不斷喚醒，以聳動刺激觀眾。浪蕩子不得不出新招吸引，標新立異，不斷哄抬效果。他永遠與一切切割，無法融入，他一邊否定世人的價值觀，一邊卻強迫世人來塑造他自己。他無法真正活著，只是表演自己的生命，除了獨自一人沒了鏡子的時刻，他會一直表演到死。對浪蕩子來說，孤獨一人就成了什麼也不是；浪漫主義談論孤獨如此精采出色，正因為孤獨是他們真正的痛苦，難以忍受。他們的反抗扎根很深，但從裴沃的《克里夫蘭》[85]直到達達主義，中間歷經一八三〇年代的狂熱浪漫派、波特萊爾和一八八〇年代的頹廢派，一個世紀的反抗僅侷限於廉價的大膽「怪誕」。浪漫主義者把痛苦掛在嘴邊，是因為他們絕望地發現除了譁眾取寵之外，永遠無法超越它，他們本能地察覺到，痛苦是他們唯一的藉口和真正高貴之處。

因此，浪漫主義並未被法國大文豪雨果傳承，而是由波特萊爾和拉斯奈爾[86]兩位罪惡詩人延續。波特萊爾說：「這世界一切都散發罪惡氣息，報紙、牆壁和人的臉孔。」那至少讓罪惡這世界法則有個高貴的形象吧。拉斯奈爾這風度翩翩的殺人犯身體力行，身染罪行；波特萊爾沒那麼一絲不苟遵行，但他有天分，他創造了罪惡花園，罪行是裡面一株比一株更罕見的品種，恐怖本身成了細膩的情緒和稀罕之物。「我不僅會很高興成為受害者，也不厭惡成為劊子手，以便用兩種方式感受革命。」波特萊爾就算因循潮流，依舊帶著罪惡的味道；他將德梅斯特[87]視為思想導師，正是因為這位保守派追根究柢，並將學說集中在死亡和劊子手身上。「真正的聖人，」波特萊爾似乎這麼想，「鞭打和殺害人民，只是為了人民好。」歷史將讓他如願，一整個真正的聖人族群開始擴散在世界，印證反抗這些怪異的結論。波特萊爾雖然作品裡撒旦滿天飛舞，加上對薩德的欣賞，滿嘴褻瀆字語，但他還是太執著於神學，稱不上一個真正的反抗者。他真正的悲哀，也是他成為當時代最偉大詩人的原因，並不在於此。在這裡提到波特萊爾，只因為他是浪蕩主義最深刻的理論家，為浪漫主義的反抗蓋棺論定下了最有力的結論。

浪漫主義揭示了它的反抗與浪蕩主義確實有關聯，方向之一就是「表現」。浪蕩主義以它的傳統表現形式，承認了緬懷某種道德觀，只不過是榮譽降格為單挑決鬥時的小格局[88]，但是它也同時開

---

85 裴沃（Antoine François Prévost d'Exiles，通稱為 Abbé Prévost, 1697–1763），法國啟蒙時代文學家，所著的《克里夫蘭》（*Cleveland*）這本小說以英國哲學家克里夫蘭為主角，集浪漫主義所有元素。譯註。

86 拉斯奈爾（Pierre François Lacenaire, 1803–1836），法國詩人、殺人犯，被送上斷頭台。譯註。

87 約瑟夫・德梅斯特（Joseph de Maistre, 1753–1821），法國政治人物、法官、歷史學家、哲學作家，「反法國大革命哲學」之父。傳統保守派，認為動盪時代人民更需要國王，而非革命。譯註。

88 法文中 honneur 和 point d'honneur 是雙關語，前者是榮耀，後者是決鬥時的規則之一，表示由大方面的榮耀縮減到小鼻子小眼睛的私人決鬥。譯註。

創了一種直到今日還盛行的美學：孤獨的藝術家對抗他們所譴責的上帝。從浪漫主義開始，藝術家的使命不再是創造一個世界，也不再是單純頌揚美，還必須表現出一種態度。藝術家成為模範，讓自己身為表率：藝術就是他的道德精神，因此開啟了一個藝術家引領大眾意識的時代。浪蕩子們在不互相殘殺或是不發瘋的時候，致力於引領後世的大業。他們吶喊說自己將沉默，如維尼[89]，這沉默在耳邊轟然。

但在浪漫主義內部，一些反抗者認為這種態度不會有什麼結果，所以在怪誕（無法置信）與冒險革命之士之間扮演過渡角色；從哈摩的姪子到二十世紀的「勝利者」[90]之間，拜倫與雪萊[91]也已公開大聲疾呼為自由而戰，他們也暴露自己，但和表演是不同的方式。反抗漸漸離開「表現」的世界，進入它將完全投入的行動世界。一八三〇年法國的大學生運動和俄國的十二月黨人是反抗最純粹的體現，一場剛開始的孤獨路途，之後試著經由犧牲妥協，聚結夥伴同行。然而，對世界末日、激進狂亂生活的餘味還存留在今日革命人士嘴裡；一場一場的訴訟、預審法官和被告之間的戲碼、審問公開化，讓人窺見向舊日伎倆看齊的跡象，這伎倆就是浪漫主義反抗者拒絕現狀，以曇花一現的「表現」，希望尋求到表象之下生存意義的手法。

拒絕救贖

浪漫主義反抗者禮讚個人與惡，他並不是為大眾發言，只是自己表態。浪蕩主義，不管怎麼說，都是相對於上帝的浪蕩主義。個體既然身為被創造者，對抗的就只能是他的創造者，需要和上帝進行一種若即若離的遊戲。阿蒙．胡格（Armand Hoog）的作品[92]雖帶著尼采的影子，但他明確指出，在他作品中上帝尚未死。大叫大嚷宣稱上帝已死，只能算是和上帝開個玩笑。相反地，杜斯妥也夫斯基對反抗的勾描往前邁了一步。伊凡．卡拉馬助夫站在人這邊，強調人是無辜的，宣稱壓在人身上的死亡命運是種不正義。至少他的第一個行動，絕非為惡辯護，他辯護的是置於神之上的正義；

---

89 維尼的詩作中多次提到，面對上帝的沉默，人發出吶喊，但吶喊無效，終究沉默下來。譯註。

90《哈摩的姪子》（*Le Neveu de Rameau*）是狄德羅（Denis Diderot）寫的一本與大作曲家哈摩的姪子的對談錄。《勝利者》（*Les Conquérants*）是二十世紀馬爾羅（André Malraux）的一本小說。譯註。

91 雪萊（Percy Bysshe Shelley, 1792–1822），英國浪漫主義詩人。譯註。

92〈小浪漫主義者〉（Les Petits Romantiques），《南方筆記》（*Cahier du Sud*）。原註。

他完全沒有否定上帝的存在，只是以道德觀來駁斥上帝。浪漫主義反抗者的企圖是和上帝平等交談，因此以惡之道還施惡之身，以傲慢治殘酷。例如維尼認為最理想的，是以沉默回答沉默。誠然，將人提升到神的高度，已經算是褻瀆，但並沒有想到要質疑神的權力和地位，這樣的褻瀆還算是對神崇敬，因為所有褻瀆其實都是對神聖的參與。

但是藉由伊凡，面對上帝的態度變了，輪到上帝被審判，人位於更高處來評斷他，倘若惡對於神的創造是必需的，那如此的創造令人無法接受。伊凡不再相信這個神祕的上帝，只相信比上帝更高的原則，就是正義。他創新了反抗的根本行動，那就是以正義取代恩寵的王國。同時對基督教世界的抨擊也開始了。浪漫主義反抗者以恨為原則和上帝決裂，伊凡以愛為原則明白拒絕神祕無解的命運，也就是上帝。唯有愛，我們才會對瑪爾蒂[93]、一天工作十個小時的工人所受的不正義將心比心，更甚者，讓大家承認孩子們的死亡是不正義。伊凡說：「如果孩子受苦是獲得真理所必需的代價，我當下此刻便宣稱，這個真理不值得以此為代價。」伊凡不接受基督教義中受苦與真實之間分不開的關係，他最深沉的吶喊，一聲在反抗者腳下劃開了最驚心動魄深淵的吶喊，就是那句即使：「即使我錯了，我的憤慨依舊持續」。這也就是說，即使上帝存在，即使神祕之下是真理，即使佐西馬長老[94]說的有理，伊凡也無法接受這個以惡、苦難、死亡強加在無辜者身上的真理，體現了拒絕救贖。忠誠信仰讓人獲得永生，但忠誠信仰也意味著接受神祕、罪惡，屈服於不正義。由於孩子們受苦而拒絕忠貞信仰的人，無法得到永生；在這種情況下，就算永生存在，伊凡也要拒絕。他不接受這種交易，只接受無條件的恩寵，因此他提出條件。反抗要嘛就要全有，否則就全無。「整個世界的道理都比不上孩子的淚水。」伊凡並不是說真理不存在，而是說如果有真理，它也是令人無法接受的；為什麼呢？因為它是不公正的。由此第一次展開了正義與真理的對抗，這對抗將持續下去。伊凡孤單一人，像個道德家宣揚思想，以形而上唐吉訶德式的姿態孤軍奮戰。然而，二、三十年之後，一場巨大的政治運動以正義當作真理。[95]

此外，伊凡也拒絕獨自受到救贖，他與受難的人連成一體，因為他們而拒絕了天國。誠然，他若忠貞信仰，將得到救贖，但是其他人將受難，痛苦依舊持續。對一個真正有同情心的人來說，救贖是不可能的，伊凡以拒絕不正義和特權的雙重拒絕信念來否定上帝。往前踏一步，我們就從全有，否則就全無，來到了每個人，否則就一個人都不。

這種極端的決心，以及由這種決心表現出來的態度，若是對浪漫主義者來說，就足夠了。但是

---

93 瑪爾蒂（Marthe）是《卡拉馬助夫兄弟們》裡的人物，在此應是代表當時所有受苦的鄉下女人。譯註。
94 佐西馬長老是《卡拉馬助夫兄弟們》裡的人物，修道院長老，駁斥伊凡的無神論。譯註。
95 意指共產主義、法西斯主義以正義為名，讓一切作為合理化。譯註。

伊凡[96]，雖然也不乏浪蕩主義的影子，卻真正體驗著他的這些問題，在「是」與「不」之間掙扎。從這一刻開始，他就思考到後果；若拒絕永生，他還剩下什麼呢？生命剩下最基本的，生命的意義抹滅了，還剩下生命本身。伊凡說：「我活著，不管邏輯」，又說：「如果我對生命失去信仰，懷疑心愛女人、宇宙秩序，反而認定一切都如地獄般受詛咒的混亂——即使如此，我還是要活著。」伊凡於是「不知道為什麼」地活著、愛著。然而，活著就是行動，要以什麼依據行動呢？如果沒有了永生，也就沒有獎賞和懲罰，沒有善與惡。「我想沒有永生的話，就沒有真理。」但是：「我只知道痛苦是存在的，找不出罪人，因為一切都牽連在一起，一切都因此混沌一片，相互平衡。」但是如果沒了真理，就更不會有法規：「一切都是許可的。」

這個「一切都是許可的」真正肇始了當代的虛無主義。浪漫主義的反抗沒走到這麼遠，大致上只侷限於說不是一切都是許可的，但是出於無羈放肆，違反不許可的事。卡拉馬助夫家的兄弟們表現可就相反，憤慨的邏輯讓反抗回過頭指向自己，將反抗投入絕望的矛盾。最基本的差別是，浪漫主義者權宜行事而允許自己作惡，伊凡卻為了和思想一致強迫自己作惡，不允許自己做個善良的人。虛無主義不僅是絕望和否定，而且是絕望和否定的意願。伊凡如此熱切地為無辜者發言，因為孩子受苦而顫抖，想「親眼」看見小鹿睡在獅子身邊，受害者擁抱施害者，一旦他拒絕神的一致性，試著找出他自己的規則時，反而肯定了犯罪的正當性。伊凡反抗一個殺人的上帝，但他一旦推演自己的反抗，得出的法律卻是殺人。如果一切都是許可的，他可以殺死父親，或忍痛讓父親被殺。經過對我們注定要死的命運一番深思之後，結果僅是為殺人辯護。伊凡其實痛恨死刑（談到一場處決時，他憤怒地說：「以神的恩寵為名，他的人頭落地」），卻在原則上認同殺人。對殺人者施予寬容，對執行死刑者卻無法饒恕。這個矛盾，薩德優游其中，卻緊緊掐著伊凡．卡拉馬助夫的喉嚨。

既然永生不存在，他佯裝推論[97]，說即使永生存在，他也會拒絕。為了抗議罪惡和死亡，他選擇斷然宣稱真理和永生都不存在，任憑自己父親被殺死。他有意識地接受這個兩難，要嘛做個良善但違背邏輯的人，要嘛順著邏輯成為罪犯。他的分身，惡魔，在他耳邊說：「你要去做一件善良的事，然而你並不相信良善，這就是激怒你讓你困擾的。」沒錯，伊凡自問的問題，也就是杜斯妥也夫斯基針對反抗所貢獻的真正進步，也是我們在此唯一關注的問題：人們可以在持續的反抗中活著嗎？

我們能猜出伊凡的答案：唯有將反抗進行到底，才可能在反抗中活著。形而上的反抗進行到底又是什麼呢？是形而上的革命。既然這個世界的主子正當性受到質疑，就必須被推翻，由人來取代

---

96 不須提醒大家，伊凡就某方面來說，代表杜斯妥也夫斯基自己，作者融入伊凡這個角色，勝過另一個人物阿遼沙。原註。

97 佯裝推論：因為永生不存在，又何必繼續衍生「即使它存在」呢？譯註。

他。「既然上帝和永生都不存在，嶄新的人將成為上帝。」但是成為上帝意味什麼呢？正意味著承認一切都是許可的，駁斥自己訂的法規之外的一切法規；中間不必鋪陳推論，我們觀察到，成為上帝就是接受罪惡（這也是杜斯妥也夫斯基筆下的知識分子最喜歡的想法）。伊凡的個人問題是弄清是否要忠於自己的邏輯，從一開始為無辜受苦憤慨疾呼，最後卻以人—上帝的冷漠，接受他父親被謀殺。我們知道他的結論：任父親被殺。他思想太過深沉無法以「表現」自足，又太過脆弱無法行動，只好任父被殺，但也因此發瘋了。他不了解為什麼要愛父親，也無法了解為什麼要殺他；他夾在無法為之辯解的良善和無法接受的罪行之間，滿心憐憫又無法愛人，孤獨一人且沒有虛偽當掩護，這個矛盾折磨這高超的聰明腦袋。「我的思想是塵世的，為什麼要去了解不屬於這個世界的事呢？」然而他僅僅是為了不屬於這世界的東西而活，正是這種不屈從上帝的傲慢將他從這他什麼都不再愛的塵世帶走。

問題一旦提出，後果會隨之而來，這個失敗並無法阻止：自此反抗走向行動。杜斯妥也夫斯基已在「宗教大法官」[98]故事中，帶著準確的預言性指出這個趨勢。伊凡終究沒有把世界與他的造物主分開來，「我拒絕的不是上帝，而是創造的世界。」換句話說，上帝是父，與他所創造的萬物不可分。[99]他僭越的計畫因此是純粹精神上的，他並沒有想改革任何創造，只是面對這樣的萬物現狀，認為自己有權在精神上擺脫，其他人也和他一起獲得解放。相反地，一旦反抗精神接受「一切都是許可的」和「每個人，否則就一個人都不」，就是試圖重新創造，以維護人的崇高和神性。一旦形而上的革命從道德擴展到政治，就開始了一個新的層面，無法估量的範圍。必須特別指出，形而上的反抗也同時誕生於虛無主義。杜斯妥也夫斯基預言這個新的趨勢，預先宣告：「倘若阿遼沙結論說沒有上帝也沒有永生，他會立刻成為無神論者和社會主義者。因為社會主義不只是工人的問題，尤其關係到無神論，以當代的面貌，就如同巴別塔，背著上帝興建，不是想要上通天際，而是想讓天貶低到地。」[100]

阿遼沙的確可以帶著溫柔地把伊凡看作「初出茅廬的小伙子」，後者只嘗試做自己的主人，但做不到。其他人，更嚴格認真的人，將繼他而起，由相同絕望的否定出發，將直到要求掌握全世界。他們是「宗教大法官」，把耶穌監禁起來，前來告訴他，他的方法不當，世界的幸福不會由立即自由地選擇善或惡來獲得，而是要靠世界的統治與統合。第一步必須統治與征服，天上的王國的確下到人世，但是是由人來統治，剛開始是由一些像凱撒這種最早明白狀況的人來統治，之後隨著時間，

98 「宗教大法官」是伊凡為了說明自己的宗教想法編造的一個故事，敘述宗教大法官與上帝的一段對話。譯註。

99 伊凡任父親被殺，選擇了對自然和繁衍的侵害。他這個父親卑鄙可恥。介於伊凡和阿遼沙的上帝之間，卡拉馬助夫父親令人不齒的形象經常出現。原註。

100 這些問題（上帝與永生）與社會主義的問題是相同的，只是以不同角度切入。原註。

陸續出現其他後繼者。既然一切都是許可的，任何方法都可以用來統一世界。「宗教大法官」老了累了，因為他的思想苦澀，知道人既懦弱且更懶惰，寧可選擇和平和死亡，而不要分辨善惡的自由。「宗教大法官」對保持沉默、歷史不停拆穿他謊言的犯人耶穌心存憐憫，一種冷漠的憐憫；他催促他說話，承認錯誤，同時認可宗教大法官們和凱撒們的行動正當合理。但犯人沉默無語。因此行動繼續進行，犯人被殺，人的王國確定建立時，合理性終會來到。「現在只是開始，離結束還早得很，塵世還有很多要忍受，但我們會達到目標，我們會成為凱撒，那時我們會考慮世界的幸福。」

犯人被處決了，世界只由傾聽「深沉的思想、毀滅與死亡的思想」的宗教大法官們統治，他們驕傲地拒絕上天的麵包和自由，僅帶給世人麵包但沒有自由。「從十字架上下來，那我們就信仰你」，宗教大法官的警察們在各各他山上已經對著耶穌這樣喊，但是他沒有下來，甚至在臨死最痛苦時，抱怨上帝遺棄了他。所以沒有任何證據了，只剩下反抗者排斥的、宗教大法官譏笑的信仰與神祕。一切都是允許的，這混亂的一刻，繼之而來幾世紀的罪惡已準備妥當。從聖保羅到史達林，歷任教宗們鋪好路，讓那些只選擇自己的凱撒們[101]放手去做。和上帝一起未完成的世界統一，將嘗試以對抗上帝的方式來完成。

但是現在還沒談到那裡。目前，我們只看見墜入深淵的反抗者伊凡頹喪的臉，無力行動，在自己是無辜的想法和殺人的意願之間撕扯著。他憎恨死刑，因為死刑是人類現狀的寫照，同時他又走向罪惡。為了和世人站在一邊，他得到的卻是孤獨。隨著他，理性的反抗以瘋狂作為結束。

101 這裡的凱撒指的是掌握政治權力者。譯註。

絕對的肯定

人一旦開始對上帝道德審判，就是將祂殺死了。但是道德的基礎是什麼呢？人們以正義為名否定上帝，但是若沒有上帝這個概念，正義能被了解嗎？我們不是陷入荒謬了嗎？尼采直接探討的就是這個荒謬。為了超越荒謬，他把它推到極端：在重建道德之前，道德是上帝最後一張必須毀滅的臉孔。上帝已不復存在，不再保障人的存在，而人為了存在，必須下決心行動。

唯一者

施蒂納在打倒上帝之後，想消除人身上一切關於上帝的思想。但是和尼采相反，他的虛無主義（nililisme）志得意滿，施蒂納在死胡同裡大笑，尼采則往牆上撞。從一八四五年開始，他的《唯一者及其所有物》（*L'Unique et sa propiété*）出版那年，史蒂納開始佔據重要地位。他和一些黑格爾派年輕人（馬克思也在其中）經常參加「解放協會」，面對的不只是上帝的問題，還有費爾巴哈[102]對「人」的觀念、黑格爾的「精神理念」以及精神的歷史體驗——國家觀。對他來說，這些偶像都是相信永恆理念的「先天愚型」癡呆，他還寫出：「我的理論未建立在任何基礎上。」原罪當然是一個「蒙古症浩劫」，法律也是讓我們受苦受難的東西。上帝是敵人：施蒂納極盡所能褻瀆上帝（「消化完聖體餅，你就輕鬆了」）。但是上帝只不過是「我」的變形，或更準確地說，是我個人存在的變形。蘇格拉底、耶穌、笛卡爾、黑格爾，所有這些先知與哲學家唯一發明的，只是我個人存在的不同變形方式，施蒂納特別把這個「我」和費希特（Fichte）的「絕對自我」區分開來，把「我」減低到最獨特也最不可捉摸。「沒有名字可以命名」，這個我是唯一的。

施蒂納認為，直到耶穌之前的世界歷史不過是將現實給理想化的漫長努力，這個努力體現在古代人宗教淨化的思想和儀式中。從耶穌開始，這個目的已達到，開始了另一個努力，相反地是要努力將理想給現實化。對現實化的熱中取代了宗教淨化，隨著耶穌的繼承者——社會主義擴張其帝國，危害世界日漸加劇。然而，世界歷史只不過是對「唯一的我」這個原則的長時間侵犯，人們把活生

102 費爾巴哈（Ludwig Andreas von Feuerbach, 1804-1872），德國哲學家，認為基督教的上帝只是幻像，他以人為上帝，稱之為人道主義的神學。主要著作為《黑格爾哲學批判》和《基督教的本質》。譯註。

生、具體、勝利的這個原則壓在一連串抽象的枷鎖下：上帝、國家、社會、人類全體。對施蒂納來說，博愛無私是故弄玄虛的欺騙，歌頌國家和人類的無神論哲學只不過是「神學上的造反」。他說：「我們的無神論者是不折不扣的虔誠信徒。」整個歷史之中只有一種信仰，對永恆的信仰。這個信仰是個謊言，唯一真實的是「唯一者」，也是永恆的敵人、無助於統御欲望的所有事物的敵人。

施蒂納的全面否定所帶動的反抗，必然也摧毀所有肯定的事物，他一併揚棄充斥道德意識的種種神的替代品。「外在的天國已被掃除，」他說，「但是內在的天國又成了一個新的天國。」甚至革命——尤其是革命，讓這位反抗者極為反感；作為革命者，還是必須有某種信仰，明明已經沒有任何可信仰的了。「（法國）大革命最後成了一種反動，這讓我們看清革命的真正面目。」受人類奴役，也不比服侍上帝來得好，何況，友愛只不過是「共產主義者在星期天的態度」，在週間平日，這些兄弟都是奴隸。對施蒂納來說，自由只有一種——「我的權力」，真理只有一個——「像星子一樣燦爛的自我主義」。

在這一片沙漠中，繁花重新盛開。「只要思想和信仰的漫漫長夜還持續著，人們便不能領會一聲單純歡呼的巨大意義。」漫漫長夜即將到頭，黎明將起，這不是革命的黎明，是造反的黎明。造反本身是一種苦行，拒絕所有安逸，造反者只有在其他人自私利益與自身利益剛好符合時，才會短暫和對方相配合，他其實活在孤獨中，酣暢享受自己是唯一者。

個人主義因此到達頂峰，推翻一切否定個人的東西，讚頌一切使個人高興和對其有用的。根據施蒂納的看法，什麼是善呢？「所有我能夠利用的。」什麼是我合理可做的呢？「一切我有辦法做到的。」反抗又一次成了罪行的辯護。施蒂納不僅嘗試為此辯護（從這個觀點來看，他直接的因襲者以無政府主義恐怖分子的形式出現），而且明顯陶醉於自己開創的前景。「與神的世界決裂，或最好打破神的世界，會變得普遍。即將來臨的不是又一場新的革命，而是一場強勁、傲氣、沒有包袱、無畏、無所顧忌的罪惡，它豈不是正隨著地平線上的雷聲壯大嗎，你沒看見天際滿懷預感地陰鬱沉默下來嗎？」我們嗅到在陋室一角經營世界末日的人所感受到的陰沉快感。任何事物都無法抑止這種苦澀而專橫的邏輯，一切只是一個「我」對抗所有抽象概念，這個「我」如此封閉，切根斷連，乃至於變得抽象而無以名之。再也沒有罪惡或錯誤，因此再也沒有罪人，人人都完美。既然每個「我」對國家和人民來說都是徹底的罪人，我們就得知道，活著就必須違抗觸犯，要成為唯一者，就必須殺人，「你們什麼都不褻瀆，便無法像罪人般偉大。」他還沒推到極致，只謹慎提醒：「是殺掉他們，不是讓他們成為殉道者。」

然而，宣布殺人是正當的，也就是宣告動員所有的「唯一者」發動戰爭，如此一來，殺人就等於集體自殺。施蒂納不承認或不願正視，不退縮於任何毀滅，反抗精神終於在混亂毀滅中找到最苦澀的滿足。「你（德意志民族）將被打倒在地，你的各民族姊妹們也將隨你之路，當所有民族順著你的路，人類總體將被埋葬，在你的墳墓上，我終於成為自己的主人，我，人類唯一的主人，將開懷大笑。」因此，在世界廢墟之上，個人—國王的蒼涼笑聲體現了反抗精神的最後勝利。但在這種極端結局下，除了死亡或反抗，沒有任何其他可能性。施蒂納和所有虛無主義反抗者朝著世界邊緣衝去，陶醉於毀滅之中。沙漠出現了，必須學著在那裡生存，於是尼采精疲力竭的探索緊接著開始。

尼采與虛無主義

「我們否定上帝、否定上帝的責任，唯有如此才能解放世界。」根據尼采所言，虛無主義似乎成了預言；但如果把他看作先知而非臨床醫生的話，除了得知他痛恨低賤卑鄙的殘酷，我們無法從他作品中得到什麼收穫。無庸置疑，他的思考具有預知性、有條理，簡言之就是具策略性。在他身上，虛無主義頭一次成為一種意識。外科醫生和先知的共通點，就是他們都以未來為指標去思考、運作。尼采的思想以將會來到的世界末日為著眼點，不是為了讚美——他猜測到這個世界末日將會有一副可鄙、算計的面目——而是為了規避它，將之轉化為重生。他承認虛無主義，像面對一個病例般研究；他自稱歐洲第一個最徹底的虛無主義者，不是出於喜好，而是不得不然，因為他太偉大，以至於無法拒絕其時代的遺產。他在自己和其他人身上診斷出無法產生信仰的徵兆，甚至拒絕所有信仰的根本基礎——也就是說連生命都不相信了。「人可以活在反抗中嗎？」對於他，變成「人可以活在什麼都不相信之中嗎？」他的回答是肯定的。是的，如果把拒絕信仰化作一種方法，如果把虛無主義推到最後結果，如果進到沙漠中但對即將到來的一切有信心，那我們就能體驗最原始的痛苦和喜悅。

他的作法是用有條理的否定取代有條理的懷疑，摧毀一切虛無主義還用以自欺欺人的那部分，摧毀所有掩蓋上帝已死的替代偶像。「要搭一個新的聖壇，就必須毀掉一個聖壇，這是法則。」他認為，想在善與惡之中成為創造者，就必須先摧毀、打破舊有價值觀。「如此一來，至惡成為至善的一部分，只不過至善是創造者而已。」他以自己的方式寫出了他那個時代的《談談方法》[103]，缺乏他如此讚賞的十七世紀法國的揮灑和精準，而帶著他認為是天才世紀的二十世紀洞悉清楚的特點。我們現在來研究他這個反抗方法。[104]

103《談談方法》（*Discours de la méthode*）是十七世紀法國哲學家笛卡爾《談談正確運用自己的理性在各門學問裡尋求真理的方法》的簡稱，此書樹立了理性主義認識論的基礎，被認為是近代哲學的宣言書。譯註。

104 我們討論的自然是尼采最後一階段——一八八〇年到他崩潰發瘋——的哲學。本章節也可視為對他所著《權力意志》（*La Volonté de puissance*）一書的評論。原註。

尼采第一步驟是贊同他所知道的。無神論對他來說是想當然耳的事，是「有建設性的、斷然的」；根據尼采所言，他崇高的使命就是要激起一種危機，完全阻斷無神論這個問題。世界如探險般往前行，沒有什麼目的性，既然上帝什麼都不要，因此祂不存在，如果祂要什麼的話——這裡我們又看見討論邪惡時傳統的推理模式——就必須承擔「人世的痛苦和缺乏邏輯，而且減低了生成流變[105]的整體價值」。我們知道尼采公開嫉妒司湯達爾[106]說了那句名言：「上帝唯一可做的辯白，就是說祂並不存在」。揚棄了神的意志，世界也同時揚棄了一致性和目的性，所以世界不能被審判評斷，一切對它做的價值評斷都成為對生命的誣衊。評斷目前存在的，一定是相對於它應該是怎樣，依照天國、永恆的想法、道德這些標準；然而這「應該是怎樣」已不存在了，世界就不能被評斷。「這個時代的好處就是：沒有什麼是真實的，因此一切都是被許可的。」這個說法已經千百次被運用，不管是用作虛張或是諷刺，反正足以表明尼采完全接受虛無主義和反抗的包袱。在他那一篇有點幼稚的〈訓練與篩選〉論述裡，他甚至提出虛無主義推到極端的邏輯：「問題是：有什麼方法能夠獲致一個具傳染性的高尚虛無主義形式，讓我們能夠以科學精神來教導和實踐自願的死亡？」[107]

尼采把傳統上虛無主義價值的絆腳石逆轉而成虛無主義的利器：首要就是道德。蘇格拉底所宣揚的、基督教教義規定的道德操守，自身就是墮落的表徵，想要把活生生有血有肉的人化成人的影像，以純粹想像的和諧世界名義，遏止一切狂熱的吶喊。若說虛無主義無法相信上帝，它最明顯的徵兆不是無神論，而是無法相信某個事物「存在」、無法看到「現有的」、無法活在「目前的現況」。這個缺憾也正是理想主義的基石。道德不相信世界，對尼采來說，真正的道德與清晰的思維不可分，嚴厲批判以道德為名的「世界的誣衊者」[108]，因為他們的誣衊顯露了逃避的可恥傾向。對他而言，傳統道德只不過是針對「不朽」這個特殊情況的空言。他說：「善需要說明其正當性」，以及「人們將會因為道德而停止行善」。

尼采的哲學繞著反抗問題運轉；確切來說，它正是以反抗為開端。但是我們察覺尼采移轉了反抗的起點：對他來說，反抗的出發點是「上帝已死」，這是既成的事實，因此反抗的目標轉而針對所有意圖假代消失的神的理論，它們玷汙失了上帝無疑就沒有方向的世界，讓這世界成為眾神百出的熔爐。和某些基督徒批評的相反，尼采並未構思殺死上帝的計畫，只是上帝在同時代人的心中已

---

105 Le devenir 是尼采哲學中一個重要的詞彙，表示一切都在變化，「存在」不是一個狀態，而是「流變」的過程。上帝不會要什麼，因為一切都美好，如果還要什麼，就是下到凡間，必須經歷種種痛苦、面臨不合理、不合邏輯的情況。譯註。

106 司湯達爾（Stendhal）是馬利－亨利．貝爾（Marie-Henri Beyle, 1783–1843）的筆名，法國作家。譯註。

107 尼采在著作《查拉圖斯特拉如是說》裡寫，有的人太晚死，有的人太早死，應該教導人「死得是時候」，自願的死對尼采來說是件快樂的事。譯註。

108 這是尼采在《查拉圖斯特拉如是說》裡用的字眼。譯註。

然死亡。他是第一個了解到這事件巨大意義的人，斷定人類的反抗若未被引導，將無法走向新生。所有其他對反抗抱持的態度，不論是反對或默許，都將導致世界末日。如此說來，尼采並未發展一套反抗哲學，而是針對反抗奠定了一個哲學思想。

尼采尤其攻擊基督教，但僅限於基督教的道德思想。一方面，他從未攻擊耶穌這個人，另一方面，也未談及教會虛偽的那些面目。我們知道，博學如他，很景仰耶穌會教士們的學識。他寫道：「其實受到駁斥的只是道德層面的上帝。」[109] 對尼采，如同對托爾斯泰來說，耶穌不是個反抗者，他的學說基本上就是全然同意，對惡不採取抵抗；不應殺人，就算是為了阻止殺人而去殺人也不應該；必須接受世界的現況，不去增加它的苦難，而願意為了世界上的惡而讓自己受苦，那天國之門就會為我們開啟；唯有內心的意願能讓我們的行動符合這些原則，因而立即賜予我們喜樂。重要的不是信仰，而是行為，尼采認為這就是耶穌要傳達的啟示。基督教的歷史只不過是對這個啟示一段漫長的背叛。《新約》就已經變質，從保羅到主教會議決定的教規，偏重信仰乃至於忘了行為。

基督教在主人耶穌的啟示上強加了什麼根本的變質說法呢？一是審判，這是耶穌從未提及的，二是懲罰和獎賞相互關聯的概念。由此開始，自然成了歷史，充滿人的意義的歷史，人類整體的觀念因而誕生。從福音到最後的審判，人類整體唯一要做的，就是按照已經寫好的聖經裡的道德規範，唯一的差別只是在結尾最後審判時，人類分為好人壞人兩邊。然而，耶穌提到唯一的判定是說本性的罪並不重要，歷史上的基督教義卻將本性化為罪惡的來源。「耶穌否定的是什麼呢？就是目前冠以基督之名的一切。」基督教自認與虛無主義對抗，因為它指引一個方向，其實它自身才是虛無主義，強行賦予生命一個想像的意義，反而阻礙人去發現生命真正的意義：「整個教會是一顆滾壓在那個人—神墳墓上的石頭，以暴力阻止他復活。」尼采下的結論看起來矛盾，但意義深長：上帝之死是因為基督教，基督教使神聖世俗化。這裡說的基督教是歷史的[110]基督教和它「深層的、可鄙的表裡不一」。

尼采也以這個論點對抗社會主義和所有形式的人道主義。社會主義不過是基督教的變質，它確實維持相信歷史的目的性，這完全違背生命和自然，以理想的目的取代真實的目的，削弱意志與想像力。根據尼采賦予虛無主義的定義，社會主義也是虛無主義。虛無主義不是什麼都不相信，而是不相信現實的狀況。就這個意義來說，所有形式的社會主義都比沒落的基督教還更低下；基督教義中的賞與罰意味著一段歷史，那麼按照邏輯推演下去，整個人類歷史將不可避免意味著賞與罰：集

---

109 「你們會說沒有道德層面，上帝會立即瓦解，然而這只是一個蛻變；脫去道德這個表層，你們會看見祂重新出現，超越善與惡。」原註。

110 「歷史的」，相對於「自然的」，意即人的行為串聯成的結果。譯註。

產集體的救世主義因而誕生。加之，上帝已死，人在上帝之前的平等就變成人人平等。[111] 尼采在此還是以道德學說的角度批評社會主義的學說。虛無主義不論是出現在宗教上或是在社會主義教條上，邏輯推到最後結果都是人們所謂的高超道德價值。自由的思想就是要摧毀這些價值、戳破它的假象、揚棄它的交易、攻擊它阻礙清晰的聰明頭腦完成使命的罪惡：將消極的虛無主義轉化為積極的虛無主義這個使命。

在這個擺脫了上帝和道德謬論的世界，人現在孤獨了，沒有了主人。沒有人相信這樣的自由是容易的，尼采更不相信，這是他和浪漫主義者區別之處。這驟然的解放讓他置身於他所說的，為新的苦惱和新的幸福而受苦的人們之中。然而，一開始，是苦惱讓他吶喊：「罷了，那就讓我發瘋吧……除非超脫於法則之上，否則我是被排斥的人之中最被棄絕的一個。」對一個不能超脫於一般既定法則之上的人，必須找到另一個法則，否則只能發瘋。一旦人不再相信上帝和永生，他就要「對所有生靈，對所有生來受苦被生活折磨的一切負責」，是他，而且只有靠他自己找出秩序和法則。因此放逐的時期開始了，筋疲力盡尋找行為的理由、陷入無目的的懷舊憂傷，「最痛苦最揪心的一個問題，是心靈在問：何處我能感覺安寧？」

尼采有自由的精神，他知道擁有自由精神並不是安逸，而是必須去一步步要求、一連串掙扎才能獲得的崇高。他很清楚，若想維持在一般法則之上，就有落在這法則之下的風險，因此精神要獲得真正解放，就必須接受新的責任。他這個領悟基本上就是表明，倘若永恆法則不是自由，沒有法則是更不自由。倘若真實不存在，世上沒有規則，那就沒有任何是禁止的；要禁止一個行為，確實需要價值與目的。在此同時，也沒有任何是許可的，因為要許可一個行為，也需要價值和目的。法則絕對控制之下沒有自由可言，全然不約束也不是自由。加總所有的可能性不會創造自由，但沒有可能性就成了奴隸。混亂本身也是一種強制的奴役。唯有在一個清楚界定什麼可以什麼不可以的世界，才會有自由。沒有法則，就不會有自由。倘若人的命運沒有一個高超價值引導，倘若一切都付之偶然，那就是在黑暗中前行，盲目可怖的自由。要追求最大的自由，尼采選擇了最大的限制。「倘若不把上帝的死充作一個極大的放棄與對自己不斷的挑戰勝利，那我們將要為此損失付出代價。」換句話說，尼采認為反抗是苦行，一個更深沉的邏輯取代卡拉馬助夫「既然沒有什麼是真實的，那一切都是許可的」，那就是「既然沒有什麼是真實的，那沒有任何是許可的」，只消否定一件被禁止的事，就等於否定一切其他被許可的事。沒有人能分辨黑或白的地方，光明已泯滅，自由變成人自願進入的監獄。

---

111 尼采認為人有高貴和平庸之分，完全反對人人平等、以民主方式讓粗人與貴人平等這個觀念。譯註。

尼采有系統地把虛無主義往死胡同裡推，甚至可說他以一種狂亂的激情衝到死胡同裡。他要的目的就是讓同時代人無法忍受下去，這似乎是他將矛盾推到極致之後看到的唯一希望；人如果不想在使人窒息的死結中死亡，就必須一劍斬斷死結，另創自己的價值。上帝之死並未完成什麼，唯有在祂可能重生的條件下才能被接受。尼采說：「人們若在上帝身上找不到偉大，在別處也不會找到；要不就否定這個偉大，要不就創造它。」否定這種偉大存在，是當時他周遭的人做的事，他明白這是沒有建設性的自殺行為；創造偉大，是「超人」的任務，他可以為此付出生命。他知道唯有在極端孤獨中才可能創造，人唯有在精神極端困苦之中，不這麼做就會死的時候才會做出這麼大的努力。尼采對人吶喊，大地是他唯一的真實，必須對之忠誠，必須活在大地之上，禮讚它。但是他同時也告訴人，活在沒有法則的大地上是不可能的，因為活著，正意味著必須有一個法則。如何能沒有法則自由地活著呢？這是人必須回答的謎團，否則只有一死。

至少尼采不逃避，做出回答，而他的答案有很大風險，達摩克里斯在劍下才舞得最好[112]：必須接受無法接受的，承受無法承受的。尼采認為，一旦我們認定世界沒有任何終點目的，就要接受世界的原樣，世界不必接受評斷，因為我們根本沒有任何企圖能加以評斷它，反而應該以響亮的「是」取代價值評斷，熱切地全心投入世界。這麼一來，全然絕望中湧冒出無限喜悅，盲目的奴役蛻變為無止境的自由。所謂自由，就是要廢除目的和終點，一旦我們明白生成流變的自然之理，就是最大的自由。自由精神喜歡必然性（nécessaire），尼采最深刻的思想，就是如果某些現象的必然性如此明顯，如此堅密，不得不然，那就不構成任何強制。完全投入一個完全的必然性，這就是他對自由矛盾的定義。「什麼樣的自由？」（libre de quoi?）變成「為了什麼而自由？」（libre pour quoi?）。自由和英雄主義相碰撞，自由是偉人的苦行，「拉得最滿的一張弓」。

對於必然性的同意，來自豐盈和飽滿的意志力，是無限制肯定世界上存在錯誤和痛苦、罪惡和謀殺，一切生命中引起爭議的詭異事情；這來自於一種堅定的意志，在這樣的世界上以這樣的狀況生存著。「把自己視為命定，除了自己不想成為其他……」命定這個字眼出現了。尼采的苦行就是以接受命定為出發點，結果把命定神聖化了。命運就是不可改變，才顯得更令人讚賞；道德的上帝、悲憐、愛，這些想補償命運的東西，都是命運的敵人；尼采不要補償和收買。生成流變的喜悅就是消滅的喜悅，其中只有個人消亡了，人以自己個體為訴求的反抗行動會消失，全然臣服於生成流變過程中將繼起的個體。對命運的愛（amor fati）取代了憤世嫉命（odium fati）。「所有個人都與宇宙合而為一，不論我們是否自知，不論我們願意與否。」個體因而消失在整體命運與世界永恆運轉之中，

112 典故出自古希臘傳奇，意思是在隨時可能發生的潛在危機之下更能發揮能量。譯註。

「所有曾經存在的都是永恆的，大海將之沖回岸邊。」

尼采於是回到思想的起源，回到前蘇格拉底學派113的論點。前蘇格拉底學派去除了萬物最終會怎麼樣的議題，保持他們想像的永恆性原則。唯有無目的之力是永恆的，如同赫拉克利特114所稱的「遊戲」（jeu）。尼采所有的努力就是要呈現生成流變裡有法則，必然性裡有「遊戲」：「兒童就是純真和遺忘，就是重新初始，就是遊戲、自轉的輪子、最初的動作，就是說『是』的神聖天賦。」世界就是因為沒有目的而神聖，這也是為什麼只有同樣無目的性的藝術才能夠體會它。沒有任何判定能代表世界，但藝術能教我們重複呈現它，如同世界在永恆回歸中不斷重複自己。在同一片海灘卵石上，最初的海洋不疲倦地重複著相同的話語，將驚奇自己活著的人沖上岸。至少對贊同這種流轉、萬物會再循環、發出不斷快樂回音思想的人來說，他參與了世界的神聖。

由這個流轉的方式，人的神聖性終於出現。反抗者首先否定上帝，接著想自己取代上帝，但是尼采的見解是，反抗者只有在放棄一切反抗，甚至是放棄想製造神祇來糾正世界的這種反抗時，才能成為上帝。「倘若有個上帝，如何能忍受自己不是上帝呢？」的確有個上帝，那就是世界本身，想要參與祂的神性，只消說「是」。「不須再祈禱，要讚美」，那大地上將充滿人—神。對世界說「是」，一再重複地說，那就是重新創造世界與自身，就是成為偉大的藝術家、創造者。尼采的見解總和在「創造」一詞裡，以這個詞的模糊解釋。尼采頌揚的只是創造者特有的自我中心和堅忍，價值的轉換僅僅是以創造者的價值取代審判的價值：那就是尊重與熱愛現存的。所謂創造者的自由，就是具有神性但不是永生的。戴奧尼索斯，大地之神，因被肢解[115]而永恆地大喊，他代表了痛苦結合美的形象。尼采認為對大地和戴奧尼索斯說「是」，就是對他的痛苦說「是」，接受一切，同時接受極度的矛盾和痛苦，就能主宰一切，尼采接受為這付出代價。唯一真實的，是「莊重而受苦的」大地，它是唯一的神。就像安佩多克萊[116]投身於埃特納火山，到大地的內部去尋找真理，尼采建議人投身於宇宙中去重新尋回他的神性，將自己變為戴奧尼索斯。《權力意志》如同經常讓人相提並論的巴斯卡的《沉思錄》一樣，以一場賭注[117]作為結尾。人還未獲得確信，只獲得確信的意志，這是兩回事。尼采也在這個極端之前猶豫：「這就是你最無法讓人原諒的一點。你擁有權力卻拒絕簽名。」然而還是必須簽名，戴奧尼索斯之名使之永生的，只是他在發瘋後寫的致雅莉安信簡。[118]

---

113 前蘇格拉底哲學認為宇宙萬物生成有一個本源。譯註。

114 赫拉克利特（Héraclite, 535–475 B.C.），古希臘哲學家，屬前蘇格拉底學派，認為事物是永恆的運動，一切都在流動、不斷變化。他將人類思想稱為「小孩的遊戲」。譯註。

115 古希臘神話中，戴奧尼索斯被泰坦神肢解成塊。譯註。

116 安佩多克萊（Empédocle），西元前五世紀義大利哲學家，前蘇格拉底學派，傳說中他投身於埃特納火山中。譯註。

117 請看註53。

118 尼采最後發瘋時，寫了許多封信給朋友雅莉安，署名戴奧尼索斯。譯註。

某種意義上說來，尼采的反抗還是導致對惡的歌頌；差別只是惡不再是一種報復，而被視為善的一種可能面向，更被視為一種命定，因此它是必須被超越的東西，甚至可說是一劑藥方。在尼采的思想中，惡只是人面對無法逃避的事物，傲然接受的一個東西。然而，我們很清楚他的思想繼承者，以尼采（他自稱「最後一個反政治的德國人」）的思想發展出什麼樣的政治。[119]他曾創造暴君藝術家的形象，但對平庸的人而言，殘暴比藝術來得容易。他吶喊：「寧可要凱撒‧博吉亞，而非帕西法爾。」[120]他要的不管是凱撒或是博吉亞都有了，只不過缺少了他認為文藝復興時期那些貴族的高貴情操；他要求人尊崇人種的永恆性，投身於時間的大循環之中，他們卻把某個種族視為特殊一個人種，讓人屈從於這個卑劣的說法。他帶著敬仰恐懼談論的生命，因為私用手段淪為家畜豢養。一群不懂權力意志為何物的粗野掌權者，利用他思想的名義從事「醜陋的仇視猶太人運動」，而這是他一向蔑視的想法。

他相信的是勇氣和智慧結合，也就是他所稱的「力」（force）。人們卻借用他的名，反過來讓愚勇扼殺智慧，讓他真正的思想逆轉成全然相反的：怵目驚心的暴力。根據他孤傲的思想，將自由和孤獨混在一起，然而他那「正午與子夜[121]深沉的孤獨」卻迷失在席捲歐洲的機械化群眾裡。捍衛古典風格、諷刺、節制、不拘禮、具有貴族風範的他曾說，貴族特質是不問為什麼就去奉行美德，一個人若需要諸多原因才正直做人，那就值得懷疑；他狂熱推崇正直（「這正直成為本能與激情」），對「視偏激為死敵的高超智慧的超然平等」全心付出。他自己的國家，卻在他去世三十三年後，將他視為謊言與暴力的鼓吹者，使他不惜犧牲所讚揚的思想與品德變得可憎。在智慧的長河裡，除了馬克思之外，尼采的遭遇無人能比，他遭受到不公評斷直到現在尚未洗清。我們知道歷史上有些哲學思想被曲解、扭曲，但直到尼采與國家社會主義之前，一個全然高貴、無與倫比的靈魂苦心創出的哲學思想，在世人眼裡竟是一堆謊言和集中營裡恐怖的成堆死屍，這是史無前例的。超人精神的宣導竟導致有方式的製造人下人，這是必須揭露的事實，卻也必須去探究原因。倘若十九與二十世紀的巨大反抗運動最終結果是這樣無情的奴役，那不就應該背棄反抗，重新發出尼采對他的時代絕望的吶喊：「我的意識和你們的意識已經不是同一個了」嗎？

首先必須澄清，我們當然不可能把尼采和羅森堡[122]混為一談，我們應當作為尼采的辯護律師。

---

119 希特勒將尼采視為偶像，以他的思想作為政治指標，事實上尼采完全不反猶太。以下一段都是指納粹假借尼采之名，行迫害猶太人之實。譯註。

120 凱撒．博吉亞（César Borgia）是十五世紀文藝復興時代的王子，為政治權力不擇手段，帕西法爾（Parsifal）是亞瑟王傳奇中尋找聖杯的英雄人物，經由考驗終獲得慈悲，成為聖人。譯註。

121 正午與子夜常出現在尼采的論述裡，意思是時間並非靜止的一刻，而是循環的，如同正午與子夜，是結束也是開始，呼應他「永恆回歸」的論點。譯註。

122 羅森堡（Alfred Rosenberg, 1893–1946），德國納粹黨內的思想領袖，對納粹殺害戰俘和種族屠殺負有重大責任。譯註。

他本人也預先揭露了可能玷汙他思想的繼承者：「解放了精神的人，還必須淨化自己的心靈。」不過問題是我們至少要知道，他所構想的精神解放，是不是排除淨化呢？使尼采背負惡名的運動，有其法則與邏輯，這法則邏輯或許能看出他的哲學之所以被血腥掩蓋的端倪。他作品裡難道沒有可能會被利用於殘殺的東西嗎？只看字面不看內容，甚至那些看字面也懂內容的殺人者們，能否在他思想裡找到藉口？回答是肯定的。一旦人們忽視尼采思想中的條理（何況他自己的論證也不見得一直很有條理），他反抗的邏輯就再無限制。

我們也注意到，殺人者不是在尼采拒絕偶像的思想裡能找到狡辯，而是他作品裡熱切贊同大地的論點：對一切說「是」，也意味對殺人說「是」。同意殺人的方式有兩種：若奴隸對一切說「是」，就是對主人的存在和自身的受苦說「是」，耶穌教導人不要抵抗；若主人對一切說「是」，就是對奴隸制度和其他人的受苦說「是」，這便是暴君和頌讚罪惡。「生命是一個無休止的謊言、無休止的謀殺，去相信一個神聖法則，叫你不能說謊不能殺人，這豈不可笑？」的確如此，因此形而上反抗的最初行動僅僅是抗議生存的謊言和罪惡。尼采的「是」忘卻了最初的「不」，否認了反抗本身，同時否認了拒絕世界現狀的道德。尼采全心召喚一個具有耶穌精神的羅馬凱撒，在他的想法裡，這就是同時對奴隸和主人說「是」，但對兩者都說「是」，其實是神聖化兩方之中的強者，也就是主人。凱撒最終只能放棄精神統治，選擇主宰現實。尼采這個忠實於自己方法的導師自問：「如何利用罪惡呢？」凱撒的回答是：讓罪惡成倍滋生。尼采不幸地曾寫下：「若目的宏大的話，人類將運用另一種度量法，罪惡不一定被當罪惡看，縱使採取了更可怕的手段。」他死於一九〇〇年，正是他這個思想即將造成那麼多死亡的世紀之交。他在神智還清楚時，徒然地吶喊：「談論種種不道德的行止很簡單，但是我們可有力量承擔？譬如我無法承受自己食言或去殺人，我會鬱鬱寡歡一陣子，但終究會因此而死，這是我的命運。」然而，一旦對人類整體經驗下達了同意，其他人會跟著出現，那些人才不會鬱鬱寡歡，反而在謊言和謀殺中茁壯。尼采必須負的責任是，為了推論方法這高超的理由，他肯定了——哪怕只是一時，在正午的思潮中——可恥的權力[123]，杜斯妥也夫斯基早就說過，如果給人這個權力，人必定會爭相使用。但是他無心之下所該負的責任還遠不只如此。

尼采承認自己是最有意識的虛無主義者。他使反抗精神躍出決定性的一步，讓它從否定理想典型躍到將理想典型世俗化。既然人的救贖不由上帝，那就由大地來完成；既然世界沒有方向，人一旦接受這個事實，就該為世界定一個方向，導致更高超的人性。尼采訴求人類未來的方向：「統治大地的任務落到我們身上」，以及「為統治大地而鬥爭的時刻已迫近，這場鬥爭應以哲學原則來進行」。他這幾句話同時也昭示了二十世紀將發生的狀況。倘若他如此昭示，是因為他熟知虛無主義內在的

123 就是上面所說，若目的宏大，可以權衡使用激烈手段，罪惡就不被視為罪惡這個說法。譯註。

邏輯，知道這邏輯推到底將是統治權。也因為這個原因，他為這個統治權做準備。

擺脫上帝的人擁有自由，猶如尼采想像的，而這意味著孤獨。正午的自由，當世界之輪停止轉動，人對現存的一切說「是」。但是現存的一切會流轉，必須對流轉說「是」，光線會消失，日頭將盡，歷史重新開始，在歷史裡必須尋找自由，對歷史，必須說「是」。尼采主義就是個體權力意志的理論，注定屬於一個絕對的權力，如果不統治世界，它就什麼也不是了。尼采無疑痛恨自由思想家與人道主義者，他將「自由精神」這個詞的意義推到極端：個體精神的神化。但是他不能阻止自由思想家從上帝已死這個同樣的歷史觀出發，也獲得了同樣的推論。在尼采眼中，人道主義不過是缺少了崇高主宰的基督教，只排除了第一因而維持了目的因。124 但是他沒察覺，按照虛無主義無可避免的邏輯，社會主義解放的學說將取代他所夢想的超人學說。

哲學將理想典型世俗化，然而接下來的暴君們很快又將賦予他們權利的哲學世俗化。針對黑格爾的例子，尼采早已猜測到這種侵害，幸而黑格爾獨到之處就是發明了泛神論，惡、錯誤和痛苦不能再作為對抗上帝的論據，「但是國家和已立足的權力立刻就利用這個偉大的論點。」尼采自己就構想出一個思想體系，其中罪惡不能再作為反抗任何東西的論據，唯一的價值就是人的神性。這個宏大的發明需要實踐來證明，就這一點來看，國家社會主義只不過是過渡的承繼者，只是虛無主義激烈而驚人的結果。接下來持其他邏輯說法的野心者，以馬克思學說糾正尼采，選擇只對歷史而非對整個大地說「是」，尼采曾經要反抗者跪在宇宙之前，此後反抗者將跪在歷史之前。這有什麼好驚訝的呢？因為尼采和馬克思兩人——至少在尼采的超人理論裡，以及在尼采之前馬克思的無階級社會論點——都是用「未來」取代「天堂」；就這一點，尼采背棄古希臘人和耶穌以「當下」取代神的說法。馬克思如同尼采一樣，思考具策略性，也如同尼采一樣痛恨制式的美德。他們兩人的反抗都歸結到對現實某個層面的贊同，之後將被納入馬克思—列寧主義，由一個尼采曾經描述過的階層來體現，一個應該「取代牧師、教育者、醫師」的階層。最大的不同點在於，尼采在期待超人出現之前，建議對現有的一切說「是」，馬克思則主張對將到來的一切說「是」；對馬克思來說，人們要控制自然以便於臣服歷史，尼采則是臣服自然以便於控制歷史。這也正是基督徒與古希臘人的相異點。至少，尼采預告了將會發生的狀況：「現代社會主義試圖創造一種世俗的耶穌派形象，把所有人當成工具」；他還說：「人們所追求的，是活得安逸……於是走向前所未見的精神奴役狀態……思想專制籠罩商人與哲學家的一切活動。」在尼采對自由瘋狂嚮往的哲學大熔爐裡，反抗反而導致了生物的或歷史的專制。絕對的「不」促使施蒂納神化個體，同時也神化了罪惡；而絕對的「是」

124「第一因」指的是上帝，「目的因」指事物存在、改變的原因，請參考亞里斯多德哲學理論。譯註。

則導致謀殺的普遍化和個人本身的集體化。[125]馬克思－列寧主義真正執行尼采的願望，只不過撇開了一些尼采學說裡的美德，巨大反抗因而親手創立了以歷史必要性為名義的冷酷專制，將自己封閉其中。逃離了上帝的監牢，它首先想到的是建造一座歷史和理智的監牢，讓尼采想要克服的虛無主義，有了偽裝和落實[126]，這是尼采以其「超人」所未能做到的。

反抗的詩歌

倘若形而上反抗者拒絕「是」，只侷限於全然否定，那就只能「表現」[127]；倘若他罔顧一部分的真實，忙不迭讚美一切，那麼他就遲早必須參與「行動」。介於這兩者之間的是伊凡．卡拉馬助夫，他代表了痛苦地聽任由之。十九世紀末和二十世紀初的反抗詩歌，不停搖擺在兩個極端之間：文學和權力意志、無理性和理性、絕望的夢想和無情的行動。最後一次，這些詩人們，尤其是超現實主義詩人，抄一條驚人的近路，帶我們走一趟從「表現」到「行動」的路。

霍桑曾說梅爾維爾雖不信神，但並不滿足於此。[128]同樣的，對那些衝往天上的詩人們，也可以

---

125 人失去個體特殊性，融為普遍全體中的一員。譯註。

126 馬克思列寧主義以歷史必要性為名，犧牲自由，就如同虛無主義剝奪自由。譯註。

127 「表現」這個動詞含著貶意，指的是不甘心缺席，卻又不參與，有點像觀眾，也像站上舞台卻不參加演出，露臉的意味比實質作用來得強。譯註。

128 霍桑（Nathaniel Hawthorne, 1804–1864），梅爾維爾（Herman Melville, 1819–1891），兩位美國小說家，也是好友。霍桑曾寫道梅爾維爾雖不信神，但作品描繪的總是人和大自然中一股冥冥的力量抗爭，《白鯨記》（*Moby-Dick*）是最好的例子。譯註。

說他們在想推翻一切的同時，卻彰顯了對秩序的絕望懷念。以一種極端的矛盾，他們想從不合理中尋求道理，從不理性中尋找一種法則。這些浪漫主義重要繼承者聲稱要讓詩成為典範，在詩最悲慘壯烈處找到真正的生命。他們神化了褻瀆，將詩轉化成經驗和行動方式。的確，在他們之前，聲稱針對某個事件或人採取行動的人，都是以理性規則的名義，至少在西方世界是如此；繼韓波之後，超現實主義則相反，想在瘋狂和錯亂之中找到一個建設的規則。韓波以他的作品──而且僅僅是他的作品──指出了一條道路，但也只是一閃而逝，如暴風雨前的閃電讓人窺見道路的邊緣，超現實主義隨後開出這條道路，設定了路標。以其極端，也以其和現實特意拉開的距離，超現實主義對非理性反抗的實踐理論做了最後也最華麗輝煌的表現；同時間呢，在另外一條道路上，反抗思潮奠立了對絕對理性的膜拜。總之，超現實主義的啟發者，洛特雷阿蒙[129]和韓波指點了我們，不管以何種方式，無理性「表現」的欲望能把反抗者帶到最侵害自由形式的行動。

洛特雷阿蒙與平庸

洛特雷阿蒙讓我們看見，「表現」的欲望也隱藏在反抗者身上，隱藏在平庸的意志後面。無論是自我膨脹或刻意壓低，反抗者雖然以真實身分站出來想讓人認識，但總是想成為另一個人。洛特雷阿蒙的褻瀆和順從主流同樣表現了這個不幸的矛盾，變成了四不像的反抗。和大家以為的相反，他並非否定自己先前的風格[130]，馬爾多羅在最初黑夜裡的吶喊，以及之後所著《詩集》中苦心經營的平庸，兩者同樣表達了想消滅一切的狂暴。

我們明白洛特雷阿蒙的反抗是青少年式的，那些用炸彈、用詩的偉大恐怖分子才剛剛步出童年期。《馬爾多羅之歌》像優秀天才學生寫的書，書中悲愴感人之處，正是一個孩子的心起而對抗萬物、對抗他自己這些矛盾。就像《彩畫集》裡的韓波，縱身反抗世界的限制，詩人選擇的首先是世界末日和毀滅，而非接受以這樣規則塑造出的自己活在這樣的世界裡。

「我的出現是為了捍衛人類，」洛特雷阿蒙矯情地說。那麼，馬爾多羅就是慈悲天使嘍？某方面來說確實是，是對他自己慈悲。為什麼呢？這點還需要大家去深究。但是這失望的、被侮辱的、無法承認也未被承認的慈悲使他走向乖僻的極端。根據馬爾多羅自己的用語，他接受生命如一個傷口，為了傷口結疤癒合而禁止自殺（原文如此）。如同韓波，他是那種飽受痛苦而反抗的人，但是

---

129 洛特雷阿蒙（Comte de Lautréamont, 1846–1870），法國超現實主義先驅詩人。著名的《馬爾多羅之歌》（*Les Chants de Maldoror*）長篇散文詩以惡為主題，嗜血的文字極具顛覆性。譯註。

130 洛特雷阿蒙在《詩集》第一卷就寫他要以勇氣、愛、光明來取代前一著作的吶喊與黑暗。譯註。

很奇怪地退卻了，不明言是為了自身而反抗，而是抬出造反者永恆不變的藉口：對人類的愛。

只不過，這位以捍衛人類自居的詩人卻又寫道：「指出一個好人給我看看。」虛無主義的反抗就是這種不斷循環的過程：起身反抗加諸在自己以及全人類的不正義，但在神智清楚的時刻，窺見這反抗的正當性與無力感，否定的衝動又蔓延到曾聲稱要捍衛的一切；既然無力以建立正義來糾正不正義，寧可把正義也淹沒在更廣泛更巨大的不正義之中，乃至於消泯一切。「你們對我的傷害太大，我對你們的傷害也太大，因此不可能是有意的。」131為了不憎恨自己，必須宣稱自己無辜，但只要對自己稍有認識，沒有人膽敢宣稱自己純真無辜，那我們至少可以宣稱被當作罪人的萬物生靈都是無辜的。因此，罪魁禍首是上帝。

從浪漫主義者到洛特雷阿蒙，並沒有真正的進步，只是語調不同罷了；洛特雷阿蒙只是再一次重現亞伯拉罕的上帝和魔鬼的反抗影像，加上一些修潤而已。他把上帝置於「人的糞便和黃金構成的寶座上」，上面坐著「帶著愚蠢的驕傲，以髒布裹屍的一具身軀，他自封為造物主」。這恐怖的永恆之神「一副毒蛇的面目」，「狡猾的強盜」，眼見他「引燃火災燒死老人和小孩」，醉醺醺翻滾在溪流裡，在妓院裡尋求低級的享樂。上帝不是死亡了，而是墮落了。面對墮落的上帝，馬爾多羅被塑造成身披黑袍的傳統惡騎士，是「被詛咒者」。「不應該有眼睛目睹至高無上的神，帶著微笑和強烈仇恨，加諸在我身上的醜陋。」他全盤推翻，「父親、母親、天神、愛、理想，完全只想到自己」。這主人翁備受傲氣折磨，完全顯現形而上浪蕩子的形象：「超凡的臉孔，如宇宙般憂鬱，如自殺般美麗。」正如同浪漫主義反抗者，對神的正義絕望，馬爾多羅轉向於惡，製造痛苦，也同時讓自己痛苦，這就是綱領。《馬爾多羅之歌》正是一本叨叨絮絮頌讚惡的詩集。

到了這個階段，連萬物都已經不再捍衛，甚至相反，「以所有手段攻擊人這個野獸，以及造物主……」，這就是《馬爾多羅之歌》宣稱的計畫。馬爾多羅想到以神作為敵手而慌亂，以身為大惡人的巨大孤獨而迷醉（「我隻身一人對抗整個人類」），對抗整個世界和造物主。《馬爾多羅之歌》頌讚「罪惡的神聖」，提出一連串愈來愈多「光榮的罪行」，詩歌第二部的第二十節甚至開始教導人如何行惡和運用暴力。

這樣昂然的熱情在那個時代稀鬆平常，沒什麼難的，洛特雷阿蒙真正獨特的地方並不在此。[132] 浪漫主義者精心維持著人的孤獨與神的漠視之間必然的對立，文學都是以孤立的城堡或是浪蕩子來呈現這種孤獨。但洛特雷阿蒙的作品描繪更深沉的悲劇，十足表現出這孤獨令他難以忍受，起身反抗所有萬物，他要毀滅所有界限。與其試圖以建築雉堞的高塔來鞏固人的世界，他寧願混淆所有的

---

131 出自《馬爾多羅之歌》，詩中的「你們」是孩童，下一輩，意即繼起的人性。譯註。

132 詩集第一部在別處出版，很普通的拜倫式風格，接下來的幾部卻充滿怪異畸形的字彙。摩理斯．布朗修（Maurice Blanchot）清楚看出之間差別的重要性。原註。

規範，整個世界被他帶回原始的海洋狀態，道德與所有問題在這裡都喪失意義，連同他認為最恐怖的靈魂不死的問題。他不想樹立反抗者或浪蕩子對抗世界的光輝形象，而是把人和世界混同毀滅，甚至打破區分人和宇宙的界線。絕對的自由，尤其是犯罪的自由，代表人性界線的毀滅。憎惡所有人類和他自己依然不夠，還必須將人性的水準拉低到本能的水準。在洛特雷阿蒙的身上，我們看到這個對理性意識的拒絕，回歸原始，這是文明反抗文明本身的特徵之一；問題不再是如何透過意識的頑強努力來「表現」，而是不再存有意識。

《馬爾多羅之歌》裡所有的生物都是兩棲動物，因為馬爾多羅拒絕大地及其界限，植物都是海草和藻類，馬爾多羅的城堡建在水上，他的祖國就是遠古之海。海洋具有雙重象徵，既是毀滅又是融合之地，它以自己的方式平息那些蔑視自己與其他人靈魂的強烈渴望，也就是不再存在的渴望。因此，《馬爾多羅之歌》是我們的《變形記》[133]，只不過古代的微笑換成一個被剃刀劃開像笑的咧嘴，一個狂怒且刺眼的表情。這本動物寓言集並未涵蓋所有人們想找到的意義，但它至少透露出一種毀滅的意志，來自反抗最黑暗的核心，回應了巴斯卡所說的「把自己變得像動物般愚蠢」[134]字面上的意思。洛特雷阿蒙似乎無法忍受活著就必須忍受的冷酷冰冷的光，「我的主觀意識和造物主，一個腦子容不下兩者。」他因而選擇將生命和他的作品降低為像墨魚一樣在黑色墨汁雲朵中急速游過。馬爾多羅在大海裡與雌鯊交媾的長長一段，描述「冗長、缺乏欲望、可憎的交媾」。此外，另一段意義特別深長的描述，是馬爾多羅化為章魚攻擊造物主，明顯表示越過人的邊界，強烈攻擊自然界的法則。

對那些被排除在正義與熱情均衡和諧國度之外的人來說，與其孤獨，他們更喜歡痛苦的王國。在那裡，字句失去意義，盲目的人以暴力和本能主宰統治。這個挑戰同時也是個腐化的過程，《馬爾多羅之歌》第二部就是以天使失敗並腐爛作為結尾，天和地都混沌在原始生命的液體深淵裡。因此，《馬爾多羅之歌》中的人─鯊「只有在贖償某個不知名的罪時，才能擁有新的手和腳」。的確，在洛特雷阿蒙不為人知的生命裡，隱藏著一個罪，或是一個罪惡的幻覺（是他的同性戀傾向嗎？）。所有《馬爾多羅之歌》的讀者都會忍不住想，這本書缺少了〈史塔夫金的告白〉（La Confession de Stavroguine）。[135]

少了告白，我們在《詩集》裡加倍看見這個神祕隱晦的贖罪意願。我們將看到，某些反抗形式

---

133 《變形記》（*Métamorphoses*），奧維德（Ovide）著作的拉丁文長篇史詩，以人變成動物、植物、石頭等變形概念貫穿全書，來記載希臘羅馬文明的起始。譯註。

134 巴斯卡批評宗教，曾說「如果您要信神，就讓自己變得像動物般愚蠢吧」。譯註。

135 杜斯妥也夫斯基的《附魔者》於一八七一年出版時，其中的〈史塔夫金的告白〉這章節被出版社刪掉，直到一九二二年才加入。這本書有了〈史塔夫金的告白〉，人物才完整有深度。譯註。

的特定行動是以非理性的嘗試來重整理性，以混亂到極端來重新尋回秩序，自願套上比人們想掙脫的枷鎖更沉重的枷鎖。在這部作品中，作者以如此簡化而犬儒的意圖描述這些，這個轉變必定是深具意義。《馬爾多羅之歌》裡，絕對的「不」緊接著絕對的「是」的理論，狂野的反抗緊接著全面接受現實，而且這一切，都清楚明白地表現出來。《詩集》為我們揭開了《馬爾多羅之歌》最好的詮釋，「對這些幻景的執著使絕望更巨大，無可避免地導致文人一舉廢除神的和社會的法律，引向理論的和實際的惡。」《詩集》還揭露「一個作家的罪惡感，他在虛無的坡上滾下，發出快樂的叫喊蔑視自己」。然而，針對這個惡，他給的藥方卻只是形而上的保守因循：「既然質疑一切的詩歌也一樣是到達陰鬱的絕望和理論上的惡，那就表示它是徹底虛假的。人們以詩歌抨擊原則，其實不應該抨擊的」（致達哈謝的信）。這些冠冕堂皇的理由，大致上就像給唱詩班孩童和軍事教育手冊裡的說教。但是因循順應很可能太過狂烈極端，因而轉為怪異，原先頌讚邪惡老鷹壓垮希望之龍，卻又丕變說自己只崇尚希望[136]，並寫下：「光榮的希望啊，以我的聲音和肅穆莊嚴，我從荒蕪的家園呼喚你」，但是自己改變成順應接受一切並不夠，還必須說服所有人才行。安慰世人、視世人如兄弟、回頭宣揚孔子、佛陀、蘇格拉底、耶穌基督，「這些餐風露宿瀕於餓死，行腳於村莊的道德家們」（考證歷史，洛特雷阿蒙這句話並不確實），但這依舊是一個絕望的計畫，不能成功。因而，在罪惡的核心，美德和規矩的人生都散發懷舊氣息。洛特雷阿蒙拒絕祈禱和耶穌，認為耶穌只是個說教者；他為世人提出的方法——不如說他對自己提出的——是不可知論和完成應盡的義務。如此美好的計畫意味著拋棄多餘、甜美的夜晚、不含苦澀的心靈、從容的思考，可惜他做不到。洛特雷阿蒙突然動情地寫下：「誕生於世是我所知最大的恩澤。」但我們可以想像他咬緊牙加了下一句：「一個不偏不倚的心靈，會覺得這個恩澤已完整足夠。」面對生死，沒有不偏不倚的心靈。像洛特雷阿蒙這樣的反抗者，逃往荒漠，但這因循順應的荒漠和韓波的哈拉爾沙漠同樣淒涼，對極端的偏好和想消滅一切的狂暴，使他更加貧乏。如同馬爾多羅想要全然的反抗，洛特雷阿蒙卻為同樣的原因，宣告絕對的平庸。他曾試著把意識的吶喊窒息在原始海洋之中，混同著野獸的嘶吼，也試著以崇尚數學來排解[137]，現在卻將這吶喊窒息在沉悶的因循守舊裡。於是，反抗者對發自反抗本源深處的吶喊充耳不聞。這麼一來，存在的問題已然不存，要不就是什麼都不是，要不就是隨便變成誰都可以[138]，這兩種情況都是不切

---

136 邪惡老鷹壓垮希望之龍，是《馬爾多羅之歌》裡的片段。洛特雷阿蒙由原先的頌讚罪惡、描繪黑暗，突然丕變為順應一切的因循守舊。揚棄一切反對一切之後，才發現無秩序是不可能的，秩序是必需的，所以從極端變到另一個極端，一切都是它應該的樣子，什麼都接受，什麼都順應。這裡姑且翻譯為「因循守舊」或「順應」，法文本意是「接受事物如此的狀態」、「本來就應當是這樣」的情況。譯註。

137 馬爾多羅酷愛數學。譯註。

138 如同范大希歐想變成隨便哪個經過眼前的人。原註。

范大希歐（Fantasio）是繆塞同名劇本中的主角，為了躲債化身喬裝，變成眼前經過的隨便哪個人。譯註。

實際的因循保守。平庸也是一種姿態。

因循保守是虛無主義反抗的誘惑之一，並支配了我們思想史一大部分；它呈現了反抗者付諸行動時，若是忘了反抗的本源，就會落入全面的因循順應，這也解釋了二十世紀的情況。一向被頌讚為純粹反抗宣揚者的洛特雷阿蒙，則相反地彰顯了蔓延我們世界的思想奴役趨勢。《詩集》只不過是一本「未來書」的序言；所有人都在期待這本未來書，它將是文學反抗的完美成果。然而這本書今日正在書寫，違抗了洛特雷阿蒙的意願，以政治宣傳為目的，印行了幾百萬本。[139] 毫無疑問，天才與平庸是不可分的[140]，但是這干涉的不是其他人的平庸，不是讓大家都淪為一致，自視為造物主，必要時運用警察機制，讓所有人都成為自己的造物。對創造者來說，必須以自身的平庸出發，創造一切。每個天才都同時是古怪和平庸的，如果只有二者其中之一，就什麼都算不上，我們不可忘記反抗這兩個內涵。反抗有它的浪蕩子和僕役，但這兩者都不是它真正的兒子。

超現實主義與革命

這裡幾乎不再涉及韓波，關於韓波所有該說的都說了，而且不幸地還說得太多了，但我們還是要說明——因為這關係到我們討論的主題——韓波只在作品中是個反抗詩人。他的真實人生不但無法印證他激起的神話，反而只顯示他接受最糟糕形式的虛無主義，這只需客觀讀一下他從哈拉爾寫的信就可看出。韓波因放棄自己的天分被世人奉為神明，好像這個放棄是一種超乎人性的美德，儘管這樣說會推翻我們同時代人的藉口，我還是必須說唯有天分是一種優點，放棄天分並不是美德。韓波的偉大之處不在於夏爾維爾[141]的初試啼聲，也不是在哈拉爾的經商，而是在於他賦予反抗從未有過的最奇特而準確的語言，同時說出了反抗的勝利與擔憂、世界缺乏的生命與無可避免的世界、面對不可能的吶喊與必須接受的艱辛現實、對道德的揚棄與不可抑制對義務的懷念。這個時刻，他集領悟與地獄於一身[142]，同時侮辱又頌讚美，將無可克服的矛盾化為一首二重唱與輪唱的詩歌，成為反抗詩人，而且是最偉大的反抗詩人。他的兩部偉大作品完成的先後次序並不重要，總之，兩部作品完成的時間相距很短，任何有人生經歷的藝術家都會斷定，韓波同時醞釀《地獄的一季》和《彩

---

139 意指大量發行，人手一本的政治宣傳語錄小冊子。譯註。

140 天才與平庸是不可分的，意指天才不能隔絕於世，他所提供的建議，應該能被平庸大眾理解接受。但同時，運用政治、警察手段試圖以平庸主宰一切，是把自身當作造物主，進行愚民策略。譯註。

141 韓波青少年時期住在夏爾維爾（Charleville），那時已顯露文學天分。譯註。

142 這句是牽涉韓波作品的雙關語，領悟是《彩畫集》的直譯，地獄則是《地獄的一季》。譯註。

畫集》，雖然完成時間有先後次序，卻是同時構思撰寫。這折磨他致死的牴觸衝突，才是他真正的天才所在。

但是，一個躲避衝突矛盾、尚未淋漓盡致運用就背叛自己天才的詩人，何來美德之言？韓波的沉默並不是他另一種形式的反抗——至少，自從他在哈拉爾寫的那些信發表之後，我們無法再肯定這一點。他如此丕變的原因令人不解，然而，那些聰穎伶俐的年輕女子被婚姻轉變為只注重錢和針織活的平庸機器，也同樣令人不解。人們圍繞韓波編織的神話，意味著繼《地獄的一季》之後，肯定再不可能有更完美的作品了。但是，對一個充滿天分的詩人，對一個永不枯竭的創作者來說，有什麼是不可能的呢？繼《白鯨記》、《審判》、《查拉圖斯特拉如是說》、《附魔者》之後，還能想像出什麼作品？然而，繼這些作品之後，偉大的作品源源不斷問世，指導、修正、見證人類身上最引以為豪的一部分，並且作品不斷延伸只隨著作者過世才完成。誰不遺憾那部應該比《地獄的一季》更偉大的作品呢？作者停筆放棄豈不令我們沮喪？

難道阿比西尼亞[143]是個修道院嗎，難道是耶穌封了韓波的嘴嗎？這耶穌想必是今日高坐銀行櫃檯的那個人，因為這個「被詛咒詩人」的信中談來談去都是錢，他想「好好投資」，能夠「不斷有收益[144]」。在痛苦中高歌的詩人，曾經咒罵上帝與美，曾經對抗正義與希望，曾經傲然暴露在罪惡的氣息裡，現在卻只想找個「有前途」的人結婚。這個飽受煎熬的魔法師、先知、不屈服的苦役犯，這個無神祇王國的國王，一天到晚腰纏著八公斤黃金，抱怨這腰帶害他患了痢疾；難道這就是我們推薦給年輕人的神話英雄嗎？這些年輕人不唾棄世界，但想到那條腰帶便會羞愧致死。要維持神話，就必須漠視他那些具有決定意義的信，所以我們明白他那些信件很少受到評論的原因，那些信是褻瀆，如同有時候真實會打破神話。偉大而令人讚賞的詩人、那個時代最偉大的詩人、光彩奪目的預言者——這就是韓波，但他並不是大家想讓我們相信的人中之神、桀驁的榜樣、詩歌的苦修者。唯有在病床上，他才重新顯現恢宏——人之將死，甚至庸碌的心靈都能讓人感動：「我多麼不幸，我真是不幸啊……我身上有錢，卻連守護它都不能了！」在這悲慘時刻痛苦的嘶喊使韓波不自覺地返回了他的偉大：「不，不，現在我要反抗死亡！」在深淵之前，年輕的韓波復活了，但在這種時刻的反抗，對生命的詛咒只不過是面對死亡的絕望而已。此時，這個資產階級的掮客才又和我們如此真愛的那個心靈撕裂的少年合而為一，他在恐懼與痛苦煎熬中與之合而為一，這是不知珍惜幸福的人最終會面對的恐懼痛苦。唯有此刻，才開始顯現韓波的熱情和真實。

此外，他在作品中的確曾提到哈拉爾，然而是以放棄寫作的形式出現。「最美好的，是醺醺然

---

143 衣索比亞的舊稱，韓波曾在那兒做過多年生意。譯註。

144 當然有些信件會因寫信的對象多少改變內容。但是在他這些信中我們並未感覺他故意扯謊，沒有一個字可資懷疑韓波在說謊。原註。

沉睡在卵石沙灘上。」所有反抗者想殲滅一切的狂烈，現在卻採取了最普通的形式。罪惡的世界末日，猶如韓波描述不斷屠殺子民的王子，一連串失序異常，都是超現實主義者重新拿出來採用的反抗議題。但到最後呢，還是虛無主義佔了上風，抗爭、甚至罪惡都讓已疲憊不堪的心更加疲憊。這位先知灼見的詩人，且讓我們大逆不諱地說——為了不遺忘而喝酒，醉到麻木不仁，這是我們當代人很熟知的狀況。沉睡吧，在卵石沙灘上，或是在亞丁[145]。人們不是積極而是被動地接受世界的秩序，儘管這秩序日漸沉淪。韓波的沉默已然為帝國[146]的沉默做準備，這沉默箝制著一切逆來順受而不肯起而反抗的靈魂。韓波這突然受金錢所控的偉大靈魂，開始產生許多無節制的欲望，並開始間接為警察系統服務，成為「全無」，這是他疲憊於自身的反抗靈魂發出的吶喊，那麼，他這種精神自殺，比超現實主義的精神自殺還不值得尊敬，後遺症也更大。超現實主義的巨大潮流，在反抗層面的唯一意義，是試圖延續我們所鍾愛的那個年輕韓波的精神。從他的著作《通靈者書信》中汲取精神，運用其提供的方法，遵守苦行的反抗，超現實主義的反抗闡明了介於生存的意志與毀滅的欲望、「不」與「是」之間的掙扎，這在反抗的各個階段都可看出。因為這些原因，與其重複圍繞韓波作品沒完沒了地評論，不如在他的傳承者中重新找出韓波，追隨他當初的精神。

絕對的反抗、全然不屈服、打破所有規範、崇尚荒謬，超現實主義最早期的意圖可定位為反對一切，永不妥協。它對一切確定的事物的否定態度是明確的、斷然的、挑釁的。「我們是反抗的專家。」根據阿拉貢[147]所言，超現實主義是顛覆思想的機器，剛開始是在「達達主義」——我們不可忘記達達主義的根源來自浪漫主義和已失血貧瘠的浪蕩主義。[148]無意義和矛盾衝突早就已經在內部培育形成，「真正的達達主義者是反對達達主義的。所有人都是指引達達主義方向的人。」以及「什麼是善？什麼是醜？什麼是偉大、強壯、脆弱……我不知道！不知道！」這些在沙龍裡作態的虛無主義者自然很容易變成接受、順應公認教條的奴隸；然而，超現實主義裡有一種比這嘴上虛張聲勢說不服從不守舊[149]更深刻的東西，這也是韓波遺留的精神，布賀東[150]以這句話概論：「我們該放棄一切希望嗎？」

全然拒絕身處的世界，強化對這不完整生命的大聲吶喊，布賀東說得好：「無法接受加之於我的命運，意識清晰地挑戰正義，我避免讓自己的生存適應塵世一切可笑的狀況。」根據布賀東所言，

---

145 亞丁（Aden），韓波晚年住的地方。譯註。
146 帝國意指專制權威政權。譯註。
147 阿拉貢（Louis Aragon, 1897–1982），法國詩人，早年參加達達主義和超現實主義運動，後加入法國共產黨。譯註。
148 達達主義大師之一的雅里（Alfred Jarry, 1873–1907）是最後一位代表形而上浪蕩主義的作家，但怪異多於新穎。原註。
149 虛無主義者否定一切之後，反而接受一切舊有秩序和公認教條，所以不服從不順應只是嘴上說說而已。譯註。
150 布賀東（André Breton, 1896–1966），法國文學家，發起「超現實主義宣言」，確立超現實主義的意義。譯註。

心靈既不能安定於生命，也不能只在意彼世，超現實主義就是要回應這無休止的搖擺擔憂，它是「心靈對抗自身的吶喊，絕望地下定決心粉碎一切桎梏」，這吶喊不只反對死亡，也反對「短暫可笑的」不確定生存狀況。因此超現實主義焦躁不耐，處在像受傷而激憤的狀態，同時也以刻苦、不妥協的驕傲自許，這代表一種道德。超現實主義的起源是傳誦無秩序，後來卻被迫必須創造出一個秩序；它剛開始只想到摧毀，先是以詩詛咒，之後以真實的破壞顛覆，對現實世界的指控卻邏輯地變成對萬物的指控。

超現實主義的「反一神論」是有理論基礎且有系統的，先堅定指出人是絕對無罪的，必須將「以往上帝一詞概括的力量還諸於人」。如同所有反抗歷史中可見，在絕望中產生的這個「人絕對無罪」的想法，終究慢慢轉變為瘋狂無序的懲罰。超現實主義者在頌讚人類無辜的同時，卻又頌讚殺人和自殺，將自殺視為一種解決辦法，克雷費爾[151]認為這顯然是「最公正且最決斷」的解決辦法，所以自殺了，如同希格和瓦謝。阿拉貢雖然之後抨擊這種鼓吹自殺的言論，但是頌揚毀滅，自己卻躲在一旁遠觀，對誰來說都不是光彩的事；超現實主義對待「文學」也是同樣的手法，顛覆咒罵卻不建設，這是最輕鬆簡單的事，希格震撼地吶喊所說的沒錯：「你們都是詩人，而我卻站在死亡這一邊。」

超現實主義還不只這樣，它選擇了薇娥蕾特．諾西耶[152]或犯法的無名人士當作英雄，以此在罪惡面前重申人的無辜。竟然還說——這是布賀東自一九三三年來[153]應該相當遺憾的說法——超現實主義最簡單的行動，就是走上街頭手裡持著槍，隨意朝人群開槍。除了個人決定和欲望之外，拒絕一切其他決定的人，只遵循無意識而拒絕一切最高原則的人，就是反社會反理性的人。無目的行為的理論以絕對自由作為冠冕，儘管到最後，這個自由只能以雅里[154]描述的孤獨為總結：「當我得到一切時，我要殺死所有人，然後一死了之。」重要的只是桎梏被否定，非理性戰勝一切，否則，在一個無意義無榮譽的世界裡，頌揚謀殺若不是只為了替不管以什麼形式存在的欲望爭取合法性，還能有什麼其他解釋呢？生命的衝勁、無意識的衝動、非理性的呼喊，這些是唯一應該放任由之的真實，所有和個人欲望相左的——主要來自於社會——都應該毫不留情地摧毀。如此一來，我們便能理解布賀東針對薩德的評論：「誠然，人與自然便只能在罪惡中合為一體，接下來該了解的是，這是不是表現愛最瘋狂、最無可爭議的方式之一。」我們清楚感受到這裡說的愛是一種沒有對象的愛，被撕裂的靈魂所懷有的愛，但是這種空虛而貪婪的愛，這種瘋狂的佔有欲，無庸置疑正是社會

---

151 克雷費爾（René Crevel, 1900–1935）和下一行的希格（Jacques Rigaut, 1898–1929）、瓦謝（Jacques Vaché, 1895–1919）都是法國超現實主義作家，三人皆自殺身亡。譯註。

152 薇娥蕾特．諾西耶（Violette Nozière, 1915–1966），法國女子，因謀殺父親成為轟動社會的人物，超現實主義視她為反抗傳統社會的象徵人物。譯註。

153 布賀東於一九三三年被法國共產黨開除黨籍。譯註。

154 見註148。譯註。

要遏制的。這也是為什麼還背負著之前不妥言論包袱的布賀東還要頌揚背叛，宣稱暴力是唯一適當的表達方式（這也是超現實主義者試著證實的）。

但是社會不僅由個人組成，它是一個機構團體。超現實主義者出身太良好，無法橫下心殺死所有人，所以依他們的邏輯得出的結論是，要解放欲望，就必須先推翻社會，因此他們決定成為當時革命的喉舌。就本書論述的一致性來看，超現實主義者可說從渥波爾[155]和薩德轉向了艾爾維修[156]和馬克思，但我們能清楚感受到，促使他們走向革命的並非對馬克思主義的研究[157]，相反地，超現實主義不懈的努力，就是和馬克思主義協調促使二者走向革命的需求。我們可以不帶矛盾地說，當初之所以會讓超現實主義者和馬克思主義走到一起的，正是他們今日最痛恨的。我們深知安德烈・布賀東訴求的崇高本質，也感同身受超現實主義撕裂的痛苦[158]，因此不忍點醒以他為首的超現實活動其實為建立「一個殘酷的政體」和專制奠立了原則，帶動了政治偏執狂熱、箝制自由辯論、認為死刑是必需的。當時使用的奇怪字彙也讓我們訝異（「破壞」、「告密者」等等），聽起來如同一場警察掌控的革命。但這些狂熱者要的是「不管什麼樣的革命」，只要能讓他們脫離與之為伍的市儈商人和妥協的世界就好，既然得不到最好的，那寧可選擇最壞的。就這一個觀點來說，他們是虛無主義者，他們沒發現到在他們之中，那些之後效忠於馬克思主義的人，都同時是最無可救藥的虛無主義者。超現實主義者固執地想要達到的語言顛覆，並不是在於「文字的不協調」或是「直覺書寫」，真正破壞語言的是口號。阿拉貢徒然地率先揭露「這種可恥的實用主義作法」，正是這種作法最終讓他尋得道德的全然解放，這個解放卻碰巧成了共產主義利用的工具。針對這個問題洞悉最明的超現實主義者皮耶．納維爾[159]，思考革命行動與超現實主義之間的共同點，深沉地認為二者的共同點就是悲觀思想，也就是「想要陪伴人走向失敗之途，並記取教訓，使這失敗成為有用的」，這種奧古斯丁學說（Augustinisme）和馬基維利主義（Machiavélisme）的混合[160]，的確是二十世紀革命的特點，也大膽描述當時的虛無主義。超現實主義的叛徒們在大部分原則上曾忠於虛無主義，也可以說，他們尋求的是死亡；安德烈．布賀東和其他幾個超現實主義者最終和馬克思主義劃清界線，那是因為他們身上有比虛無主義更多一點東西，忠於反抗的最純粹原因：他們不想尋死。

---

155 渥波爾（Horace Walpole, 1717–1797），英國牛津伯爵，哥特風格小說潮流始祖，驚悚黑色小說前身。譯註。
156 艾爾維修（Claude Adrien Helvétius, 1715–1771），法國啟蒙思想哲學家、唯物論者。譯註。
157 共產主義者因研讀馬克思主義而投入革命運動的屈指可數，通常人們是先入教才開始讀《聖經》和《使徒傳》。原註。
158 法國超現實主義分裂為兩大陣營，一方認為應涉入政治積極參與共產黨活動，另一方則認為應與政治拉開距離，兩方引發了激烈的衝突論戰。譯註。
159 皮耶．納維爾（Pierre Naville, 1904–1993），法國超現實主義作家、社會學家、政治人物。譯註。
160 奧古斯丁學說可詮釋為悲觀思想，認為人永遠無法洗清原罪，馬基維利主義則提出現實主義的強權政治，以粗暴高壓手段治國；這一句可以解釋為悲觀思想與粗暴手段的混合。譯註。

當然，超現實主義者也曾想宣揚唯物主義，「我們必須承認，波坦金戰艦上的反抗起因於那塊腐爛的肉。」[161]但是超現實主義者不若馬克思主義者，就算以理智上來說，他們對這塊腐肉也不存一點好感。這塊腐肉見證引起反抗的現實世界，起而對抗它；這塊腐肉使所有行為成為合理，但並未對這些行為提出任何解釋。對超現實主義者來說，革命不是一個日復一日以行動達成的目的，而是一個絕對的神話，用來安慰人心。革命是「真實的生命，如同愛情」，艾呂亞[162]如是說，他卻沒想像到自己的朋友卡蘭德拉[163]會因這樣的生命而死。超現實主義者要的是「天才的共產主義」而非馬克思的共產主義，這些特殊的馬克思主義者聲稱反抗歷史，崇尚個人英雄主義，因為「歷史被由懦弱的個體制訂出的法律所支配」。安德烈．布賀東想要革命與愛兼得，然而這兩者是不相容的，革命就是想愛一個還不存在的人[164]，以愛一個人來說，若真愛他，就只能接受為他而不為其他人而死。事實上，革命對安德烈．布賀東而言僅是反抗中的一個特例，對馬克思主義者以及廣泛的政治思想來說，卻正好相反。布賀東並不想以行動實現一個幸福的城邦來加冕歷史，超現實主義基礎的論點之一，就是救贖不存在；布賀東認為革命的目的並非帶給人們幸福，這是「塵世可鄙的舒適」，相反地，它應該澄清、照亮人的悲慘境遇。世界性的革命與其造成的巨大犧牲，帶來的唯一好處是：「避免讓表面的社會情況的不穩定，掩蓋了真實人生存情況的不確定」，只不過，對布賀東而言，這個進步遙不可及，也就是說，革命應該要有助於內心的苦行，以便讓人能藉由「豐富的想像力」，將真實幻化為美妙。美妙之於布賀東，猶如理性之於黑格爾，可說與馬克思主義的政治哲學完全南轅北轍，亞陶[165]口中的那些光說不練的革命者之所以如此猶豫遲遲不敢行動，並不難理解。超現實主義者與馬克思的差異，甚至是比例如約瑟夫・德梅斯特的反革命分子們與馬克思的分歧來得更大。反革命者利用生存的悲劇拒絕革命，也就是要維持歷史現況；馬克思主義者利用生存的悲劇鼓動革命，要創造另一個歷史局勢；兩者都利用人類的悲劇為他們的實用主義目的效勞。至於布賀東呢，他利用革命來完成這個悲劇，雖然他創辦的雜誌稱為《文學》[166]，他其實是用革命為超現實運動服務。

超現實主義和馬克思主義的決裂很容易理解，後者要求非理性的服從，前者卻堅決到死捍衛非

---

161 波坦金戰艦（Potemkine）的故事，出現在蘇聯電影巨匠艾森斯坦導演的一九二五年同名電影裡，是俄國蒙太奇派的經典作品。描述蘇聯海軍波坦金戰艦上的士兵不堪長期遭受壓迫，在一次吃飯時吃到腐敗的肉，終於憤而起義，引發革命暴動。譯註。

162 艾呂亞（Paul Eluard, 1895–1952），法國超現實主義詩人，加入法國共產黨。譯註。

163 卡蘭德拉（Záviš Kalandra, 1902–1950），捷克超現實主義作家，一九五〇年以煽動罪被判絞刑，布賀東請艾呂亞以法國共產黨員身分為卡蘭德拉請命遭拒，卡蘭德拉受絞刑而死。譯註。

164 緣起於馬克思主義的革命，是要創造「新的人」，而在革命進程中，這個新的人尚不存在。譯註。

165 亞陶（Antonin Artaud, 1896–1948），法國劇作家、劇場理論家、詩人、導演，曾短暫加入超現實主義運動，後與之決裂。譯註。

166 《文學》（*Littérature*）是一九一九年由布賀東與友人一起創辦的期刊。譯註。

理性；馬克思主義意欲達到全體性（totalité），超現實主義則和所有的精神活動一樣，尋求一致性（unité）。倘若理性足以征服世界帝國，全體性可以要求非理性的服從，但是一致性的要求更高，一切都合理並不夠，還要理性與非理性在同樣水平上達成協調。一致性不容許殘缺。

對布賀東來說，通往統一的道路上，全體性或許是必需的一個階段，然而絕對不夠，這裡我們又看到「全有」否則「全無」的論點。超現實主義傾向於放諸宇宙，布賀東對馬克思一個奇怪但深刻的批評，就是指責他未能放諸宇宙。超現實主義者想要融合馬克思的「改造世界」與韓波的「改變人生」，然而前者導向征服世界全體性，後者卻是生命的一致性。弔詭的是，任何的全體性都同時具有限制性，結果呢，「改造世界」與「改變人生」這兩個模式分隔了群眾。布賀東選擇了韓波的「改變人生」，也就表示超現實主義不是行動，而是精神領域的苦修，他將超現實主義深沉的特殊精神擺在第一位，也因此他針對反抗的思考、重新彰顯神聖、爭取一致性的思考如此珍貴。他愈凸顯這種特殊精神，就愈和政治夥伴疏遠，同時也和他最初發表的幾份超現實主義宣言裡的精神漸行漸遠。

安德烈．布賀東對超現實的探索始終如一，夢境與現實的融合、理想與現實這古老衝突的昇華。我們熟知超現實主義所提出的：具體的非理性、客觀的偶然性。詩的創作是對至高點（point suprême）唯一可能的征服，「是精神上生與死、真實與想像、過往與未來……不再互相矛盾的所在。」這個標示著「黑格爾思想系統徹底瓦解」的至高點到底是什麼呢？就是類似神祕主義者尋求的高峰——

深淵，其實就是一種缺乏上帝的神祕主義，安撫、同時也體現反抗者絕對的渴求。超現實主義的主要敵人是理性主義，布賀東的思想同時彰顯了西方思想中特殊的面向，那就是崇尚類比原則，犧牲了同一性和對立性原則，就是要把對立熔解在欲望和愛的烈火中，使死亡之牆坍塌。走向統一的路途上，如同在通往魔法石（la pierre philosophale）[167]的途中，逐一經過魔法、原始或初期文明、煉丹術，或運用火焰之花或白夜等詞彙的美妙階段。超現實主義者雖未改變世界，至少提供了幾個奇特的神話，部分驗證了尼采所宣稱的回歸希臘文明。但僅僅是部分，因為這裡牽涉的是陰鬱的希臘，充滿神祕和邪惡神明。而且尼采的經驗崇尚擁抱正午，超現實主義則頌揚子夜、崇尚暴風雨的頑固與焦慮。按布賀東自己的話說，無論如何他懂了生命是被賦予的，但是他對生命的投入不是人們所需要的一片光明，他說：「我身上有太多北方的因子[168]，無法成為一個完全投入的人。」

然而，他經常違反自己的性格，把否定的部分降低，強調反抗的積極訴求。他選擇艱苦反抗而非沉默，僅僅接受「道德秩序」（sommation morale）。[169]根據巴代伊[170]，這「道德秩序」推動著初

167 煉丹術士指出魔法石這種寶物可點石成金、治癒百病、長生不老。譯註。
168 北方代表陰鬱、缺乏陽光、寒冷、悲觀。譯註。
169 超現實主義者批判傳統的中產道德觀，主張建立新的道德秩序。譯註。
170 巴代伊（Georges Bataille, 1897–1962），法國哲學家，被視為解構主義、後結構主義、後現代主義先驅。譯註。

期的超現實主義：「以一個新的道德秩序取代現有導致人們一切痛苦的道德觀。」這奠定新道德秩序的企圖當然沒能成功，直到今天也沒有人成功過，但布賀東一直相信這是可能做到的。他想使人崇高，但人卻恰恰因超現實主義捍衛的某些原則而不斷墮落，面對當代的沉淪，他不得不主張暫時回歸傳統道德觀。這或許是個停頓，然而是停頓了虛無主義，是反抗的真正進步。總之，布賀東無法找到他覺得迫切需要的道德與價值觀，於是選擇了愛，我們不可忘記，在那沉淪的時代，他是唯一深刻談論愛這個議題的人。愛是道德的昇華，足以作為這個流放者[171]的祖國。誠然，超現實主義還缺少一個方針，它既不是政治也不是宗教，或許只是一個不可能實踐的智慧，但這也證明了世界上沒有輕易可達成的智慧。布賀東令人讚賞地呼喊：「我們要、我們也會擁有有限生命之外的東西。」

當理性開始行動，大軍席捲世界時，他沉浸於美麗的夜晚，這夜晚或許昭示尚未發出的曙光，以及我們文藝復興詩人何內．夏爾[172]的黎明。

虛無主義與歷史

一百五十年來形而上的反抗和虛無主義，不斷看見同樣一張破碎的臉孔戴著不同的面具捲土重來，那臉孔就是人類的抗議。大家起而反抗生存和其創造者，確認人的孤獨和一切道德的虛無，卻又在同時試圖建立一個完全不存神祇的王國，以他們所選擇的規則來治理。他們與造物主對立，自然而然想以他們的規則來重塑世界。在他們剛草創出來的世界，除了欲望與權力之外拒絕任何其他規則的那些人，遲早會高唱著世界末日，走上自殺或是瘋狂一途。其他人呢，想藉由自己的力量創造自己的規則，選擇的是無聊的高調、裝腔作勢的「表現」、平庸、或是殺人與破壞。不管薩德、浪漫主義者、卡拉馬助夫或是尼采，他們進入死亡的世界，是因為想要真正的生活，然而這對真正生活嚮往的撕裂吶喊如此激烈，反而造成反效果，在這瘋狂的世界迴盪成對規則、秩序、道德的殷

---

171 布賀東與超現實主義中許多同伴決裂之後，受到貝當政府的文禁所牽連，遠走墨西哥、紐約、海地等地。譯註。

172 何內·夏爾（René Char, 1907–1988），被卡繆喻為「二十世紀最偉大的法國詩人」，曾參與超現實主義運動。譯註。

切期待。一旦他們決定拋下反抗這個包袱，逃避反抗造成的緊張情況，選擇專制或奴役二選一這種簡易的解決辦法，他們主張的、鋪陳的結論才會是有害的、破壞自由的。

人的反抗，以它超然和悲壯的形式，只是、也只能是對抗死亡的長期抗戰，對生存狀態被普遍死刑[173]支配的激烈控訴。就我們所知的狀況，每一次的抗議都是針對生命裡不和諧、不透明、不連貫的一切，因此，基本上說，是不斷要求著一致性。這些瘋狂反抗的動力來自於拒絕死亡、祈求長久和透明化，不管這些希望是崇高或幼稚。拒絕死亡難道只是因為個人的懦弱嗎？不是的，因為許多反抗人士為了達到他們的要求，付出相對的代價。反抗者要的不是苟活，而是活著的理由，拒絕死亡所代表的意義。倘若沒有什麼是長久的，沒有什麼是有意義的，死亡也當然就毫無意義。與死亡抗爭，也就是訴求生存的意義，為了規則和一致性而戰。

形而上反抗的核心就是對抗惡，這一點意義深長。令人憤慨的不是孩童受苦這件事本身，而是受這苦沒有理由。想想看，苦痛、流放、幽禁有時能被接受，例如醫生或自己的良知告訴我們這是不得已的。在反抗者的眼中，世界上不管是痛苦或是幸福，都缺乏一個解釋的原則。對惡的反抗，首先是要求一致性。人生在世上，注定要死，生存情況又晦暗不清，面對這個現況，反抗者不斷要求真正的生命及死亡的因由；他不自知，他其實在找尋一種道德或是神性。反抗是苦行，雖然是盲目的；反抗者之所以褻瀆神明，是希望找到一個新的神，他從最原始最深沉的宗教運動出發，但這到底是個失落的宗教。高尚的不是反抗本身，而是它所訴求的，儘管訴求得到的成果到目前為止都是可恥的。[174]

我們至少必須看清反抗所獲得的是什麼可恥成果。每一次，當它崇尚全面拒絕一切，全然否定，就會殺人；當它盲目接受一切，高喊絕對的「是」，也會殺人。對造物主的怨恨很可能轉變為對蒼生的恨，或是針對一切懷有獨佔性的、挑釁的愛。在以上兩種情況，反抗都走向殺人，也就喪失被稱為反抗的權利。成為虛無主義者，走的也就是這兩種極端的方式。很顯然有的反抗者想要死，有的卻要讓人死，其實這兩者都一樣，都焦灼尋求真正的人生，對生存失望氣餒，以至於寧可要全面的不公也不要片面的正義，憤慨到了這個程度，理性轉化為狂怒。人類內心發出本能式的反抗，經過多少漫長世紀，的確一步步走向充滿自覺的反抗，但我們看到，它也愈來愈激烈盲目，無法控制，乃至於決定以形而上的謀殺來回應世界上的殺戮。

我們知道，標示形而上反抗重要的關鍵時刻的「即使」，最後淹沒在絕對的毀滅中。今日在世界上發揚光大的，不是反抗也不是反抗的崇高精神，而是虛無主義。我們必須由虛無主義造成的後

173 普遍死刑除了犯罪被判處死刑之外，也包括廣泛的政治屠殺。譯註。
174 不論是法國大革命、俄國革命、無產階級革命，成果都是屠殺與壓迫。譯註。

果往前推，同時也不忘記它真實的根源。即使上帝存在，因為人所承受的不正義，伊凡也不會皈依於上帝；再深思一下這不正義，一股更苦澀的怒氣湧起，將「即使你存在」轉化成「你不值得存在」，再到「你不存在」。沒做錯任何事的人們，在自己最後的判決裡找到力量和理智，知道自己是無辜的，絕望於自己必死的命運，知道自己已被判決死亡，決定謀殺掉上帝。倘若說當代人類的悲劇起始於此，是錯誤的，但說人類的悲劇因此結束，也是錯的。相反的，謀殺上帝標示了自從古代世界結束[175]以來所開始的悲劇最重要的時刻，而古代世界的餘音尚未結束。從這個時刻起，人決定拋開聖寵，靠自己而活。從薩德到今日，所謂的進步就是日益擴張這封閉的領域，排除上帝的人以自己的規則粗暴地統治這封閉的領域，面對上帝，人逐漸把壁壘壕溝的邊界往外推，直到把整個世界變成一座堡壘，對抗那被拉下台、放逐的上帝。人對抗到最後，反而封閉了自己，他最大的自由——從薩德悲傷的城堡到集中營——就是建造自己罪刑的監牢。戒嚴狀態開始普遍起來，對自由的要求想延伸到每個人身上，就必須建造一個唯一的王國以資對抗聖寵，也就是正義的王國，將整個人類在眾神殘骸之上集合起來。殺死上帝與創建教會，這是反抗永遠相矛盾的運動。絕對的自由最終成為一個絕對義務的監牢，一個集體的苦行，一段要去完結的歷史。十九世紀是反抗的世紀，因而進入正義與道德、人人自覺有罪的二十世紀。研究反抗的道德家尚福爾[176]已為此定了調：「首先要公正，才談得上慷慨分享，就像要先有襯衫才談得上蕾絲花邊。」人們於是放棄了奢侈的道德，僅僅保持創建者基本的倫理。

我們現在必須談到為了世界帝國與普世規則所做的痙攣式的努力，反抗到了此時，反對任何奴役形式，意圖聚集所有人類，但是在每一次失敗之後，解決辦法都是政治和征服；自此，反抗在所得到的成果裡，除了道德上的虛無主義之外，只記得這一項，那就是運用權力。原則上，反抗者只是想做自己的主人，讓自己取代原先上帝的面目，但是他忘記了反抗的根源，順著精神帝國主義的腳步，通過愈來愈多數不清的殺人走向世界帝國。的確，他驅離了上帝，但形而上反抗的精神卻和革命運動走到了一起，對自由不理性的訴求到最後卻矛盾地以理性為武器，因為他認為這是唯一人性可戰勝神性的理由。上帝已死，人還在，意即歷史還需要人去理解、去建造。反抗運動中，虛無主義吞沒了萬物的力量，只提出可以用所有方法來重建這個力量。[177] 人到了無理性的頂端，知道自己在世上從此孤獨，就會走向所謂「人的帝國」理性的罪惡。深思反抗將帶來的死亡藍圖之後，人在「我反抗，故我們存在」之後，又加上「我們是孤獨的」。

---

175 西方歷史中，西元四七六年羅馬帝國滅亡，古代結束，中古世紀開始。譯註。

176 尚福爾（Chamfort, 1741–1794），原名 Sébastien-Roch Nicolas，法國詩人、道德評論家。譯註。

177 虛無主義顛覆一切傳統想法，否定一切，認為一切可以重造，但並未提出任何具體方法。譯註。

III.

歷史性的反抗

La Révolte Historique

自由，「寫在暴風戰車上這個恐怖的名字」[178]，是所有革命的原則。沒有自由，就不可能有正義，然而，正義要求暫緩自由的時代來臨了，種種大的小的恐怖手段都隨著革命出現。每一次反抗都緬懷無辜、對生存發出呼喚，但這個緬懷有一天拿起了武器，犯下絕對的罪行，即謀殺和暴力。奴隸的反抗、處死國王的革命、二十世紀的革命，為了建立愈來愈全面的自由，就有意識地認可了愈來愈大的罪行。這個矛盾愈來愈明顯，使得幸福與希望不再顯現在革命者臉上，也不再出現在制憲議員的演說中。這矛盾無法避免嗎？它代表了或是背叛了反抗的價值呢？這是針對革命必須認清的問題，也是針對形而上反抗必須提出的問題。事實上，革命是形而上反抗邏輯的延續，我們在分析革命運動時，同樣發現人在面對否定自己的一切時，為了肯定自己所做的絕望、血淋淋的努力。革命精神捍衛著不肯屈服的人，想讓人來主宰他的時代。拒絕了上帝，按照似乎無可避免的邏輯，他選擇了歷史。

就理論上說，革命這個詞保留了他在天文學上的含義[179]，代表一個周而復始的環形運動，一個政體完全移轉到另一個政體。財政制度改變但政體不變，這不是革命而是政策改革；任何經濟革命，不管透過激烈或和平方式，必然也是政治革命。從這點來看，革命已經有別於反抗，「不，陛下，這不是反抗，這是革命」[180]這句名言強調了二者基本上的不同，確切的意思就是「必然會有一個新的政體」。從根源上說，反抗運動不會長久，只是不協調的見證，革命則相反，它開始於思想。確切地說，革命是將思想注入歷史經驗中，而反抗只是由個人經驗出發走向思想的運動。反抗運動的歷史，即便是集體的，實際上而言是沒有結果的投入，一種不清不楚的抗議，並不牽涉任何系統或原因；革命則是試著以思想引領行動，以理論塑造世界。這也是為什麼反抗會殺死一些人，而革命會同時摧毀人與原則。因著相同的原因，我們可以說歷史上尚未有革命，只能有一次，也將是最終。就像是結束一個循環的運動，在成立政府的那一刻，就已經開始下一個循環。以瓦爾烈[181]為首的無政府主義者看得很清楚，政府和革命從直接意義上來說是不相容的；蒲魯東[182]說：「政府可以有革命性質這個說法本身就是矛盾的，原因就因它是政府。」歷史上的經驗也的確如此，必須補充的是，一個政府只有在對抗其他政府時，才可能是革命的政府。在大部分情況下，革命的政府勢必也是一個戰爭政府，革命的範圍愈大，戰爭的影響也就愈大。一七八九年誕生的社會[183]想要為歐洲而戰，

178 費羅蝶．歐那帝（Philothée O'Neddy）所言。原註。

179 革命原是天文學上一個術語，最早出現在哥白尼的著作中，指有規律、周而復始的天體周期運動。譯註。

180 一七八九年七月十四日，里昂古公爵告知國王路易十六巴士底被群眾攻陷，國王問：「是反抗行動嗎？」公爵回答：「不，陛下，這不是反抗，這是革命」。譯註。

181 瓦爾烈（Jean-François Varlet, 1764–1837），法國無政府主義者。譯註。

182 蒲魯東（Pierre-Joseph Proudhon, 1809–1865），法國政論家、經濟學家，無政府主義創始人之一。譯註。

183 指大革命後的法國。譯註。

一九一七年誕生的社會[184]則想為統治全世界而戰。全面的革命最終會想要整個世界帝國，我們稍後會知道原因。

在這個目標達成之前——如果會達成的話，就某種意義上來說，人類歷史就是一連串反抗的總和。換句話說，政體轉移在空間上雖然明顯，放到時間上來看卻很相近。十九世紀人們虔誠地稱為人類逐漸解放的行動，退一步看就像一連串無休止的反抗行動，這些反抗一次比一次強，試著賦予反抗形式一種思想理論，但它們都尚未達到那底定天地一切的最終革命。粗淺的研究結論指出，與其說是真正的解放，只不過是人想肯定自己，這肯定的範圍愈來愈大，但一直都沒達成。倘若真有一次真正的革命，那麼歷史就此告終，只會有圓滿的統一和快樂的犧牲。這也是為什麼所有的革命者最終都追求世界統一，好似他們相信歷史就此會完結。二十世紀革命的不同之處，是首次公開地想要實現阿納卡西斯．克勞茨[185]當年人類統一的夢想，同時以此光榮圓滿地完結歷史。由於反抗運動結果是「全有」否則「全無」，由於形而上的反抗訴求世界統一，二十世紀的革命運動達到它邏輯上最清楚的結果，手拿著武器要求歷史的整體性。反抗若不想變成毫無價值或過時，便不得不成為革命。對反抗者來說，不再是像施蒂納挑戰和超越自己，或是用自己的方式自救而已，而是要像尼采將整個人類神化，致力於「超人」的理想形象，乃至於達到如伊凡．卡拉馬助夫所願拯救全世界。附魔者首次登上舞台[186]，體現了當時的一個祕密：理性與權力意志的真正面目。上帝已死，必須以人的力量改變世界、重組世界。光是詛咒上帝是不夠的，必須以武器征服一切。革命，尤其是自稱唯物主義的革命，只不過是過度的形而上十字軍東征而已。然而，征服全世界就是統一嗎？這是本書將試著回答的問題。現在我們只看到這番分析並非又在重複已描述過上百次的革命現象，也不是再一次總結歷次大革命歷史或經濟上的原因，而是要在革命事件中找出形而上反抗的邏輯推演、詮釋和一再反覆出現的議題。

大部分的革命都以殺人作為形式和特點，幾乎所有的革命都殺過人，其中一些甚至弒君、弒神。既然形而上反抗的歷史始於薩德，我們真正的主題僅僅從弒君開始，他同時代的人攻擊神的化身，還不敢推翻神性永恆的原則。但在此之前，人類歷史早已呈現相當於最早的反抗行動，就是奴隸反抗運動。

184 指蘇維埃共產革命後的蘇聯俄國。譯註。

185 阿納卡西斯·克勞茨（Anacharsis Cloots, 1755–1794），普魯士男爵，無政府主義者，激進支持法國大革命，一七九四年被控為普魯士間諜，送上斷頭台。譯註。

186 杜斯妥也夫斯基的小說《附魔者》描寫亞歷山大二世時代，俄國瀰漫著無神論調調，高喊理性的「群魔」大舉發展左翼革命。譯註。

奴隸反抗主人，是一個人起身對抗另一個人，腳踏著殘酷的大地，與神性和原則無關，其結果只是殺死了一個人。奴隸暴動、農民起義、乞丐的戰爭、貧戶的反抗，要求的首先是平等，以命抵命，不管多麼激烈、加上了多少神祕色彩，我們都可在其最純粹的形式中找到革命的精神，一九〇五年的俄國恐怖主義[187]就是一例。

就這方面來說，在遠古最後階段，也就是西元前數十年發生的斯巴達克斯（Spartacus）的反抗，是一個典型。首先說明這涉及的是古羅馬鬥士的反抗，也就是被迫從事與人搏鬥的奴隸，為了娛樂主子注定去殺人或被殺。那次反抗開始時只有七十個人，最後卻是七萬起義者打垮最精良的羅馬軍團，朝義大利挺進，踏向永恆之都羅馬城。然而，如同安德烈·普魯多莫所言[188]，那次反抗並未為羅馬社會帶來任何新的原則，斯巴達克斯提出的要求只侷限於讓奴隸有「平等的權利」，我們已經分析過初期的反抗行動，在這種階段的反抗，從事件變為權利的過程是唯一邏輯上可以得到的收穫。不服從的人推翻奴隸身分，要和主子平等，之後想換自己當主子。

斯巴達克斯的反抗在在顯現的訴求是，奴隸大軍解放了奴隸，讓主子立刻淪為他們的奴隸，根據一個說法不可靠的傳統，甚至會抓好幾百個羅馬市民舉辦搏鬥，讓奴隸們坐在看台上開心興奮地觀賞。但是殺人除了會繼續殺更多人之外，不會帶來其他，一個羅馬士兵要勝利，必須打倒另一個士兵。斯巴達克斯夢想的太陽城必須建立在永恆羅馬的廢墟、它的神祇和機構之上。斯巴達克斯軍隊的確朝著羅馬城前進，整個羅馬想到要為之前的罪行付出代價而驚恐。然而，在這決定性時刻，望見這神聖的城牆，整個軍隊停下、撤退，彷彿是在這眾神、眾多士兵與機構的城市面前退縮了。這個城市若摧毀了，用什麼來取代呢？除了對正義的粗糙渴望，除了因自尊心受損而激起的反抗之外，還能拿什麼來取代呢？[189]無論如何，軍隊不戰而屈，詭異地決定退回原來被奴役的地方，循著漫長路途一路返回當初反抗勝利的西西里島。就像這些原先孤獨而手無寸鐵的可憐人們，面對想進攻的上天，又回到他們最純粹最悲慘的歷史裡，回到他們最初發出怒吼的土地上，在那裡，人命如螻蟻，死亡如此輕易。

潰敗和殉難接著開始，最後一役之前，斯巴達克斯命人把一個羅馬市民五花大綁在十字木架上，昭示全部市民他們將受到的命運。在對決的時候，斯巴達克斯有一刻氣憤難耐，不斷試著撲到羅馬軍團統帥卡蘇斯（Crassus）身上，我們從這個舉動看出一個象徵：斯巴達克斯想尋死，但是要一對

187 指一九〇五年俄國境內一連串對沙皇統治不滿而興起的抗爭、攻擊、恐怖行動，直接導火線可視為俄國在日俄戰爭中的失敗，前述波坦金戰艦起義，亦在此系列革命當中。

188 出自《斯巴達克斯的悲劇》（*La Tragédie de Spartacus*）中的〈斯巴達克斯筆記〉（Cahiers Spartacus）一篇。原註。

189 斯巴達克斯的反抗重拾之前奴隸反抗的訴求，這訴求只侷限於土地重新分配和廢除奴隸制度，和羅馬城的神祇宗教並無直接關係。原註。

一挑戰具有象徵性的那個人，代表所有羅馬主子的人，他願意死，但要在最高的平等原則上。他未能接近卡蘇斯，因為兵士對決的地方離統帥遠遠的。斯巴達克斯如同他所願地死了，但死在和他一樣為奴的傭兵劍下，如此傭兵也扼殺了自己的自由。為了報一個羅馬市民被吊死十字木架的仇，卡蘇斯殺了幾千名奴隸，經過那麼多理由正當的反抗之後，六千名奴隸被吊死在十字木架上，一路沿著卡布到羅馬的路上[190]，昭示奴隸們在權力世界中沒有對等可言，主子流的血會加倍討回。

十字架也是耶穌的苦難。我們可以想像，耶穌在幾年之後選擇這個奴隸受的折磨，就是想拉近之前人類和無情的主子形象之間遙遠的距離。他為世人求情，忍受最大的不正義，為的是使反抗不再將世界分成兩邊，讓上天也承受苦痛，苦痛不再是人類逃脫不開的詛咒。因而之後的革命精神致力於分隔上天與塵世，開始殺掉神在塵世的代表，有誰會覺得驚訝呢？以某種方式來說，一七九三年反抗時代結束，革命時代開始，開始在一座斷頭台上。[191]

弒君者

在十九世紀之前，在一七九三年一月二十一日之前，早就有弒君的事發生。然而，拉瓦亞克、達米安[192]和那些追隨者，想要消滅的是國王這個人，而非原則，他們期望的不外乎是換一個國王，絕對無法想像王位永遠空缺。一七八九年是進入現代世界的樞紐，因為當時人們想要推翻君權神授的原則，將幾個世紀以來思想上的鬥爭落實在否決與反抗的歷史上。在傳統弒殺暴君之外，他們加入了理智的決定，所謂的不信神思想，意即哲學家和法學家的思想，成為這個革命的槓桿。[193]推翻神權成為可能而具有合法性，首先要歸咎於教會，利用宗教大法官審判異端的手段，與當權政治同

---

190 卡布（Capoue）是斯巴達克斯當初被奴役的地方。譯註。

191 本書並不探討基督教內部的反抗精神，宗教改革或是諸多改革之前教會內的反抗行動都不在討論之內。但我們至少可以說宗教改革為宗教的激進主義鋪路，某種意義上說，由宗教改革開始的，將由一七八九年的革命來完成。原註。

192 拉瓦亞克（François Ravaillac, 1577－1610）一六一〇年刺殺亨利四世。達米安（Robert-François Damien, 1715－1757）一七五七年刺殺路易十五。譯註。

193 歷代國王也推波助瀾，政治權力逐漸壓過宗教力量，削減了自身君權神授原則的正當性。原註。

聲共氣，站在主子這一邊，一起壓榨痛苦百姓。米榭勒[194]在革命史詩當中，看見的主要人物只有兩方：基督教會和法國大革命。一七八九年的大革命正是聖寵與正義的鬥爭。米榭勒如同他當時的放縱時代，喜歡夸談大議題，但是他在這裡看出革命危機中一個深刻的原因。

舊制度的君主制雖然治理國家時並不一定都專橫，但是它的原則無可爭辯就是專橫獨斷。君權既是神授，它的合法性也就不容置疑，然而這個合法性經常受到質疑，尤其來自議會。歷代君王都認為、都表示君權神授的合法性是一個不需言明的公理，人們知道路易十四對這個原則堅信不疑[195]，博須埃[196]更對國王們說：「您就是神。」國王的面目之一，就是代替上帝來處理當下塵世間之事，也就代表正義，他就如同上帝，是遭受苦難與不正義的人最後的救援者。受欺壓的百姓，原則上可以向國王求助，「要是國王知道就好了，要是沙皇知道就好了……」這確實是法國和俄國百姓在苦難時代表達出的感受，而且的確——至少在法國——君主明瞭狀況之後，往往都會保護平民階級，對抗達官顯貴和仕紳的壓迫。但這就是正義嗎？以當時作家們絕對的觀點來看，這不是正義。百姓可以求救於國王，卻不能反對他，這就是原則；救助幫援是要國王願意、想這麼做的時候，隨心所欲是聖寵的特性，神授的君權是將聖寵置於正義之上的政體，永遠握有最後決定權。相反的，〈一個薩瓦牧師的信仰自白〉[197]唯一特殊的地方，就是讓上帝服從於正義，因此帶著當時略微天真的莊嚴開啟了我們的當代歷史。

一旦不信神思想質疑上帝存在，就已將正義問題擺在第一位，只不過那時所談的正義與平等混淆了。上帝已搖搖欲墜，正義在與平等混淆中要表明自己地位，必須給上帝最後一擊，直接攻擊他在塵世的代表人。一七八九到一七九二年這三年之間，以自然權利對抗神權，迫使與之妥協，就已然摧毀了神權。但是聖寵終究不會妥協，它可能在某些地方讓步，到最後卻絕不會妥協。然而，這是不夠的。根據米榭勒所言，路易十六在監獄裡都還想當國王，在新原則建立的法國國土上，被推翻的原則還在某處，也可能在監獄四堵牆之內，僅僅靠著生存和信仰的力量堅持著。正義和聖寵有一點是相同的，但僅止於這一點，兩者要求的都是一切、絕對的統治，一旦這兩者發生衝突，就是殊死戰。「我們不是要判國王罪，」丹東[198]的說法不似法學家迂迴，「而是要殺死他。」的確，否定上帝，就必須殺死國王。讓路易十六被處死的似乎是聖茹斯特[199]，但當他吶喊：「確立被告可能

---

194 米榭勒（Jules Michelet, 1798–1874），十九世紀法國著名歷史學家。譯註。
195 查理一世對此原則更是深信不疑，甚至認為對否定此原則的人不必公正與平等對待。原註。
196 博須埃（Jacques-Bénigne Bossuet, 1627–1704），法國天主教捍衛者，當時最有聲望的主教之一。譯註。
197 此篇包含在盧梭《愛彌兒》一書第四卷之中，內容批評教會機構和教條主義。譯註。
198 丹東（Georges Jacques Danton, 1759–1794），法國大革命領袖之一，雅各賓黨人，後採溫和路線，而被羅伯斯比逮捕處死。譯註。
199 聖茹斯特（Louis Antoine de Saint-Just, 1767–1794），法國大革命雅各賓專政時期領袖，一七九四年七月二十八日被送上斷頭台。聖茹斯特口才極佳，發表諸多精采演說，最有名的是一七九二年八月十日要求處死路易十六的演說。譯註。

將被處死所依照的原則，就是確立審判他的社會賴以生存的原則」，顯示處死國王的是哲學家們：以社會契約論之名[200]，國王應當死。然而這一點還有待闡明。

新福音書

《社會契約論》（*Contrat social*）是一本探討權力合法性的書，但論述的是權力，不是事件[201]，所以從來不是一本社會觀察的文集。這本書觸及原則，因為觸及原則，就會質疑爭論。它提出傳統的合理權力——也就是神授的權力——並不是被認可的；所以提出其他的合理權力和原則。《社會契約論》也是一本充滿教條語言的教義書，如同一七八九年一舉完成了之前英國和美國革命般的壯舉，盧梭把霍布斯[202]的契約理論邏輯推到極端。《社會契約論》將一種新宗教的範圍大大擴張，以教條式的方法闡述，這個新宗教的上帝是和大自然相混淆的理性[203]，它在塵世的代表不再是國王，而是人民的全體意志。

盧梭對傳統秩序的抨擊如此明顯，《社會契約論》第一章就強烈表明公民契約遠超過人民與國王之間的契約，前者確立人民地位，後者奠立王權。在盧梭之前，是上帝支配國王，國王支配人民；

從《社會契約論》之後，人民先支配自己，再支配國王。至於上帝呢，暫且已不再是問題了。以政治層面來說，這相等於牛頓理論引起的科學革命，權力不再是任意神授，而需要人民普遍的認可，換句話說，權力不再是「理所當然就這樣」，而是要「成為理所當然」。盧梭認為，幸好「理所當然就這樣」和「成為理所當然」是不可分的，人民就是主人，因為「唯一理由就是：人民就是理所當然」。面對這種未經證實的預設原則，我們可以說他這本書並沒有詳細探討當時無處不在的理性。很顯然，隨著《社會契約論》誕生了一個新的神祕主義，共同意志（volonté générale）如同上帝成了預設原則，盧梭說：「我們每個人將自己和所有力量投入共同意志的最高方針之下，組成整體每個部位，融合為整體中不可分的一部分。」

200 當然，這並非盧梭的原意。在分析之前要先把界限釐清，盧梭堅定宣稱：「塵世間沒有任何東西值得人用鮮血去換。」原註。

201 參考《對於不平等的論述》（*le Discours sur l'inégalité*）。「就讓我們先拋開所有的事件，因為它們和這裡的問題無關」。原註。

202 霍布斯（Thomas Hobbes, 1588–1679），英國唯物主義政治哲學家。譯註。

203 不再是創世主創造世界與人類，人是大自然演變的產物。此外，盧梭認為人和自然界的關係密不可分，人的理性陶鑄必定與大自然有關。譯註。

這個政治整體成為最高統領，也被界定為像神的一個實體，具有神的一切特性。它不會犯錯，統治不會濫用權力，「在理智的律法下，任何行動都是有其原因的。」倘若絕對的自由就是對自己放任自由，那這個政治實體是自由的，盧梭以此宣稱他反對政治實體的本質是由統治者強加上不可觸犯的法律。這個政治實體不可轉讓、不可分，它甚至預期解決神學上的一大問題——神既是全能的又是無辜的這一個矛盾。共同意志的確具有強迫性，它的權力無邊無際，對拒絕服從的人，它的懲罰方式就是「迫使他必須自由」。[204] 盧梭將統治權抽離於它的起源，將共同意志與所有人的意志（volonté de tous）分開來看，如此一來共同意志完全被神化了。從這裡可以邏輯推論盧梭設定的前提：如果人生來自然良善，如果他的天性與理性符合一致[205]，那麼他就能完全表達出理性，當然前提是他能夠自由而且自然的表達。一旦表達，就不能反悔自己做的決定，因為這個決定已經超越個人之上了。共同意志首先是普遍理性的表現，這是無可商榷的。新的上帝因此誕生。

這就是為什麼在《社會契約論》裡經常可看到「絕對」、「神聖」、「不可違反」這類字眼，這樣被定義的政體，它的法律就是神聖的命令，只不過是現存基督教國家神祕體制的替代品而已。況且，《社會契約論》的結尾正是對一種世俗宗教的描繪，使盧梭成為當代社會的先驅，當代社會不但剔除了反對派，連中立派也一併消去。的確，盧梭是現代第一個宣揚世俗信仰的人，第一個為世俗社會裡的死刑辯護、認為人民必須對統治權力絕對服從的人。「就是因為不想成為殺人犯的受害者，如果自己真成為殺人者，我們接受死亡。」多麼怪異的辯解，但堅定表明了倘若當權者下令就必須接受死亡，必要時還必須贊成他有理來駁斥自己。這個神祕的觀念說明了聖茹斯特何以在被捕、送上斷頭台一直保持沉默的原因。這個觀念合宜地推演一下，也很能解釋史達林時代審判的被告何以如此狂熱歡喜。

一個宗教創始了，有它的殉道者、苦修者、聖徒。想明瞭這本福音書造成的影響，只需想想一七八九年那些受這本書影響的種種宣言，福榭[206]面對巴士底挖出的骨骸吶喊道：「啟示的日子來到了……連骨骸都呼應法國自由的聲音而起；它們見證了幾世紀以來的壓迫和死亡，預告了人性和所有國家生命的新生。」他還預言：「現在到了時代的轉捩點，暴君們都該被收拾了。」那是信仰被喚起的慷慨激昂時刻，了不起的人民在凡爾賽宮推翻了斷頭台和輪刑台。[207]斷頭台就像宗教和不正義的祭壇，為這個新的信仰所不容。但這個信仰一旦變成教條，就搭起自己的祭壇，要求無條件

204 盧梭認為真正的自由就是與共同意志相契合，拒絕服從共同意志的人，就必須強迫他就範，強迫他「自由」。譯註。

205 所有的意識形態都是與心理學相反。原註。

206 福榭（Claude Fauchet, 1744–1793），法國大革命時期的主教，是攻打巴士底監獄的領導人之一。譯註。

207 一九〇五年蘇俄也發生同樣的事，聖彼得堡的蘇維埃鬥士舉著看板要求廢除死刑，一九一七年又重新來過一次。原註。

的盲目膜拜，於是斷頭台又重新出現，不管祭壇、自由、宣誓、膜拜理性的慶典[208]，新的信仰的彌撒依舊會在血泊中舉行。無論如何，為了讓一七八九年標示「神聖人性」[209]、「我們的主——人類」[210]統治的開始，首先必須讓下台的統治者消失，處死「教士國王」將開啟一個新時代，至今仍延續著。

處死國王

聖茹斯特將盧梭的思想帶入歷史實踐，審判國王時，他陳述內容的主要要點就是，國王並非不可侵犯，應該由「議會」而非法庭來審判。他這個論點來自於盧梭，法庭不能做國王與掌權者之間的仲裁，普通的法官不能代表共同意志，它超越一切，這等於是宣告共同意志不可違背也不必經過歷史驗證。我們知道那次審判的一大議題正好是皇室成員是否是不可侵犯的。聖寵與正義之間的爭鬥在一七九三年體現得最為尖銳，這兩種超驗性概念的對立事關生死存亡。此外，聖茹斯特清楚看出這場爭鬥的重要性：「我們審判國王所持的精神，就是將來奠立共和國的精神。」

聖茹斯特在審判國王時那場出名的演說，充滿神學研究的調調，「路易與我們已成陌路」，這就是當時年輕控告者的論點。[211] 倘若有一份契約——不管是自然法還是民法契約——連結了國王與人民的話，那這兩者之間還存在對彼此的義務，人民的意志就不能自稱為絕對法官，就不能下絕對裁決，因此必須闡明沒有任何關係連結民眾和國王。為了表明民眾本身就是永恆的真理，必須證明王權本身就是永恆的罪惡，聖茹斯特提出了一個定理：一旦是國王，就是叛變者和篡權者，背叛人民奪篡人民的絕對統治權。君主專制不是國王，「它是罪惡」，聖茹斯特說，它不只是一個罪惡，而是最大的罪惡，絕對的辱沒。聖茹斯特還說：「沒有人能清白無辜地統治。」這句話準確的、也最極致的含義就在於此，這含義甚至被過度演繹。[212] 每一個國王都有罪，一個凡人想成為國王，就是自尋死路。聖茹斯特接下來說的也是同樣意思，人民的主權是「神聖事物」，公民之間彼此不可侵犯、是神聖的，只被代表他們公共意志（volonté commune）的法律約束。只有路易一人不能享有這特殊

---

208 一七九三年盛大舉辦的仿古慶典，由穿著古典羅馬長袍的年輕女子帶領，膜拜理性女神。譯註。

209 維尼奧所言。原註。維尼奧（Pierre Victurnien Vergniaud, 1753–1793），律師與政治家，法國大革命的重要參與者。譯註。

210 克勞茨所言。原註。

211 路易十六既然不是人民，就不被包括在公民的共同意志之中。聖茹斯特發表演說時才二十多歲，是國民議會裡最年輕的議員。譯註。

212 或說人們預料到它的含義，聖茹斯特說這句話的時候，並不知道說的也是他自己。原註。

的不可侵犯性，也不能受到法律援助，因為他被排除在公民契約之外，不但完全不屬於共同意志，而且相反，他的存在本身就褻瀆了這個無所不能的意志。他不是「公民」，而參與這新興神權唯一的方式就是身為公民。「在一個法國公民面前，國王算什麼？」因此路易必須接受審判，如此而已。

然而由誰來詮釋這個意志並下裁決呢？由國民議會。成立國民議會就是要代表這個意志，如同主教會議一樣，代表這個新的「神權」。裁決之後需要人民批准嗎？國民議會裡保王派曾提出這一點，這樣一來，國王的命至少能從資產階級法學家的手中轉到人民自發的熱情和同情之下，或許還能留下一命。但是聖茹斯特將他的邏輯貫徹到底，引用盧梭所創「共同意志」和「所有人的意志」相對的論點：就算所有人都原諒國王，共同意志不能原諒，人民本身不能勾銷暴政之惡。法律上來說，受害者難道不能撤銷告訴嗎？但我們不是在法律層面，是在神學層面，國王之罪同時也是違反最高命令的罪，犯下一樁罪行，之後可能被原諒可能被懲處，之後就被遺忘，然而王權之罪是恆常的，和國王這個人、他的存在密不可分。耶穌可以原諒罪人，但不能寬恕假的神明，假神若不能戰勝就只能消失。人民倘若今日能夠原諒，就算國王在監獄裡乖乖坐牢，明日還是會發現原來的罪惡原封不動，辦法只有一個：「處死國王，為被殘殺的百姓報仇。」

聖茹斯特這場演說，目的是要將國王除了通向斷頭台之外的所有出路一條一條堵死。倘若《社會契約論》的前提被大家接受，那這個例子從邏輯上來說是無可避免的，從這個例子之後，「國王們都將逃到沙漠中，由自然界重新掌權」。[213]國民議會雖表決了保留法案，表示不能確定是要審判路易十六，或是宣布一條安全法案，國民議會逃避自己的成立原則，令人髮指虛偽地想掩飾它建立新的絕對主義這個目的。雅克．魯[214]至少說了當時的真話，稱國王為「路易末世」，表明在經濟層面早已開始的真正革命，也在哲學層面完成，這場革命是諸神的黃昏。一七八九年攻擊神權政治的原則，一七九三年殺死神在塵世的化身。布里索[215]說的沒錯：「我們革命最強固的紀念碑是哲學。」[216]

一月二十一日，隨著教士國王被處死，終結了人們意義深長所謂的「路易十六受難」。的確，把當眾謀殺一個軟弱而善良的人當成法國歷史上一個偉大時刻，真是一樁令人厭惡的醜聞。這斷頭台並不標示一個民主勝利的頂峰，遠遠不是，但對國王的審判，就其理由和影響來看，至少是我們當代歷史的轉捩點，它象徵了歷史的去神聖化，基督教的上帝在塵世已無代表。直到此時，上帝透過國王參與歷史，但人們殺了他歷史上的代表，再也沒有國王了。上帝只剩下虛表，放逐在原則滿布的天上。[217]

---

213 自然界的含義是相對於「神授君權」的「天賦人權」。譯註。
214 雅克．魯（Jacques Roux, 1752–1794），法國大革命中代表貧苦勞動群眾的激進派的領導人。譯註。
215 布里索（Jacques Pierre Brissot, 1754–1793），法國大革命期間吉倫特派領袖。譯註。
216 旺代革命（La Vendée）更加證實了他這個論點。原註。
217 那將是康德（Kant）、雅可比（Jacobi）、費希特 的上帝。原註。

革命者們或許保存著福音書裡為人民造福的精神，但事實上，他們給了基督教狠命的一擊，到現在還未能復原。據說處決國王之後，引發了許多人發瘋或自殺的事件，因為他們很清楚意識到發生的事。[218]雖然，路易十六似乎時而懷疑自己的神權，但總是斷然拒絕所有可能侵害到他神權的法令草案；尤其當他猜測或知道自己的下場時，從言語裡就可看出他把自己視作神的使命，也就是表明，處死國王的話針對的乃是耶穌在塵世的代表，而非可憐驚嚇的國王肉身。他被囚禁在普爾堡（Temple）時，床頭書就是《效法耶穌》（*Imitation*），這個資質平庸的人，在臨死之前卻表現得平穩完美，對外界一切漠然以對，孤單一人站上斷頭台時一時的癱軟，離人群如此遠，他期望被人群聽到的聲音被駭人的鼓聲淹沒，這一切都讓人想像到，死的不是加佩[219]，而是神授君權的路易，某種方式來說，當時的基督教也隨他而消亡了。為了更加強調路易與神的關聯，他死前的告解神父在他一時癱軟時扶起他，提醒他與受苦受難的耶穌「異曲同工」，聽到這句話路易十六打起精神，借用了耶穌的話：「我會嘗盡一切艱苦」，然後顫抖著把自己交給劊子手可鄙的手。

美德的宗教

宗教政權執行了舊日國王的死刑，現在必須建立新主權的勢力；它關閉了教堂，只好試著興建廟宇。諸神的血液曾濺在路易十六「教士國王」身上，昭示了新的洗禮。德梅斯特以「撒旦式」形容法國大革命，我們很清楚為什麼，以及代表的意義；然而，米榭勒稱之的「煉獄」更接近事實。一個時代盲目投入一條隧道，想發現新的光明、新的幸福、以及真正的上帝的面目，但這新的上帝是誰？我們還是得問聖茹斯特。

一七八九年還未確立人的神性，確立的是人民的神性——只要人民的意志剛好符合大自然以及理性的意志。如果共同意志是未受強迫、自由表達的，表現的就一定是普遍的理性，如果人民是自由的，就不會出錯。國王死了，舊專制體制的鎖鏈解開了，人民將可以表達不管過去、現在、未來無時無地不存在的真理。人民所表達的是神諭，必須聆聽，方知世界永恆秩序所要求的是什麼。人民的聲音，乃大自然之音（vox populi, vox naturae）。一些永恆不變的原則支配著我們的行為：真理、

218 就是當代的基督教將隨國王被處死而消亡這件事。譯註。

219 處決時用的稱號不是國王路易十六，而是人民路易·加佩（Louis Capet），死亡證書上登記的也是這個名字。譯註。

正義、以及理性。理性是新的神祇，「理性慶典」時那一群年輕女子朝拜的理性最高代表女神，只不過是舊日的神祇，不再有塵世的代表，驟然切斷了與塵世所有的關聯，像個氣球般被送上空洞的、充滿大原則的天空。哲學家和律師們的理性之神缺了塵世代表和媒介，就只剩下空殼。剩下空殼，所以薄弱，因此我們明白宣揚寬容的盧梭，何以會認為不信神的應該被處以死刑。要長久崇拜一個定理，僅有信仰是不夠的，還需要警察，這種情況會在之後到來。一七九三年那時，新的信仰還很堅固，按聖茹斯特所言，只需根據理性來治理國家就行了；根據聖茹斯特，之前的統治方法只會滋生濫權，是因為人們不知依自然來治理人民。暴力[220]終結了濫權的時代，「人心由自然走向暴力，由暴力走向道德。」道德就是經過幾個世紀的變態之後重新恢復的自然，現在我們制訂的法律完全「依據人心與自然」，人就不會再不幸或腐化。新法律的基石是全民普選，必然帶動全民普遍的道德，「我們的目標是制定事物的秩序，鋪設一條通往良善的上坡路。」

理性這個「宗教」自然而然奠定共和國的法律，由推選出來的代表將共同意志制定為法律。「人民進行革命，立法機構制定共和國。」以「永恆的、沉著不變、不因人的魯莽輕率受到影響的」機構組織來管理所有人的生命，所有人遵守法律就是服從自己的意志，在普遍的和諧之中，不會再有衝突矛盾。聖茹斯特說：「一旦離了法律，一切就會枯瘠死亡。」這就如同羅馬制式、重法的共和國。聖茹斯特和同時代人對古羅馬的崇拜眾所皆知，年輕頹廢的聖茹斯特住在漢斯（Reims）[221]期間，每天待在一個掛著黑色帷幔白流蘇的房間裡，緊閉護窗板，好幾個鐘頭夢想著斯巴達共和國。放肆長詩〈奧爾剛〉222的這位作者，現在覺得世人需要質樸與美德。在聖茹斯特制定的制度下，孩子直到十六歲都不給吃肉，甚至夢想建立一個素食、革命的國家，他還吶喊：「從羅馬帝國以來，世界一片空虛。」不過英雄的時代即將來臨，卡頓、布魯特斯、斯卡弗拉223這樣的人物可能再出現，當年拉丁語道德家的詞藻重新流行，「惡、美德、腐化」又成為這時代的詞彙，尤其不停大量出現在聖茹斯特的演說中，使演說聽來累贅且大而無當。原因很簡單，孟德斯鳩早就看出這一點224，這華美的共和建築，不能缺少美德。法國大革命自稱以絕對純粹的原則締造歷史，開啟現代，同時也開啟制式道德的時代。

220 法國大革命的動亂、死傷。譯註。

221 法國東北部香檳—阿登區的城市，市中心有古羅馬時期建築遺跡，也是多任法國國王加冕地。譯註。

222 〈奧爾剛〉（Organt）是聖茹斯特一七八九年匿名發表的長詩，攻擊當時的宮廷、法院和教會。譯註。

223 卡頓（Marco Porcio Caton, 234–149 B.C.）和斯卡弗拉（Quintus Mucius Scaevola Pontifex, 140–82 B.C.）是古羅馬政治家、著名演說家，主張嚴厲克己的政治與生活方式。布魯特斯（Marcus Junius Brutus, 85–42 B.C.）是古羅馬共和國首任執政官。這三個人都是嚴刑厲法的代表人物。譯註。

224 孟德斯鳩在《論法的精神》中指出，共和國必須具有美德，將美德視為推動共和政治的動力。譯註。

美德到底是什麼呢？對以前的中產階級哲學家來說，就是與自然相符合[225]，在政治上來說，就是與體現共同意志的法律相符合。聖茹斯特說：「道德比暴君更強。」的確，道德可不才剛處死了路易十六嗎。一切不遵守法律的情形，並非這條法律不完整、或者不可能去遵守，而是不守法的公民缺乏道德。正因如此，共和國不只是如同聖茹斯特強調的一個元老院，它是美德。每一個道德腐化同時就是政治腐化，反之亦然，這種說法引發的無止境壓制原則因此確立。聖茹斯特對全世界牧歌式的渴望無疑是真誠的，真心嚮往一個嚴苛的共和國，全人類消除所有敵對，回到最原始的純真狀態，由他早就飾以共和國三色肩帶和白色翎羽的賢哲老人們來監督。我們也很清楚，大革命初期，聖茹斯特和羅伯斯比[226]同時宣稱反對死刑，他只要求謀殺犯一生都穿黑衣。他要求的是正義，不是試圖「證實被告有罪，而是要證實他是弱者」，這一點讓人激賞。他夢想一個寬容的共和國，認為即使罪惡之樹是堅硬的，根部卻是柔軟的。至少，他發自內心的一句吶喊令人難忘：「折磨人民是件可憎的事。」沒錯，是很可憎。但這樣一顆體諒的心，卻奉行終究將折磨人民的諸多原則。

道德，一旦變成制式，就會吃人。且讓我們解釋一下聖茹斯特的思想，他認為沒有任何人是清白無瑕地良善，要靠法律規範。但是一旦諸多法律不能互相協調，諸多原則只造成分裂的時候，誰是罪人？是亂黨。誰是亂黨分子呢？那些以行動否定必要的統一之人。亂黨分裂國家主權，是褻瀆叛亂，罪惡多端，必須消除。但若有很多亂黨呢？所有亂黨都得打倒，絕不寬恕。聖茹斯特吶喊：「若非道德，就是恐怖統治。」為了確保自由，因此國民公會擬訂的憲法草案中提出了死刑。絕對的美德是不可能的，寬恕的共和國被無情的邏輯引向了斷頭台的共和國。孟德斯鳩早已看穿，這個邏輯是引領社會敗壞的一大原因，並說當法律並未立法防備的時候，濫用權力的情形會更加嚴重。聖茹斯特純粹的法律沒有考慮到這個和歷史同樣古老的事實，那就是法律以其本質來說，是註定要被違反的。

恐怖統治

聖茹斯特，薩德的同時代人，最後還是為罪惡辯解[227]，雖然兩者出發點的原則不同。聖茹斯特

225 然而，如同貝納丁·聖皮耶（Bernardin Saint-Pierre, 1737-1814）所言，自然本身就是一種先定的美德。自然也是一個抽象的原則。原註。

226 羅伯斯比（Maximilien de Robespierre, 1758–1794），法國大革命時一七九三到一七九四年間領導雅各賓派政府，施行恐怖統治。一七九四年七月二十八日被送上斷頭台。譯註。

227 死刑、恐怖統治時期的大屠殺，都是罪惡。譯註。

無疑反對薩德，如果薩德侯爵的說法是：「打開監獄大門，否則就證明你們的道德」[228]，這位國民公會議員的說法則是：「證明你們的道德，否則就進監獄。」其實兩者都為恐怖主義辯護，放蕩者薩德是個人的恐怖主義，宣揚美德的教士聖茹斯特則是國家的恐怖主義。絕對的善和絕對的惡，按照邏輯都會造成同樣的狂暴。誠然，聖茹斯特的例子有些晦暗不清的地方，在他一七九二年寫給維藍．多比尼[229]的信有一些瘋狂的字句，這位既迫害別人也被迫害的人在訴說心中堅信的理想之後，信尾衝動地承認：「布魯特斯[230]不殺別人，就會殺了他自己。」如此一個頑固肅然、特意維持冷酷且符合邏輯、不為任何所動的人，可以想像必然會有失常、失序的傾向。聖茹斯特特有的嚴肅僵硬，讓過去兩個世紀的歷史成了一本無趣惱人的黑色小說，他說：「位於政府首腦還開玩笑的人，很可能成為暴君。」真令人驚訝的箴言，尤其想到暴政隨便定人罪，暴君們口口聲聲心為人民，可不是像開玩笑一樣嗎？聖茹斯特本身就是個例子：他說話的語調本身就是決斷的，一連串不容置辯的斷言，這種公理式風格比真實肖像還更忠實刻畫出他的樣子。說教轟轟不止，彷彿這就是整個國家的智慧；層出不窮的科學式定義，就像冷酷而明確的指令。「原則應是恰當的，法律應是無法寬容的，刑罰則是不容變更的。」這是斷頭台的風格。

邏輯上如此冷酷無情，其實表明了骨子裡的熱情，這裡我們又看到對統一的滔滔熱情。所有的反抗都想達到統一，一七八九年的反抗要求國家的統一，聖茹斯特夢想的是理想的城邦，那裡的風俗民情與法律相符，讓人純真善良的本性煥發，人性與自然、理智完全一致。倘若亂黨前來阻礙這個夢想，熱情就會更誇張它的邏輯。人們無法想像，既然亂黨存在，會不會是原則出了錯誤呢；亂黨是罪惡淵藪，因為原則是絕對不可觸犯或需要修正的。「現在是所有人回歸道德，貴族接受恐怖統治的時候到了。」然而叛亂的不只是貴族，還有共和黨人士，以及更廣泛的所有批評立法議會和國民公會所作所為的人，這些人也都有罪，因為他們對統一造成威脅，聖茹斯特因此宣告了二十世紀專制政權的重要原則。「愛國者是全體一致支持共和國的人，無論誰從事分化，就是叛徒。」誰要批評，就是叛徒，誰不公開支持共和國，就是可疑分子。當理性和個人言論自由無法達到全民一致，就必須用上消除異己的手段，鍘刀成了道理，功用是駁斥異端。「一個被法庭判了死罪的可笑傢伙他要反抗壓迫，因為他要反抗斷頭台！」聖茹斯特的憤慨難以讓人理解，因為大致上來說，斷頭台就是壓迫最明顯的象徵。但是在這種邏輯推理的狂熱之中，良善道德推到最後，斷頭台取代了自由，它保證了理性的統一、城邦的和諧，它「淨化」了——這個動詞十分確切——共和國，清除了與共

228 道德是無法證明的，況且無人是清白無瑕，所以被關進牢裡的薩德認為，牢裡牢外的人只是五十步和百步之差。譯註。

229 維藍．多比尼（Vilain d'Aubigny, 1754–1804），法國法學家、革命家。譯註。

230 參考註223。譯註。

同意志和普遍理性相悖的惡行。馬拉[231]以另一種風格吶喊：「人們懷疑我的博愛仁慈，啊！多麼不公正！誰不知我要割下一小部分人的腦袋，是為了拯救大多數人的腦袋呢？」一小部分人？是某個亂黨嗎？無疑是的，一切歷史行動的代價都少不了犧牲一些生命，但是在做最後幾次計算時，馬拉要求砍掉的是二十七萬三千顆腦袋，他的怒吼使清除亂黨的行動轉化為大屠殺：「用燒紅的鐵給他們烙下印記，剁掉他們的拇指，割下他們的舌頭。」這位博愛人士日夜不停以單調無趣的字彙寫下，殺人是為了創造新時代。「九月屠殺」那些夜裡，屠殺者忙著在監獄中庭設置右邊男眾，左邊女眾的長凳，馬拉依然在地窖裡襯著燭光振筆疾書審判單[232]，讓觀眾能欣賞到更多貴族被送上斷頭台，以此作為他優雅的博愛典範。

哪怕只是一秒鐘，我們也不能把崇高的聖茹斯特和可悲的馬拉混為一談，米榭勒形容得很確切：馬拉只是照本宣科模仿盧梭的猴子。然而聖茹斯特的悲劇在於，雖然他的出發點理由比較高尚，追求的也比較深沉，有時候卻和馬拉同聲一氣。亂黨之後又有亂黨，少數派之後再加上少數派，到最後，很難確定斷頭台是否真為所有人的意志服務。至少，聖茹斯特一直到最後都認定斷頭台是為了美德，所以是行使共同意志，「像我們經歷的這樣一場革命，不是一場訴訟，而是打在惡人頭上的一記響雷。」美德打出驚雷，純真發出閃電，執法的閃電，在他們眼中，甚至心存安逸享樂的人——尤其是這些人——都屬於反革命。聖茹斯特說，「幸福」這個觀念在歐洲是新出現的（老實說，對聖茹斯特來說的確是新的，他的歷史觀還停留在古代的布魯特斯），他發現某些人「對幸福的觀念很糟糕，和享樂混為一談」，這些人也要嚴懲，到最後，已經不是多數人少數人的問題。所有純真心靈如此期盼的失樂園逐漸遠去，不幸的大地上充斥著內戰和民族戰爭的廝殺聲，聖茹斯特違背自己的意願和原則，宣布國家遭受威脅時，所有人都有罪。一連串國外亂黨[233]的報告、牧月二十二日法令[234]、一七九四年四月十五日演講中強調警察制度的必要，標示了他這種轉變的各個階段。如此崇高的聖茹斯特認為只要某個地方還存在任何一個主子與奴隸，放下武器坐視就是可恥的行為，但也是他同意暫緩施行憲法，實行專政[235]。在為羅伯斯比辯護的演說中，他並未涉及羅伯斯比的名譽或存亡，只談到大革命乃是天意這種抽象的觀念。這麼一來，也就是說他弄成像宗教崇拜的美德，只有歷史與當下作為回饋，沒有其他回報，所以必須不惜一切讓美德來統治人民。他不喜歡「殘酷與兇暴」的政權，

231 馬拉（Jean-Paul Marat, 1743–1793），法國大革命時「國民公會」代表，推翻吉倫特派統治，建立雅各賓派專政。譯註。
232 馬拉為躲避反對派，長期在地窖裡工作。譯註。
233 法國大革命後許多貴族逃亡出國，與外國勾結從事反革命運動。譯註。
234 一七九四年牧月二十二日，在羅伯斯比鼓動下頒布的法令，革命法庭禁止囚犯雇用律師為自己辯護，並規定死刑為唯一刑罰。譯註。
235 一七九三年共和憲法通過，但礙於法國當時國內外政情，沒有頒布施行，改設「公安委員會」，在羅伯斯比領導下施行恐怖專政。譯註。

這種政權「沒有準則，走向壓迫」，但是他所謂的準則就是美德，來自於人民，當人民分崩潰散時，準則就模糊黯淡，壓迫就會隨之增強。因此，有罪的是人民，不是政權，政權所依據的原則當然也是完美無瑕的。如此極端而暴戾的對立矛盾，只能以更極端的邏輯來解決，在這些原則之下接受沉默與死亡。但是，至少，聖茹斯特自始至終堅持這個要求，他充滿情感談論古今寰宇之中的獨立生命，終究顯現了他的崇高。

長久以來，他也已預感自己的期望意味著要毫無保留地貢獻出自己，他說自己和世上所有從事革命的人，也就是「做好事的人」，想要安穩睡個覺就只能在墳墓裡。他深知他那些原則，需要在人民的美德和幸福之中才能圓滿實現，他或許也察覺這是不可能的，所以預先自斷後路，公開宣稱在他對人民絕望的那一天，就要手刃自己。然而他絕望了，因為他已對恐怖統治產生懷疑。「革命變得冰冷，所有的原則都已削弱，只剩下戴紅帽的亂黨為私人權益作亂。施行恐怖統治麻痺了罪行，猶如烈酒麻痺舌頭。」甚至美德「在無政府狀態時，與罪惡結合在一起」。他曾說所有的罪行來自於暴政，而暴政更是萬罪之首；面對頑強滋生的罪行，革命本身也走向暴政，成為嗜血罪惡。既然無法減低罪惡、叛亂行動、可憎的安逸享樂心態，不得不對這些人民絕望而強加管束，但如此一來，就無法清白無辜地統治，就會有懲罰與殺戮。要不就忍受惡，否則就利用它；要不就承認原則是錯的，否則就必須說人民是有罪的。聖茹斯特神祕難解的美好形象改變了：「倘若生命必須與惡為伍，或眼見惡卻無法聲討，失去這個生命也不足惜。」布魯特斯若不殺別人，就會自殺，因此開始殺人。但是別人太多了，殺也殺不盡，所以還是必須死，只不過再一次證明反抗若亂了規則，不只會消滅別人也會毀滅自身。消滅別人和毀滅自身這個任務很容易，只消再一次把邏輯貫徹到底就行了。聖茹斯特死前不久，在為羅伯斯比辯護的那次演說中，再次重申指引自己行動的大原則，而這原則也就是他會被處死的原因：「我不屬於任何亂黨，我要與所有亂黨戰到底。」這麼說來，也就是預先贊成國民議會的決定——因為國民議會代表共同意志。他為了保衛原則接受死亡，但這原則罔顧現實，因為國民議會的決議取決於某個人或某個黨派的華麗詞藻和狂熱作法。可不是嗎！當原則削弱不振，人唯一能拯救原則、拯救他們對原則的信念的方法，就是為這些原則而死。巴黎七月令人窒息的炎熱中，聖茹斯特固執地拒絕面對事實與真實世界，坦言他把生命交給原則所做出的決定。儘管如此，他似乎隱約看出事實並非他所想的那樣，所以演說結尾揭露比洛—瓦雷納與科羅．德布瓦[236]的作法時很低調，「我希望他們證實自己的所作所為是對的，而我們也變得更有智慧一些。」他的決斷風格和斷頭台暫時稍微收斂，但是美德太過孤高，並非智慧，斷頭台的鍘刀將砍下他這顆如道德般俊

---

236 比洛—瓦雷納（Jacques Nicolas Billaud–Varenne, 1756–1819）、科羅．德布瓦（Jean-Marie Collot d'Herbois, 1749–1796），兩人都是公安委員會委員，與羅伯斯比發生尖銳對立，熱月政變時聯手發布對羅伯斯比與聖茹斯特的控訴。譯註。

美冷酷的頭顱。從國民議會判處他死刑，直到他引頸就戮，聖茹斯特都保持沉默，這長時間的沉默比死亡本身更為重要。他曾經批評王位四周沒有諫言一片沉默，所以他如此大量雄雄滔辯。但到最後，厭惡專政、無法理解人民何以不能與純粹理性相合，使他自己也三緘其口。他的原則無法與事實相諧調，所有事情都與預期的不符，是因為那些原則孤立、無法發出作用、僵硬。死守著這些原則，事實上就是死路一條，是為一個不可能的愛而死，而不可能的愛，就是愛的相反。聖茹斯特死去，一個新宗教的希望也隨他消散而去。

聖茹斯特說：「所有的石頭都是為自由的偉業而鑿，你們可以拿同樣的石頭為它造廟堂，或是墳墓。」由《社會契約論》提出之原則所築起的墳墓，由拿破崙來砌牢密封。並不缺乏常識的盧梭已清楚知道，《社會契約論》裡的社會典範只適用於諸神，他的後繼者卻照本宣科，企圖建立人的神性社會。舊體制下，紅旗代表戒嚴，也就是行政權的象徵，一七九二年八月十日[237]卻成為革命的象徵，對這意義深長的轉變，饒勒斯[238]評論道：「是我們這些人民擁有權利……我們不是反抗者，反抗者是在杜勒麗皇宮裡的那些人。」但是人沒那麼容易變成神，那些舊神祇也不會那麼輕易被打倒，十九世紀的多次革命應該肅清「神授」的原則。於是巴黎起義了，將國王置於人民法律之下，防止神授權力又恢復。一八三〇年的革命者拖過杜勒麗皇宮重重殿宇，最後置於王位上的那具行屍走肉，讓他短暫享有微不足道的國王稱號，已無任何意義。[239]在那個時代，國王還可以是個受人尊敬的執事者，不過他是受全民委託，以遵行憲章為準則，而不再是萬人之上的陛下。舊體制在法國終於完全消失，當然，還須等到一八四八年後，新體制逐漸鞏固，十九世紀的歷史直到一九一四年之前，都是恢復民權、打倒舊體制君主專制的歷史，也就是民族的歷史。這個原則在一九一九年獲得勝利，歐洲各國舊制度的專制政體一一倒台。[240] 在各國，國家主權依法依理取代了國王的王權，唯有此時，一七八九年大革命的原則影響方才顯現。我們這些還活著的人，是最早可以清楚判斷這一點的人。

雅各賓派使永恆的道德原則變得冷酷僵化，甚至抹滅了這些原則的內涵，他們這些福音書的傳道者，想要以古羅馬式的抽象法律來奠定同胞友愛；他們以自己認為應當是所有人認可的法律——

---

237 一七九二年八月十日，革命群眾聚集在杜勒麗皇宮前，豎起紅旗，攻陷皇宮，將路易十六和家人關入牢裡，自此紅旗成為大革命的象徵。譯註。

238 饒勒斯（Jean Jaurès, 1859–1914），法國社會主義領導者，開創對法國大革命的社會基礎的研究。譯註。

239 一八一五年拿破崙失敗被流放，波旁王朝復辟。一八三〇年發生七月革命，人民起而反抗波旁王朝查理十世，引發了歐洲推翻王朝的革命浪潮。七月革命建立了七月王朝，奧爾良公爵路易．菲利浦繼位，形同虛設國王，一八四八年被推翻，成立第二共和。譯註。

240 除了西班牙維持君主政體。德意志帝國雖瓦解，君王威廉二世說：「德意志帝國是我們霍亨索倫家族的標誌，我們的皇冠是神授，我們只需對上天交代。」原註。

因為這是共同意志所表達的——來取代神的法令。這個法律以自然美德作為前提，反過來也維護美德善良，可是一旦有不同調的聲音發出，這種推理一擊就倒，美德若沒有詮釋和落實，那就只是抽象。十八世紀資產階級法學家們用他們的原則，壓碎了人民正義且生氣勃勃的勝利，造就了兩個當代虛無主義趨勢：個人虛無主義和國家虛無主義。

法律的確可以統管一切，只要它是普遍理性的法律[241]；但它從來也不是，所以倘若人不是生而良善，它就失去存在的根據，終有一朝，意識形態與心理學發生衝突，那就再也沒有合法權力。法律因此變了調，操縱在立法機構、以及新的任意妄為的立法執法人手中；這該何去何從呢？法律失了方向，喪失了準確性，愈來愈模糊，終至把一切都認定為罪行。法律還是在統管，但已沒有明確的界限，聖茹斯特已預見這個以沉默的人民為藉口的專制政體，「罪惡靈巧地把自己豎立為宗教，那些騙子們竄上聖壇。」但這是無法避免的，倘若大原則沒有確立，倘若法律代表的只是朝令夕改的條文，那法律勢必會被利用，勢必是強加在人民身上。薩德或獨裁，個人恐怖主義或國家恐怖主義，兩者都是缺乏論證的理由，一旦反抗遠離其根源並失去一切具體道德，二十世紀的反抗就只能在這兩者中擇其一。

然而一七八九年誕生的起義並不會就這樣停止，對雅各賓派、對浪漫派文人來說，神尚未完全死亡，他們還保留一個「至高存在」的形象。理智在某種程度來說還是一個仲介調停，代表有一種預先設定的秩序。但至少上帝已無塵世的化身，降低為一種道德原則理論上的存在。整個十九世紀資產階級就是依靠這些抽象的原則得以佔優勢，只不過他們的思想不似聖茹斯特如此高尚，他們只是利用這些抽象的原則當藉口，盡一切可能機會從事和美德完全相反的行徑。資產階級根本上的腐化和令人齒冷的虛偽，終於徹底讓他們所宣揚的原則喪失意義，就這一點來說，資產階級罪孽深重。一旦永恆的原則和制式的美德同時受到質疑，一旦所有的價值都失去原有的內涵，理性就開始運作，不顧其他，一切都以理性來戰勝。理性想要統治一切，罔顧之前種種，堅信之後會如何如何，理性將成為無處不在的征服者。俄國的共產主義猛烈批評一切制式的美德，以此來否定所有來自天上的更高原則，完成了十九世紀的反抗大業。緊接著十九世紀的弒君之後，是二十世紀的弒神，並想把反抗的邏輯進行到底，要讓塵世成為「人即是神」的王國。擺脫了神的人的歷史開始了，人認同自己創造的歷史，忘卻了真正的反抗，投身於二十世紀虛無主義的革命。虛無主義革命否定一切道德，通過一連串勞民傷財的罪行與戰爭，絕望地追求人類統一。雅各賓的革命試著創立一種美德的宗教，以便建立統一；接下來的革命不管左派右派，都是犬儒主義[242]的革命，嘗試達成世界統一，以便創立人的宗教。之前屬於上帝的一切，自此將交到凱撒手上。

---

241 黑格爾清楚看到，十八世紀啟蒙時代的哲學想讓人擺脫無理性。用理性聚集被無理性分裂的人們。原註。

242 犬儒主義（cynisme）含義是只注重自己的成功，為達成目的完全不顧道德。譯註。

弒神者

正義、理性、真實還在雅各賓政權的天空裡閃耀，這些固定的星子至少可以作為指標。十九世紀的德國思潮，尤其是黑格爾的思想，想要繼續法國大革命的事業，同時鏟除它失敗的原因。黑格爾看出，雅各賓派那些抽象原則其實已是後來恐怖統治的內容，他認為，絕對的、抽象的自由必定引致恐怖主義，抽象法律的統治將會導致壓迫。黑格爾指出，例如古羅馬帝國從奧古斯都（Auguste）到亞歷山大·塞維（Alexandre Sévère，西元二三五年）是法學最興盛的一段時期，卻也同時是最殘酷的暴政時期。要超越這個矛盾，必須有一個具體的社會，由非制式的原則來帶動，在這社會裡自由與必要規範相互協調。聖茹斯特和盧梭的抽象普遍理性，由德國思潮提出的「普遍具體」概念取代，這個概念比較沒那麼造作，卻也更含糊。之前一直高懸上方指引所有事件的理性，從此融入歷史事件的長河，理性闡明歷史事件，歷史事件賦予理性骨架實體。

我們可以肯定地說，黑格爾的理性把一切、甚至連非理性都理性化，但同時它又賦予理性一種非理性的騷動，過度擴張理性，其結果大家有目共睹。在當時僵化的思想中，德國思潮突然引進一股令人難以抵擋的思潮運動，真理、理性、正義突然間成了體現世界未來演變的重心；然而，來自德國的這個意識形態將它們拋入持續的加速運動之中，混淆了它們的本質和它們的進程，認定它們將在歷史演變結束時達到圓滿的狀態——倘若歷史演變真有結束之時。這些價值不再是指標，而成了目標，至於達成這些目標的方法——也就是生命和歷史——沒有任何預先存在的價值來引導。相反地，黑格爾一大部分的論述就是要證明，一般的道德意識服從於正義和真理——彷彿這些價值獨立於世界之外——反而會阻礙這些價值的實現。行動的準則變成行動本身，在黑暗中摸索前進，直等到最後的光芒乍現。在這種浪漫思想下，理性變成只是一個不能變通的狂熱。

目標還是一樣，只是野心變大了；思想成為動力，理性是未來將會完成、將要達到的階段，行動只是視結果而定的一種策略計算，而非原則，後果是行動混在不停的變動之中。十九世紀的一切學說，以同樣模式，脫離了以固定與分類為特徵的十八世紀思潮。如同達爾文取代林奈[243]，不停運用辯證法的哲學家們，取代了之前和諧而貧乏的理性建設者。此時，開啟了一種思想（這思想與古代思想對立，相反地，法國的革命思想卻呼應了部分古代思想）：人不是生下來就擁有不變的本質，不是一個已完成的創造物，而是要開始一段摸索歷險，部分算是自己的創造者。隨著拿破崙，以及

243 林奈（Carl von Linné, 1707–1778），瑞典自然學家，建立動植物命名二名法。譯註。

標舉著拿破崙思想的哲學家黑格爾，開啟了講求效率的時代；在拿破崙之前，人發現了宇宙的空間，拿破崙之後，人發現了世界與未來的時間。反抗思想也將因此發生深度的轉變。

在反抗思想這個新階段，談及黑格爾的著作是相當弔詭的一件事。一方面，他所有著作呈現對異端的痛恨：他想成為調和精神。然而這只是他整個思想體系的一個面向，這個體系就其方法來說，是哲學文學裡最弔詭的一個。對他來說，真實的就是理性的，這解釋了所有以真實為基礎的意識形態，我們稱之為黑格爾的泛邏輯理論，就是對實際現象的解釋。但他的「泛悲劇理論」（pantragisme）[244]也同時激起毀滅自己理論的因素；在辯證法下，無疑所有都可達成平衡協調，因為一旦一個極端出現，相反的極端一定跟著冒出；黑格爾的理論，和所有偉大思想一樣，包含著修正黑格爾理論的內容。只不過，眾人研讀哲學大師的理論，很少只是用智慧去讀，通常是滿腔熱血，充滿狂熱，這些狂熱是不懂得平衡協調的。

無論如何，二十世紀的革命者從黑格爾那裡取得了一舉毀滅制式美德原則的大量武器，制式美德不具超驗性，簡而言之是一連串不停的爭論和權力意志的鬥爭，這就是這些革命者對制式美德的看法。在這個批判的觀點下，我們這個時代的革命運動，首先要猛烈揭露資產階級制式的虛偽；現代共產主義的主張（部分理由是成立的）以及法西斯主義的主張（比較沒有深沉價值），就是揭露使資產階級之民主、原則與美德腐化的騙術。直至一七八九年之前，國王的恣意妄為以神的超驗性來掩護，法國大革命之後，制式原則的超驗性，諸如理性或正義，被用來維護一個既不正義也不合理的統治。因此這個「超驗性」是個假面具，必須揭去。上帝已死，但如同施蒂納所預言，必須扼殺還存留上帝影子的道德原則。制式美德是神性逐漸喪失的見證，為不正義服務的偽見證，對這美德的憎惡仍是今日歷史的動力之一。沒有任何東西是純真的，這聲吶喊震動整個世紀。不純真的歷史因而將成為規則，荒蕪的大地將由赤裸裸的武力來決定人的神性，於是人們以同樣狂暴的姿態走入謊言與暴力，猶如之前走入宗教。

然而，最初徹底批判良知、善良靈魂、光說不練這種態度的，是黑格爾；對他來說，真、善、美這些意識形態，正是欠缺這些的人把它們弄成信奉的宗教。亂黨的反對聲音當初令聖茹斯特驚訝，違反了他認定的理想秩序，但黑格爾不但不會驚訝，而且認為反對聲音是精神發展的開始。雅各賓派認為人人皆良善，由黑格爾思想出發、乃至今日甚囂塵上的運動則相反，認為沒有人是良善的，但將來人人都會變成良善。在聖茹斯特眼中，一開始就是田園詩歌般美好，對黑格爾來說，則是悲劇黑暗，但到最後，兩者都是一回事。消滅那些毀滅田園詩歌的人，或是先毀滅再來創造田園詩歌，

244 這個字是卡繆自創，請參考黑格爾對悲劇的哲學概念。譯註。

兩者都被暴力淹沒。黑格爾想要超越恐怖統治，卻只導致恐怖統治的擴張。

還不只如此，今日世界顯然不可能再是主子與奴隸的世界，因為改變世界面目的那些意識形態，已從黑格爾那裡學到了以主子—奴隸辯證的思考。倘若在空蕩無神的天空下，世界開始的第一個清晨，只有一個主子和一個奴隸，甚至連超驗性的神和人之間只有主子和奴隸這種關聯，那世界上唯一的法律就只剩下力量。只有神、或是超越主子、奴隸之上的某個原則能夠居間調解，能使人類歷史不僅僅簡略為二者之間勝敗的歷史。黑格爾，以及之後黑格爾派所努力的，相反地正是愈來愈摧毀所有的超驗性與一切對超驗性的眷戀。雖然黑格爾比黑格爾左派的思想豐富百倍，最後卻被後者壓過，然而在主子—奴隸辯證法上，是他為二十世紀強權精神提供了決定性的辯護。勝者永遠是對的，這是我們從十九世紀最偉大的德國思潮系統得出的教訓之一，當然，在黑格爾龐然的思想體系裡，也找得出否定這個結論的部分內容，但二十世紀的意識形態不再依附於耶拿的大師[245]被不恰當稱為唯心主義的思想，重新出現在俄國共產主義的黑格爾面目，已相繼被大衛·施特勞斯、布魯諾·鮑威爾、費爾巴哈[246]、馬克思以及所有黑格爾左派改造了。在這裡，我們討論的只是黑格爾，因為只有他在我們時代的歷史中舉足輕重。儘管尼采和黑格爾的理論被達豪和卡拉干達[247]的主子們利用了[248]，他們的哲學不應受到譴責，但是我們還是不免懷疑他們的思想或邏輯中某個觀點，會導致此種恐怖的境地。

尼采的虛無主義是有方法系統的，《精神現象學》[249]也具有教育性，在兩個世紀交接的樞紐，它一階段一階段描述如何教育意識，走向絕對真理，是一部形而上的《愛彌兒》。[250]每個階段都是錯誤，它反映的不管是人的意識或是人類文明方面，總伴隨著幾乎無可避免的歷史懲罰。黑格爾認為呈現這些艱辛階段是必需的，並視為己任。《精神現象學》某方面可視為一個針對絕望和死亡的思索，只不過這個絕望自成方法，因為到歷史終結時，它必須轉換為滿足與絕對智慧。這套教育方法的缺點，就是它只適用於程度很高的學生，而且被一般學生照本宣科逐字照做，殊不知其字句只是在揭

---

245 黑格爾曾任教於德國的耶拿（Iéna）大學。譯註。

246 大衛．施特勞斯（David Strauss, 1808–1874）、布魯諾．鮑威爾（Bruno Bauer, 1809–1882）、費爾巴哈三位都是德國黑格爾左派出身。譯註。

247 達豪（Dachau）、卡拉干達（Karaganda）分別是德國和蘇俄大型集中營所在地。譯註。

248 在普魯士、拿破崙、俄國沙皇的警政系統，或英國在南非的勞改營也發現了哲學含量較少的模式。原註。

249 《精神現象學》（*La Phénoménologie de l'Esprit*）是黑格爾重要的著作。譯註。

250 將黑格爾與盧梭對照有其意義。就其造成的影響來看，《精神現象學》與《社會契約論》的遭遇相同。《精神現象學》塑造了當時代的思潮，並且，盧梭的共同意志理論也出現在黑格爾的哲學系統中。原註。

示更深沉的精神。有名的主子—奴隸分析就是最好的例子。[251]

黑格爾認為，動物對外在世界擁有直接意識（conscience immédiate），這是感覺到自我（sentiment de soi），而非存有自我意識（conscience de soi），這是動物與人的區別所在。一旦有了自我意識，將自己視為一個主體，人才之為人，因此人基本上就是自我意識。用以確立自身的自我意識，必須與「非我的他者」劃分，人為了確立自我的存在與不同，就必定是一個否定他者的生物。自我意識與自然界的區分，遠遠不是認同外在世界而忘記了自我意識，而是面對世界他可能會感到的欲望。一旦外在世界與自我意識不同，這個欲望就會喚醒自我意識，在這欲望中，外在世界是自我沒有的東西，但這個外在世界已然存在，自我意識想要存在的話，就要擁有外在世界所擁有的，並消滅它，因此自我意識必然是欲望。為了存在，自我意識必須獲得滿足，要自我意識滿足就必須讓欲望滿足，所以它竭力滿足欲望，之後否定他者，把滿足它欲望的他者消滅掉。它就是一個否定的力量。行動，就是毀滅，以便使意識的精神誕生。然而，毀滅一個沒有意識的東西，例如把一塊肉吃掉，還只是動物的行為，消耗還不屬於意識行為。意識的欲望針對的必須是自然界無意識之外的東西，而世界上唯一區別於自然界無意識東西的，唯有另一個自我意識，因此必須讓欲望凌駕於另一個欲望之上，用「他者的自我意識」來滿足「自我的自我意識」。簡單說來，人若只侷限於動物般生存著，就不被自己和別人視為一個人。人需要被其他人認同，原則上說來，所有的意識都想要被其他人的意識認可、尊敬，是其他人產生了自我。唯有在社會裡，我們才獲得一個高於動物價值的人性價值。

動物的最高價值就是保全生命，意識應該要超越這個本能，才能得到人性價值。它應該能夠拿生命去冒險，要讓另一個意識認同，人就應當不惜犧牲生命，準備接受死亡。人與人之間的基本關係因而就是純然的威望關係，一個永無止境的角力，為了得到彼此認可，拿生命當賭注。

黑格爾在辯證法第一階段確立，既然死亡是人與動物共通點，人要能接受、甚至要求死亡，才能區別於動物。在這個爭取認同的關鍵鬥爭中，人不惜壯烈死亡。「死而後生」，黑格爾重拾這句古老格言，然而，「後生」不再是「成為你自己」，而是「變成你目前還沒變成的你」。這種對認同原始而狂暴的欲望，和存在意志相混淆，只想尋求愈來愈廣泛、直至所有人的認同。每個人都想得到所有人的認同，為生存的鬥爭將無休止，直到所有人被所有人認同，那也就是歷史終結之時。黑格爾意識想產生出的人，是在榮耀中誕生，奮力得到了集體認可贊同的人。必須特別指出，在激發

---

251 接下來的段落是對主子－奴隸辯證法的概略論述，這裡我們唯一感興趣的是這個分析造成的後果，因此我們認為將分析中某個傾向凸顯出來，是這個論述不可或缺的。同時，這個論述不帶任何批評。然而我們很輕易可看出，倘若這個推論用點技巧可以在邏輯上站得住腳，卻不能創立一個現象學，因為它奠基在一個完全無根據的心理學上。齊克果（Kierkegaard）對黑格爾的批評之所以有用而有效，就是因為他經常以心理學佐證。當然，這並無損黑格爾某些令人讚嘆的分析的價值。原註。

我們當代革命人士的思想當中，至高無上的善並不真實吻合絕對的存在，而是指絕對的表象。反正，整個人類歷史，只是為了奪得普遍威望和絕對權力的一場漫長殊死鬥爭，這歷史本身就是帝國主義。我們已遠離十八世紀和《社會契約論》中質樸粗野的善，在世紀交替的喧嚷與狂暴中，每個意識為了存在，都要消滅別的意識。更何況，這個無情的悲劇是荒謬無意義的，因為一旦某個意識被消滅掉了，戰勝的意識也無法因此被認同，正因為它無法被已消滅不存在的東西認同。事實上，「表象」[252]的哲學在這裡碰到它的極限。

幸好在黑格爾系統的布局裡，一開始就存在兩種意識，否則就無法引伸出任何人性真理。這兩種意識其中之一沒有勇氣放棄生命，只好接受認同另一種意識而自己不被對方認同，簡而言之甘願被視為一個物品，這個意識為了保存動物般的性命，放棄了獨立生存，是奴隸的意識。被認可的那個意識，享有獨立性，是主子的意識。這兩種意識在互相衝突時顯現出來，一方屈服於另一方，此時的抉擇不是自由或死亡，而是殺了對方或甘於被奴役。這個抉擇將一直出現在主奴故事裡，雖然荒謬性此時還未降低。

誠然，首先相對於奴隸，主子擁有全然的自由，因為奴隸完全認可他。接下來相對於自然界亦然，因為奴隸勞動把自然界轉換為物品供主子享用[253]，主子經由享用物品不斷肯定自己的主子身分。然而，這種自主並不全然，因為很不幸的，認同主子自主性的那個意識，卻不被主子視為自主的，所以主子的意識無法獲得滿足，他的自主性是否定的。當主子是條死胡同，因為他也不可能放棄主子身分去當奴隸，只能承受永恆的命運，也就是活在不滿足狀態，或是被殺死。在歷史之中，主子唯一的用處就是喚醒奴隸的意識，奴隸的意識才是創造歷史的意識。的確，奴隸並不喜歡自己的生存狀態，想要改變它，所以相反於主子，開始自我教育。我們所稱的歷史，就是奴隸為了獲得真正自由所做的長期努力。奴隸先通過勞動把自然世界轉換成技術世界，超越過他因不能接受死亡而被奴役的這個自然原則[254]；他當初因害怕死亡接受羞辱，接受了不能稱為完全人性的奴隸狀態，他現在知道這個完全人性是存在的，只待他經過一連串反抗自然和反抗主子就可達成。自此，歷史成了勞動和反抗的歷史，馬克思—列寧主義由這個辯證法得出工人—士兵的當代理想典型，自然也不足為奇。

我們暫且把《精神現象學》接下來可讀到的關於奴隸意識（斯多噶主義、懷疑論、不幸意識）的敘述先放在一邊，但是就這個辯證法造成的後果來看，我們不能忽略它的另一層面，就是主子—

---

252 表象這裡可詮釋為「外在顯示」、「表面上看起來」，主子之於奴隸表面上看起來是強者、高尚，但只是表象。譯註。

253 奴隸耕種、織衣、打造器具，將自然界的東西化為物品供主子享用。譯註。

254 但這個說法非常曖昧不清，因為兩者本質不同。達到技術世界難道能抹去自然世界中的死亡、對死亡的恐懼嗎？這是黑格爾未闡明的真正問題。原註。

奴隸和古代的神—人關係的雷同。黑格爾的一位研究者指出[255]，如果主子真的存在，應該就是上帝了，甚至黑格爾自己也稱世界的主人為真正的上帝。在對「不幸意識」的描述中，他指出基督教世界中的奴隸想否定壓迫他的一切，逃避到宗教裡，投身於一個新的主子，就是上帝。此外，黑格爾把絕對的死亡比作至高無上的主子。如此一來，戰鬥又提升了一個層次，被奴役的人類與亞伯拉罕的殘酷上帝重新展開鬥爭，介於宇宙的上帝和人類之間的新的分裂，將由耶穌來解決，因為耶穌本身調和了宇宙與個體。但就某種意義來說，基督屬於人的感知世界，他有形體、曾經活過、然後死亡，他只是通向宇宙的一個階段而已，按照辯證法，他也必須被否定掉。他被認知為人—神，只因為人們要得到一個高層次的綜合概念，跳過中間那些媒介階段。簡單說這個綜合概念之前是由教會和理性來體現，然後是由兵士—工人支撐起的國家絕對政體來體現，在這絕對政體中，太陽下的所有人彼此認同，彼此妥協相合，世界精神終於實踐。此時「精神與肉體雙目相對」，每個意識都成了一面鏡子，反映出其他鏡子，影像交互綿延不絕。人的城邦將如同神的城邦，宇宙歷史成了世界法庭，將做出裁奪，善與惡得到獎賞和處罰，國家將成為所有人的命運，體現「神蹟顯現的聖靈日」所宣告的所有真實。

以上論述雖然極端抽象，卻簡略挑明激起革命精神的基本思想，這些思想激起的革命顯然方向大不同，現在我們來檢視它們和我們這個時代的意識形態相符之處。非道德主義、科學唯物主義、無神論完全取代了以前反抗者的反神論（antithéisme），在黑格爾辯證影響之下成形，形成一股新的革命潮流，在此之前，革命運動從未真正與其道德的、宗教的、理想主義的起源分開。這些趨勢有時狀似不相干，其實還是來自黑格爾，從他隱晦弔詭的思想和他對超驗性的批判中汲取泉源。黑格爾一舉完全摧毀了由上而下的超驗性，尤其是各種原則的超驗性，這無可爭辯是他思想的獨特之處。無疑的，他在世界「生成」中，恢復了精神的「內在性」（l'immanence de l'esprit）。[256]但這個內在精神不是固定的，和以前的泛神論毫不相關；精神存在世界上，卻也不存在，在世界上運作，將會留在世界。價值因此被延後到歷史結束才能判定，在此之前，沒有任何標準來建立價值判斷，必須依照未來而行動、生活，一切道德也成為暫時的。在最深沉的思潮中，十九和二十世紀是努力想擺脫超驗性而存活的兩個世紀。

一位評論家[257]——雖是黑格爾左派卻也是東正教信徒——曾指出黑格爾對道德家的敵意，指出

---

255 依波利特（Jean Hyppolite）。《精神現象學的起源與結構》（*Genèse et structure de la Phénoménologie de l'esprit*），頁一六八。原註。

256 哲學中所說的「內在性」意指一切都由內在精神與思想產生，與「超驗性」相反。譯註。

257 亞歷山大．柯耶夫（Alexandre Kojève）。原註。

他唯一信守的箴言，就是按照他國家的道德風俗習慣活著。的確，對這條社會守舊箴言，是黑格爾的一生體現了最犬儒利己的證明。柯耶夫進一步說，唯有這個國家的道德風俗與時代精神相符，意即要足夠穩固，經得起批判和革命人士的攻擊，守舊才是合理的。但誰來決定它夠不夠穩固呢，又誰來判定合不合理呢？百年來西方資本體制成功抵禦了多次激烈衝擊，就該說它是合理的嗎？反過來說，一九三三年希特勒擊垮威瑪共和國，忠誠於威瑪共和國的人就該轉而效忠希特勒嗎？在弗朗哥將軍的政權勝利的那一刻，就該立刻背叛西班牙共和國嗎？傳統的反動思想以自己的利益為出發點，必定會昭示這個結論理所當然；新的革命發展則是將這些結論同化、吸收了，之後的影響無法估算。剷除道德和原則的價值，用現狀現實來取代——現狀現實是個凌駕一切之上的暫時國王，雖然暫時，卻是個不折不扣的國王——我們已經看到，這樣只會引領到政治上的犬儒利己主義，不管是個人政治手腕，或是更嚴重的國家政治方針。黑格爾思想激發的各種政治、意識形態運動，一致明顯地拋開了美德。

在已被不正義撕裂的歐洲，以一種茫然焦慮心態讀黑格爾作品的讀者，不由得感覺自己被丟到一個沒有純真、沒有原則的世界，黑格爾自己也說這世界本身就是罪惡，因為它與「精神」分離了。在歷史終結之時，黑格爾無疑會原諒這個罪惡，然而在此之前，人類一切行動都是有罪的。「唯有不行動才是無罪純真，甚至不是孩童的純真，而是石頭的純真。」石頭的純真和我們毫不相干。沒有純真，沒有關聯，也就沒有理性可言。沒有理性，就只剩下蠻力，主子與奴隸的關係，直等到理性到來的那一天。在主子與奴隸之間，痛苦是孤獨的，快樂是無根的，兩者都是沒來由的。當人與人之間的友誼只會在時光結束時出現，那要怎麼活、怎麼忍受呢？唯一的出路是手擎武器，創造規則。「殺人或被奴役」，那些光憑過度的熱血讀黑格爾的人，只記住這兩難中的前者，從中獲得出一種蔑視與絕望的哲學，認為自己恰恰就是奴隸，被絕對主子以死亡奴役，被塵世主子以鞭子奴役。這種內疚的哲學教他們的，只是奴隸之所以被奴役，是他們心甘情願，只有拒絕才能解放，而拒絕意味的就是死亡。面對這個挑戰，其中最傲骨的完全認同這個拒絕，坦然接受死亡。反正，把否定認定為一個積極的舉動，就等於預先肯定了所有的否定，肯定了巴枯寧和涅察耶夫[258]的吶喊：「我們的使命是破壞，而非建設。」對黑格爾來說，虛無主義只不過是懷疑論者，除了承受矛盾或思想自殺之外，沒有別的選擇；但是他自己卻孕育了另一種虛無主義，認為一切行動原則都不必要，認為自殺全是因為哲學而導致。[259]此時，恐怖分子便誕生了。他們決定，為了存在，必須殺人和死去，

---

258 巴枯寧（Mikhail Bakounine, 1814–1876）、涅察耶夫（Serge Netchaïev, 1847–1882），兩人皆是俄國無政府主義革命家。譯註。

259 這個虛無主義雖然表象不同，依然是尼采式的虛無主義，因為它只為了勉強自己去相信的彼世，而蔑視現下的生命。原註。

因為人和歷史只能靠犧牲和殺戮來創造。如果不是拿生命來冒險，所有的理想主義都只是空洞，這個宏偉的思想被一些年輕人貫徹到底，但他們不是在大學講堂上教授這些理論，之後壽終正寢老死床上，而是在炸彈的轟響中、甚至躺在絞刑架下身體力行傳授這些想法。在他們自身的錯誤之中，他們糾正導師黑格爾的謬論，對他展現至少有一種高尚，比黑格爾稱頌的因成功得來的醜惡高尚還要優越：那就是以犧牲得來的高尚。

比較認真研讀黑格爾的另一類傳人，選擇了兩難中的後者，宣稱奴隸只有靠著奴役別人才能獲得自由。後黑格爾學說忘記了黑格爾某些思想中的神祕學面向，將大師傳承者引向絕對無神論與科學唯物主義；然而倘若對超驗性的一切解釋沒有完全消失，雅各賓派的理想沒有完全毀滅的話，思潮也不會遭到這樣的竄改。「內在性」無疑不等同無神論，但我們可說正在運行中的「內在性」是暫時的無神論。[260]在黑格爾學說裡，還反映著世界精神中模糊的上帝面目，很輕易就被抹去。黑格爾一句弔詭的「沒有人的上帝，就和沒有上帝的人一樣」，他的後繼者將從這句話獲得決定性的結果。在《耶穌的生平》（*Vie de Jésus*）一書中，大衛．施特勞斯將把耶穌視為神—人的理論獨立出來。布魯諾．鮑威爾的《福音批判》（*Critiques de l'histoire évangéliste*）特別顯現耶穌的人性面，奠立一種唯物的基督教學說。費爾巴哈（馬克思視他為大師，將自己視為帶著批評眼光的門生）在《基督教本質》（*L'Essence du christianisme*）一書中，以人和物種的宗教代替一切神學，吸引了當代大部分知識分子遵從，他竭力呈現人和神之間的分野是虛假的，這分野只不過是人類本質——也就是人的本性——與個體之間的分野。「上帝的奧祕只是人對自身的愛的奧祕。」一個新的、怪異的先知預言因此隱隱響起。「個體取代了信仰，理性取代了聖經，政治取代了宗教和教會，地取代了天，勞動取代了禱告，苦難取代了地獄，人取代了耶穌。」現在就只有一個地獄，那就是這個世界：因此要向這個世界鬥爭。政治即是宗教，和上帝有關的那個超驗的基督教相同，因揚棄了奴隸制度，反而鞏固塵世間的主子，衍生了一個天外之天更高超的主子。這就是為什麼無神論和革命精神只是同一個解放運動的兩面，這就是那個不停出現的疑問的答案：革命運動何以認同唯物主義而非唯心主義？因為征服了神，讓祂為人服務，就是消滅了昔日主子的超驗性，在新的主子繼之而起時，安排了人神時代的來臨。經過了苦難，歷史的矛盾解決了，此時「真正的神、人類的神將是國家」。「人對人來說是狼」（homo homini lupus），變成了「人對人來說是神」（homo homini deus），這個思想開啟了當代世界。隨著費爾巴哈，人們見識到一種無可救藥的樂觀主義261的誕生，直到今日仍盛行。乍看是虛無主義絕望態度的相反，然而這只是表面，必須看到費爾巴哈在《神譜》（*Théogonie*）最

260 反正，齊克果的批評是有道理的。在歷史上建立神性，就是矛盾地在一個還不清楚的認知上建立一個絕對價值。就像「歷史的永恆」這句話本身的矛盾。原註。

261 樂觀主義學說認為世界是美好而幸福的。譯註。

後的結論，才能察覺這些炙熱思想下深沉的虛無主義根源。費爾巴哈反對黑格爾，宣稱人與他吃下的東西沒兩樣，如下概述他的思想與未來：「真正的哲學就是哲學的否定。沒有任何宗教是我的宗教。沒有任何哲學是我的哲學。」

犬儒主義、歷史與物質的神化、個人的恐怖行動或國家的罪行，這些嚴重的後果將產生於一個含混模糊的世界概念，這概念就是讓歷史獨自負責產生出價值與真實。倘若在時間終結、真相出現之前，什麼都不能明確地籌備醞釀，那麼所有的行動都沒有準則，強權將會主宰一切。黑格爾吶喊：「如果現實是人無法理解的，我們就必須鑄造出無法理解的概念。」讓人無法理解的概念，就如同一個錯誤，需要被鑄造，但是要它被接受，就不能經由一般真實讓人理解、信服的管道，而是要強加於人。黑格爾的態度就是不斷地說：「這就是真實，雖然看起來是個錯誤，但正因為它有時會出錯，所以是真實。至於證據呢，不是由我來給，是歷史，歷史終結之時就會給出證據。」像這樣的企圖只會引發兩種態度：一是將一切懸著，直到證據出現；二是選擇相信歷史上可能會成功的一切，而最先有可能成功的會是強權。這兩者都是虛無主義。反正，如果我們忽視二十世紀革命思想大部分的靈感，很不幸地都來自於因循守舊和機會主義，就無法理解二十世紀的革命思想。真正的反抗不必因這些扭曲思想而受到懷疑。

讓黑格爾相信自己推論的，正是讓他在學術上永遠遭受懷疑的。他相信，一八〇七年隨著拿破崙和他自己，歷史將圓滿終結，「肯定」是可能的，虛無主義將被打敗。《精神現象學》這本只為過去做預言的聖經，設定了時間上的界線，一八〇七年，所有的罪都被原諒，各個時代都結束。然而，歷史還在繼續，然後其他的罪又堂而皇之出現在世界上，原來被黑格爾永久赦免的那些罪，又回過頭爆出醜聞。黑格爾神化拿破崙之後，又神化自己，拿破崙因為成功穩定了歷史，萬罪被赦成為純真無辜，但這只持續了七年。[262]全然的肯定並未出現，反而是虛無主義淹沒了世界。黑格爾這為拿破崙服務的哲學，也慘遭滑鐵盧。

但是什麼都無法減退人心對神性的欲求，其他人不斷繼起，忘卻了滑鐵盧，妄想終結歷史。人的神性還在進行當中，直到時光終結才會受到崇拜，因此必須利用這個末日論，既然沒了上帝，至少利用它來建造「人間天國」。反正歷史還未終結，依稀可見的前景或許是黑格爾思想體系，並非這體系完美，原因很簡單，這個前景暫時由黑格爾精神傳人們牽引、引導。當霍亂帶走在耶拿戰役中滿載榮耀的哲學家時[263]，一切都已為即將發生的事部署完好。天空已空蕩無神，大地被無原則的強權控制，選擇殺人和選擇奴役的人們，以一個已脫離真理的反抗為名義，輪番佔據了舞台。

---

262 一八一四年拿破崙滑鐵盧之役戰敗。譯註。

263 黑格爾死於霍亂。耶拿戰役是一八〇六年拿破崙率領的法軍和普魯士軍隊在耶拿交鋒的戰役；這裡的耶拿戰役指的是在耶拿大學任教的黑格爾曾引起的思想論戰。譯註。

個人的恐怖主義

俄國虛無主義理論家皮薩列夫[264]觀察到，最狂熱的人是孩童與青年。對國家來說也是如此，那個時代，俄國是個勉強誕生、還不到一個世紀的年輕國家，建國的沙皇還天真到親自砍下反抗者頭顱的程度[265]，難怪俄國將德國哲學思想推到犧牲和毀滅的極端，連德國那些教授大師都還只是在腦子裡想想，不敢動手。司湯達爾發現到德國人和其他民族第一個不同點，就是思考令他們昂然亢奮，而非靜下沉思；此言不假，但是對俄國人來說更是如此。在這個沒有哲學傳統[266]的年輕國家，非常年輕的年輕人——就像洛特雷阿蒙筆下的悲劇性學生[267]——握緊德國思想，用鮮血身體力行。一個「無產階級青年貴族」[268]接替解放人類的偉大運動，並賦予它一個更糾結的面貌。直到十九世紀末，這些青年貴族的數量從未超過幾千人，面對當時歷史上最嚴厲的極權專政，他們宣稱僅靠他們的力量就暫時解放、參與解放了四千萬農奴。他們為這個解放付出的代價是幾乎全數自殺、被處決、勞改、發瘋。整個俄國恐怖行動的歷史，可以簡述為一小撮知識分子對抗暴政，人民大眾卻沉默無聲。他們筋疲力盡換來的勝利終究被背叛了，但是經由他們的犧牲，直至他們最極端的否定，誕生了一種價值，或說一種新的美德，甚至到今天都還一直持續對抗暴政、幫助人們獲得真正的解放。

十九世紀俄國的日耳曼化並不是一個獨立現象，我們都知道當時德國思想影響佔極大優勢。例如十九世紀在法國，經由米榭勒和基內[269]的引介，可說是德國思想研究的天下。然而，德國哲學思想在俄國並未遇到一個已成形的思想體系，在法國卻必須與放任自由社會主義（socialisme libertaire）[270]相抗衡。德國哲學思想輕易征服了俄國，俄國第一所大學，一七五〇年創立的莫斯科大學，就是德國創立的。俄國漸次被德意志教育家、官吏、軍人殖民的歷程開始於彼得大帝時代，之後在尼古拉一世推動之下，一致日耳曼化。一八三〇年代俄國學識界熱衷於謝林[271]以及當時的法國

---

264 皮薩列夫（Dmitry Ivanovich Pisarev, 1840–1868），俄國革命者、虛無主義者、作家、社會評論者。譯註。

265 一六九八年射擊軍發動兵變，彼得大帝親手揮馬刀砍下叛亂射擊軍的頭顱。譯註。

266 皮薩列夫指出，俄國文明中的意識形態理論都是別國傳入的。請參考亞蒙・柯卡爾（Armand Coquart）所著的《皮薩列夫和俄國虛無主義意識形態》（*Pisarev et l'idéologie du nihilisme russe*）。原註。

267 卡繆提到洛特雷阿蒙的反抗是青少年式的，《馬爾多羅之歌》像天才優秀學生寫的。譯註。

268 杜斯妥也夫斯基。原註。

269 基內（Edgar Quinet, 1803–1875），法國作家、歷史學家。譯註。

270 一稱社會無政府主義，主張建立沒有政治、經濟階級制度的社會，人民平等合作，廢除握有私有財產的威權制度，讓人民直接控制生產手段，以將資本和價值平分給社會。譯註。

271 謝林（Friedrich Wilhelm Joseph Schelling, 1775–1854），德國古典哲學主要代表，唯心主義發展中期的主要人物。譯註。

思想，四〇年代專注於黑格爾，後下半世紀則熱衷於黑格爾學說衍生出的德國社會主義。[272]俄國年輕人將他們過度激情的力量傾注於抽象的思想裡，身體力行這些死的思想。德國學者們擬訂了「人的宗教」的模式，還缺少使徒與殉難者，這個角色便由脫離了原先信仰的俄國基督教徒來扮演。這麼一來，他們不得不接受無超驗性、無美德的生命。

拋棄美德

一八二〇年代間，在俄國最初的革命人士十二月黨人[273]之間，還維持著善惡美德。在這些貴族身上，雅各賓的理想主義尚未被糾正，他們甚至有意識地保持這美德，他們其中一個——皮耶．米亞參斯基（Pierre Viasemski）說：「我們的父執輩是耽於奢侈逸樂之徒，而我們是卡頓[274]。」他只是在其中加上了感官情緒，認為痛苦會讓人新生，這點我們直到巴枯寧和一九〇五年的社會革命黨人身上都能見到。十二月黨人令人聯想到那些與第三等級的平民聯手的法國貴族，自願放棄貴族特權，這些俄國理想主義奉行者也實行了他們的八月四日之夜[275]，為了解放人民而選擇犧牲自己。雖然他們的領袖畢斯帖（Pestel）懷有政治與社會的思想，但他們失敗的起義缺乏明確的綱領，甚至連他們自已都不期望能夠成功。其中一個在起義前夕說：「是的，我們將會死，但這會是壯麗的犧牲。」那的確是壯麗的犧牲，一八二五年十二月，在聖彼得堡參議院廣場上，起義黨人的方陣被大砲摧毀，倖存者被流放，五個被吊死，行刑劊子手手腳笨拙，還吊了兩次才成功。我們不難理解，這些犧牲者雖然行動明顯缺乏功效，整個革命俄國在激動和恐懼的情緒之中景仰他們。這些犧牲者是非常有效的榜樣，在這革命歷史初期，他們表現出正直偉大，也就是黑格爾嘲諷稱之的「善良靈魂」，然而就是根據這靈魂，俄國的革命思想才定了型。

在這種激動的氛圍中，德國思潮壓過了法國思潮的影響，支配著被復仇和尋求正義的欲望和孤獨無力感兩邊撕扯的心靈。這思潮一引進俄國，先是被當作啟示，受到讚揚和評論，一股瘋狂的哲學風潮席捲了知識菁英，黑格爾的《邏輯學》甚至被譯成詩句。大部分的俄國知識分子首先在黑格爾思想體系中找到社會無為主義（quiétisme social），意識到世界的理性就已經夠了，反正精神是要

272《資本論》（*Le Capitalisme*）在一八七二年翻譯成俄文。原註。
273 一八二五年十二月黨人在聖彼得堡起義，要求廢除沙皇，解放農奴。譯註。
274 參見註223。譯註。
275 一七八九年法國大革命之後的八月四日，貴族革命議員在那一夜投票決定廢除舊制度的特權和封建權益，放棄了自己的特權。譯註。

到歷史結束之時才能實踐，這就是史坦克米奇[276]、巴枯寧、比林斯基[277]等人最開始的反應；之後，眼見這個思想與專制結合在一起，這股熱情開始拉開距離，立刻奔向反方向的極端。

比林斯基是俄國一八三〇、四〇年代最傑出也最具影響力的一位思想家，他的思想演變是最具代表性的。比林斯基最開始保有的是相當模糊的放任理想主義，突然遇到了黑格爾思想。半夜在房間裡，他像被雷擊般發現黑格爾，像巴斯卡一樣涕淚縱橫[278]，完全脫胎換骨換了個人：「他的思想裡面沒有任意或偶然，我現在已和法國思想家們決裂。」然而，他同時又是保守派及社會無為主義支持者，希望保有社會安寧平靜，毫不猶豫下筆為文，勇敢捍衛他的立場；但是他這顆慷慨的心，卻發現自己和生平最厭惡的不正義不公平站到了同一邊。倘若一切都是合邏輯的，那一切都是合理的，鞭子、奴役、流放西伯利亞，都是合理的。當初他認為接受世界現狀與苦難是高尚之舉，因為他想到的只是自己忍受苦難和矛盾，但若要接受使別人受苦也是對的，他立刻狠不下心。他做出相反的結論：若要接受別人受苦，表示世界上有不合理的事，那歷史至少在這一點上是與理性不相符的，但是歷史應當完全合乎理性，否則就完全不合理性。他孤單的抗議曾一時被「一切都是合理的」這個思想平息，之後重新爆發出更激烈的言詞，他直接去函黑格爾：「由於對您庸俗哲學的敬仰，我尊敬地告訴您，若我有幸爬到思想演進的最高一階，我請您為生活和歷史裡的所有犧牲者負責。若不能無愧於我並肩奮鬥的兄弟們，我不要幸福，就算它唾手可得。」[279]

比林斯基了解到他要的不是絕對理性，而是生存的圓滿豐富，卻沒有真正解釋清楚這代表什麼。他要的是整個人的不朽，體現在活生生的人身上，而非被稱為「精神」的人類抽象的不朽。他對新出現的對手依然如同以往激烈爭辯，但在內心強烈爭辯中，他得到的結論雖來自黑格爾，卻已轉而反對他。

他得到的結論是反抗的個人主義，個體無法接受歷史發展的走向，為了確定自己的存在，他必須摧毀現實而非與之合作。「否定是我信仰的神，如同以前現實是我的神。我眼中的英雄是毀滅舊事物舊思想之人：路德[280]、伏爾泰、百科全書作者們[281]、恐怖分子、創作《該隱》的拜倫。」我們一下子又重新看到所有形而上反抗的議題；誠然，法國傳統的個人社會主義在俄國始終很風行，聖西蒙和

---

276 「世界由理性來支配，這讓我對其他所有事情都放心了。」原註。

277 史坦克米奇（Nakolai Stankevich, 1813–1840）、比林斯基（Vissarion Bielinsky, 1811–1848），兩人皆是俄國哲學家、文評家、革命人士。譯註。

278 巴斯卡受到神啟頓悟時，涕泗縱橫。譯註。

279 這封信由海本納（Hepner）引述在《巴枯寧與泛斯拉夫主義革命》（*Bakounine et le panslavisme révolutionnaire*）書中，Rivière 出版社。原註。

280 路德（Martin Luther, 1483–1546），德國人，宗教改革的發起人，他的改革終止了中世紀羅馬公教教會在歐洲的獨一地位。譯註。

281 指十八世紀在法國撰寫由狄德羅主編之百科全書的啟蒙思想家們。譯註。

傅立葉[282]的作品在一八三〇年代讀者甚多，四〇年代引進的蒲魯東激發了赫爾岑[283]的偉大思想，以及更後來的皮耶．拉夫洛夫[284]的思想。但這個與倫理價值密不可分的社會主義思想，終於——至少暫時地——輸給了不顧道德的利己犬儒主義。比林斯基則相反，重新回到個人社會主義的思想——這是順著黑格爾思想也反黑格爾，但他是以否定的角度，拒絕任何超驗性的價值。他在一八四八年去世時，思想已經和赫爾岑非常相近，但當他和黑格爾思想相對壘時，他把自己的態度準確界定為虛無主義，至少某部分可稱之為恐怖主義。藉由他，呈現了介於一八二五年的理想主義年輕貴族和一八六〇年代的「什麼都無意義」學生之間的過渡年代。

三個附魔者

當赫爾岑頌揚虛無主義運動時，是因為他認為虛無主義更能解放既定的舊思想，他寫道：「摧毀舊的，就是孕育未來」，這是重拾比林斯基的說法。科蒂亞耶夫斯基[285]在談及被稱之為「激進分子」的那些人時，將他們界定為「認為必須完全揚棄過去，塑造一種新人格」的使徒。施蒂納的訴求又在這裡出現，揚棄一切歷史，決定塑造未來，而且不是根據歷史精神而是根據「個人就是王」來塑造。然而「個人—王」也無法單打獨鬥獲得權力，需要依賴其他人，所以又陷入虛無主義的矛盾，皮薩列夫、巴枯寧、涅察耶夫都試著解決這個矛盾，每人都逐漸擴大毀滅和否定的範圍，直到恐怖主義同時運用犧牲和謀殺，把矛盾本身都消滅掉。

一八六〇年代的虛無主義從表面看來，開始運用最激進的否定方式，揚棄除了純粹自私之外所有的行動。大家知道，虛無主義這個詞的定義，是來自屠格涅夫[286]的小說《父與子》（*Père et fils*），書中主人翁巴札洛夫（Bazarov）就是這類人的寫照。皮薩列夫寫了這本小說的評論，宣稱虛無主義者以巴札洛夫當作榜樣。巴札洛夫說：「我們唯一自豪的就是明白了什麼都是否定與貧瘠，一切都是貧瘠無用的。」——人家問他：「這就是人們稱之的虛無主義嗎？」——「這就是人們稱

---

282 聖西蒙（Henri de Saint-Simon, 1760–1825）、傅立葉（Charles Fourier, 1772–1837），法國哲學家、空想社會主義者。譯註。

283 赫爾岑（Alexander Ivanovich Herzen, 1812–1870），俄國哲學家、作家、革命家，宣揚空想社會主義。譯註。

284 皮耶・拉夫洛夫（Piotr Pierre Lavrov, 1823–1900），俄國社會主義者。譯註。

285 科蒂亞耶夫斯基（Tvan Petrovych Kotliarevsky, 1769–1838），俄國詩人、劇作家，參與十二月黨人運動。譯註。

286 屠格涅夫（Ivan Sergueïevitch Tourgueniev, 1818–1883），俄國寫實主義小說家。譯註。

之的虛無主義。」皮薩列夫歌頌這個榜樣，定義得更為清楚：「現存的事物秩序都與我無關，絕不參與其間。」唯一的價值只存在理性的自私利己之中。

皮薩列夫否定除了滿足私己之外的一切，等於是向哲學、被判定為荒謬的藝術、騙人的道德、宗教、甚至習俗和禮節宣戰。他奠立學識上的恐怖主義，讓人聯想到我們超現實主義者的恐怖主義。聳動挑釁被樹立為學說理論，但拉斯柯尼科夫[287]適切體現了這個理論的深度。皮薩列夫走火入魔，甚至——不是開玩笑——提出是否可以殺死他自己母親這個問題，自答道：「如果我想這麼做，認為這是對我有利的，為什麼不行？」

既然如此，我們很訝異那些虛無主義者並沒有忙著賺大錢或爭權位，充分利用厚顏利己這個原則把握所有機會。老實說，有些虛無主義者在社會上很有身分地位，但他們並不為自己的犬儒利己做文章，甚至一有機會就推崇美德，儘管這樣做並不會給他們帶來任何利益。對其他那些不求名利、反抗社會的虛無主義者，拒絕社會就已經自我矛盾，因為反對某事就代表對另一種價值的肯定[288]。他們自稱物質主義者，床頭書是畢希納[289]的《力量與物質》（*Force et Matière*），但他們之中一個承認：「我們每一個都可以為了摩萊肖特[290]和達爾文上絞架丟腦袋。」這句話把科學學說理論遠遠置於物質之上。到了這個程度，科學學說已帶有宗教和宗教狂熱的色彩，對皮薩列夫來說，拉馬克[291]是個叛徒笨蛋，因為達爾文的學說才是正確的。在他們圈子裡，誰要談到不具科學根據的靈魂不朽，立刻會被逐出。符拉帝米·威德爾（Wladimir Weidlé）[292]將虛無主義定義為理性主義者的蒙昧主義，是不無道理的，他們崇尚的理性已帶有宗教信仰般的色彩。這些個人主義者最大的矛盾，是他們竟然選擇了最平庸粗糙的科學主義作為理性依據，他們否定一切，只攀住最粗淺、最值得爭議的科學論：歐梅先生的價值觀。[293]

然而，虛無主義者選擇留給後繼者的典範，就是像信仰般崇信最粗淺、最愚笨的科學理性。他們除了理性和利益之外，什麼都不信。但與其抱持懷疑論態度，他們選擇成為社會主義的使徒。這

---

287 拉斯柯尼科夫（Raskolnikov）是杜斯妥也夫斯基小說《罪與罰》的主角，是個貧困的大學生，因為被錢所逼殺死了放高利貸的老太婆，為了替自己開罪，冒出「我是為了生存不得不殺人」的理論。這適切體現了皮薩列夫理論的深度，也就是說毫無深度可言。譯註。

288 既然拒絕、反抗某個價值，就代表持有相反的價值，因此是虛無主義自相矛盾的地方。譯註。

289 畢希納（Ludwig Buchner, 1824–1899），德國哲學家、自然主義者、生理學家，是十九世紀科學唯物主義的代表人物。譯註。

290 摩萊肖特（Jacob Moleschott, 1822–1893），荷蘭哲學家、生理學家。譯註。

291 拉馬克（Jean-Baptiste Lamarck, 1744–1829）提出的生物演化論，基礎是「用進廢退」和「獲得性遺傳」，被達爾文的物競天擇演化論取代。譯註。

292 《缺席與出席的蘇俄》（*La Russie absente et présente*），Gallimard 出版社。原註。

293 福樓拜小說《包法利夫人》中，藥劑師歐梅先生狹隘地認為科學是一切救世主，可解決所有疑問，是最大的進步。虛無主義者瘋狂信仰當時科學、生理學的愚昧，如同歐梅先生。譯註。

是他們的矛盾之處，如同青少年的性情，他們一方面懷疑，一方面又需要相信；他們解決這矛盾的方法，就是在否定上加上不妥協與信仰般的狂熱。這有什麼好訝異的呢？威德爾引述哲學家索洛維約夫[294]揭露這個矛盾時用的一句輕蔑的話：「人都是猿猴的後代，那就讓我們彼此相愛吧。」然而皮薩列夫追求的真理就在這矛盾之中，倘若人是上帝的反射，那缺少人與人之間的愛並無妨，總有一天得救受到聖寵時他會得到所有的愛；倘若人只是一個可憐的造物，他就需要人類的溫暖和會消亡的愛。[295]總之，悲憫慈愛若不是躲在這沒有上帝的世界，還會在哪兒呢？在上帝的國度，恩寵賦予一切，甚至賦予什麼都不缺的人。否定一切的人至少懂得否定是一種不幸，所以他們會理解他人的不幸，終至否定自己。皮薩列夫在思想上連殺害自己母親都不退卻，卻在談論不正義時慷慨激昂。他想要自私地享受生活，卻在監獄裡受苦，終至發瘋。他口口聲聲談論犬儒利己，卻領受了愛，因愛而苦，直到自殺，他希望塑造自己為「國王般的個體」，卻成為一個受苦堪憐的老人，唯有他的崇高照耀歷史。

巴枯寧也體現了這種矛盾，但以一種更令人訝異的方式，他在恐怖活動洶湧來臨[296]之前逝世，並預先批判個人的暗殺恐怖行為，認為那些人是「當代的布魯特斯」[297]；然而他對那些人還是心存敬意，指責赫爾岑公開批評一八六六年卡拉科索夫（Karakosov）開槍暗殺亞歷山大二世未遂的舉動。這種敬意有其原因，巴枯寧和比林斯基與其他虛無主義者一樣，從個人反抗的角度估量那些暗殺事件的後果，但他還帶來了新的東西：政治的犬儒利己開始萌芽，之後涅察耶夫將之化為學說，把革命運動推進到底。

巴枯寧才剛脫離青少年時期，就被黑格爾哲學所震撼，脫胎換骨如同受到魔法撼動，他日夜鑽營「直至瘋狂」，他說：「除了黑格爾的理論，其他什麼我都看不見了。」他懷著像新入黨教徒的熱情完成這個洗禮，「個人的我已經死去，我現在的生命是真正的生命，某種程度上它如同絕對生命。」但是他很快就察覺這樣圓滿自足的態度是危險的，懂得現實局勢的人並不會起而造反，而是利用這個現實，這就是安逸守舊。[298]巴枯寧身上完全沒有讓人預料到他會成為政權看門狗的因子，或許是他旅行德國時，對德國人產生惡感，讓他無法贊同老黑格爾認為普魯士是擁有最多睿智之士的觀點。他比沙皇還認同俄國，儘管懷著宇宙一體的高超夢想，卻無論如何不能認同對普魯士的讚揚，因為它建立在一種專橫的邏輯上，認定「其他民族的意識毫無權利，因為主宰世界的是代表這種（精神）

294 索洛維約夫（Vladimir Soloyyov, 1853–1900），俄國神學家、哲學家。譯註。
295 和上帝無止境的愛相比，人會死，愛會消亡。譯註。
296 一八七六年。原註。
297 布魯特斯暗殺了凱撒。譯註。
298 此處說的是黑格爾認為絕對生命會由偉大的德國順理成章地達到，所以不必造反，只需等待。巴枯寧原先完全被這個哲學所吸引，後又與之拉開距離。譯註。

意志的民族。」此外，巴枯寧在一八四〇年代發現了法國的社會主義和無政府主義，並傳播了其中某些思潮。總之，巴枯寧一股腦拋開了德國意識形態，他以同樣的激情熱血走向了絕對，和他本來走向完全破壞一樣，就是「全有否則全無」的狂熱，這「全有否則全無」在他身上純然顯現。

巴枯寧在頌讚了絕對的「一致性」之後，轉而投身最粗淺的善惡二元論，他無疑最後想達到的是「普遍而真正自由民主的人間天國」，這就是他的信仰，也和他那個時代許多人想法一致。然而，他的信仰是否如此真誠值得懷疑。在他寫給尼古拉一世的《懺悔書》（*Confession*）中，他寫到自己無法相信最後的革命，「除非以一種極大的努力與痛苦，強壓抑下內心提醒我的聲音，其指出對最後革命的希望是荒謬的」，他這句話的語氣真誠。相反的，他的「無道德理論」（immoralisme théorique）[299] 相當堅定，他在這理論中像野獸般快樂撒歡。若拋棄道德，歷史僅受兩個原則控制：國家與社會革命，革命與反革命，兩者無法妥協，殊死鬥爭。國家，就是罪惡，「即使最小最不傷人的國家，在它的夢想裡依舊是罪惡的。」所以革命就是善。這個超越政治的鬥爭，可以說是路西法與神的鬥爭，在此巴枯寧於反抗行動中明顯重拾浪漫主義反抗的議題。蒲魯東已經宣告上帝即是惡，吶喊道：「受小民和國王汙衊的撒旦，來我這裡吧！」巴枯寧讓人窺見表面政治反抗下隱藏的深意，「撒旦對抗神權的反抗是『惡』，但我們目前的反抗卻是人類解放的蓬勃萌芽。」如同十四世紀在波希米亞的法蒂謝利[300]教徒，社會革命黨人今日也「以冤枉受苦者之名」自居。

因此，針對世界的鬥爭將是無情而拋開道德的，唯一的救贖之途就是消滅。「毀滅的熱情就是創造的熱情。」巴枯寧在敘述一八四八年革命激動的篇章裡[301]，熱烈吶喊毀滅的歡愉，他說：「這是無始無終的慶典」。的確，對他和對所有被壓迫的人來說，革命就如同宗教意義裡的慶典。這讓我們聯想到法國無政府主義者哥特華（Coeurderoy）[302]，他在著作《萬歲，哥薩克人的革命》（*Hurrah, ou la révolution par les cosaques*）裡號召北方農民部落摧毀一切，他還要「用火把燒毀父親的房子」，大聲吶喊希望只存在人類的大水患和災害混亂之中。反抗就是通過這些表現，以生死搏鬥般最純粹的樣貌被理解。因此巴枯寧擁有當時唯一超越其他人的深度，抨擊由智者學人們組成的政府，他揚棄抽象理論，呼籲人要完全和他的反抗合為一體。他之所以讚揚盜匪、農民起義的首領，推崇的榜樣是史坦卡．哈辛[303]和普加喬夫[304]，是因為這些人沒有學說也沒有原則，純粹為自由理想戰鬥。巴

299「無道德理論」鄙視、揚棄一切眾人所認定的道德標準。譯註。

300 法蒂謝利（Fraticelli）是信奉撒旦的祕教，對抗上帝，教徒間相見便以「以冤枉受苦者之名」互稱。譯註。

301《懺悔書》，頁一〇二及之後數頁。Rieder 出版社。原註。

302 克羅德．亞梅（Claude Harmel）、亞蘭．塞江（Alain Sergent）合著《無政府主義歷史》（*Histoire de l'anarchie*）第一冊。原註。

303 史坦卡．哈辛（Stenka Razine, 1630–1671），哥薩克起義首領，在俄國南部率領農民反抗貴族和沙皇的官僚制度。譯註。

304 普加喬夫（Yemelyan Pougatchev, 1742–1775），率領哥薩克農民起義反抗凱薩琳二世。譯註。

枯寧把毫不添加原則的反抗引入革命的核心，「風暴與生命，這就是我們需要的。一個新世界，沒有律法，因而是自由的。」

但是一個沒有律法的世界就是自由世界嗎？這是所有反抗行動的疑問。若向巴枯寧提出這個問題，答案是肯定的。他雖然在任何情況下都清楚明確地反對專制的社會主義，不過當他自己來界定理想的未來社會，卻是一個獨裁社會，絲毫未想到自己的矛盾。「國際兄弟會」（Fraternité Internationale, 1864—1867）的章程由他親自訂立，確立革命期間個人必須絕對服從中央委員會，革命後也是如此。他希望解放後的俄國有「一個強大的專制政權……一個由朝臣擁護、汲取他們的建議、由他們自由的合作而鞏固的政權，然而它不會受到任何東西任何人的限制」。巴枯寧如同他思想上的敵人馬克思一樣，促成了列寧的學說，他在沙皇面前描述的斯拉夫帝國夢想，恰恰就是史達林之後實現的，巨細靡遺連帝國邊界的細節都一樣。曾說沙皇俄國的基本動力就是恐怖的巴枯寧，卻拒絕馬克思主義以黨專政的理論，這樣的觀念似乎很矛盾，但這矛盾是因為這些學說的根源多多少少都來自虛無主義。皮薩列夫為巴枯寧辯解，說他當然要求絕對的自由，但卻是經由全然的毀滅之後得來的自由。全然毀滅，也就是投身於從零開始的建設，接著必須胼手胝足把牆立起來。揚棄一切過去的人，連可賦予革命活力生機的東西都不保留，就只能等待在未來獲得認可證明，在未來到達之前，就是靠警察來維持暫時的合法性。巴枯寧宣告專政，但這完全不違反他毀滅的欲望，反而是相輔相成，在這條毀滅道路上，沒有任何東西攔得住他，因為在否定一切的烈火中，道德價值也成灰燼。他為了獲釋而寫給沙皇那卑躬屈膝的《懺悔書》中，呈現了革命政治中兩面派牆頭草的精采面目。在人們推測他是和涅察耶夫在瑞士一起撰寫的《革命者教義》（*Catéchisme du révolutionnaire*）中，他已定型這將在革命運動中愈來愈明顯的厚顏利己思想，雖然他之後又推翻這思想，並且涅察耶夫本人也用激烈挑釁的方式將這思想發揚光大。

涅察耶夫不像巴枯寧那麼出名，但形象更神祕，對我們的議題也更重要，他竭力把虛無主義體現到極致，幾乎連矛盾也不存在了。他於一八六六年左右出現在革命知識分子圈，一八八二年一月黯然死去，在這段短暫的時間裡，他從未停止煽動眾人：圍在他身邊的大學生、巴枯寧本人、流亡國外的革命者、甚至監獄裡看守他的獄卒，也被他扯進一樁瘋狂的陰謀。當他出現在革命圈，思想已經堅定不移，巴枯寧之所以為他所惑，甚至同意委任他一個想像裡的職務，是因為他在這冷酷的形象裡看到他所推崇的典型，甚至某方面他自己希望成為的樣子——如果他也能如此冷酷無情的話。涅察耶夫不僅止於號召「必須和匪幫這野蠻的世界結合一起，那是俄國唯一真正的革命階層」，也不僅止於和巴枯寧一樣落筆為文再次認同從今而後政治將是宗教，宗教將是政治；他進一步把自己變成一場絕望革命的殘酷苦行僧，最明顯的夢想就是奠定殺人的秩序，用以宣傳他決定為之效力的黑色神性，使之遍及大地。

他不僅論述宣揚普遍毀滅行動，他的獨特之處，是為那些獻身革命的人冷血平靜地提出「一切皆許可」的權利，他自己也的確大大享用了這種權利。「革命者是預先被判了刑的人，他不該有任何激情的關係、擁有任何東西、被人所愛，他甚至應該連名字都捨去，全心全意專注在一個熱情：革命。」的確，倘若拋棄一切原則，歷史只是革命和反革命的抗爭，那出路只有一條：全心投入這兩者之一，為其生為其死。涅察耶夫將這個邏輯推到底，也是因為他，革命將頭一次與愛和友誼徹底分開。

從他身上，我們看到黑格爾思想未考慮心理學所引發的後遺症。其實黑格爾也承認愛滋生時，彼此意識會互相認可[305]，然而在他的分析中並沒有強調這一「現象」，因為根據他來說，「這種現象並不具有否定的力量、耐心，與用處」。他選擇用螃蟹盲目的鬥爭來呈現意識：沙灘上的螃蟹在黑暗中摸索，抓到對方就展開生死爭鬥。卻故意將另一個同樣有可能的意象置之不提：燈塔們在夜裡勉力地彼此尋找，進行調整，終於匯聚出更強烈的光芒。相愛的人，不管是朋友或是情人，都知道愛不只是電光石火，也是在黑暗中漫長而痛苦的鬥爭，最後才能相知相合。何況，倘若歷史上的善惡必須經過耐心等待才能被後人認可，真正的愛與恨也需要同樣的耐心。漫漫幾個世紀以來，燃起革命熱情的，並不只是對正義的要求，同時也艱難地要求所有人之間的友愛——尤其是在面對敵對的神時。在任何時代，所有為正義犧牲的人，彼此間稱為「弟兄」，對他們來說，暴力只用在敵人身上，是為了保護被壓迫的群體。然而，如果革命是唯一的價值，它要求一切，甚至要求彼此告密、犧牲朋友，此時暴力就是針對所有人，被一個抽象的理念所支配。這些「附魔者」的出現，突然間昭告了革命本身比革命想拯救想保全的重要，而曾扭轉失敗意義的友誼也被犧牲，將其推延到還見不到影子的勝利之後再談。

涅察耶夫創新之處，就是主張弟兄之間的暴力也是合理的。他和巴枯寧一起擬定了《革命者教義》，巴枯寧在一陣迷惘動搖之間，委任他在「歐洲革命聯盟」裡代表俄國，其實這個組織只存在巴枯寧想像之中。涅察耶夫的確贏來了俄國，成立了「斧頭協會」（Société de la Hache），親自訂了章程。章程裡當然有所有軍事或政治行動所必須的「祕密中央委員會」，所有人都必須宣誓絕對效忠，然而涅察耶夫還不只是把革命軍事化，他認為領導們為了指揮部下，有權行使暴力和謊言。他以身作則帶頭撒謊，謊稱自己是還不存在的中央委員會的代表，為了號召猶豫不決的人投入他想展開的行動，把中央委員會描述成擁有無限資源的有力機構。還不只如此，他把革命者劃分等級，頭等的（首領們）有權力將其他人視為「可運用的資本」。或許歷史上所有的領導人都有過這樣的想法，但從沒說出口，至少在涅察耶夫之前，沒有任何一個革命領袖敢把這當成行動準則，也沒有任何革命理

305 也會在仰慕崇拜之中出現，此時「主子」這個詞的範圍擴大：塑造，而非毀滅的那個人。原註。

念章程開宗明義把人當作工具。傳統以來，革命以勇氣、犧牲精神來號召人員，涅察耶夫決定可以矇騙或要脅猶豫者，也可以欺騙相信者，甚至那些只是想像自己是革命者的人也可加以利用，只要驅使這些人完成最危險的行動，他們就會身不由己成為革命者。至於被壓迫的人，反正革命最終是要一舉解救他們，也不差現在再多壓迫一點，他們失去的，未來總將會受惠。涅察耶夫的原則是迫使政府採取鎮壓措施，絕對不去干涉民眾最痛恨的官方代表的手段，祕密會社則採取所有行動來增加民眾的痛苦和苦難。306

這些美麗的想法在今天似乎都已兌現，雖然當年涅察耶夫終究沒看見他的原則大面全勝，但他至少在謀殺大學生伊凡諾夫（Ivanov）時，嘗試實踐這些原則，而在當時引起人心震撼，乃至於杜斯妥也夫斯基拿來當作「附魔者」的題材。伊凡諾夫唯一的錯就是對涅察耶夫自稱為代表的「中央委員會」心存疑慮，他因為反對認為「自己就是革命」的那個人307，就被打成反革命，所以必須死。「我們有什麼權利剝奪一個人的性命呢？」涅察耶夫的同志烏斯賓斯基（Ouspenski）問。——「這與權利不相干，消滅一切危害我們革命事業的，是我們的義務。」當革命是唯一的價值，權利就不復存在，剩下的只是義務；但是，反過來說，以這些義務為名義，就可以運用所有的權利。涅察耶夫沒有暗殺過任何一個暴君的生命，卻在一場伏擊中殺死了伊凡諾夫，隨後他離開俄國，前去與巴枯寧相會，但巴枯寧改變了態度，譴責這個「卑劣的策略」。巴枯寧寫道：「他漸漸相信，為了建立一個不可摧毀的會社，必須以馬基維利的政治為基礎，採用耶穌會的系統：對身體施加暴力，對靈魂灌輸謊言。」說的沒錯，然而巴枯寧既然自己也說革命是唯一的善，那又有什麼權利斷定這個策略是卑劣的呢？涅察耶夫是真的為革命效力，不是為自己利益，是為了革命事業。被引渡回國後，面對法官他毫不讓步，被判刑二十五年，在獄中他依然呼風喚雨，組織獄卒成立祕密會社，籌劃暗殺沙皇計畫，又被送上法庭。他在被監禁十二年之後，死在封閉的堡壘監獄裡，這個反抗者的一生，揭開了蔑視一切的革命大首領相繼來臨的時代。

此時，在革命內部，的確一切都許可，謀殺被樹立為原則。然而，一八七〇年民粹主義回潮，人們還以為這產生於宗教和道德本性的革命運動——這些本性在十二月黨人、拉夫洛夫和赫爾岑的社會主義裡還能看到——將會遏止涅察耶夫所代表的政治犬儒利己傾向。這個運動號召「活生生的靈魂」，要求他們走入群眾、教育群眾，讓群眾靠自己走向解放。許多「悔悟的年輕貴族」離開家庭，穿上破爛衣服，下鄉向農民宣傳。但是農民先是懷疑，保持沉默，等開口時，是去向憲兵揭發這些使徒。這些善良靈魂的失敗，使得革命又走向涅察耶夫式的犬儒，或者，至少又走向暴力。沙俄時

306 如此一來，民怨越來越深，才能使反彈力更大。譯註。

307 也就是涅察耶夫。譯註。

代的知識界未能把民眾拉向它，因此面對專制政權又感到孤立無援，再一次，世界又分成了主子和奴隸。「人民意志」（Volonté du Peuple）這夥人將個人恐怖活動樹立為行動原則，與社會革命黨聯手展開一連串謀殺直到一九〇五年[308]。恐怖主義者因而誕生，背離了愛，奮起對抗主子的罪惡，但孤立絕望，面對無法解決的矛盾，這矛盾只能由他們的純真和生命雙重犧牲才能解決。

有所不為的謀殺者

一八七八年是俄國恐怖主義誕生的年代，一個非常年輕的女孩薇拉．莎蘇麗琪（Vera Zassoulitch），在審判一百九十三名民粹主義者的次日，即一月二十四日，槍殺了聖彼得堡的總督德里波夫將軍（Trepov），陪審團宣告無罪之後，她又躲過沙皇的警察追捕。這一槍引發了一連串的鎮壓和暗殺，二者互為因果，可想而知唯有兩方厭倦時才會停止。

同一年，「人民意志」一名成員卡拉夫金斯基（Kravtchinski）在他製作的小冊子《以命償命》（*Mort pour mort*）中，將恐怖行動作為行動原則，後果相繼而至。在歐洲，德國皇帝、義大利國王、西班牙國王均成為暗殺活動的對象。依舊是在一八七八年，亞歷山大二世藉由祕密警察組織

（Okhrana），創立了最有效率的恐怖政權手段，從此，十九世紀在俄國和西方國家的謀殺事件層出不窮。一八七九年，又一次發生暗殺西班牙國王的事件，以及針對俄國沙皇暗殺未遂。一八八一年，沙皇被「人民意志」成員暗殺，索菲亞．別魯夫思凱亞（Sofia Perovskaia）、傑利亞波夫（Jeliabov）和他們的朋友被絞死。一八八三年，暗殺德皇的兇手被斧頭處決。一八八七年，工人革命受難者在芝加哥被處決。同年在瓦倫斯（Valence）召開的西班牙無政府主義大會上，發出恐怖主義的警告：「社會若不讓步，罪和惡必須滅亡，即使我們必須連同一起死亡。」一八九〇年代在法國，被稱為「以行動作為宣傳」的恐怖活動到達頂點，拉瓦蕭、韋楊、亨利[309]的行動為卡諾總統暗殺事件[310]拉開序幕。光是一八九二這一年，歐洲就有一千多起爆炸謀殺案，美洲則近五百起。一八九八年奧地利伊麗莎白女皇（Elisabeth）遭暗殺，一九〇一年美國總統麥金萊（McKinley）被暗殺，在俄國，針對代表沙皇政權的次一級官員的暗殺行動未曾停止，一九〇三年社會革命黨誕生了「戰鬥組織」（Organisation

308 一九〇五年俄國爆發第一次資產階級民主革命，前述波坦金戰艦的起義，即是其中事件。譯註。

309 拉瓦蕭（Ravachol，本名François Claudius Koenigstein, 1859–1892）、韋楊（Auguste Vaillant, 1861–1894）、亨利（Emile Henry, 1872–1894）皆是法國無政府主義激進分子，從事恐怖炸彈行動，拉瓦蕭於一八九二年、後兩人於一八九四年被送上斷頭台。譯註。

310 卡諾（Marie François Sadi Carnot, 1837–1894），一八八七年任法國總統，一八九四年被恐怖分子暗殺身亡。譯註。

du Combat），聚集了俄國恐怖主義中最特殊的分子。一九〇五年薩佐諾夫（Sazonov）謀殺內政部長普列韋（Plehve）、卡利亞耶夫（Kaliayev）暗殺謝爾日大公（grand-duc Serge），標示了三十年來鮮血布道的最高峰，在革命宗教裡結束了受難殉道時代。

和基督教消亡緊密相關的虛無主義，就這樣墮入了恐怖主義，在否定一切的世界裡，這些年輕人用炸彈和手槍，抱著從容就義的勇氣，試著掙脫矛盾，創造他們所缺乏的價值。在他們之前，人為其所知道或自以為知道的東西犧牲，從他們開始，人們習慣——這習慣當然是比較難做到——為自己所不知道的東西或只是為了讓它存在而犧牲。在此之前，被判死刑的人依賴上帝來平反人類在他身上加諸的不公不義；然而當我們讀到那個時代死刑犯的聲明時，震驚地看到，他們無一例外，依賴後起之人的正義來平反他們的審判，對缺乏至高無上價值的他們來說，後起之人是他們最後的依賴。對沒有上帝的人來說，唯一超驗性的東西就是未來。誠然，恐怖主義者首先是要破壞，使專制政權在炸彈下動搖，但至少他們的目標是以自己的死，重新創造一個正義友愛的社會，重新擔起宗教背叛了的使命。事實上，恐怖主義者就是要創造一個人間天國，等待一個新的上帝出現。然而這就是全部嗎？他們自願行兇犯法、獻上生命，除了期許一個尚未出現的價值之外，沒有任何結果，今日的歷史讓我們可以斷言——至少就目前來說——他們白白犧牲了生命，而且依舊是虛無主義者。何況，期許「一個尚未出現的價值」本身就是矛盾，既然尚未出現成形，它就無法說明行動，也不能提供最佳的指導原則。但是一九〇五年那些被矛盾撕扯的革命者，以他們的否定和他們的生命，創造了一個極為重要的絕對價值，他們顯現出這個價值，並相信這個價值將會來到，他們顯然把這個至高無上而痛苦的善，置於他們的劊子手和他們自身之上——這本來就出現在他們的反抗起源之中。這是歷史中最後一次，反抗精神與憐恤體諒精神並存，值得我們稍加停留，研究一下這個價值。

大學生卡利亞耶夫吶喊：「如果不參與恐怖行動，有資格談論它嗎？」一九〇三年成立的社會革命黨「戰鬥組織」，先是由亞列夫（Azef）、接著由波里斯．薩凡科夫（Boris Savinkov）領導，卡利亞耶夫和同志們都身體力行信守「戰鬥」這偉大的字眼。他們是嚴以律己的人，也是反抗歷史中最後一批甘願接受嚴苛狀況、視死如歸的人。他們活在恐怖活動之中，「他們深信恐怖行動」（波科帝洛夫（Pokotilov））之言，內心卻沒有一日不被撕扯。他們身為狂熱主義者，卻謹慎疑慮，直至引起彼此間激烈爭論，這樣的例子歷史上並不多見；至少，一九〇五年那批人，始終存著疑問疑慮，我們對他們所能表示的最大崇敬就是，在一九五〇年的今天，我們提出的問題沒有一個他們未曾向自己提出過，並且以他們的生命或死亡，片面回答了這些問題。

然而，他們在歷史上只短暫經過，例如卡利亞耶夫，一九〇三年決定和薩凡科夫一起參與恐怖行動時，才二十六歲；兩年之後，這位綽號叫「詩人」的年輕人被絞死。只要帶著些許熱情研讀這段歷史的人，卡利亞耶夫這短暫的生涯、令人暈眩的片斷生命，樹立了恐怖主義最有意義的一個人物形象。薩佐諾夫、史維哲（Schweitzer）、波科帝洛夫、瓦納洛夫斯基（Boris Voinarovski）以及其他同志就這樣出現在俄國和世界史上，挺身短暫的一段時光，之後爆炸身亡，為這場愈來愈撕扯破裂的反抗做出曇花一現而無法遺忘的見證。

他們幾乎都是無神論者，朝杜巴索夫元帥（Doubassov）投擲炸彈時身亡的波里斯．瓦納洛夫斯基，曾寫道：「我記得甚至在進中學以前，就已經和一個童年友伴宣傳無神論，唯一讓我好奇的是：這是從何而來的呢？因為我對永恆絲毫沒有概念啊。」卡利亞耶夫相信上帝，在他一次刺殺未遂的行動之前幾分鐘，薩凡科夫看到他在街上杵在一座聖像前，一手握著炸彈，另一手劃著十字；但他放棄了宗教，在監獄牢房裡，處決之前，他拒絕告解。

地下祕密行動迫使他們活在孤獨之中，除了以抽象方式之外，他們無法感受到那些與廣大群眾接觸的行動家的激動歡喜，但是他們彼此之間的聯繫取代了一切依戀和感情。「騎士精神！」薩佐諾夫如此寫道，「我們的騎士精神代表的內涵，連『弟兄』這個詞都不足以清楚表達我們相互之間的關係本質。」他在勞改監獄裡寫信給朋友們：「對我來說，幸福不可或缺的條件，就是永遠保持與你們完全團結一致的精神。」瓦納洛夫斯基呢，坦言曾對一個心愛女人說過這句話——他承認說這句話有點好笑，卻也代表他內心所想——「妳若牽絆我害我去同志那裡遲到的話，我會咒罵妳。」

這一小群男女同志，隱身於俄國百姓之中，相互扶持，並非命運注定，而是他們自我選擇成為殺人者。他們體現了同一個弔詭——尊重整體人類生命和鄙視自身生命，甚至嚮往最崇高的犧牲，也就是死亡。對朵拉．布里昂（Dora Brillant）來說，行動綱領根本不是問題[311]，恐怖行動首先由恐怖分子的犧牲而變得壯麗，「然而，」薩凡科夫說：「恐怖行動就像個十字架壓在她身上。」卡利亞耶夫隨時準備犧牲生命，「還不僅如此，他熱切渴望這個犧牲。」籌備暗殺普列韋的行動時，他建議由自己撲到馬匹下，和部長一起死。瓦納洛夫斯基也是，對犧牲的狂熱呼應著死亡的吸引力，他被捕後寫信給父母說道：「青少年時期，自殺的念頭不知多少次出現在我腦際……」

在這同時，這些不在乎將自己生命完全投入的殺人者，對他人的生命卻極端謹慎嚴肅。第一次行刺謝爾日大公之所以失敗，是因為卡利亞耶夫拒絕殃及大公馬車上無辜的孩子，這也得到所有同志的贊同。薩凡科夫描述另一個恐怖分子女同志拉雪爾．露莉耶（Rachel Lourié）：「她對恐怖行動充滿信念，認為參與行動是榮譽也是義務，但是如同朵拉一樣，看到血就慌了手腳。」薩凡科夫反對在聖彼得堡到莫斯科的快車上暗殺杜巴索夫元帥：「稍有不慎，炸彈可能在車廂裡爆炸，傷及無辜。」稍後，他「以一個恐怖分子的良知」憤怒辯解自己並沒有讓一個十六歲的孩子捲入暗殺行

---

311 行動綱領、計畫都不重要，只求行動，成功最好；不成功，成仁也一樣好，那就像個捨我其誰、逃脫不開的十字架一樣。譯註。

動。從沙皇監獄脫逃時，他決定射殺可能阻礙自己逃跑的官員，卻寧可自殺也不肯開槍射擊看守士兵。同樣地，瓦納洛夫斯基這殺人者承認自己從沒打過獵，「認為這種嗜好很野蠻」，也曾宣稱：「倘若杜巴索夫身旁有妻子相伴，我就不扔炸彈。」

如此全然忘記自身，卻又如此關懷其他人的生命，可以想見這些有所不為的謀殺者體驗了反抗中最極端的矛盾。我們可以相信，他們在認為暴力是不可避免的同時，也認為暴力是不正當的，殺人是必需，但不可原諒。若是平庸的心靈面臨這種可怕的問題時，能夠安然忘掉其中的矛盾，選擇只看到原因之一，他們會以制式原則的名義，認為一切這種立即式的暴力皆不可原諒，卻能坐視暴力在世界、在歷史層面蔓延擴散；要不然就是以歷史的名義自我安慰，說暴力是在所難免，並在謀殺上更添上謀殺，直到把歷史變成只是不斷剝奪人反抗不義之信念的過程。這描繪了現代虛無主義的兩個面目，前者是資產階級虛無主義，後者是革命虛無主義。

但是這些極端的心靈什麼都不會忽視，於是，他們認為不得不然的行動，卻又難以自我說服，就想出奉獻自己來合理化一切的辦法，以犧牲自己生命來回答對自己提出的問題。對他們而言——如同對他們之前所有的反抗者一樣，殺人也就代表自殺，以命抵另一命，在這雙重犧牲之中，或許會滋生出一種價值。卡利亞耶夫、瓦納洛夫斯基和其他同伴相信每個生命都具有同等價值，沒有任何理念凌駕於人的生命之上，儘管他們為了理念而殺了人。他們身體力行這個理念，乃至於以死來實現它。我們在其中還可以看到就算不是宗教式的，至少也是形而上的反抗概念。繼他們之後而起的人，以同樣的忠誠信仰而起，卻認為他們的方法太感情用事，拒絕認為一個生命與任何另一個生命具有相同價值，所以在人的生命之上安置了一個抽象理念，他們把這個理念稱之歷史，認為必須事先就臣服於這個歷史，同時也專橫地決定別人也必須臣服其下。反抗的問題不再由算術，而是由機率[312]來解決。在實現這個被稱為歷史的理念之前，人的生命可以是全部，或什麼都不是。認為這個理念會實現的信念愈大，人生命的價值就相對愈小，推到了極限，它就什麼都不值了。

我們現在來研究這個極限，也就是哲學劊子手和國家恐怖主義的時代。不過，在此之前，一九〇五年的反抗者守住了底線，在暗殺的炸彈爆炸聲中，他們讓我們了解到，反抗若依舊持續是反抗而不變質的話，無法通向教條主義那種令人安慰的心安理得。[313]他們表面上唯一的勝利，就是至少戰勝了孤獨和否定，在一個被他們否定、也拋棄他們的世界中，他們像所有崇高的心靈一樣，試圖前仆後繼重新塑造出博愛。他們彼此間的友愛讓他們直到牢獄荒漠中都感到幸福，蔓延到廣大被奴役的沉默同胞，體現出他們的絕望與希望。為了效力於這個愛，首先必須殺人，為了確保人世間

312 反抗行動不再計算死傷付出多少，而只注意會成功、會帶來好處的機率有多少。譯註。

313 教條主義只需遵守教條行事，不必多思考也不必管底線，所以順著做心安理得，不若一九〇五年革命分子的掙扎疑慮。譯註。

的純潔，必須接受某些罪惡。對他們來說，這個矛盾只能在最後一刻解決，孤獨與騎士精神、孤苦無望與希望，只能由自由接受死亡才能戰勝這個糾葛。一八八一年試圖暗殺亞歷山大二世的傑利亞波夫，在行動前四十八小時被捕，要求與後來成功了的暗殺者同時行刑。他寫給官方的信中說：「唯有政府的怯懦才能解釋為何只豎一個絞架，而非兩個。」結果豎了五個，其中之一用來絞死他心愛的女子，然而傑利亞波夫微笑著就義，反觀西薩科夫（Ryssakov）在偵訊時便已變節，嚇得半瘋被拖上絞架。

這是因為傑利亞波夫不要自己身上帶著某種罪惡，他知道在殺人或指使殺人之後，如果像西薩科夫那樣為了保全自己不顧團體，這罪惡就會留在身上。絞刑架下，蘇菲亞．貝若芙斯凱亞（Sofia Perovskaia）擁抱了她心愛的傑利亞波夫，以及另外兩個同伴，卻對西薩科夫別過臉去，他孤零零死去，被這新的宗教判入地獄。[314] 對傑利亞波夫來說，在弟兄們之間死去是對他罪行的解贖。殺人的人若貪生怕死或是為了苟活出賣弟兄，才是有罪，相反的，死可以洗清罪惡和所犯下的罪行。夏綠蒂．科黛對著弗基耶．譚米[315] 大吼：「喔！他這隻野獸，竟把我當作殺人犯！」他們痛苦而短暫地瞥見了介於無辜和罪惡、理性和非理性、歷史和永恆之間的人性價值。一旦瞥見了，這些絕望的人便感受到奇異的、獲得最後勝利的安寧。在牢房裡，波利瓦諾夫（Polivanov）說死亡將是「容易而甜美的」，瓦納洛夫斯基寫道自己戰勝了死亡的恐懼：「我不會牽動臉龐一絲肌肉，不會說任何話，走上絞架……這不是施加在我身上的暴力，而是我這一生理所當然的結果。」再後來，史密特中尉（Schmidt）被槍決前也寫道：「我的死亡完成了一切，經歷折磨將使我的革命事業無可指責而完美。」被判絞刑的卡利亞耶夫在法庭上起而控訴，堅定地宣稱：「我的死亡是對這充滿淚水與血腥的世界最高的抗議」，卡利亞耶夫又寫道：「從我下獄那一刻起，從未有過以任何方式活下去的欲望。」他的願望很快實現，五月十日清晨兩點，他走向他唯一認可的結局，一身黑衣，沒穿外套，頭戴氈帽，走向絞架，面對遞來十字架的弗洛林斯基神父（Florinski），這個死刑犯對耶穌像背過身說：「我已跟您說過，我的生命已經了結，已準備好赴死。」

是的，在虛無主義盡頭，就在絞架之下，舊有的價值又重生。它反映了——這次是歷史性的——我們分析反抗精神最後歸結出的「我們存在」，它剝奪生命卻同時也是篤定的信念；朵拉．布里昂想到那些為自己、也為始終不渝的友誼而死的同伴，這價值讓她驚恐的臉閃耀出死前的光輝。它促使薩佐諾夫在監獄裡自殺，為了抗議也為了「讓弟兄們受到尊重」；也是它寬恕了涅察耶夫，

314 西薩科夫被捕後，為保全自己一命，提供革命行動許多準確細節資料，背叛了這要求忠誠不二的「新宗教」。譯註。

315 夏綠蒂．科黛（Charlotte Corday, 1768-1793）在法國大革命期間暗殺了馬拉，弗基耶－譚米（Fouquier-Tinville, 1746-1795）是當時政治法庭的檢察官。譯註。

一名軍官要求他揭發同志們，他一巴掌把對方打倒在地。通過它，這些恐怖分子在肯定人的世界的同時，提升到了世界之上，在歷史裡最後一次呈現出，真正的反抗其實會創造價值。

因為他們，一九〇五年標示了革命衝勁的頂峰，之後便開始衰退。殉難者並不建造教會，他們是基石、是證明，隨之而來的是教士和信徒。後繼而起的革命者不再要求以命抵命，他們雖然願冒生命危險，也接受盡可能保全自己來為革命效力，如此一來，他們就是接受自己所有的罪刑。同意被汙辱[316]，這就是二十世紀革命者真正的特點，將革命和人間天國置於人之上。相反地，卡利亞耶夫證明了革命是個必要的手段，不是個充分的目的，如此一來他提升了人的價值，而非貶低。卡利亞耶夫和他的兄弟們，不論是俄國或德國的，在歷史上真正與黑格爾對立[317]，所有人都認為黑格爾思想很對，他們首先覺得這思想是必要的，繼之認為其不足，光是表態對他們來說是不夠的。當全世界都認可這個思想，卡利亞耶夫還是存著一個疑慮：他必須自己同意，全世界人的同意都不足以讓他壓下心頭這個疑慮，儘管這思想所有人都熱烈贊同。卡利亞耶夫疑慮直到最後，但這並未阻止他行動，就是因為這樣，他成為反抗最純粹的形象。接受死亡、以命償命的人，不論他的否定性多麼強，確立了一個價值，此價值超越其這個歷史個體自身。卡利亞耶夫獻身歷史直至死亡，死的那一刻，他將自己置於歷史之上。某種方式來說，他愛自己超過歷史，然而他毫不猶豫殺死自己。那介於自己和他體現與呈現的價值這兩者之間，他更重視哪個呢？答案很明顯，卡利亞耶夫和他弟兄們戰勝了虛無主義。

什加列夫[318]主義

但這勝利並無明天，因為它與死亡相連。虛無主義暫時地比它的戰勝者更長命，甚至在社會革命黨內部，犬儒利己的政治也愈加猖狂。指派卡利亞耶夫行動而導致死亡的首領亞列夫玩兩面手法，一邊向祕密警察組織揭發革命分子，一邊派人暗殺部長和大公，這種煽動手段又把「一切都許可」搬上檯面，又將歷史和絕對價值混為一談。此虛無主義在影響個人社會主義之後，又將汙染一八八〇年代在俄國崛起的科學社會主義[319]。涅察耶夫和馬克思兩人的思想遺產，誕生了二十世紀的極權革命。當個人恐怖主義清除神權

316 不像一九〇五年俄國革命者以一死洗清殺人罪行，之後的革命者同意接受自己殺人犯罪這個事實，保全生命繼續為革命效力，說好聽一點是忍辱負重，對卡繆來說是接受侮辱。譯註。

317 他們是兩種人。前者殺一個人就以命償還，後者將千萬人的殺戮合理化，並以此作為自身榮耀。原註。

318 什加列夫（Chigalev）是《附魔者》中的人物，狂熱激進的革命工人，在一次聚會中發言主張去除「不良」，消滅一切阻礙革命的人。譯註。

在塵世最後一些代表人的同時，國家恐怖主義準備一舉消滅這最終社會根源的神權，這種為了實現最終理念和價值而奪權的手段，取代了確立理念價值本身。

列寧從涅察耶夫的同志也是精神伙伴特卡契夫[320]那裡，汲取了掌握政權的觀念，認為這觀念「宏偉」，將之歸納為：「嚴格保密、精選成員、培養職業革命人員。」死時神智瘋狂的特卡契夫將虛無主義過渡到軍事的社會主義，企圖建立俄國的雅各賓黨，而且只從雅各賓派那裡汲取行動技術，因為他自己也否定一切原則、善惡美德。他敵視藝術和道德，策略裡只調和理性與非理性，目的就是利用掌控國家的權力來實現人類平等。認為藉著祕密組織、革命人員小組、首領的獨裁權力等等綱領，界定出「革命機器」的觀念和作法，將會收到巨大的成效。至於手段方法，只消知道特卡契夫建議消滅所有超過二十五歲的俄國人，認為他們已無法接受新觀念，便可窺出一二。說實在的，這手法相當創新，在現代強權國家的手段中脫穎而出：在被恐怖壓迫的成人之中，進行對孩童的激進教育。強權首領的社會主義無疑批判個人的恐怖主義，因其會使那些不合於歷史理性控制的價值復活，這種社會主義恢復國家層次的恐怖，所持的唯一理由就是整合四分五裂的人類。

一個循環在此結束，反抗真正的根源被砍除，屈服於歷史而不忠於人類，現在謀劃要奴役整個宇宙。因而，什加列夫主義的時代開始了，《附魔者》書裡的虛無主義者維赫文斯基（Verkhovensky）對其大加讚揚，維赫文斯基要求受恥辱的權利[321]，這個不幸且不為任何所動的人[322]，認為歷史沒有其他意義，只是承受發生的事件，因此唯一能夠控制歷史的就是權力意志。博愛者[323]什加列夫的言論，就是他這想法的保證人，從此，對人類的愛允許了對人類的奴役。什加列夫滿腦子平等，深思熟慮後絕望地結論，只有一種制度是可能的——雖然它同樣令人絕望：「我以無限的自由作為起點，終點卻是無限的專制。」絕對自由是對一切的否定，只能由創造人類全體都認同的新價值才能存活、被接受，倘若新價值遲遲未能創造出來，人類整體就會彼此撕裂至死，通向這個藍圖最短的路徑，必須經過絕對專制。「人類中的十分之一擁有個體的權利，對剩餘的十分之九可行使無限制的權力。這十分之九將喪失個體人格，像一群畜生，不得不被動順從，他們將被帶入初始的愚昧狀態，也可以說是原始的天堂，他們在那裡勞動。」這是烏托邦主義者所夢想的哲學家的統治，只不過這裡的哲學家是什麼都不相信的虛無主義者。天國已經到來，但是它否定真正的反抗，只不過是「狂暴的

---

319 第一個民主社會組織，由普列漢諾夫（Plekhanov）領導，成立於一八八三年。原註。

320 特卡契夫（Pyotr Nikitich Tkachev, 1844–1886），作家，被描述為俄國的雅各賓派，他認為革命必須在掌握政權後才能改變世界。譯註。

321 「受恥辱」與「贏得社會地位名聲」相反，他因為革命運動受到社會唾棄，但他不只心甘情願，甚至要求受到這樣的對待。譯註。

322 「他認為自己就是這樣，想法也絕不改變。」原註。

323 什加列夫認為自己的想法言論是為全世界的人好。譯註。

基督們」的統治——這是借用一位激昂文人頌揚拉瓦蕭所用的字彙。維赫文斯基苦澀地說：「教皇在上，我們圍繞四周，下面則是什加列夫主義信徒。」

二十世紀的極權政治——也就是國家恐怖——就這樣問世，新的首領和權大勢大的裁定官，利用被壓迫者的反抗，主宰著今日歷史的一部分。他們的統治相當殘酷，然而他們為自己的殘酷辯解，如同浪漫主義中的撒旦，說這殘酷其實真難以忍受啊。「我們將欲望和痛苦留給自己，奴隸們將會有什加列夫主義來解救。」一個新的、醜陋的受難者形象出現了，他們的受難就是將苦難加諸別人身上，他們必須臣服於自己的統治。[324]為了讓人能成為神，犧牲者必須淪為劊子手，這也是為什麼犧牲者與劊子手同樣絕望。奴隸與掌權者沒有人幸福，主子陰鬱奴隸頹喪。聖茹斯特說的有理，折磨人民是件可憎的事，然而，倘若決定將人變成神，如何能避免這個折磨呢？就如同基里洛夫為了成為神而自殺，同意讓自己的自殺為維赫文斯基的「陰謀」所利用[325]，同樣的，人的神化打破了反抗昭示的界線，不可抗拒地走上了權術與恐怖這條泥濘之路，而歷史尚未走出這條泥濘路。

國家恐怖主義與非理性的恐怖

所有現代的革命，最後都加強了國家的力量，一七八九年帶來了拿破崙，一八四八年拿破崙三世，一九一七年史達林，一九二〇年代義大利的動亂迎來了墨索里尼，威瑪共和國則迎來希特勒。尤其是第一次大戰後，完全掃除了神權的殘餘，這些革命愈來愈明目張膽地提出建立人間天國和真正自由的主張。這個野心被日益變得無所不能的國家一次次消滅。說這個遠景一定會實現太過大膽，但我們可以研究一下。

除了少數與本書主題不相關的解釋外，現代國家權力的這奇特而駭人的擴張，可視為技術上、哲學上過度巨大的野心在邏輯上必然的結論，這結論和真正的反抗精神南轅北轍，然而卻是它帶動

324 為了人類更好的將來，成就人的神性，這些革命者不得已將苦難更加諸於世人身上，對他們來說這是「受難」，如同浪漫主義描述的撒旦，發出「我的殘酷是個沉重的負擔」這樣的喟嘆。譯註。

325 《附魔者》書中，基里洛夫（Kirilov）明瞭自己的神性就是自由意志，因此依自己的自由意志選擇了自殺，維赫文斯基趁機利用他的自殺為兩人之前的謀殺失敗頂罪。譯註。

了我們這時代的革命精神。馬克思預言式的夢想、黑格爾或尼采有力的預測，在神的城邦消滅之後，終於催生出一個理性或非理性的國家——然而這二者都是恐怖主義的國家。

老實說，二十世紀的法西斯革命配不上稱為革命，它缺乏放眼全世界的野心。墨索里尼和希特勒無疑都曾嘗試創立一個帝國，國家社會主義的理論家們也明顯思考過一個世界帝國。他們與傳統革命運動的差別，在於他們在虛無主義的遺產中，選擇了只把非理性奉若神明，而非神化理性，如此一來，他們就放棄了放諸四海的普遍性。墨索里尼借助黑格爾，希特勒借助尼采理論，他們在歷史上終究印證了德國意識形態裡一些預言，從這個角度看，他們還是屬於反抗歷史和虛無主義的範疇。他們是最早根據「一切都沒有意義」、「歷史只不過是力量的角力」這個想法來建造國家的人，後遺症也很快就出現。

墨索里尼在一九一四年便宣布了「無政府的神聖宗教」，自稱是一切基督教的敵人。至於希特勒，他承認的宗教是全能上帝與英靈神殿[326]的混合，事實上他的上帝只是用來作為會議上的論述和發言結束時引起論辯的工具，在他獲得成功的整個過程，他都認為是受神啟示、受神助，潰敗的時候，卻認為是被人民背叛了，不管是前者或是後者，沒有任何時候他覺得自己在某個原則之前是有罪的。唯一賦予納粹主義哲學性表象的高階文人恩斯特．雍格[327]，也選擇使用虛無主義的論調：「對精神背叛生命這個情況的最佳回應，是精神背叛精神，這時代最大最殘酷的享受，就是參與虛無毀滅的工作。」

行動的人若沒有忠貞信仰，那他除了行動之外就什麼都不會相信，希特勒難以忍受的矛盾，恰恰是想在不停的運動和否定之上建立一個秩序。勞施寧[328]在《虛無主義的革命》（*Révolution du nihilisme*）裡說得好，希特勒的革命是純粹的武力運動，德國當時已被空前的戰爭[329]動搖到根本，戰敗接著經濟衰敗，沒有任何價值足以支撐，雖然也應將歌德所說的「德國人的宿命，就是把所有事情變得很困難」列入考量，但兩次大戰間席捲全國的自殺風潮，足以呈現當時人心的恐慌。對一切都失去希望的人來說，能讓他們重拾信仰與希望的並不是說理，而是狂熱，但這裡說的是深埋在絕望之下的狂熱，也就意味著屈辱與仇恨。任何價值都已不存在，世人共通、超越人之上、足以讓人拿來互相評估的價值已不存在。一九三三年的德國只好採納就那少數幾個人提出的次等價值，並嘗試著廣及整個德國文明。缺乏歌德的道德情操，德國選擇了匪幫的善惡價值，並承受了後果。

---

326 英靈神殿（Walhalla），北歐神話中主神奧丁命令武神將陣亡的英靈戰士送來此接受服侍，享受永恆幸福。譯註。
327 恩斯特．雍格（Ernst Jünger, 1895–1998），德國作家，著作兩次大戰的回憶錄。譯註。
328 勞施寧（Hermann Rauschning, 1887–1982），曾是德國國家社會黨（即納粹黨）重要幹部，與希特勒決裂後，逃亡國外，著書反對納粹和希特勒。譯註。
329 指第一次世界大戰。譯註。

匪幫的善惡價值就是勝利與復仇，失敗與怨恨，永無休止。當墨索里尼頌讚「個人的基本力量」時，也就是頌讚血和本能的黑暗力量，也就是贊同生物本能裡「控制欲」造成的最邪惡後果。在紐倫堡審判中，弗朗克[330]強調了希特勒「對形式的憎惡」。的確，希特勒這個人只是一個不停運行的蠻力，在一次次詭計算計和策略洞悉訓練下變得比較熟練有效。甚至他平庸猥瑣的外表都不成為障礙，反而讓他能融入平凡大眾之中。[331]唯一能讓他挺立人群之中的，就是行動，對他來說，行動就是存在。這就是為什麼希特勒和他的政體不能缺少敵人，這些聳動叛逆的浪蕩子[332]就是因敵人而存在，只有在你死我亡的激烈交戰中才顯出輪廓形狀。猶太人、共濟會會員、富豪財閥、英國人、牲畜般的斯拉夫人，相繼出現在宣傳和歷史中，一次次讓盲目的武力愈竄愈高，往目標走去，不休止的戰鬥維持整個持續的騷動。

希特勒是純粹狀態的歷史[333]，誠如雍格所描述：「將來的成果，勝過今日的生存。」希特勒宣揚要與生活趨向完全一致，降到最低水平，反對任何高超的事物思想。他發明的「生物學上的外交政策」顯然違反他的利益[334]，但至少他忠於他特殊的邏輯。羅森堡如此浮誇地談論生命：「生命就是一列縱隊往前行，重要的是它的姿態風格，往哪個方向、目的地是哪裡，都不重要。」於是，這列縱隊在歷史上到處撒下傾頹的遺跡，也毀了它的國家，但至少，它曾經活過。這個政體真正的邏輯是全面毀滅，或者說，歷經一次次征戰、一個個敵人，創建一個鮮血與行動的帝國。希特勒不太可能設想過這個帝國，就連原始構圖都沒有，他沒有這種文化素養，也不是經由本能或計謀，他只是順著命運達成了。德國之所以潰亡，是因為以鄉里的政治格局進行帝國的鬥爭。雍格已經看出其中的落差，將其表述在他的書中，他看出一個「世界性、技術性的帝國」前景，「將反基督教的技術奉為神明」，工人就是信徒和士兵（這一點，雍格重拾馬克思的觀點），因為就人類結構來說，工人具有各國皆然的普遍性。「一個新的統治制度代替了社會契約的改變，工人從協調談判、受人憐憫、文學描述的領域中被拉出來，提升到行動的領域，以前必須控訴，如今變為必須戰鬥。」我們看到，帝國同時是一個世界性的工廠和軍營，由黑格爾口中的工人－士兵掌控著。在這條帝國道路上，希特勒還算是提早被迫停止，但就算他繼續往下走，也只是讓這個無法抵抗的運作動員更多力量，愈來愈強制鞏固犬儒利己的原則，因為這個運作靠的就只是這些原則。

談到這個革命，勞施寧說它不再是解放、正義、精神躍進，而是「自由的滅亡、暴力強制、精

---

330 弗朗克（Hans Michael Frank, 1900–1946），納粹時期波蘭佔領區區長，紐倫堡審判時被判死刑。譯註。

331 參閱馬克思．庇卡（Max Picard）精采著作《微不足道的人》（*L'Homme du néant*），Cahiers du Rhône 出版。原註。

332 大家都知道，戈林接見來賓時多次穿著暴君尼祿的衣著，並抹粉上妝。原註。

333 只注重在時間進程中一直行動，不管理念、哲學思想與反思。譯註。

334 「生物學上的外交政策」就是對猶太人的屠殺政策，然而猶太人在德國為數眾多，屠殺造成了德國國力漸衰，希特勒將德國利益放在第一位，這個政策卻違反了這個利益。譯註。

神奴役」。法西斯主義就是蔑視，反過來說，任何形式的蔑視介入政治時，就會招致或構成法西斯主義。此外，法西斯主義除非自我否定，不然就永遠是法西斯。雍格以他自己鋪陳的原則，得出結論認為，寧可當個罪犯，也比當資產階級強。希特勒呢，文學天分比較差，但就這個觀點還滿能自圓其說，認為人若只追求成功的話，當前者、後者都無所謂，所以允許自己同時是這兩者。[335]「事實就是全部」，墨索里尼如是說。希特勒說：「當我們種族受到壓迫的威脅時……平等問題就成為次要的。」何況，種族為了生存永遠需要威脅，所以永遠不會有平等。「我可以簽署一切合約……但是就我來說，如果牽涉到德國人民的未來，我可以理直氣壯今天簽署一個合約，明天就沉著冷靜地背棄它。」發動戰爭之前，首領[336]對手下將軍說，戰爭結束之後，沒有人會要求戰勝的一方交代實情。戈林在紐倫堡審判時辯詞的中心思想也是這個：「勝利者永遠是法官，戰敗者永遠是被告。」這一點還有待商榷，但是由此我們無法明白羅森堡在紐倫堡審判時，說他沒料到這個神話會演變為殺戮。審判中英國檢察官提出「從《我的奮鬥》（*Mein Kampf*）[337]開始，道路直接通到瑪伊達內克[338]的毒氣室」，他切中了審判的真正主題，就是西方虛無主義應負的歷史責任，但也是紐倫堡審判中唯一未被真正討論的議題。原因很明顯，不可能在審判中宣布一個文明是有罪的，只能審判那些搞得全世界翻天覆地的行動。

希特勒發明了無休止的征服運動，若非如此，他就什麼也不是，但在國家層面來說，無休止的敵人，就表示無休止的恐怖。國家變成一個「操作機器」，一個征服和壓制的整體機制。針對國家內部的征服稱為宣傳（弗朗克說這是「朝向地獄的第一步」）或鎮壓，針對國外，就是建立軍武。所有的問題因而軍事化，只講求武力和效率，由總司令決定政策以及一切主要行政問題。這個不可辯駁的原則不只用在戰略上，而且廣及到公民的生活。一個首領一個民族，這就意味著唯一的主子和千百萬的奴隸，政治上的中間人在一切社會中是自由的保證，這裡已不存在，取而代之的是一個穿軍靴的耶和華，統治沉默的群眾或高喊口號的群眾，二者是一樣的。領袖和民眾之間沒有調解或智囊機構，只有「機器」，也就是壓制的政黨。如此便產生了這個低階神祕主義第一個、也是唯一的原則，就是「領袖原則」（Führerprinzip），在虛無主義世界裡又恢復了偶像崇拜和一個墮落的神。

墨索里尼這個拉丁語法學家，重拾「國家至上」原則，只是用更多字彙詞藻把它變成「國家絕對至上」。「沒有任何是國家之外、國家之上、與國家對立的。一切都屬於國家、為了國家、在國家之中。」希特勒的德國賦予這錯誤原則真正的體現，那就是把它變成不容置疑的「宗教」。黨大

335 希特勒是罪犯這不必說，但是他自己也不是出身赤貧、工人階級，他的家庭、社會觀念都屬於保守的小資產階級。譯註。

336 首領（Führer）這個德文字本廣泛指領導人、首腦，二十世紀轉為專指希特勒。譯註。

337《我的奮鬥》是希特勒一九二五年出版的書，闡釋他的政治思想和德國未來藍圖。譯註。

338 瑪伊達內克（Maïdanek）是位於波蘭境內的集中營。譯註

會期間，一份納粹黨報寫著：「我們神聖的任務，就是將每個人帶回本源，帶回萬物之母。事實上，這是上帝的任務。」本源就是在原始的叫囂之中，而上面所說的上帝是誰呢？一份黨發布的正式宣告告訴我們：「身處塵世的我們，相信阿爾道夫·希特勒，我們的領袖……（我們告解）國家社會主義是唯一能帶領我們人民得到救贖的。」挺立在一叢叢著火荊棘般的聚光燈下、滿布看板旗幟的西奈山上的領袖[339]，他的指令便是法律和真理。傳聲筒只消下達一次殺人指令，從各級首長、副首長層層往下，直到奴隸，奴隸收到命令卻無人可下達，達豪集中營一個行刑者後來在監獄中泣訴：「我只是執行命令。首領和副手下了命令就走了。葛魯克接收卡爾騰布倫納[340]的指示，最後是我接到槍決的指令。他們把一切責任推到我頭上，因為我只是個小卒，不能把命令再下達給更低階的人，現在，他們說我是殺人兇手。」戈林在紐倫堡審判中為自己對首領的忠心辯解：「在這受詛咒的生命中，還存在榮譽的問題。」榮譽就是服從命令，經常與罪行混在一起。軍法以死處罰不服從命令，以榮譽來獎勵服從，當所有人都變成軍人時，如果不遵守命令去殺人，才是罪行。

不幸的是，命令絕少要求做好事，純粹主義學說的運作不會朝向善，只會朝向效率。只要有敵人存在，就會有恐怖，只要「在黨的支持下，一切可能削弱領袖維護人民主權的影響……都必須消滅」的這種運作繼續，就會有敵人存在。敵人是異端分子，要宣傳洗腦讓他們改變信仰，否則就以審判或蓋世太保消滅他們。結果人不再是人，如果他屬於黨，就只是一個效忠領袖的工具，機器上的一個齒輪；如果是領袖的敵人，他就是機器上的一個耗材。反抗產生出的非理性衝動，此時卻一心想消除使人不成為齒輪的因素，也就是消除反抗本身。德國革命的浪漫個人主義最後滿足於物化的世界，非理性的恐怖把人化為物，按照希特勒的用語就是「地球上的螻蟻」；它要的不只是消滅人，而且消滅人普遍的可能性，反思、同理心、對愛的追求種種。宣傳、酷刑是直接瓦解人的手段，此外還有不斷打壓、無所不用其極的罪行、強迫犯罪種種手段。殺人和加諸酷刑的人只感到勝利的陰影：他們不可能覺得自己清白無辜，所以必須編造受害者種種罪惡，讓大家在這個沒有方向的世界裡，橫流著廣泛的罪惡，只有武力是合理的，一切只往成功看齊。當連無辜清白的人都不能感到自己是無辜清白，控制這絕望的世界的，就只有武力強權。大家都懺悔自身不潔，手沾血腥，因為這世界逼得人人有罪，只有石頭是清白無辜的。被判罪的人被迫一一自縊身亡，連母性的呼聲都被消滅，如同那個希臘母親面對軍官要她選擇三個兒子中的一個被槍決。人是這樣獲得了自由，殺人和使人墮落的強權，拯救了被奴役的人性於虛無。這就是德意志帝國的自由，在苦役犯的合唱中，在死亡集中營裡高唱凱歌。

339 聖經中，西奈山是耶和華的使者從荊棘火焰叢中向摩西顯現之處。這裡借來影射希特勒把自己當上帝。譯註。

340 葛魯克（Richard Glücks, 1889–1945），納粹時期高階將官。卡爾騰布倫納（Ernst Kaltenbrunner, 1903–1946），納粹黨衛隊領袖。譯註。

希特勒的罪惡——包含屠殺猶太人——在歷史上是空前的，因為歷史上還從未有過如此這般由絕對毀滅學說操縱一個文明民族的例子，尤其這又是歷史上第一次，政府成員竭盡所能創立一種不講任何道德的神祕運作。這首次想在虛無上建立「宗教」的企圖，終究以自己的毀滅作為代價。利底斯（Lidice）[341]滅村的例子，清楚呈現希特勒運動在有條不紊和科學的外表下，隱藏了一股只能歸因於絕望與執拗的無理性衝動。面對一個被懷疑造反的村子，我們想像征服者可能有兩種作法：要不就是有目標的鎮壓，冷血處決揪出的人質；要不就是派出被煽動的激動兵士，一股腦發動短暫殘酷攻勢。利底斯村在這兩個策略合併下，被夷為平地，呈現了這種歷史上空前絕後的價值觀所帶來的無理性摧毀，不僅房屋被焚毀，一百七十四名男丁被槍決，兩百零三名婦女被關入集中營，一百零三名孩童被送去接受領袖宗教課程，而且特派隊伍花了幾個月時間，把村子用炸藥夷平、搬離石塊、填平池塘，最後將道路及河流改道。如此一來，利底斯村連影子都不存，按照革命運動邏輯，成了一個新的開始。更保險一點，甚至把墓園的死人都移走，完全不留此地曾有過的任何遺跡。[342]

虛無主義革命透過希特勒宗教在歷史上的體現，只激起了一種消滅一切的亢奮，結果消滅了自己。不論黑格爾是怎麼說的，至少這一次，否定什麼也沒創造。希特勒的例子或許在歷史上是唯一，他是沒有留下任何作為的暴君，對他自己、對他的人民、對整個世界來說，他留下的只是自殺和謀殺。七百萬猶太人被屠殺，七百萬歐洲人民被送進集中營或殘殺，一千萬戰爭受害者或許都還未能讓歷史下判斷：歷史看多了殺人犯。但是希特勒最後的辯解原因——也就是德意志民族，也毀滅了，因此這個人在歷史上的出現，多年來像個模糊可悲的陰影纏繞著幾百萬人。紐倫堡審判中施培爾[343]的證詞指出，在徹底毀滅之前，希特勒本來可以停止戰爭，但他要的是德國民族集體自殺，物質上政治上的全面毀滅。直到最後，他唯一固守的價值還是「成功」，既然德國戰敗了，那就是懦夫、叛徒，就該死。「倘若德意志人民無法戰勝，就不配活下去。」因而希特勒決定將民族拖向死亡，當俄國大砲炸裂柏林宮殿的牆，他想讓自己的自殺成為神聖之舉。希特勒、戈林（他曾夢想安臥在大理石棺內）、戈培爾、希姆萊、萊伊[344]，都在地下掩體或牢房裡自殺。但這個死輕於鴻毛，猶如一場噩夢，一縷四散的煙，既無功效也不值得效法，只不過是虛無主義血腥的虛榮。弗朗克歇斯底里地大叫：「他們以為自己是自由的，難道不知沒人能解脫於希特勒主義嗎！」他們確實不知道，也不知道否

---

341 捷克境內一個村莊。一九四二年捷克恐怖分子發動攻擊，導致官方懷疑該村曾隱匿兩個主要嫌犯，故一舉滅村。譯註。

342 必須指出，這些脫序的暴行也曾出現在被殖民地（例如一八五七年在印度、一九四五年在阿爾及利亞），歐洲殖民國其實也犯過相同的種族優越非理性的謬誤。原註。

343 施培爾（Albert Speer, 1905–1981），德國建築師，納粹時期曾任軍械部長。譯註。

344 戈培爾（Joseph Goebbels, 1897–1945）、希姆萊（Heinrich Himmler, 1900–1945）、萊伊（Robert Ley, 1890–1945），都是納粹時期掌權者，職務依次是教育政宣部長、內政部長、勞工陣線領導人。譯註。

定一切其實是奴役，真正的自由是在內心臣服於一種價值，以面對歷史與歷史所追求的成功。

然而法西斯的迷思是，雖然想一步步征服世界，卻從未真正構想過一個世界帝國。訝異自己一連串勝利的希特勒，充其量是想用他那鄉野格局起源的運動，導向一個德意志帝國的模糊夢想，這和世界城邦不可同日而語。相反的，俄國共產主義從起源開始，就公開宣稱要建立世界帝國，這正是它的力量、它的思考深度，和它在歷史上的重要性所在。不論表象如何，德國的革命是沒有未來的，只是原始衝動，浩劫的程度遠大於真正的野心。相反的，俄國共產主義懷抱著本書所描述的形而上範疇的野心，在上帝已死之後，締造一個神化的人間天國。「革命」這個字眼，希特勒的蠻幹不能稱之，俄國的共產主義卻當之無愧，儘管目前看來它已經不再配得上這個字眼，但它宣稱將來還會配得上，而且永遠保持。以武裝帝國為根據的學說和運動，把最終革命和世界統一作為目標，這是歷史上第一次，接下來我們便從細節來審視這個企圖。希特勒在瘋狂到極點時，聲稱已將歷史穩定一千年，他真的相信自己即將達成，被征服的民族的現實派哲學家們也準備接受這點並寬恕他。就在此時，不列顛戰役（bataille d'Angleterre）和史達林格勒（Stalingrad）的慘敗把他推向死亡，歷史再一次重新往前。然而，如同歷史一樣，人類對神性的追求，一次比一次嚴謹而有效地繼續湧現，以理性國家的形式出現，如同在俄國的情形。

國家恐怖主義與合理的恐怖

在十九世紀的英國，正值土地資本過渡到工業資本期間，造成許多艱苦貧困的景況，馬克思從中得到許多材料，來建構一套對原始資本主義的精闢分析。至於社會主義，除了資料之外——況且這些資料史籍和他的學說大有牴觸——他還從法國大革命汲取一些結論，他只能以未來式抽象地談論社會主義[345]，因此他的學說中最犀利的批判方法混雜著最引人爭議的烏托邦式「救世主降臨說」，也就不足為怪。不幸的是，批判方法就定義上來說，必須因應事實，卻為了忠於「救世主降臨」的啟示，與事實愈來愈脫節，人們誤以為——而這已經是個跡象——「救世主降臨說」就是個事實。這個矛盾在馬克思生前已可以察覺，《共產黨宣言》（*Manifeste communiste*）的學說，在二十年後《資本論》（*Le Capital*）發表時，已不再完全正確。《資本論》並沒有寫完，因為馬克思晚年關注於大量社會、經濟方面新的事實，必須調整學說系統來因應，這些事實、事件——特別是關於俄國

345 馬克思時代，社會主義尚不存在。譯註。

的——之前他並未察覺其重要性。一九三五年莫斯科的馬克思－恩格斯學院中止出版馬克思全集，當時全集中還有三十多冊未出版，想必是這些冊籍裡的內容不夠「馬克思」。

馬克思逝世後，一小群弟子仍忠於他的方法，然而那些投身創造歷史的馬克思主義者，卻獨獨強調學說中「救世主降臨說」的啟示和末世觀點，來實現馬克思主義的革命，而他們實現革命的環境，正是馬克思警告在這種條件下不可能起而革命的情況。我們可以說，馬克思大部分的預言都與現實牴觸，但同時，他的「救世主降臨說」的啟示卻信徒日眾，原因很簡單：預言是針對短期的事件、狀況，可以檢驗對證，但啟示是非常長期的遠景，如同宗教可以屹立不搖一樣：因其無法證實。當預言一一落空，啟示是僅存的希望，導致它獨大控制著我們的歷史。我們這裡僅僅以「啟示」這個角度，研究馬克思主義和他的繼承者。

資產階級的啟示

馬克思同時是資產階級的啟示者和革命人士的啟示者，後者較為人所知，但前者解釋了後者前因後果的許多事情。歷史和科學的「救世主降臨說」影響了他的「革命救世主降臨說」，他這學說取材於德國意識形態和法國的起義。

與古代世界對比，基督教世界和馬克思世界的相似處令人驚訝，這兩種學說的共通點，和希臘人的世界觀截然不同。亞斯培[346]定義得非常好：「把人類的歷史視為獨一無二，這是基督教的想法。」最初是基督教徒把人類生命和事件的連續，視作一個從起點走向終點的歷史，人在此過程中獲得救贖或是接受懲罰。歷史的哲學出自於基督教對世界的看法，這個觀點對古希臘精神來說，是非常奇特的。古希臘對「生成流變」的觀念和我們對歷史演變的觀念截然不同，兩者間的不同就像一個是圓圈，一個是直線。舉一個精確的例子來說，亞里斯多德並不認為自己是特洛伊戰爭之後的人。基督教為了向地中海區域擴展，不得不希臘化，因此學說也變得靈活許多，但其獨特之處，在於把兩個之前從未結合起來的概念——歷史與懲罰——注入古代世界。基督教就其神與人之間有調停中介[347]的想法來看，和古希臘相通，就其歷史性這個概念來說，則稟承《舊約》，之後又反映在德國意識形態中。

歷史思想與自然界對立，將自然界視為改造而非觀照的對象，這一點更能反映出基督教和古希臘思想之間的鴻溝。對基督教思想和馬克思學說而言，必須控制自然界，古希臘思想卻認為最好臣服於自然界。古代對宇宙天體的崇愛，最早期的基督教徒並不了解，他們衷心期盼世界末日快點到

346 亞斯培（Karl Jaspers, 1883–1969），德國哲學家、精神病學家，存在哲學的傑出代表人物。譯註。
347 古希臘有眾神、半人半神、宣布神諭的祭司種種，基督教《新約》中則有耶穌。譯註。

來。古希臘主義和基督教結合之後，產生了百花齊放的教派，以阿爾比教派（albigeoise）和聖方濟教派（Saint François）為主要兩支；然而隨之而來設立宗教裁判所、摧毀卡特爾教派（cathare）[348]異端，教會又與世界、與美分離，再次賦予歷史凌駕於自然界的至高地位。亞斯培正確指出：「基督教的態度漸漸清空了世界的內在……因為這個內在是奠立在一個象徵組成的總體上。」這些象徵是什麼呢？就是穿越時間長河的神的戲劇。於是，自然界僅僅成了這個戲劇的布景。人與自然之間微妙的平衡、人對世界的讚許，這些提升與照耀整個古代思想的東西，首先被基督教精神打破，以歷史取而代之；繼之，進入這個歷史的北國各民族，向來沒有和大自然相親相愛的傳統，更加速了這個進程。一旦耶穌的神性被否定，在德國意識形態推波助瀾之下，中介調停的概念消失，重新回到《舊約》，統帥大軍的無情上帝[349]重新掌握世界，一切的美被視作無所事事享樂的根源而被摒棄，自然界遭到奴役。從這個觀點來看，馬克思是歷史之神的傑瑞米[350]也是革命的忠貞聖奧古斯丁，這解釋了他學說中的傳統觀點，只須和他同時代的那位高超的反革命學說者約瑟夫．德梅斯特一比較，就可輕易看出這點。

約瑟夫．德梅斯特駁斥雅各賓主義和喀爾文教義，對他來說，這些學說以歷史的基督教哲學為名義，「囊括了三個世紀以來公認的一切罪惡」；他反對教會分立和異端分子，想替天主教教會「重新製作沒有縫線的聖袍」。他的目標就是一個普世的基督教城邦——從他參加共濟會這段經歷[351]便可看出。德梅斯特夢想的是靈、魂、體三位一體的亞當，也就是法布·道利維[352]所稱的「普世之人」（Homme universel），以及《舊約》中尚未墮落的亞當，當教會重新覆蓋世界時，將會賦予最初和最後的亞當一個形體，一切回到圓滿的初始。在他那本《聖彼得堡的夜晚》（*les Soirées de Saint-Pétersbourg*）中，可看到大量的這種說法，和黑格爾、馬克思的「救世主降臨說」驚人相似。在一個既是天上也是人間的耶路撒冷，德梅斯特想像「所有感受同樣精神的居民心靈相通，彼此反映出他們的喜樂」，他接受人死後會重生的想法，夢想獲致神祕的一致性，「惡被消弭，沒有衝動和個人利益」，而且「人的雙重規範將被抹去，兩個中心合而為一，人將與自身相合」。

在這個絕對智慧的城邦裡，思維精神之眼與肉身之眼合而為一，黑格爾也調和這二者的衝突，但德梅斯特的看法與馬克思更吻合，後者宣稱「本質和存在、自由與必需之間的爭戰結束」。對德

348 即阿爾比教派。卡特爾教派起源於巴爾幹半島，前身是摩尼教，因十字軍東征而與基督教結合，卡爾特字面原意為「潔淨」，是為「潔淨教派」，約一一五四年傳入法國南部的阿爾比，故又稱阿爾比教派。興盛於十二至十三世紀的西歐，主要分布在法國南部、義大利北部和巴爾幹半島。譯註。

349 此處可解釋為革命。譯註。

350 傑瑞米（Jerémie），西元前六世紀，《舊約》中的預言者。譯註。

351 德蒙分（I.E. Dermenghem），《神祕的約瑟夫·德梅斯特》（*Joseph de Maistre mystique*）。原註。

352 法布·道利維（Fabre d'Olivet, 1767–1825），法國作家、神祕主義者。譯註。

梅斯特來說，所謂的惡就是「一致性」遭到破壞，人類應在人間在天上都找到這個一致性。但通過什麼途徑呢？就這一點，舊體制反革命主義者德梅斯特的說法，不似馬克思那麼清楚，他等待一個浩大的宗教革命，一七八九年的革命只算一個「恐怖的序曲」，他引證聖約翰要求人們「創造」真理——這正是現代革命精神的綱領，又引證聖保羅宣稱「最後一個該消滅的敵人是死亡」。人類通過罪惡、暴力和死亡，本該合理地走向消亡，德梅斯特認為世間只是「一個巨大的祭壇，活著的一切都必須無休止、無尺度、無間歇地成為犧牲祭品，直到萬物終結，惡被消滅，直到死亡也滅亡」。然而，他的宿命論是積極的，「人應該像無所不能那樣行動，像一無所能那樣虛心隱忍。」我們在馬克思身上也看到同樣積極創造式的宿命觀。德梅斯特無疑贊同既定的秩序，但馬克思贊同的是他那時代的秩序，他是資本主義最大的敵人，卻對資本主義做了最大的禮讚。馬克思反對資本主義，認為它必會不合時代而毀滅，那就必須建立一個新的秩序，以歷史之名要求大家接受。至於方法呢，馬克思和德梅斯特想法一致：來自政治的現實主義、紀律、武力。德梅斯特重拾博須埃激烈的說法：「異端分子就是存有個人思想的人」，換句話說就是與社會或宗教傳統不符合的思想；如此一來，他為傳統主義找到了最古老卻又最新式的說法。他們就像群眾的辯護律師，悲觀地頌讚劊子手，並有技巧地宣告一個新的主義將掐在我們的脖子上。353

這些相似之處並不會讓德梅斯特成為馬克思主義者，也不會讓馬克思成為一個傳統基督教信徒，這無需多言。馬克思是絕對的無神論者，然而他在人的階層塑造至高無上的完人。「對宗教的批判，導致了人是為了成為完人的學說。」從這個角度來看，社會主義就是一項神化人的工作，也汲取了傳統宗教裡一些特性。[354]無論如何，社會主義和各種歷史性、甚至革命性「救世主降臨說」之基督教起源的相近處發人深省，唯一的差異只是標誌的象徵物而已。德梅斯特和馬克思一樣，相信世界終結會如維尼的偉大夢想一樣，大野狼與羔羊相親相愛，兇手與被害人一同走向同一個聖壇，人間天堂重新開啟。對馬克思來說，歷史的種種法規反映了物質的現實，對德梅斯特來說，反映的是神性的現實；對前者而言，物質就是本質，對後者而言，上帝的本質體現在塵世中。「永恆」的觀念從原則上區分開這兩人，但歷史性終究令兩人集聚於一個現實的結論之中。

德梅斯特厭惡希臘（馬克思也不怎麼喜歡，一切陽光燦爛的美都與他絕緣），曾說希臘以其分裂的精神腐化了歐洲。其實正確說來，古希臘思想主張一致性（unité），正因為它不能沒有中間媒介，而且沒有基督教所創出的全體性（totalité）[355]歷史精神——這種精神一旦離開宗教領域，就很可能會

---

353 他們以群眾利益為名，頌讚資本主義這劊子手將滅亡，宣告新的主義將誕生，人民必須奉行這新的主義。譯註。

354 聖西蒙影響了馬克思，而聖西蒙本身又受了德梅斯特和柏納德（Bonald）的影響。原註。

355 古希臘思想的「一致性」，代表眾多事物本質融合，卻保留各自的本質；「全體性」則是以歷史為名，將人與事物的本質合在一起，遵守同一個秩序、政體，個體本質便被抹殺，在政治上很可能成為極權主義。譯註。

葬送整個歐洲。「可有任何一個寓言、瘋狂、罪惡不掛著希臘的名稱、標誌、面具的嗎？」我們先撇開德梅斯特這種清教徒式的激烈偏見，他如此激烈的反感，其實反映了現代精神與整個古代世界的決裂，卻與極權的社會主義緊密連續，將會使基督教去神聖化，整個併到強權的「政治宗教」裡。

馬克思的科學「救世主降臨說」，起源於資產階級對進步、科學的未來、技術和生產的崇拜，這些都是資產階級的迷思，而在十九世紀變成教條。不要忘記，《共產黨宣言》和勒南[356]的《科學的未來》（*Avenir de la science*）同一年出版，這種對科學的公開信仰，在我們當代讀者看來想必不以為然，卻可讓我們窺見，十九世紀因工業興盛、科學的驚人進步，引起幾乎像是神話迷思般的希望，這個希望就是技術進步的受惠者，也就是資產社會本身。

進步的觀念與啟蒙時代、資產階級革命同時興起，想必從十七世紀就逐漸醞釀，「古—今」的爭論已然在歐洲思想裡引入藝術進步這個完全荒謬的觀念。以更嚴肅的態度，我們也可以從笛卡爾主義中找到科學不斷增進的說法。但杜爾哥[357]是第一個為這科學新信仰下了清楚定義的人，他在一七五〇年關於人類思想進步的說法，其實是重拾博須埃的普世歷史想法，只不過把神的意旨換成進步。「人類整體時而平靜時而騷動，時而善時而惡，儘管腳步緩慢，總是朝著更完美的境地前行。」這個樂觀主義也是孔多塞[358]精采論述的基本內容，這位頌揚進步的官方理論家，把進步與國家進步連在一起，卻成了半官方的受害者，因為大革命時期，國家迫使他服毒自殺。索雷爾說的[359]很有道理，進步哲學正是一個貪婪地享受技術進步帶來物質繁榮的社會所需要的，當人們確信按照世界的秩序，明天會比今天更好，就可以高枕無憂地享樂。然而弔詭的是，進步同時也促進了保守主義，一旦對未來有信心，主子也就心安理得。但對奴隸來說，目前雖然很悲慘，連跟上天神祇尋求的安慰都沒有了，但大家跟他們保證，至少未來是他們的。未來，是主子唯一樂於轉讓給奴隸的財富。

這些思想並沒有不符合我們現在這個時代，但它們之所以還符合時代，是因為革命精神又把「進步」這個含糊又方便套用的議題重新拿出來使用。當然，這涉及的不是同一種「進步」，馬克思對資產階級理性的樂觀主義嘲諷有加，我們接下來會談到，他所謂的進步另有所指，但是馬克思的學說可以定義為「朝著一個和諧無紛爭未來的艱苦長征」。黑格爾和馬克思都批判替雅各賓黨人照亮

---

356 勒南（Joseph Ernest Renan, 1823–1892），法國哲學家、歷史學家。譯註。

357 杜爾哥（Anne-Robert-Jacques Turgot, 1727–1781），法國政治家、經濟學家。譯註。

358 孔多塞（Marquis de Condorcet, 1743–1794），法國哲學家、數學家、政治家，文藝復興代表人物，法國大革命時被「國民公會」逮捕下獄，在獄中服毒自殺。譯註。

359 《進步的幻象》（*Les Illusions du Progrès*）。原註。

索雷爾（Georges Eugène Sorel, 1847–1922），法國哲學家與革命理論家，其神話權力概念啟發了馬克思主義者及法西斯主義者。譯註。

通往幸福歷史康莊大道的那些制式價值觀，卻也都保留了歷史是不停往前行的思想，只不過他們混進了社會進步，認為這是歷史前行中不可或缺的，因此他們依舊延續十九世紀的資產階級思想。托克維爾[360]莊嚴地宣稱：「平等逐漸地發展和進步，是人類歷史的過去，也是未來。」這個觀點之後被貝戈爾[361]積極承續（他的理論影響了馬克思），馬克思主義則是把上一句的「平等」以「生產水準」取代，想像到達生產水準的最高階時會產生轉型，然後達成一個和諧無紛爭的社會。

至於演進的必然性，奧古斯特·孔德[362]以他在一八二二年提出的三階段定律，下了最決斷的定義；他的結論與科學社會主義做出的結論離奇地相似。[363]實證主義清楚呈現十九世紀意識形態革命的影響，馬克思是代表人物之一，這個革命把傳統中認為是歷史初始的伊甸園和啟示錄，標示為歷史的終結。[364]接替形而上學時代和神學時代的，必然是實證主義時代，標示一個人性宗教到來了。亨利·古耶（Henri Gouhier）為孔德的理論下了正確的定義，說他的理論就是要發現一個完全沒有上帝痕跡的人。孔德的首要目標就是拿「相對」取代一切的「絕對」，但很快就不得不轉變，神化這個「相對」，預告一個不具超驗性的普世宗教。孔德從雅各賓對理性的崇拜中看出實證主義的先兆，理所當然自認是一七八九年大革命的真正繼承者。他延續、擴大這場革命，消除原則的超驗性，有系統的奠立人的宗教[365]，他所說的「將上帝排除於宗教之外」，就是這個意思。這個潮流一開啟便風靡一時，他想成為這個新宗教的聖保羅，以巴黎天主教取代羅馬的天主教，他希望在教堂看到「神化的人的雕像立在原來上帝的聖壇上」。他準確計算，說他會在一八六〇年之前在聖母院裡宣傳實證主義；這個計算並不荒唐，聖母院雖然嚴守堡壘，終未棄守，但人的宗教的確在十九世紀末宣揚起來，雖然馬克思顯然未讀過孔德的著作，卻已預言了這個現象。馬克思只是明白了，一個不具超驗性的宗教，它的名字就叫作政治；孔德當然也明白，至少明白他宣揚的這個宗教首先是社會崇拜，社會崇拜也就意味政治現實主義[366]，也就是否定個人權利、建立專制政權。在這個社會裡，學人智者都是傳教士，兩千名銀行家與技術人員主宰整個歐洲一億兩千萬人，每個人的私生活和公眾生活完全融合一體，「行動、思想、心靈」都必須服從統治一切的大教士，這就是孔德的烏托邦，預告

---

360 托克維爾（Alexis de Tocqueville, 1805–1859），法國政治思想家、歷史學家。譯註。

361 貝戈爾（Constantin Pecqueur, 1801–1887），法國經濟學家、社會主義理論家。譯註。

362 奧古斯特．孔德（Auguste Comte, 1798–1857），法國哲學家、實證主義者、社會學的創始人。認為人類思想發展的過程有三個階段：宗教神學階段、哲學階段、現代科學階段。譯註。

363《實證主義哲學講義》（*Cours de philosophie positive*）最後一卷出版時間和費爾巴哈的《基督教本質》（*L'Essence du christianisme*）同一年。原註。

364 也就是說，歷史終結之時，才會抵達天堂的純真喜樂，也就是革命理想要達到的目標。譯註。

365「人的宗教」這個說法，其實是指一切政治、思想不再以神為出發點，而以人為出發點，以人的利益為目的。其並非宗教，只是以神為主或人為主作為分別。譯註。

366「所有由自發性發展的一切，在一定的時期內，必然是合理的。」原註。

了我們這個時代所稱之的「水平的宗教」。[367]沒錯，這是烏托邦，因為太過相信科學神奇的力量，他忘記考慮要有警察；後繼其他的思想家會更注重實際，加入警察，如此一來，人的宗教的確建立了，但是建立在人民的鮮血與痛苦中。

談到馬克思對資產階級的啟示，也不能忘記他所提出的工業生產在人類發展中的重要，是汲取於資產階級經濟學家的想法；他學說中的基本內容，則是取自資產主義和工業革命的經濟學家李嘉圖[368]的勞動價值論。提出這些比對，目的只是要指出，馬克思並非像我們這時代脫韁的馬克思主義者希望的那樣，前無古人後無來者[369]，相反地，馬克思和很多凡人一樣：在成為先驅之前，繼承了前人思想。他自認為切合實際的學說，的確在如宗教般崇拜科學、達爾文進化論、蒸汽機和紡織工業的那個時代是切合實際。一百年後，科學不再那麼絕對、確定、必然；經濟必須考慮到電力、冶金、原子產能，純粹的馬克思主義未能把這些新發明納入考量，終歸失敗，這也同時是他那個時代資產階級樂觀主義的失敗。馬克思主義者認為可以固守百年來的事實真理——儘管它們是科學的——這個失敗顯露出他們的可笑。十九世紀的「救世主降臨說」，不管是資產階級或革命的，都抵抗不了科學與歷史的不斷發展，而且「救世主降臨說」當初也曾神化這兩者。

革命的啓示

馬克思的啟示，就原則來說，也是革命性的，人的一切現實存在都在生產關係中找到根源，因為經濟是革命的，歷史也就是革命的。在每個階段的生產，經濟都會引發種種對立，為了更高一階的生產而毀滅相應的社會。資本主義就是最後一個階段，因為它產生了解決一切對立的條件，那就再無經濟可言，到了那一天，我們的歷史就變成史前。這就是黑格爾提出的途徑，但馬克思以另一個觀點切入，以生產和勞動的角度，取代以精神角度演繹辯證論。誠然，馬克思個人從未提過唯物辯證主義，是他的繼承者衍生出這個邏輯上的怪物，但是他曾說過現實是辯證且又是經濟的，現實是一個永恆變化的「生成」，因種種對立不斷的衝擊、消除而加強，進到更高一階的合成，此時又引發出對立面，又再推動歷史前進。黑格爾指出現實以這個方式走向精神，馬克思則說經濟以這方式走向不分階級的社會；一切事物都同時是它自身又是它的反面，這種衝突促使它變成另外一個事物。

---

367 有別於由神到人、由上而下的宗教等級區分。譯註。

368 李嘉圖（David Ricardo, 1772–1823），英國古典經濟學家。譯註。

369 基丹諾夫（Jdanov）認為，馬克思主義「就品質來說，是前所未見的哲學系統」。這要表達的或許是：例如馬克思主義與笛卡爾主義有別，這是無人否認的，但說馬克思主義本質上從未汲取笛卡爾思想，這卻是荒謬的。原註。

資本主義因為是資產階級的，所以也是它的反面，是革命的，這個衝突成為共產主義的溫床。

馬克思的獨特在於他認為歷史同時是辯證，也是經濟。黑格爾更極端，斷言歷史同時是實體，也是精神，而且正因它是精神，才能是實體，反之亦然。馬克思否定精神是最後的實體，因而肯定了歷史唯物主義。從柏地耶夫[370]的學說中，我們立即注意到，辯證法是不可能和唯物主義相調和的，辯證法只能用在思想上。然而，唯物主義本身就是很含糊的概念，要構成這個詞，就表示說世界上存在物質之外的東西。這個批判也極適用於歷史唯物主義，歷史之所以有別於自然界，正在於它以意志、科學、熱情來改造自然，因此馬克思不是個純粹的唯物主義者，原因很明顯，純粹的、絕對的唯物主義並不存在。他只是很輕微的唯物主義者，因為他承認倘若武器能使某個理論風行草偃，理論也可以激發起武力。馬克思的立場正確說來，應該稱為歷史決定論，他並不否定思維，只是認為思維絕對由外在現實來決定。「依我看來，思維運動僅僅是真實運動的反射，傳達、轉換到人的大腦裡。」這個粗糙無比的定義沒有任何意義可言。一個外在的活動如何、又通過什麼「傳達到大腦」？之後的「轉換」更是離譜。但是馬克思擁有的是他那個時代粗淺的哲學觀，他想要表達的，倒是可以用在其他方面。

對馬克思來說，人只不過是歷史，尤其是生產模式的歷史。他認為人之所以有別於動物，在於人能生產存活之所需；倘若人不吃飯、不穿衣、不遮風避雨，就不再存在。這個生存所需（primum vivere）是人首要決定，這個階段人所想的就是如此簡單，和生存需求直接相關。馬克思又指出這個對生存所需的依賴是持久又必然的，「工業歷史就是一本攤開的關於人基本能力的書。」他從這個讓人尚可接受的理論，又廣泛推演出人對經濟的依賴是唯一而且足夠的，這一點還有待討論。我們承認經濟決定性對人的行動和思想具有主要的作用，但這不足以像馬克思一樣，把德國人對拿破崙的反抗斷定為只是糖和咖啡匱乏造成的。此外，純粹的決定論[371]本身也是荒謬的，因為只需要有一個真實的前提，因果聯繫下來，就會得出全然的真實；決定論如果有道理的話，就表示人們從古到今從未提出過一個真實的肯定，甚至沒肯定過決定論，再不然就是提出過但沒有因果相連，那也顯示決定論是錯誤的。總而言之，馬克思的學說罔顧邏輯，任意將一切簡單化。

用經濟決定人的根本，就是把人簡略為他和社會之間的關係。沒有人能遺世獨立，這是十九世紀無可爭辯的大發現，粗糙的演繹得出結論說，人若是在社會中感覺孤獨，那就是他面對社會的問題。倘若遺世獨立的孤獨精神，必須由人本身以外的東西來解釋，那這個人就是走上了超驗性的道路。然而人是社會的創造者，如果還能證明社會同時也是人的創造者的話，那就可以把超驗性完全排

370 柏地耶夫（Nicolas Berdiaeff, 1874–1948），俄國基督教哲學家。譯註。

371 決定論是一個哲學命題，主張所有事件的發生都是被決定的，是因為之前的事而有原因地發生，受因果法則控制，否定人具有自由選擇的可能性。譯註。

除在外，找到一個全然圓滿的解釋。那麼，人就如馬克思期望的，是「他自己歷史的創造者與啟動者」。馬克思的啟示是革命的，因為他完成了從啟蒙時代哲學開始的否定運動；雅各賓黨摧毀了超驗性的人神，但以原則的超驗性取而代之，馬克思摧毀原則的超驗性，奠立了當代的無神論。一七八九年，理性取代了信仰，但這個理性僵化而不容置疑，其實也是超驗的。馬克思比黑格爾更進一步，摧毀了理性的超驗性，直接將這理性投入歷史裡。在他們之前，理性具有調節作用，現在卻所向披靡征服一切。馬克思比黑格爾更激進，所以把黑格爾視為唯心主義者（其實黑格爾不是唯心主義者，誠如馬克思不是唯物主義者），因為統御黑格爾理論中的精神，某方面來說是超越歷史的。《資本論》重拾主子和奴隸的辯證，但以經濟自主代替自我意識，以共產主義來臨代替絕對精神最終的掌握。「無神論藉由消除宗教成為人道主義，共產主義藉由消除私有財產成為人道主義。」宗教異化和經濟異化（aliénation）[372]其實是同樣的起源。在物質範疇裡實現人的絕對自由，宗教的問題已經擺脫，革命現在的意義就是無神論、人作主。

　　這就是為什麼馬克思強調經濟和社會決定論的原因，他最有成效的努力，在於揭露他那個時代隱藏在資產階級制式價值下的現實。他唬弄人的理論還產生作用，因為這理論的確到處適用，也能拿來愚化革命。梯也爾先生[373]所崇尚的自由，是由警察保護的特權階級的自由，保守派報紙所宣揚的家庭價值，真實情況是男男女女下到礦坑裡工作，半裸著被縛在一條繩索上，道德家頌讚的美滿社會，其實是女工為錢賣淫。庸俗貪婪社會的虛偽，以自私的目的侵佔了誠實與學識，啟迪民心無人能比的馬克思，以前所未有的力量揭露了這不幸。這憤慨的揭露導致了另外一些過度行為，又需另外的揭露，然而最重要的是要知道、要說出這揭露是從何產生的，它是產生於一八三四年里昂工人起義的鎮壓血泊中，和一八七一年凡爾賽那些道德家可鄙的殘暴中。[374]「在今日，一無所有的人根本什麼也不是。」這句其實錯誤的話，在十九世紀樂觀主義社會中幾乎是正確的。經濟繁榮所帶來的極度墮落，使馬克思把社會與經濟的關係擺在第一位，更加激發他的以人取代神統治的啟示。

人們於是更理解馬克思純粹以經濟解釋歷史的原因，倘若那些原則是騙人的，只有勞動的苦難現實是真實的，只要這個現實足以解釋人類的過去和未來，那些原則就會永遠被推翻，運用這些原則的社會也會被摧毀。這就是馬克思學說的計畫。

---

372 異化這個詞出於馬克思，拿來說明資本主義生產過程中勞動的異化。譯註。

373 梯也爾（Adolphe Thiers, 1797–1877），法國歷史學家、政治人物，大革命後積極尋求穩定的保守政權，一八七一年當上第三共和臨時政府的總統。譯註。

374 一八七一年，普法戰爭戰敗，法國臨時政府遷到凡爾賽，血腥鎮壓巴黎公社，臨時政府內都是保守派，振振有詞捍衛道德。譯註。

人隨著生產和社會而生，土地所有權的不平等、生產方式的快慢、為生存的掙扎很快造成了社會的不平等，特別體現在生產和分配之間的對立上，由此產生階級之間的鬥爭，這些鬥爭和對立是推動歷史的動力。古代的奴隸制度、封建農奴制度是漫長道路上一個個階段，直到古典世紀的手工業，手工業者同時是生產者和生產模式的主人。這個時期，世界道路的開通、新市場的開發需求一種不侷限於地域的生產。生產模式和發售新需求之間的衝突，已經宣告小型農工業制度的終結。隨之而來的工業革命、蒸汽機的發明、市場爭奪戰最後必然導致小業主被併吞，大型工業興起，這麼一來，生產方法集中於有能力購買它們的人手裡，真正的生產者——也就是工人——擁有的只是能賣給有錢人的勞力。資產階級的資本主義便如此分隔了生產者與生產方法，這對立將引發一連串無可避免的後果，讓馬克思得以宣告社會對立將結束。

乍看之下，我們已經注意到階級辯證的堅定穩固原則，要不它就一直是正確的，要不就從來沒對過，沒有原因一夕之間變得不對了。馬克思說，革命成功後就不再有階級之分，如同法國大革命之後就不再有等級制；等級制是消失了，但階級依然存在。何況誰敢說階級消失的話，不會有其他的社會對立取而代之呢？然而馬克思啟示中最主要的，就是宣示不會再有社會對立。

我們知道馬克思的構圖，他繼亞當·斯密[375]和李嘉圖之後，以生產商品所需的勞動量來估算商品的價值。無產階級勞動者出賣的勞力也是商品，也是以生產所需的勞動量多寡來計算。換句話說，以他創造出這個勞動量的生存所需來計算。資本家購買這個商品，就必須付出足夠的錢讓出賣勞力的人得以溫飽、養家活口；但同時他有權要求對方盡可能長時間勞動，他可盡量要求，到了一個程度之後，他就不必付出勞動者生存所需了。例如一天十二個鐘頭的工時，如果一半時間就足以換得生存所需，那另外一半工時就等於沒有獲得酬勞，就是剩餘價值，就是資本家的利潤。那資本家當然盡量拉長工時，如果不能再拉長了，就盡量提高工人的生產效率；前者需要運用監管制度和殘酷，後者則是靠工作的組織安排。所謂工作組織安排，首先是分工制度，之後是機械化，使工人失去人性變成機器。另一方面，對外市場的競爭、生產新機器愈來愈大的投資，造成集中和累積的現象，小資本家首先被大資本家併吞，因為後者可以用惡性虧本低價撐比較久。利潤中拿來投資新機器的比例愈來愈大，累積於資本中最穩定的部分，這雙重運作首先讓中產階級瓦解，落入無產者行列。由無產者創造的財富操縱在為數愈來愈少的人手裡，因此無產者人數日眾，景況也日益悲慘。財富集中在少數大亨手裡，愈來愈大的財勢建立在剽竊之上。然而這些大亨受到接連的經濟危機與生產系統的矛盾衝擊，甚至無法再保障他們奴隸的生存所需，奴隸們只能仰賴私人或官方的救濟。無可

375 亞當．斯密（Adam Smith, 1723–1790），英國哲學家和經濟學家，他的著作《國富論》（*The Wealth of Nations*）是第一本闡述產業和商業發展歷史的著作，被視為現代經濟學的起點。譯註。

避免總有一天，一個龐然受壓迫的奴隸大軍，面對一小撮卑鄙的主子，那就是革命的日子到了。「資產階級的毀滅和無產階級的勝利，也同樣無可避免。」

這個著名的描述，並未解釋對立是否因此會終結。無產階級勝利之後，可能發生的生存鬥爭，產生新的對立，那時便會介入兩個觀念：一是經濟的觀念——生產的發展等同於社會的發展；二是純粹思想體系的觀念——無產階級的使命。這兩個觀念結合在人們所稱之的馬克思積極宿命論之中。

由於資本操縱在少數人手裡，經濟發展會使對立更加殘酷，也某種程度會使對立不真實。生產力發展到最高點，似乎只需一彈指，無產階級便能獨自掌握生產方法，將私有集中的財富奪過來，把生產方法放到廣大群眾手中，使之變成共有的，當私有財產集中在一個人手中，只要把這個人的財產搶來，就可以變成集體共有。[376] 私有資本主義無可避免會演變成國家資本主義，之後只要把它拿來為群眾服務，資本與勞動合一的社會便誕生了，不但生產大量而且分配平均。馬克思就因為這美好的遠景，不停頌讚資產階級不自覺地扮演的革命角色[377]，他談到資本主義的「歷史法則」，它既是進步卻又是貧窮的來源，在他看來，資本的歷史使命和正當性，在於為更高階的生產準備好適合條件，這更高階的生產模式本身並不是革命，而是革命圓滿成功的結果。馬克思斷言，唯有資產階級生產的基礎是革命的，人類提出的迷思必然是人類可以解決的，提出革命問題的解決方法就出在資本主義系統本身，因此他建議要忍受資產階級國家，與其退回到低工業化生產模式，反而該協助建立資產階級國家，無產階級「能夠、而且應當將資產階級革命視為工人革命的條件」。

馬克思是生產的啟示者，可以說在這一點上——而且僅只在這一點上——他的思想系統先於既有現實。他不停為曼徹斯特的資本主義經濟學家李嘉圖辯護，反駁針對李嘉圖只為了生產而生產（「這一點都沒錯！」馬克思吶喊）、為了生產而犧牲人性的批評。馬克思的答覆是：「這恰是他的過人之處」，這和黑格爾一樣輕率，為了整體人類的救贖，個人區區的犧牲算得了什麼！進步就像「那個恐怖的異教惡神，只用殺死敵人的頭顱盛瓊漿玉液來喝」。工業末日、對立不再出現之後，「進步」至少不再折磨人，不就好了嘛。

然而，如果無產階級不能避免這場革命，不可避免會擁有這些生產方法，可會利用它為普遍人謀福利？誰能保證在無產階級內部，不會出現等級、階級、對立呢？黑格爾的學說可以保證：無產階級不得不將財富使用於普遍的利益，因為它不再是無產階級，它是相對於個體——也就是資本主義——的大眾。資本家與無產階級的對立正是單一與普遍鬥爭的最後一個階段，也就是歷史悲劇主

---

376 當財富集中在少數人手裡，革命起來就很容易，只要把這少數人的財富充公，變成共有。若財富比較平均分配在大多數人手裡，想把大多數人的財富奪取過來，就變得困難。譯註。

377 資產階級推翻皇權、推動經濟活動，乃至於有之後的共產革命，這是資產階級自己並未察覺在共產革命中扮演的角色。譯註。

子和奴隸的鬥爭。馬克思理想構圖的結局，首先是無產階級涵蓋了所有階級，只將一小撮代表主子排除在外，他們代表革命要革除的「公認的罪惡」。此外，資本主義把無產者逼到牆角，逐漸使他擺脫了人可能會有的猶豫顧忌，他什麼都沒有，沒有道德也沒有祖國，他只屬於一個階級，他正是一無所有而無情的代表。如果他肯定自己，就是肯定了所有人所有事，不是因為無產者成了神，而正因為他被貶低到最非人性的地步。「無產者只有完全擺脫本身個體意識，才能真正肯定自己是無產階級這個整體。」

這便是無產階級者的使命：藉由痛苦和鬥爭，在最絕對的恥辱中湧出最高的尊嚴，他是肉身的耶穌，救贖社會這個集體異化的罪惡。他首先是否定一切的無數無產大眾的承擔者，繼之成為最後肯定的使者。「無產階級不消失，理想的哲學就無法實現，理想的哲學不實現，無產階級便不能獲得解放」，以及「無產階級只能在世界歷史層面上存在……共產主義運動只能在全球歷史現實中存在」。但這位耶穌同時也是復仇者，根據馬克思所言，他執行私有制度對自身的審判，「我們這個時代所有的房子都被標畫上了一個神祕的紅十字[378]，判決者，是歷史，執行判決者，是無產階級。」這個結果是無可避免的。危機將接連發生[379]，無產階級的景況將愈來愈悲慘，人數不斷擴大，直到全球普遍危機，那時經濟交易的世界將會消失，歷史經歷極端暴力之後，趨於平靜，一個預期的王國將會成立。

我們不難理解，這種宿命論可能會被馬克思主義者推向政治的寂靜主義[380]（如同黑格爾的思想被竄改扭曲），例如考茨基[381]，他認為無產階級發動革命的能力，和資產階級阻止革命發生的能力同樣薄弱。甚至列寧，他雖然選擇馬克思學說中的積極面，卻也在一九〇五年以撇清關係的筆調寫道：「除了通過資本主義大量發展之外，尋求別的管道讓工人階級得救，是一種反動思想。」在馬克思學說裡，經濟本質不能躁進，要按部就班，社會主義改革派在這一點上完全不苟同馬克思。相反地，馬克思的宿命論排除一切改革，因為改革可能會減低革命的悲烈，從而推遲了不可避免的結局。按照這個邏輯，應該贊同更加重工人貧苦的一切作為，什麼都不給他們，等他們被逼得發動革命，之後他們就會擁有一切。

馬克思還是感覺到了這種寂靜主義的危險，權力不容等待，不把握就得永遠等下去，總有一天必須掌握權力，但是「這一天」是哪一天呢？馬克思著作的讀者覺得寫得不清不楚，在這一點上，他的說法不斷自相矛盾。他指出，社會「在歷史上被迫要經歷工人專政」，至於這個專政的性質，

378 被標紅十字的意思就是這個房子很危險（有瘟疫病人之類），應被摧毀。引伸的意思是所有的房子（私人物產）皆應摧毀。譯註。

379 馬克思預言每十到十一年就會有一次危機發生，而且周期將「逐漸縮短」。原註。

380 寂靜主義（quiétisme），十七世紀基督教的一種神祕靈修神學，信徒在靈修中享受與神互通的神祕經驗，而這是神的賜予，不是人為可以達成。政治的寂靜主義毋寧是一種被動、無為的態度。譯註。

381 考茨基（Karl Kautsky, 1854–1938），德國政治人物、馬克思主義者，後成為馬克思修正主義者。譯註。

他的定義也互有矛盾。[382] 針對國家，他抨擊用字很明確清楚，認為國家存在和奴役是分不開的，但他反駁巴枯寧的看法——其實這看法不無道理，巴枯寧指出，「暫時的專政」違背我們所知道的人性。馬克思認為真正的辯證比心理狀態來得高超，那辯證的結論是什麼呢？「只有在共產主義思想中，廢除國家才具有意義，是消除階級必然的結果，階級消除了，自然而然沒有必要再由任何一個階級組成政權來壓迫另一個階級。」根據這個說法，管理行政事務將取代由人組成的政府，這個辯證邏輯很明確合理，無產階級國家只在消滅或合併資產階級這段因應時間內才能存在。不幸的是，他的啟示與宿命論可能引起其他的詮釋。倘若他所說的這個王國終會到來，等多少年又有何妨？對不相信未來的人來說，當下受的苦難絕不是暫時的，然而，對相信最終王國將在第一百零一年實現的人來說，百年的苦難轉瞬即過。在啟示的長遠前景中，什麼都不重要，反正，資產階級會消失，按照生產發展邏輯，無產階級會在生產頂峰建立以人為本的普遍制度。以專政或暴力來達成，又有何妨？在這精良機器轟隆作響的應許之地，誰還會記得被犧牲者的吶喊？

歷史最後階段將出現的黃金年代——卻也同時露出世界末日的面貌，足以將使用的手段一筆勾消。我們必須考量馬克思主義的非凡野心，估量它過度的預言，方能理解這樣的宏願必然會忽略掉一些看起來次要的問題。「共產主義讓人把人的本質還諸於人，讓人以社會一份子的身分回歸真正的自己，也就是完全而自覺的回歸真實人性，保有內心活動的豐富。這個共產主義是完善的自然主義，也同時是人道主義：它是人與自然、人與人……本質與存在、客觀化與自我肯定、自由與必需、個體與群體之間一切衝突的真正終結。它解開了歷史迷思，而且知道能夠解開它。」這裡只有用字是看起來科學的，因為從根本說來，這跟空想主義者傅立葉宣稱的「沙漠將變沃土，海水喝起來帶著紫羅蘭香味，永恆的春天……」有何差別？以宗教通諭的用詞昭告世人永恆的春天，沒有神的人類，除了希冀人的王國到來，還能期待什麼呢？這解釋了馬克思弟子們走火入魔的激動，其中一個弟子說：「在沒有憂慮的社會，很容易忽視死亡。」然而，這是對我們社會的真正譴責，對死亡的憂慮是個奢侈，觸及的是有錢有閒的人而非被生計壓得喘不過氣的勞工。然而所有的社會主義都是烏托邦，為首的就是科學的社會主義。烏托邦以「未來」取代上帝，將未來和道德混為一談，唯一的價值就是促成這未來的東西。因此，烏托邦向來是、也將永遠是強制專橫的。[383] 馬克思是個烏托邦主義者，和那些恐怖的烏托邦先驅並無分別，他的部分學說也解釋了傳承者的烏托邦傾向。

---

382 米榭．寇里涅（Michel Collinet）在《馬克思主義的悲劇》（*La Tragédie du Maxisme*）一書中，指出馬克思總共談到三種無產階級取得權力的方法：《共產主義宣言》中的雅各賓共和，《霧月十八日》（*Le 18 Brumaire*）中的專制專政，《法蘭西內戰》（*La Guerre civile en France*）中的聯邦自由放任政府。原註。

383 摩瑞里（Morelly）、巴貝夫（Babeuf）、戈德金（Godkin）描述的社會的確像宗教裁判所的社會。原註。

當然，人們強調馬克思主義者對道德的要求這一點是對的，這是其夢想的根柢384，在討論馬克思的失敗之前，必須認知道德關注正是馬克思真正偉大之處。他把工作、勞動不平等的艱苦、勞動深沉的尊嚴放在學說的中心，他抗議勞動減低為商品，勞動者成為物品，他提醒特權階級，他們的特權並非神授，他們的財產也非永恆的權利，他讓那些不該心安理得保有財產的人心懷忐忑，無比深刻地揭露了資產階級。資產階級的罪惡不在於擁有權力，而是運用權力打造了一個庸俗、沒有任何高貴性可言的社會。他的這個思想正體現了我們時代的絕望——但在這裡，絕望勝過所有的希望——當工作淪為悲慘，就談不上是人生，儘管它佔據了所有人生的時間。不論這個社會表象如何繁榮，當人們知道自己所享用的平庸便利，是來自千百萬個槁木死灰的心所生產出來的，誰能睡得安穩呢？馬克思為勞動者爭取真正的財富，這財富不是金錢，而是閒暇時間和創造力，他要求的是人的品質。這樣看起來，我們可以堅定地說，以馬克思之名強加在人身上使之更加悲慘的一切，都不是他的本意。他說過一句難得那麼清楚斷然的話：「必須利用不正義手段達到的目標，絕非是一個正義的目標。」

然而，尼采的悲劇在此重新上演，野心、啟示是放眼世界的廣闊，學說卻是侷限束縛，將一切價值減低歸結為歷史，則會產生最極端的後果。馬克思相信，至少歷史最終會是道德而理性的，這是他的烏托邦。但這烏托邦，誠如他也知道的，終會被犬儒利己主義利用，這是他不想見到的。馬克思摧毀一切超驗性，完成了由事實到義務的過渡，然而這義務的原則只針對歷史的事實。倘若不先奠定公平正義的道德基礎，對公平正義的要求反而會得出不公不義，如此一來，罪惡有朝一日也會變成義務。善與惡隨著時間因種種事件變故而混淆，善惡無法分辨，只有「時機未到」或「錯過時機」之別。但誰來決定時機對不對呢？除了機會主義者還有誰？馬克思的弟子們說，將來你們會做出評斷的，但是將來那些受害者已死，無法評斷。對受害者而言，唯有「現在」是有價值的，反抗是唯一能做的行動。「救世主降臨說」要站得住腳，就必須對抗受害者，這或許不是馬克思的本意，但這是他應負的責任，他以革命之名，贊同之後血腥鎮壓一切形式的反抗。

啓示失敗

黑格爾將歷史輝煌結束在一八〇七年，聖西蒙學派認為一八三〇和一八四八年曇花一現的革命將是最後一波革命，孔德逝世於一八五七年，他正想站上傳道講壇，向終於自謬誤中回頭的人類宣揚

384 馬克西米里安．呂貝爾（Maximilien Rubel），《社會主義道德選輯篇章》（*Pages choisies pour une éthique socialiste*），Rivière 出版社。原註。

實證主義。接下來是馬克思，以同樣盲目的浪漫主義情懷，預言不存階級的社會和歷史迷思的破解，但他比較謹慎，並未標示出確切時刻。糟糕的是，他的啟示也描述了歷史直到圓滿階段的進程，宣示各種事件發展的趨勢，這些事件卻偏偏不肯歸順到他的體系概括之下，必須強迫它們歸順。尤其，這些啟示滿載著千百萬人民的熱切希望，不能遙遙無期不兌現，否則失望總有一天會把耐心的希望轉化成憤怒，人們會愈來愈狂熱固執於達到目的，不得不轉而尋求其他手段。

十九世紀末和二十世紀初的革命運動，如同最早期基督徒一樣，期待世界末日，無產階級耶穌再降臨人間。我們知道在原始的基督徒社會中，這種信念歷久不衰，直到四世紀末，非洲還有一位古羅馬行省的主教計算出，世界還會存在一百年，到了那個時候，天國會降臨，必須準備好讓自己能夠進入天國。這種信念在一世紀時廣泛流傳[385]，解釋了這些早期基督徒為什麼對純粹神學教義漠不關心的原因；倘若耶穌很快就會再降臨人間，應該專心奉獻於灼熱的信仰，而非著作與教義。直到克萊門[386]和戴爾圖良之前一個多世紀之間，基督教文學對神學問題毫不關心，也不注重文筆。但是當耶穌再降臨的說法逐漸遠去，就得靠信念支撐下去，就要開始建構理論，開始祈禱彌撒與教義研究。福音裡說的耶穌降臨既然遠去，聖保羅前來建構教義教條，原本這個信仰只是一個期待未來王國的嚮往，教會賦予了它骨架血肉，要在一個世紀的時間裡，重塑安排一切，甚至殉道者——由經常出現殉道受難者的僧侶修會去見證——以及甚至布道也由穿著道袍的宗教法官[387]去負責。

「革命的基督降臨說」這個啟示落空，也產生了類似的運動，之前引用的馬克思的篇章，足以看出當時革命精神渴切炙熱的希望，雖然當中遇到部分挫敗，這種革命信念不斷增長，直到一九一七年，面臨幾乎實現的夢想。「我們為天國之門而奮鬥」，李卜克內西[388]如此吶喊。一九一七年，革命世界真的以為抵達了天國之門，羅莎．盧森堡[389]的預言正在實現：「革命明日就會轟然崛起抵達最高點，在你們驚恐之中，它將號角齊鳴宣布：我本就存在，現在崛起了，將來還會在。」斯巴達克斯同盟（Spartakus）[390]認為已到最後的革命，因為根據馬克思本人的說法，最後的革命必須經由俄

---

385 耶穌再降臨人間的敘述，請看〈馬可福音〉VIII-39、XIII-30，〈馬太福音〉X-23、XII-27-28、XXIV-34，〈路加福音〉IX-26-27、XXI-22 等篇章。原註。

386 克萊門（Titus Flavius Clément, 150–215），二世紀最重要的基督教早期教父。譯註。

387 在這裡，卡繆以宗教法庭比喻革命法庭，天主教十六、七世紀時以宗教法庭壓迫所有「不純正的天主教徒」，革命法庭則以「反革命」、「不純正的革命分子」為名義從事壓迫。譯註。

388 李卜克內西（Karl Liebknecht, 1871–1919），德國社會主義運動中的活躍分子，一次世界大戰期間與羅莎．盧森堡激烈宣傳反戰，一九一五年建立「斯巴達克斯同盟」，一九一九年和羅莎．盧森堡同時遭右翼分子暗殺身亡。譯註。

389 羅莎．盧森堡（Rosa Luxemburg, 1871–1919），德國馬克思主義政治家、社會主義革命家，德國共產黨奠基人之一，一九一九年斯巴達克斯同盟起義時被暗殺。譯註。

390 德國左派社會民主黨人的革命組織，反對帝國主義戰爭，為德國共產黨前身。譯註。

國革命，再借助西方革命來完成。391一九一七年革命之後，一個蘇維埃的德意志將開啟天國之門；然而斯巴達克斯同盟被粉碎，法國一九二〇年全面大罷工失敗，義大利革命運動被扼殺，李卜克內西只得承認革命時機尚未成熟，「時代並未與之同進」。然而我們明白，革命失敗反而更激起受挫的信念，甚至到了宗教狂喜的程度：「經濟崩潰的轟隆低吼已迫近，沉睡的無產階級大軍甦醒，吹響最後審判的號角，被屠殺鬥士的屍體將重新挺立，找那些帶來厄運的人算帳。」在這目標達成之前，他和羅莎．盧森堡被暗殺，德國將淪於奴役狀態，俄國革命孤軍奮戰，忙著與它本身制度相抗，離天國之門還很遙遠，亂成一團百廢待舉。耶穌再降臨說逐漸遠去，信念還是堅定，但被壓在一大堆馬克思學說未預見的問題和新現象之下。新的教會又一次矗立在伽利略面前392：為了保持信念，教會將否定太陽的存在，侮辱自由的人。

在這時刻，以伽利略科學的眼光會怎麼說呢？經由歷史證實，啟示裡有哪些錯誤呢？當代世界的經濟進程首先駁斥了馬克思某些論斷，他說資本無限集中和無產階級無限擴大這兩個平行運動走到最後，就會產生革命，但革命沒有發生、也不應發生。資本家與無產者的發展也未如馬克思所預期，從十九世紀工業化英國觀察到的趨勢，在某些情況下被扭轉了，在另一些情況下變得更複雜。馬克思認為應該愈來愈密集的經濟危機，反而拉長了間距：資本主義學會了全面規劃，也同時促進國家企業化這頭怪獸。另一方面，由於股份公司的建立，資本不但沒有集中，反而產生了一群持有股份的小股東，這些人最不想見到的就是罷工。如同馬克思預見的，許多小企業在競爭裡被淘汰，但是生產的複雜性使大企業周邊衍生出許多小型工廠。一九三八年，福特汽車公司宣布旗下有五千兩百個獨立小工廠為其生產，這種趨勢日後逐漸擴展。沒錯，實際情況是福特掌握著這些小工廠，但重要的是這些小工廠形成一個社會中間階層，與馬克思當初想像的構圖有出入。最後，對農業經濟來說，資產集中的定律絕對錯誤，馬克思對這一點太過輕率，這個缺陷在這裡具有很大重要性。從某方面來看，我們這個世紀的社會主義歷史可視為無產階級運動與農民階級的鬥爭。在歷史層面上，這個鬥爭延續了十九世紀專制社會主義和極端自由社會主義之間的意識形態鬥爭，後者的根源顯然是農民與手工業。馬克思那個時代其實擁有足夠的資料，可以深思農民問題，但是他整個思想體系卻把這個問題簡化了，這一簡化讓俄國的富農付出昂貴代價，五百多萬富農被視為歷史上的異類，立刻被死亡和流放強制拉回規則裡。

同樣的簡化使馬克思活在追求民族性的時代，卻忽略了民族興起的現象。他認為經由貿易與交

---

391 《共產主義宣言》俄文版序言。原註。

392 這裡提到伽利略有兩點詮釋：一、伽利略提出星球繞著太陽運轉，地球只不過是其一，這理論為當時認為「地球是世界中心」的教會所不容。二、伽利略是近代科學之父，他的實證科學觀點對發展唯物主義的哲學具有重要意義。廣義的馬克思主義稱為「科學的社會主義」，崇尚科學方法，以辯證唯物主義批判空想社會主義。譯註。

換，經由無產階級化本身，民族這個藩籬會自動瓦解，事實卻是這些藩籬瓦解了無產階級理想前景。要解釋歷史，民族之間的鬥爭至少和階級鬥爭具有相同重要性，但是民族問題無法以經濟來全面解釋，馬克思的體系忽略了這一點。

無產階級方面呢，也沒有乖乖排進馬克思規劃的陣線裡，馬克思擔憂的事成為事實：改革主義和工會行動使工人生活水平提高、工作條件改善。這些改善當然遠遠不足以公平解決社會問題，但馬克思時代英國紡織工人悲慘的情況，不但未如他所料的蔓延、惡化，反而減輕了。馬克思今日並不會因此抱怨，因為他預言中的另一個錯誤，使他的學說獲得平衡，還是有效。[393] 我們注意到，最有成效的革命或工會行動，都是由優秀的工人發起進行，飢餓並未使他們絕跡。貧窮苦難並未消失，仍如馬克思以前的年代一樣，但與他一切觀察評斷相反，這反倒成為奴役而非革命的條件。一九三三年，德國三分之一的勞動人民處於失業狀態，資產階級不得不負責失業人口的生存所需，所有馬克思認為的革命條件都具備了。然而，未來的革命分子等待國家發麵包吃，這不是件好事，這不得已的習慣，將會帶來其他並不是那麼不得已的習慣，這之後被希特勒納入學說之中。[394]

最後，無產階級的人數並沒有無限制增加，馬克思主義者鼓吹的工業生產的條件，反而造成中產階級的增加[395]，並創造出一個新的社會階層：技術人員。列寧構思的理想社會，是工程師也同時是操作工人，這與現實相牴觸，最主要的現實是，技術如同科學已發展到如此複雜，一個人根本不可能掌握全部原理與應用。例如當今一名物理學家，幾乎不可能全面了解這時代的生物科學，甚至在物理領域內部，他也不敢誇言掌握了這個學科所有的分支，對技術來說亦是如此。一旦被資產階級和馬克思主義者視為資產的生產力大幅增長，馬克思認為可以避免的「分工」成為無可避免的，每個工人只做分內的一件工作，對他生產東西的全貌毫無概念。調配每個生產環節的人，因他們的職務構成了一個階層，具有極大重要性。

這是伯恩海姆[396]宣稱的「技術統治」紀元。必須提醒大家，早在十七年前，西蒙．維爾[397]已經完整精闢地描述過這個情況，並未得出伯恩海姆這令人難以接受的結論。人類歷史中曾遭受過兩種傳統形式的壓迫，即武器和金錢的壓迫，西蒙．維爾提出第三種，職能的壓迫。她寫道：「人們可

---

393 馬克思認為工人情況會愈來愈悲慘，乃至於起而革命這個預言已錯誤，接下來另一個錯誤，是他未料到革命不是由飢餓的工人群眾發起，而是由工人中的菁英發起。但是革命終究產生了，況且菁英發起的革命更有成效，所以這第二個錯誤讓他的學說仍然有效。譯註。

394 國家先是給人糧食，之後廣及教育、醫療、休閒，直到希特勒所說的國家極權，所有由國家掌握、負責。譯註。

395 一九二〇到一九三〇經濟快速發展時代，美國的冶金工人數量減少，但同屬於冶金工業的售貨員數量增加了幾乎一倍。原註。

396 伯恩海姆（James Burnham, 1905–1987），美國社會學家、政治學家。譯註。

397 西蒙．維爾（Simone Weil, 1909–1943），法國哲學家，關注社會議題、工人情況，曾親自下工廠當女工，了解工人工作情況。譯註。

以消除購買勞力者與出賣勞力者之間的對立，卻無法消除持有機器者與被機器持有者之間的對立。」馬克思主義者想消除勞心者與勞力者之間對立的決心，和他自己歌頌的生產發展產生了矛盾。誠然，馬克思在《資本論》裡，預見在資本高度集中時「經理人」的重要性，但是他並未料想到，廢除私有制度之後，資本集中還會持續。他說，分工與私有財產是一體兩面，歷史證明了相反的情況。建立在財產集體制上的理想政體，想以公平加上電氣化作為表徵[398]，然而到最後，只有電氣化，沒有公平。

無產階級的使命這個觀念，直到目前始終未在歷史上體現，這已概括了馬克思的預言失敗。「第二國際」的分裂也表明，決定無產階級的除了經濟因素還有其他，而且無產階級是有祖國的，與第二國際的著名口號[399]相左。絕大部分的無產階級接受或承受了戰爭，而且不管願不願意都配合了當時激烈民族主義的訴求。馬克思認為工人階級在勝利之前，會先掌握司法和政治權力，他的錯誤僅在於相信極度的貧困，尤其是工業造成的貧困，會促使政治成熟。當然，工人群眾的威力在「巴黎公社」期間與之後，因為放任的極端自由主義革命挫敗而踩了煞車，但無論如何馬克思主義還是輕易地掌控了一八七二年之後的工人運動，當然也是因為馬克思主義的宏大，另一個原因是唯一能與之互別苗頭的社會主義傳統已淹沒在血泊之中，一八七一年的起義中幾乎沒有馬克思主義者呢！這個由國家警察系統自動清除革命的作法，一直延續到今日，革命愈來愈被官僚和空談學說者操縱，另一方面群眾愈加薄弱、失去方向。當革命菁英被送上斷頭台，讓塔列宏400之徒苟活，誰來對抗拿破崙呢？除了這些歷史問題之外，還加上經濟壓力，一定要讀西蒙．維爾評述工廠工人狀況的文章401，即可明白勞動定額制度造成何種程度精神耗竭和無言的絕望。西蒙．維爾說得對，工人的狀況是雙重不人道，首先是貧窮，其次是尊嚴被剝奪。我們感興趣的工作，一個創造性的工作，即便報酬很低，也不會損耗生命。工業社會主義並未在工人狀況上做任何改變，因為它沒有碰觸到生產與組織的原則，甚至它還為之頌揚，它宣傳勞動者將會得到歷史證明，這和對受苦難而死的人保證天國之喜樂異曲同工，它從來沒讓勞動者有過創造的快樂。到了這個程度，問題已不是社會的政治形式，而是資本主義和社會主義都要依賴的技術文明這個信條。任何無法解決這問題的思想學說，都無法觸及工人的苦難。

398 列寧在以電力發明和應用為中心的第二次工業革命條件下，喊出共產主義是蘇維埃政權加上全國電氣化的著名口號。譯註。

399 第二國際貫徹馬克思「工人無祖國」的名言。譯註。

400 塔列宏（Charles Maurice de Talleyrand-Périgord, 1754–1838），法國政治人物、外交家，歷經各政體輪替都任政府要職，褒貶不一，也被評為牆頭草、犬儒主義叛徒。譯註。

401《工人狀況》（*La Condition ouvrière*），Gallimard 出版社。原註。

僅僅因馬克思所崇拜的經濟力量，無產階級拋棄了馬克思交付給他們的歷史使命。馬克思的錯誤可以原諒，因為面對墮落沉淪的領導階層，一個為文明憂心的人本能地會尋找替代他們的菁英，然而這個要求本身並無創造性。一七八九年資產階級革命分子奪取了政權，那是因為他們之前已經擁有部分政權。正如吉爾．莫內羅[402]所言，在那個時代，立法總是遲於事實，事實是資產階級已經擔任支配者的職位，手上握有新的權力——金錢。無產階級則不然，擁有的只是貧困與希望，被資產階級繼續框限在這種境地。資產階級瘋狂追求生產和物質力量，變得卑鄙，這種瘋狂的生產組織不會產生出菁英分子。[403]相反地，對這種生產組織的批評與反抗意識的發展，才能夠鑄造出取代的菁英。唯有以佩魯蒂[404]和索雷爾為代表的革命工會投入這個方向，想經由職業教育和文化陶養，塑造出這個毫無道德的世界所需要的新興幹部。但這不是一朝一夕可做到，新主子已經出現，只想立即利用勞工的不幸創造美好的未來遠景，而非盡可能、盡快解除千百萬民眾的痛苦。專制社會主義認定歷史發展太慢，為了加速它的進程，必須把無產階級的使命交到一小撮空談學說理論的人手上，從這個作法，我們便可斷言他們是帶頭否定這個使命的人。然而這個使命存在，並非像馬克思所下的只針對革命的使命這個定義，而是像所有人類群體一樣的使命，在他們的勞動和苦難中汲取驕傲與充實。要讓這個使命能夠煥發出來，必須冒著相信工人的自由與自發性的風險。相反地，專制社會主義為了一種尚未到來的理想之自由，壓抑了這種生機勃勃的自由，如此看來，不管是不是出於本意，它都加強了從資本主義工廠制度開始的奴役。由於這兩個因素共同作用，一百五十年之間，除了巴黎公社這革命者最後的庇護所之外，無產階級除了被背叛扭曲之外，沒有任何歷史使命。無產階級曾經奮鬥過、犧牲過，結果把權力交給軍人或知識分子，這些知識分子之後又變成軍人，轉而奴役無產者。然而，這場鬥爭事關他們的尊嚴，所有將心比心明白他們的希望與不幸的人，都會同意這一點。但這個尊嚴是反抗新舊主子[405]而得來的，當主子們膽敢利用他們的尊嚴，主子便被否定推翻。以某種方式來說，這尊嚴宣告了主子們的黃昏。

因此，馬克思對經濟的預言與真實發生的狀況不符，但他對經濟世界的視野有一點是正確的，那就是社會結構愈來愈被生產節奏所決定。馬克思以當時對經濟的狂熱、資產階級的意識形態，贊同這個趨勢。資產階級對科學和技術進步所抱的幻想，也是專制社會主義者的幻想，這幻想產生了機器駕馭一切的文明，這文明因競爭與控制分裂為敵對的集團，但在經濟層面臣服於相同的規律：

---

402 吉爾．莫內羅（Jules Monnerot, 1909–1995），法國社會學家，研究共產主義社會學。譯註。

403 列寧是第一個看出這個事實的人，但並無明顯表現出苦澀失望。倘若這句話對革命希望打擊很大，對列寧本人來說更是一大打擊。他甚至說，群眾之所以輕易接受官僚和專制的中央集權，是因為「由於勞動生產的訓練，使無產階級能輕易地接受紀律和組織」。原註。

404 佩魯蒂（Fernand Pelloutier, 1867–1901），法國無政府主義者，工會革命積極分子。譯註。

405 意識形態上的主子。譯註。

資本的積累、不斷增加的生產定額。隨著國家擁有的權力多寡而產生不同的政體，這是好的，但這不同會因經濟發展而減低，唯有道德分歧——這與歷史犬儒利己主義相抗的制式美德依然牢固。但是壓倒一切的生產，控制著政治和道德這兩個領域，在經濟層面上使二者合一。406

無論如何，就算經濟的壓倒性不容反駁407，帶來的後果卻不是馬克思想像的那樣。就經濟來說，資本主義因為積累而成為壓迫者，它的存在就是壓迫，靠增加積累強大自己，能剝削就剝削，不停使積累增多，馬克思想像這個惡性循環到最後只有革命。革命結束後，無需再積累，只要有一點積存維持社會活動就行了。然而，革命也工業化了，發現積累來自於技術，而非資本，一旦使用機器，就會需要更多的機器。所有鬥爭中的團體都需要積累資金，而非散盡營收，每個團體靠積累增強自己、擴張力量，不管是資產階級還是社會主義者，都為了擴張勢力，暫且犧牲掉公正。但是勢力會遇到其他相對的勢力，所以要裝備自己、武裝自己，因為其他勢力也在裝備、武裝。勢力不停積累、積累，直到它獨大、主宰世界為止——此外，這還必須經過戰爭。這一天之前，無產階級得到的只夠勉強維持生存。革命408必須耗費大量人力，來建構本身政體所需要的工業和資本主義，以人力取代營利，因此奴役現象更為普遍，天堂之門依舊緊閉。這就是崇拜生產世界的經濟法則，這法則反映在現實上則更為血腥。在革命的敵人資產階級和虛無主義者走入的死胡同裡，革命成了奴役。除非改變原則和方向，革命唯一的出路就是被利用的反抗行動、在血泊中被瓦解、或是可憎的原子自殺這個希望。[409]權力意志、爭取統治與權力的虛無主義鬥爭，還不僅是清除了馬克思的烏托邦，這烏托邦現在也成為歷史事實，注定和其他事實一樣受到利用。馬克思的烏托邦想要統治歷史，卻迷失在歷史裡，借用了各種手段，結果自己淪為一個手段，被無恥地利用在最平庸最血腥的歷史最終目的。不間斷的生產發展並沒有刺激革命、摧毀資本主義制度，它摧毀了資本階級社會和革命社會，造就了一個權力極大的偶像。[410]

自命為科學的社會主義何以會與現實如此相悖呢？答案很簡單：它根本不科學。它的失敗來自於毫不科學的含糊不清方法，想同時是決定論的、預言的、辯證的、教條的。倘若精神思想是事物的反射，它就不能走在事物進程的前面，否則就只是假設。倘若學說由經濟來決定，它可以描述生

---

406 特別註明，生產力在成為最終目的時才是壞的，否則生產力可以視為紓解的方式。原註。

407 經濟壓倒性這個事實一直存在，直到十八世紀，馬克思卻相信是個大發現。由歷史上的例子來看，各文明之間的衝突都並未帶來生產上的進步：麥錫尼社會的摧毀、蠻族入侵羅馬、摩爾人被驅出西班牙、阿比爾教派被滅絕……。原註。

408 這裡的革命指的是自稱革命政體的蘇維埃。譯註。

409 蘇維埃政權發展原子武器與美國互別苗頭，揚言不惜引爆原子彈。譯註。

410 也就是極權的蘇維埃政體。譯註。

產的歷史，但不能描述它的未來，因為這未來只是可能，而非事實。歷史唯物主義的任務只不過是批判現在的社會，若批判未來的社會，那就是違反科學精神，那就只是假設。此外，可不是因為這點，他最重要的著作稱作《資本論》而非《革命論》嗎？馬克思和馬克思主義者一味預言未來和共產主義，罔顧他們原先的設想和科學方法。

這個預言完全不科學，馬克思學說不是科學的，頂多是唯科學主義的。科學的理性是研究、思考、甚至反抗的有力工具，歷史的理性則是德國否定一切的意識形態發明出來的，馬克思讓這兩者深沉的分野爆發開來。歷史的理性以本身的功用來說，並非評斷世界的理性，它只是在試圖評斷世界的同時，讓評斷自己湧冒出現。這種理性陷入種種發生的事件之中，卻也引導著事件進行，它同時是教育性和征服性的。這些描述神祕難懂，其實事實再簡單不過：倘若把人減化為歷史，那他沒有其他選擇，只能陷入喧囂狂暴的荒謬歷史裡，否則就得賦予這歷史一個人的理性形式。當代的虛無主義歷史，無非是一段長久的努力，想以人的力量針對一個失去秩序的歷史賦予秩序，這個似是而非的理性最後成為詭計和策略，等待著攀上意識形態帝國的最高點。這中間何來科學之有？理性最不具征服性，和一絲不苟的科學家一起沒辦法創造歷史，甚至想要以科學家的客觀性做事的話，根本就不能創造歷史。理性不是宣傳說教，一旦宣傳說教就不成為理性了。這也是為什麼歷史理性是一種不合理的浪漫理性，有時讓人想到附魔者的偏執，有時又讓人想到令人無從質疑的神的話語。

馬克思學說中唯一可算科學的地方，在於他預先揚棄了虛構的迷思，提出最直接顯著的利益——但就算這一點，他也沒比拉羅什富科[411]還科學；而且一旦他開始預言，就拋棄了這個科學的態度。為了讓馬克思學說看起來很科學，為了在科學掛帥的時代維持這虛有的表象，必須以恐怖手段撐起馬克思學說的科學外殼也就不足為奇了。從馬克思以來，科學上的進展大致就是以或然論取代了他那個世紀相當粗糙的決定論和機械論。馬克思寫給恩格斯的信中說，達爾文的理論是他們學說的基礎，如果要馬克思學說保持有效正確，就得否定達爾文之後生物學上的發現。從德佛里斯[412]發現基因突變以來，這些新發現引進了生物學上與決定論相左的偶發和偶然性，因此必須派遣李森科[413]讓染色體乖乖聽話，重現最基本最粗糙的決定論。這是荒謬可笑的，但是派個警察站在歐梅先生[414]旁邊，歐梅先生也就不再荒謬可笑了，這就是二十世紀的作法。因此，二十世紀還得否定物理學上

---

411 拉羅什富科（François de La Rochefoucauld, 1613–1680），法國思想家，著名的格言體道德作家。有名的格言之一：「人們所謂的德行，常常只是某些行為和各種利益的集合。」譯註。

412 德佛里斯（Hugo Marie de Vries, 1848–1935），荷蘭生物學家，第一批研究基因的遺傳學家。譯註。

413 李森科（Trofim Denissovitch Lyssenko, 1898–1976），烏克蘭植物學家，受蘇共中央委託進行建立以唯物辯證法為基礎的遺傳理論，他以達爾文演化論為根據，堅持外在物質條件必然決定生物發展，且其發展特性會遺傳後代。這理論受到當時專業遺傳學家的反駁，他們認為染色體才是決定後代特性的根源。李森科有黨做靠山，勢高權大，反而抨擊染色體遺傳理論。譯註。

414 請看註293。譯註。

的測不準原理、狹義相對論、量子論[415]以及當代科學的主要趨勢。馬克思主義在今日想稱為科學，必須證實海森伯格、波爾、愛因斯坦和本時代最偉大的科學家們都錯了才行。反正，拿科學理性來替預言啟示充場面，利用的原則人人皆知，那就是權力原則，這個原則指引著教會讓真正理性屈服於死的信條、讓自由的智慧為當時的政權作嫁。[416]

馬克思的預言中兩個原則——經濟和科學——都已經證實錯誤，剩下的只是激情地宣稱一個很久之後的將來會到來的事件。馬克思主義者唯一可借助的，就是說實現的期限拉長了，必須等到結果才能下評論，那一天還遙遙無期看不見影子。換句話說，我們身處煉獄，人家向我們保證將來不會再有地獄，但問題根本不在此。如果在經濟演進完善的過程中，一兩代的奮鬥足以獲致無階級的社會，對那些鬥士來說犧牲是可以接受的，因為未來對他們來說有一個具體的影像，例如他們的孫子輩就可以看到成果。但如果幾代人的犧牲都不夠，現在又要開始一段無限期、破壞千倍厲害的全面鬥爭，唯有堅定無比的信念才能接受死亡與殺人。只不過，這個新的信仰和以前諸多信仰一樣，並非奠基在純粹的理性之上。

這個歷史結局會是什麼樣子呢？馬克思並沒有採用之前黑格爾的用詞，只是相當模糊地說，共產主義只是人類未來的必要形式，並非整個未來。然而，共產主義要不無法終結衝突與痛苦的歷史：

人們看不出那為何要付出那麼多努力和犧牲；要不它可以終結這段歷史：我們能想像的往後的歷史，就是朝向這完美社會的進程。因此，他這個想要看起來很科學的描述，便沒來由地摻染了一個朦朧神祕的概念。政治經濟[417]——馬克思和恩格斯最偏愛的議題——最終的消失，意味著一切苦難的終結。的確，經濟總伴隨著歷史的艱辛和不幸，它們將和經濟一起消失，我們便進入伊甸園。

聲稱這不代表歷史終結，而是跳到另一個歷史的說法，並不會讓問題有什麼進展。這所謂的另一個歷史，我們只能由我們自己的歷史去想像它，對人來說，這兩個歷史其實就是同一個。何況，這另一個歷史也會碰到同樣的兩難：要不它也不能解決各種衝突，我們還是繼續受苦，像螻蟻一樣死亡、互相殘殺；要不它可以解決各種衝突，那就來終結我們的歷史。這個階段的馬克思主義，只能由最終城邦（cité définitive）來自圓其說。

這個最終城邦意義何在？在宗教神聖範圍，一旦肯定宗教上的假設，最終天國有其意義。世界被創造出來，也會有個終結，亞當被逐出伊甸園，人類應當重返。在歷史範圍裡，如果人們肯定辯

---

415 羅傑．凱羅瓦（Roger Caillois）指出，史達林主義駁斥量子論，卻利用量子論衍生出的原子科學。原註。

416 就這一點，請參閱尚．科尼葉所著的《關於正統性精神的論述》（*Essai sur l'Exprit d'orthodoxie*），Gallimard 出版社。這本書出版已十五年（即一九三八年出版。譯註），內容卻毫不過時。原註。

417 馬克思政治經濟學的任務在證明社會弊病是現存生產方式的必然結果，也是這生產方式即將瓦解的徵兆。譯註。

證法[418]的假設，它並沒有終結。正確應用的辯證法不能、也不該有停止的時候。[419]歷史情況中對立的各個關係，可以互相推翻否定彼此，繼之超越到另一個新的組合綜合；但這個新的綜合並沒有理由比原來的高超完善，或者這樣說，倘若我們在辯證中任意強加上一個新的關係，介入一個外來的價值判斷，那新的綜合就沒有理由比原來的高超完善。倘若無階級的社會終結歷史，那麼資本主義社會的確優於封建社會，因為它比較接近這無階級社會的來到；但如果我們肯定辯證法的假設，就必須全盤肯定它，繼續辯證下去。繼一個有高低等級的社會之後，接續了一個沒有等級但有階級[420]的社會，那接下來應該會有一個還不知道是什麼的新對立出現，而使一個沒有階級的社會接續有階級的社會。一個沒有開端的辯證運動，就不會有終結，一個極端自由主義的評論家[421]說：「倘若社會主義是個永恆不斷的生成流變，它的手段就是它的目的。」正是如此，沒有終點目的，只有手段，而且這些手段只能由外來的價值判斷來證實，否則在辯證裡，這些手段只會不停地被推翻。就這個意義來說，我們必須正確指出，辯證主義不是、也不可能是革命的，依我們的觀點看來，它只是虛無主義的，只是一個否定自身之外所有事物的單純運動。

因而，在馬克思構想的世界裡，我們沒有任何理由去想像一個歷史的終結。然而，馬克思主義要求人類做出犧牲，唯一的理由就是歷史終結。只不過這個歷史終結沒有任何合理的奠基，只是一個假設結論，在我們獨一無二又充足的歷史裡硬生生加入一個與歷史無關[422]的標準。這個標準同時也與道德無關，因為它不能當作人們行為的準則，所以說到底，這個標準只是個沒有基礎沒有依據的教條，人們被孤獨或虛無的思想窒息時，絕望中或許會贊同這個教條，否則就是從這教條中可得到利益者強加於人身上。歷史終結不是一個完善、典範的價值，而是一個無道理可循、恐怖的原則。

馬克思承認在他之前的所有革命都失敗了，但宣稱他所發起的革命最終會成功，直到今日所有的工人運動都堅信他所說的，但被事實不斷推翻，現在是蓋棺論定揭穿謊言的時候了。隨著「救世主降臨說」逐漸遠去，沒有理性根據的「最終王國」成了一個信仰的教條。馬克思世界唯一的價值——不論這是否是他的本意——只剩下強加於意識形態帝國的教條，最終目的王國被利用來矇騙社會。艾里．艾里維[423]聲稱自己無法確定社會主義是會帶來一個普遍的瑞士共和國，或是歐洲凱撒專

---

418 黑格爾辯證法把世界視作一個過程，無論是自然的、歷史的、精神的世界都是充滿矛盾的過程，並且正是矛盾引發了運動、變化和發展。譯註。

419 參閱吉爾．莫內羅鞭辟入裡的評論，《共產主義的社會學》（*Sociologie du communisme*）第三部分。原註。

420 等級（ordre）是如同種姓制度、法國舊制度的三等級社會，階級（classe）則指分為資產階級、無產階級的社會。譯註。

421 艾尼斯東（Ernestan）。《社會主義與自由》（*Le Socialisme et la Liberté*）。原註。

艾尼斯東（Ernest Ernestan, 1898–1954），比利時極端放任自由主義社會學家，是比利時重要的無政府主義代表人物。譯註。

422 我們的歷史從沒有終結過，所以這個「歷史終結」的理想與歷史無關。譯註。

423 艾里．艾里維（Élie Halévy, 1870–1937），法國自由主義歷史學家、哲學家。譯註。

制強權，我們現在已知道答案。至少在這一點上，尼采的預言兌現了。馬克思主義自此成為思想上的專制，這非他本意但邏輯上來說無法避免，關於這一點我們後面會再討論。馬克思是正義對抗聖寵最後一個代表人物，非他本意地擔負起正義對抗真理的鬥爭。沒了聖寵，如何活下去，這是籠罩十九世紀的問題，「依靠正義」，所有不願接受絕對虛無主義的人如是回答，向那些對天上王國失望的人允諾人的王國。人間天國的宣揚沸沸騰騰直到十九世紀末，直到這允諾成了幻想，利用科學的篤定維持著烏托邦的說詞。但這王國愈來愈遠，巨大的戰爭蹂躪這塊最古老的土地，反抗者的鮮血染滿城市的圍牆，完全的正義遲遲不來。一九〇五年恐怖分子的死撕裂了當代世界，二十世紀的問題逐漸清晰：沒有聖寵也沒有正義，該如何活下去？

只有虛無主義——而非反抗，回答了這個問題，只有它重拾浪漫主義反抗者的用詞回答：「依靠狂熱」。歷史的狂熱叫作權力，權力意志接替了正義意志，先佯裝與後者合一，之後把它遠遠拋到歷史最終，直到統治全世界為止。意識形態的結論戰勝了經濟的結論：蘇俄共產主義的歷史推翻了它的原則。在這漫長道路的盡頭，我們又看到形而上的反抗，這一次它在武器和號令喧囂聲中前進，但忘記了它真正的原則，將它的孤獨深埋在武裝的人群裡，固執地以故弄玄虛的學說掩蓋它的否定。形而上的反抗依然指向未來，未來成了它唯一的神祇，但未來與它之間還隔著一堆國家、大陸需要征服。行動作為唯一原則，人的王國作為藉口，它已經開始在東歐挖掘壁壘森嚴的壕溝陣地，面對著其他的壁壘。

最終目的的王國

馬克思沒有想像到情勢這樣嚇人的轉變，列寧也沒有，然而列寧向軍事統治帝國邁出了決定性的一步。列寧是個平庸的哲學家，卻是個傑出的戰略家，他首先想到取得政權的問題。我們應立刻指出，大家說列寧是雅各賓主義者，這是完全錯誤的，他只有煽動者和革命者這一點和雅各賓黨相同。雅各賓黨人相信原則與美德，寧願死也不能否定它們，列寧只相信革命和功效。「必須準備好犧牲一切，必要的話運用所有計謀、詭計、不合法的手段、隱瞞真相，唯一目的就是滲透到工會裡……不惜一切藉由工會完成共產主義的任務。」由黑格爾和馬克思開創的對制式道德的鬥爭，再次顯現於列寧批評革命者沒有效率的態度上，這個鬥爭運動的目的，就是「帝國」。

如果我們拿列寧煽動事業生涯開始與結束的兩本著作424對照，會吃驚地發現他自始至終不遺

424 一九〇二年的《怎麼辦？》（*Que faire?*）和一九一七年的《國家與革命》（*L'État et la Révolution*）。原註。

餘力地掃除革命行動中的所有溫情形式。他要把道德從革命裡清除掉，因為他認為——這倒也沒錯——嚴守「十誡」是無法建立革命力量的。當他有了初步的經驗，踏上他將身居要角的歷史舞台，人們看見他如此自由從容地掌握了上個世紀的意識形態和經濟塑造出來的世界，似乎看見新時代的第一人。他對所有的焦慮、懷舊、道德都無感，跳上操控台，尋找啟動機器最佳的政體，決定哪一個優點適合歷史領導者，哪一個優點不適合。他剛開始還在摸索，遲疑俄國是否應先經過資本主義和工業化這個階段，但是這也就等於懷疑革命能否在俄國發生。他是俄國人，任務是發動俄羅斯革命，所以他拋開經濟宿命論，投身於行動。從一九〇二年開始他就直截了當宣稱，工人無法靠自己發展出一套獨立的意識形態，否定工人群眾的自發性；社會主義學說必須有一套科學根據，這只有知識分子能提供。當他說應該抹去所有工人與知識分子之間的分野，就是說知識分子雖不是無產階級，卻比無產階級更了解他們的利益所在。他非常讚許拉薩爾[425]對群眾自發性的猛烈討伐，他說：「理論應控制自發性。」[426]說明白一點，就是革命需要領袖和理論家。

他同時與改革主義和恐怖主義[427]相抗，認為前者減緩革命的力量，後者雖堪為典範但沒有效率。革命是軍事的，置於經濟與感情之前。直到革命爆發，革命行動其實就是策略部署。敵人是專制政體，其主要力量是警察這個職業政治士兵團體，那策略就很清楚了：「對抗政治警察需要特殊能力，需要專業訓練的革命人員。」因此革命有了職業軍隊守在群眾旁邊，有朝一日可以徵召群眾納入軍隊。

要先於群眾組織這個鼓舞騷動的隊伍，根據列寧的用詞就是「祕密工作網」，因此昭示了祕密會社與革命苦行僧，他說：「我們是革命的青年土耳其黨人，再加上一點耶穌會的特點」[428]，從這一刻起，無產階級再無使命，它只不過是革命苦行僧手中的有利工具之一。[429]

取得政權的問題，連帶來了國家問題，一九一七年的《國家與革命》探討的便是這個問題，卻也是他寫的所有小冊子裡最奇怪也最矛盾的。列寧在這個議題上運用的是他最偏愛的手法：權威專制。藉由馬克思和恩格斯的理論，他開始抨擊反對所有改革主義的思想，因為改革主義想利用以階級壓制另一個階級的資產階級組織，而資產階級政權仰賴警察與軍隊，自身就是壓迫的工具。它反映了階級之間無法調解的對立，又想勉強將這個對立減低，總之這樣的政權只應被唾棄。「甚至一個文明國家的軍事權力領袖，也會羨慕一個部落首領，族長制社會裡首領受到大家自發的尊敬，而非用棍棒強加的。」恩格斯堅決認為，國家這個概念和自由社會互不相容，「階級不可避免地出現了，

425 拉薩爾（Ferdinand Lassalle, 1825–1864），德國社會主義政治家和理論家，領導工人運動。譯註。
426 馬克思也說：「這個或那個無產者、甚或整個無產階級所想像的目標，這完全不重要！」原註。
427 列寧的哥哥選擇了恐怖行動，被吊死。原註。
428 意指革命黨人像十九世紀末到二十世紀初土耳其資產階級革命運動中積極奮勇的革命人士。耶穌會的特點指的是低調謹慎、老謀深算的行事態度。譯註。
429 海涅（Heine）已經將社會主義者稱為「新清教徒」。歷史上清教徒主義和革命總是並存。原註。

也不可避免地會消失，階級消失了，國家也不可避免會消失。社會以生產者自由平等的基礎重新組織生產，將國家這個機器放到它應該在的位置：古董博物館裡，和古代的紡車、青銅斧頭擺在一起。」

這無疑可以解釋不認真的讀者何以會把《國家與革命》看作是列寧無政府主義的傾向，對他如此嚴格批判軍隊、警察、棍棒與官僚的學說心生好感。然而列寧的觀點必須以戰略的角度來理解，他之所以如此熱切捍衛恩格斯對於資產階級國家消失的論點，是因為他一方面要阻撓普列漢諾夫[430]或是考茨基提倡的純粹「經濟主義」，另一方面要證明克倫斯基[431]政府是資產階級政府，必須摧毀。的確，一個月之後，他果然把它摧毀了。

對那些提出反對意見，主張革命本身也需要一個管理和鎮壓機制的人，也必須有個交代。就這一點，他大量引用馬克思與恩格斯的學說，權威地證實無產階級專政並不像一般政體那樣組織起來的，就定義來說，它是一個不停削減的政體。「一旦再也沒有受壓迫的社會階級……便不再需要政體。（無產階級）政體要成為整個社會真正的代表，第一個行動就是掌握社會的生產資料，這也是它最後一個行動。管理事物的行政工作取代人組成的政府……政體並非被廢除，而是削減於無。」先是讓資產階級被無產階級去除，之後——只是在之後，無產階級政體也自行消亡。無產階級專政是必要的，原因有二：第一，為了壓制、去除資產階級的殘留。第二，為了實現生產資料的社會化。完成這兩個任務，它便立即開始消亡。

列寧的出發點始於一個明確堅定的原則，一旦消除了剝削階級，完成了生產資料的社會化之後，政體就會消亡。然而，在同一本小冊子裡，他又提出生產資料社會化之後，還應當保存一小派革命者來專制人民，並且沒有指明期限是多長。這本小冊子不停引用巴黎公社的經驗當作依據，卻與產生巴黎公社的反專制的聯邦主義思潮完全相反，也駁斥馬克思恩格斯對未來樂觀的描述。原因很簡單：列寧沒忘記巴黎公社最後失敗了。而之所以用如此令人訝異的呈現方式，原因更簡單：只要革命遇到新的困難，就在馬克思所描述的政體上添加一個解釋，推到馬克思學說頭上。小冊子再翻過十頁，沒有任何轉折，列寧直接斷言，為了壓制剝削者的反抗，「也為了領導廣大民眾、農民、小資產階級、半無產階級治理社會主義經濟」，政權是必需的。這確確實實是個大轉變，馬克思恩格斯的臨時政權被加上新的任務，使這個「臨時」很可能長久維持下去。在史達林政權中，我們已經發現和他官方所宣稱的哲學思想[432]相左之處；要不，這個制度實現了無階級的社會主義，但維持了恐怖鎮壓的機器，這不符合馬克思的學說；要不，它並未實現，那就證明馬克思的學說是錯誤的，尤其表明了生產資料社會化並不意味著階級消失。面對官方宣稱的學說，史達林政體不得不選擇一種說詞：

430 普列漢諾夫（Georgi Valentinovich Plekhanov, 1856–1918），俄國馬克思理論家，致力宣揚傳播馬克思學說。譯註。
431 克倫斯基（Alexander Fyodorovich Kerensky, 1881–1970）於二月革命後成立臨時政府，擔任總理。譯註。
432 史達林以馬克思列寧主義者自居。譯註。

要不說這個學說是錯誤的，要不說它背叛了這個學說。事實上，列寧結合了涅察耶夫、特卡契夫、發明國家社會主義的拉薩爾，在俄國壓倒了馬克思主義。從這一刻起，從列寧到史達林的黨內鬥爭，就可歸結於工人民主與軍事官僚專制、正義與效率之間的鬥爭。

看到列寧讚揚巴黎公社採取的辦法，例如官員以資格選拔、可以罷免、和工人一樣領工酬，例如以工人直接管理代替工業官僚系統；有一度我們還以為他是否找到一個折衷辦法，一個聯邦制的列寧出現了，甚至讚揚公社組織和代表人；但我們很快領悟，他提出聯邦制的目的只是要廢除議會制。列寧背離一切歷史事實，把議會制劃定為集中制，而且立刻強調無產階級專政，譴責無政府主義者對政權問題僵化不知變通。這時他引證恩格斯的話，提出一個新的論點，在生產社會化、資產階級消滅、甚至掌握了群眾，還是有必要維持無產階級專政。現在呢，維持專制政體的期限，變成要順應生產進展情況，例如，等到國家能提供所有人民免費住宅，政體才會消亡。這是共產主義高階理想：「每個人各取所需」，到達這個階段之前，政體都會存在。

這個各取所需的共產主義高階理想多快會達成呢？「這個我們不知道，也無從得知……我們沒有過去的資料能回答這些問題。」為了更明確，列寧依舊任意斷言：「沒有任何一個社會主義者，能承諾共產主義高階理想來到的時間」。我們可以說，自由在此完全滅絕。從掌握群眾、無產階級革命的概念，現在先轉到職業密探引領進行的革命，接著，對國家政體猛烈的抨擊剛巧適合鋪陳無產階級專政的必要——然而是暫時的，以及專政是由領袖們來擔綱。再接下來，又宣稱無法預期這臨時政權的期限，況且從來沒有人想過要承諾它會有個期限。自此，蘇維埃的自治被取消是再邏輯不過的事，馬克諾[433]被背叛，喀琅施塔得海軍的起義[434]被黨粉碎。

誠然，熱烈追求正義的列寧還是有許多評論可視為反對史達林政權，最主要的就是政體消亡這個概念。儘管他承認無產階級政體不會很快消失，但就學說而言，只要是無產階級政權，就應該漸漸消亡，愈來愈不具束縛強制力。我們很確定列寧認為這個趨勢是無法阻擋的，就這一點，事情發展非他所料。無產階級政權三十多年來，沒有任何逐漸減弱的跡象，反而日益繁盛擴大。兩年之後，在外部形勢與內部現實情況的壓力下，列寧在斯維爾洛夫（Sverdlov）大學演講時，明確表示無產階級超政體將無限期維持下去。「我們以這個機器或狼牙棒（政體），將摧毀一切剝削，直到大地上沒有任何剝削情形、再無人擁有土地和工廠、再無人在飢餓的人面前飽食饜足，唯有當這些都成為不可能的事之時，我們才能捨棄這個機器。屆時，沒有政體，也無剝削。」也就是說，只要大地

---

433 馬克諾（Nestor Makhno, 1888–1934），烏克蘭無政府主義游擊隊領導，革命初期曾支持紅軍，之後組建了一個無政府主義社會——烏克蘭自由區，聲稱維持該地區主權，後被紅軍消滅。譯註。

434 喀琅施塔得（Cronstadt）是俄國一港口，一九二一年喀琅施塔得水手、士兵、居民發動反對布爾什維克政府的起義，被血腥鎮壓。譯註。

上——而不再是一個特定的社會——還存在一個受壓迫者或一個地主，政體就會持續下去。政體還必須不停增長壯大，才能逐一消除不公不義的事、不正義的政府、執意保持資本制度的國家、不知本身利益的民族。當大地終於臣服、肅清了敵人、最後一個不公的惡行淹沒在正義者與不正義者的血泊中之後，政權那時達到一切權力的極限，成為整個世界嚇人的偶像，方才乖乖在寂靜的正義之邦消失。

在帝國主義敵人們的壓力之下，列寧催生出正義的帝國主義。但是帝國主義，儘管是正義的，結果只有失敗、或擴張為世界帝國。在獲致結果之前，運用的方法無他，只有不正義的手段。這麼一來，學說便與預言吻合了。為了追求一個正義的遠景，在整個歷史進程中可以運用不正義，成了列寧在世界上最痛恨的一件事——矇騙。承諾一個奇蹟的遠景，讓大家接受不正義、罪行、謊言。更多的生產、更多的權力、不間斷勞動、無休止的痛苦、持續的戰爭，整個帝國成了普遍奴役，突然有一天，情形將會奇蹟般整個翻轉：全球共和國之內一片自由閒適。偽革命的騙局現在有了它的公式：扼殺一切自由才能征服帝國，那帝國有一朝會成為自由。通往和諧一致性的道路必須通過全體性。

全體性與審判[435]

全體性（totalité）無他，其實就是信徒與反抗者對一致性（unité）懷有的古老夢想，廣泛地橫向[436]散播在已無神祇的大地上。放棄一切價值，也就是放棄一切反抗，接受帝國和奴役。對制式美德的批判也不會放過自由，一旦承認僅靠著反抗的力量，不可能誕生浪漫主義所夢想的自由個人，自由便也被納入歷史運動之中。自由也成為鬥爭，也要奮力才能存在，它被同化在歷史動力中，所以要等到歷史停止、在人間天國內才能享有。在此之前，自由每一次的勝利都會引起爭議，使這勝利落空。德意志民族從協約國的壓迫下解放，卻付出每個德國人民的自由為代價。極權制度下，儘管集體獲得解放，個體並未獲得自由。到最後，當帝國統治了人類整體，自由將凌駕在一群群奴隸上方，他們至少解脫了上帝和一切和超驗性。所謂辯證上的奇蹟，亦即從量轉變為質[437]，我們在此處

435 本章節和下一章節中所說的「歷史」，要以蘇維埃共產主義將人減低成一切為歷史的角度去理解，「革命」指的是蘇維埃共產黨無產階級的革命。譯註。

436 若是在宗教裡，凡人與神祇之間是上下縱向，推翻神祇之後，則是人與人之間的橫向，從「我」到「我們」。譯註。

437 辯證唯物主義指出，發展是飛躍式的、劇變式的、革命的，從量轉為質。譯註。

看得比較真切：他們把奴役所有人稱為自由。就如同黑格爾與馬克思援引的一切例子，裡面沒有任何的轉變是客觀的，只是主觀上所稱的改變。但是奇蹟並不存在，倘若虛無主義唯一的希望，就只是千百萬奴隸有一天能夠到達之前從未達成的人性全體的話，那麼歷史真的只是一個絕望的夢想。歷史的思潮應該把人從神的統治中解脫出來，但這個解脫要求人絕對臣服於歷史不斷的生成演變，因此，人們必須永遠臣服於黨，就像之前跪拜於神龕之前。我們這個膽敢自稱最反抗的世紀，其實只不過因循慣例回到老套。二十世紀真正的政治激情，就是奴役。

人類整體的自由，其實並不比個體的自由更容易獲得。為了達成人的帝國，必須把世界和人之中帝國無法掌握的那部分剷除，也就是所有不受「量」支配的部分：這是一項無止境的任務，擴展到空間、時間和人，是歷史的三個維度。帝國就是戰爭、蒙昧主義和專制，絕望地信誓旦旦它將是友愛、真理與自由：它的學說邏輯前提讓它不得不繼續高喊這個口號。在當今俄羅斯，甚至在俄國共產主義之中，無疑存在著否定史達林意識形態的真理，這個意識形態自有其邏輯，如果人們希望革命能精神避免完全衰亡，必須把他這意識形態獨立出來，提出來讓大家搞清楚。

西方世界犬儒利己地對蘇維埃革命出兵，對俄國革命黨人顯示了戰爭和民族主義、階級鬥爭是同一回事。倘若沒有無產階級國際上的團結，並能自動聯合啟動，倘若沒有一個國際秩序，任何國家內部的革命都不能長存。從這一天起，建立世界城邦必須有兩個條件：要不所有強國同時發動革命，要不就是以戰爭全數消滅資產階級國家；要不持續不斷的革命，要不就是持續不斷的戰爭。前者差一點就實現，德國、義大利、法國同時發起的革命運動標示了革命希望的頂峰，但是它們的潰敗，資本主義政權隨之加強，使革命變成了戰爭。啟蒙時代追求自由的哲學，最後竟導致歐洲的戒嚴。根據歷史的和馬克思學說的邏輯，世界城邦本應由被壓迫的人通過自發性起義來實現，卻漸漸被帝國以強權方式壓過。恩格斯在回應巴枯寧的〈對斯拉夫人的號召〉（Appel aux Slaves）文章中，冷血地接受這個前景，並受到馬克思的贊同：「下一次世界大戰不僅將會使階級和反動王朝消失於地表，也會全數殲滅那些反動的人民，這也屬於進步的一部分。」在恩格斯的思想裡，這個進步也會消滅沙皇的俄國而整個改頭換面。今日，蘇俄民族卻顛倒了進步的方向，戰爭——不管冷戰還是熱戰——成了世界帝國的奴役。然而，革命變成帝國主義，就走入了死胡同，若不推翻它錯誤的原則，回到反抗的本源，那意味著維持好幾世代對億萬人民的全面專政，直到資本主義自發性瓦解；要不然，倘若它想加速人間帝國到來，爆發它不想發動的原子彈戰爭，之後整個人間帝國只能出現在瓦礫灰燼中。全球革命依照它輕率奠立的律法，註定要依賴警察和砲彈。同時，它也陷入另外一個矛盾，犧牲道德與美德，以最終目的為藉口無所不用其極，只有在這個最終目的有相當可能性可以達成時，才能被人接受。以武器維繫的和平，藉著無限期維持專政，代表無限期否定這個最終目的會到來，戰爭的威脅更使達到這個最終目的的可能性變得微乎其微。帝國在國際版圖的擴張是二十世紀革命無法避免的必然，然而這個「必然」將革命置於最後一個兩難的處境：要不然就重新塑造原則，要不然就放棄正義和平將到臨世界的目標。

在統治所有的空間之前，這個帝國也必須主宰時間，它既然否定一切既有的真實，那也必須否定真實最基本的形式——歷史的真實。它將還無法廣及於世界範圍的革命併入它拚命想否定的過去歷史中[438]，這也是很邏輯的，因為一切非純經濟的、從人類過往到未來的一致性，因為持久永恆，很可能令人聯想到人性中的某些共同特質。馬克思是個有文化的人，他認為各種文明之間具有深沉一致性的言論，有可能超過他的學說論點，揭示一個自然文明的延續——比經濟還寬廣的延續。逐漸地，俄國共產主義與歷史切割，只把未來當作一個解決之道。否定所有異端（對它來說，所有天才都是異端）的卓越見解與文明，藝術文化之間超越歷史的聯繫，揚棄所有仍被遵守的傳統，這都使當代的馬克思主義陷入愈來愈狹隘的境地。它不但否定、抹滅世界歷史上與馬克思學說不符合的地方，不但駁斥現代科學的成就，還要進一步改造歷史，甚至最晚近、最為人熟知的歷史，例如俄國共產黨和革命的歷史。年復一年、甚至月復一月，《真理報》[439]不斷修改自己刊登的內容，官方修改過的歷史版本層出不窮，列寧著作被審禁，馬克思著作不再出版。到了這種程度，甚至宗教的蒙昧主義都望塵莫及，教會還未曾一下說神的體現由兩個人，之後變四個或三個，再變回兩個人代表。[440]我們這個時代，一切都在加速，炮製真理也在加速進行，以這樣的節奏，真理皆成為目不暇給的幻影。

就像那則民間童話，整個城市各行各業的人都為國王編織虛無的新衣，千萬個人每天重新編織這個虛妄的故事，晚上又毀掉，直到一個孩子突然平靜地宣稱國王光著身子沒穿衣。反抗這個小小的聲音說出所有人都看得到的事實：一個革命為了持續下去而拋棄了它世界性的使命，或者為了世界性而否定自己，這個革命就是依賴虛假錯誤的原則。

此時，這些原則繼續凌駕在千百萬人之上，帝國的夢想被時間空間所牽制，只好以壓制人民作為安慰。人民不僅是以個人身分敵視帝國：傳統的恐怖手段就綽綽有餘，人民對帝國的敵視是因為人性從來不能只靠歷史存活，必定有一些歷史掌握不到的層面。帝國同時代表了一個否定和一個確信：確信人有無限的可塑性，否定人的自然本性。教條政宣技術用來塑造人民，讓人的思考變成制式的反應，這些政治宣傳能洗腦，多年死敵都會簽訂協議，更甚者，它也能翻轉這個心理狀態的不變，讓全民重新反對同一個敵人。這個試驗尚未得出結果，但使用的原則很合邏輯：倘若人的自然本性不存在，的確就有無限的可塑性。到了這個程度，政治現實就只是不受羈束的浪漫主義，只追求效率的浪漫主義。

---

438 蘇俄共產主義否定歷史是文明、文化、思想和科學進步的累積，純粹以經濟詮釋歷史、詮釋革命。譯註。

439《真理報》（*Pravda*），一九一二年創立的俄共黨報，直到一九九一年停刊。譯註。

440 教會始終如一說三位一體的三聖，未曾翻來倒去。譯註。

這可以說明，俄國的馬克思主義整個否決非理性的世界，但同時也很知道利用這個非理性。非理性可以被帝國利用，同時也可以駁斥它，因為它不能被估量，但計算估量是帝國唯一使用的手段，人變成力量的遊戲競賽，可以被理性地計算。例如一些輕率的馬克思主義者，認為他們的學說可以和佛洛依德的學說相合，但很快就知道大錯特錯。佛洛依德是個異端的思想家，又是個「小資產階級」，因為他提出了潛意識，認為潛意識和「超我」、「社會我」具有至少同樣的實質。如此一來，這個「潛意識」可以被界定為自然人性特殊的一點，與「歷史我」對立。但在帝國思想裡，人相反地應該被簡化為理性的「社會我」，一個可以計算、運用的物品。要奴化的不僅是每個人民的生命，還要奴化陪伴人一生最不合理、最孤獨的那個事件到來，帝國努力朝向最終王國前進，不只要掌握人的生，還要掌握他的死。

我們可以奴化一個活人，讓他簡化到歷史物件的狀態，但如果他死的時候否定這個狀態，作出反抗，那就是又重新肯定自己自然的本性，不願被納入物品這個等級。這就是為什麼只有承認自己死有餘辜、符合帝國物化人性標準的被告才會亮在世人面前，在大庭廣眾下被處決。[441]要不就蒙受屈辱而死，要不就不再存在——在生命和死亡中都不再存在。後者這種情況，沒有生焉有死，不能說死亡，只能稱為消失。同樣的，一個被判罪的人若受到懲處，這懲處等於是沉默的反抗，在整體中造成一條裂縫。不，被判刑的人並不受監禁懲處，而是重新被擺置到整體之中，為帝國機器效力，他被轉化成歷史進程中的一個齒輪，對歷史進程來說不可或缺，長久下來，不能說他因為有罪而被利用於歷史發展，而是歷史的發展需要他，因為他有罪[442]。俄國的集中營系統，實現了管理眾人和管理事物之間的辯證過渡，因為它把人與物混而為一。

即使敵人也應為共同事業努力，帝國之外，沒有任何救贖。這個帝國是、也將是友誼的帝國，但這友誼是物品與物品之間的友好[443]，因為人們不能喜愛朋友勝過帝國。人和人之間友誼的定義，可不就是一種特殊的將心比心，直到死都對抗友誼之外的干擾嗎？物品之間的友誼關係是一種對政權的友好，也代表如果必要的話，要互相舉發。一個目前在革命之中真正愛著朋友或被朋友所愛的人，愛的只是那個「還未出現」的人，在這種情況下，愛其實是還不認識、忽略了革命將創造出的那個完整的人。在人的國度裡，人與人之間以感情維繫，在物化的帝國裡，人與人以互相控告結合在一起，自稱友愛之邦，卻是一個人人孤單自危的螞蟻窩。

另一個層面上，只有野蠻人不理性的狂怒，才會認為要用粗暴的酷刑才能獲得別人同意，那只是在一堆連結在一起的人裡面，一個人想控制另一個人才用的手法；相反的，理性全體性的代表，

---

441 相反情況時，被告就被私下解決掉了。譯註。

442 如果承認自己有罪犯錯，就是承認政權是對的，就是有助於政權的歷史發展，所以歷史發展需要有罪的人。譯註。

443 人已被簡化為物品。譯註。

讓物化漸漸去除人性，讓最高超的精神首先由警察混雜的手段拉到最低層次，之後加上五個、十個、二十個晚上不讓人睡覺，就能令人俯首認罪一個瞎編的罪狀，讓世界多一個死亡的靈魂。從這個觀點，我們時代從佛洛依德之後心理學上唯一的革命，就是由蘇俄內政人民委員會（N.K.V.D.）和政治警察進行的。這些新手段由「人塑造可能性」的決定論來引導，計算人的弱點和靈魂可塑造的程度，將人的極限再往外推，試著證明沒有任何人的心理是特殊的，人性共通的標準就是物品。這些手段徹頭徹尾創造了靈魂新的面貌。

自此，傳統的人際關係被改造了，這些逐步的改造體現了歐洲各國——程度各有不同——所生活的理性恐怖世界。人與人之間的對話被政治宣傳或論戰所取代，這兩種都是獨白；鬥力與計算世界裡一貫的抽象，代替了有血有肉、非理性的真正熱情；配給票代替了麵包，愛與友誼聽命於學說，命運臣服於計畫，懲罰被稱作標準，生產取代了生動的創造，這相當確切地描述了被權力支配下奄奄一息的歐洲，布滿行屍走肉的人民——不論是戰勝或受奴役的人民。馬克思驚呼：「這個社會若沒有更好方法，只知利用劊子手來捍衛自己，那多麼可悲！」然而，他所說的劊子手還不是哲學家劊子手，至少沒有自稱博愛世人。

這個歷史上最大一場革命，自稱追求正義卻經歷無休止的不正義和暴力，其實它最大的矛盾還不在於此，奴役或欺瞞這種不幸每個時代皆有，它的悲劇是虛無主義的悲劇和當代知識分子的悲劇混合一起，當代學術界聲稱放諸四海，其實只是不斷損毀人性。全體性和一致性是兩回事，戒嚴狀態就算幅員到天涯海角，也不算和諧狀態。在這場革命中，人間天國的理想，其實就是放棄三分之二的世界和各個世紀以來豐富的遺產，以歷史利益之名否定自然與美，割除人的熱情、猶豫、幸福、獨特的創造，一言以蔽之就是割除人的偉大之處，人為自己訂的原則到最後湮滅了他們最高尚的意圖。爭論、無休止的鬥爭、論戰、驅逐、互相迫害，自由友愛的「人的城邦」逐漸變調，讓位給一個歷史與效率才是至高無上的法官的世界：審判的世界。

每個宗教都圍著無辜與罪行繞來繞去，歷史上第一個反抗者普羅米修斯否定懲罰的權力，因為宙斯——尤其是宙斯——並非清白無辜到能有懲罰別人的權力，他反抗的第一個行動就是否定懲罰的合理性。但反抗走了這麼一段艱辛疲憊的旅程，最後的體現[444]卻又重拾宗教裡罪的觀念，置於反抗的中心。至高無上的法官不再是天上的神，而是歷史本身以神的權威無情姿態來懲罰，如此看來，歷史只不過是一段漫長的懲罰，因為真正的獎賞唯有在歷史終結時才能嘗到。很顯然，我們離馬克思和黑格爾的理論很遠了，離最初的反抗者們更為遙遠。然而，所有純粹歷史的思想都會引領到深淵，馬克思預言無階級城邦必定會實現，從而奠立了歷史的積極意志，那麼朝向解放進程中的任何延誤，

---

444 指的是蘇聯的無產階級反抗。譯註。

都該歸咎於人缺乏積極意志。馬克思在揚棄基督教的世界裡，重新引入罪與罰，但這次不是面對神祇，而是面對歷史。從某個觀點來說，馬克思主義是針對人的罪惡和歷史的純真的學說；當遠離權力時，它反映在歷史上就是革命的暴力，當位居權力頂峰時，它很可能成為合法的暴力，也就是恐怖手段與審判。

在宗教領域裡，真正的審判放到最後，無需毫不延遲懲罰罪行，或立刻獎賞無辜。相反的，在這新的國度裡，歷史下的判決必須立刻執行，因為一旦有罪，立即就失敗下台、接受懲處。歷史判決了布哈林[445]，便立刻處死他；歷史宣告史達林無辜，因為他處在權力頂端。鐵托[446]和托洛斯基[447]還在等候發落，對歷史罪惡的哲學家們來說，托洛斯基的罪行要在虎頭鍘落下的那一刻才能清楚知道他到底有罪沒罪；就像鐵托，我們還不知道他到底是不是罪人，他被揭露但還沒被擊倒，當他被打倒時，才能確定他的確有罪。何況，托洛斯基和鐵托之所以暫時未被定罪，很大程度是因為地理關係，他們都離那隻世俗宗教的手很遠。[448]這就是為什麼必須毫不延遲地審判那些這隻手能及的人。歷史最終的審判取決於從目前到那時候之間無限多的判決，到那時候才能蓋棺論定，肯定或平反這些判決。因此，他們信誓旦旦說世界法庭與新世界建立的那一天，種種冤屈將會被平反，被屈打成招自稱叛徒、受眾人唾棄的那個人將會進入英雄萬神殿，另一個則很可能繼續留在歷史的煉獄裡。但是，那時候誰來判決呢？當然是由人本身，終於修成正果獲得神性的人。在此之前，是那些預言的人、那些唯一能早就知道歷史上種種意義的人來下判決，有罪的人要處決，對法官則是暫且察看。然而有的時候，裁決別人的法官輪到自己被裁決，例如萊耶克[449]，那麼是因為他沒正確念對歷史嗎？他的失敗和死亡證實確是如此。那誰能保證今日下判決的法官，明日不會突然被視作叛徒，從高高法庭上被丟下水泥地窖裡，和那些奄奄一息的歷史罪人為伍？由他們的洞察機先、預測風向來保證。證據呢？證據就是他們永遠在成功的那一邊。審判的世界是個循環的世界，成功就表示清白無辜，反之亦然。所有的鏡子反射出的都是同樣的欺妄。

---

445 布哈林（Nikolai Ivanovitch Boukharine, 1888–1938），蘇聯政治理論家、革命家、經濟學家，列寧死後成為蘇聯共產黨主要領導人之一。因經濟主張與史達林相左，一九三四年「大肅清」中被史達林藉機除去，受絞刑而死。譯註。

446 鐵托（Josip Broz Tito, 1892–1980），南斯拉夫革命家、政治家，締造南斯拉夫社會主義聯邦共和國。雖是共產主義者，但不滿蘇聯以各種手段干涉，與史達林決裂，因而兩國分道揚鑣。譯註。

447 托洛斯基（Leon Trotsky, 1879–1940），蘇聯共產黨領袖，一九二七年因極力反對史達林的獨裁政策，主張世界革命而被蘇聯共產黨開除，後被流放、驅逐。譯註。

448 這隻與宗教無關卻如宗教一般不可駁斥的手，是史達林政權。地理上離得很遠，因為鐵托在南斯拉夫，托洛斯基被驅逐後避走墨西哥，魔掌難及之處。譯註。

449 萊耶克（László Rajk, 1909–1949），匈牙利無產階級革命家、工人運動傑出戰士，匈牙利人民共和國的主要締造者。史達林與鐵托決裂之後，以「大肅清」運動掃除共產黨衛星國領導層中的潛在反蘇俄叛徒，萊耶克被清算、處決。譯註。

因此歷史聖寵[450]也存在，唯有當權者能看清它的決定，這聖寵可以厚愛或驅逐帝國的子民；為了防備這聖寵太令人始料未及，子民擁有的只是信仰，聖依納爵（saint Ignace）在《神操》（*Exercices spirituels*）裡定義的那種信仰：「為了永遠不迷失，教會高層說是黑，就算我看到的是白，也要永遠相信是黑。」唯有那些真理代表人抱持的這種積極信仰，才能讓子民拯救自己於無標準、無規則可循的歷史蹂躪。抱著這個信仰，遠遠不能讓子民擺脫審判世界，因為使他被審判世界緊緊鎖住的是對歷史的恐懼；但是沒有這個信仰，就算他心思再正確，都很可能在不自知的情況下成為一個客觀的罪人。

審判世界在這個概念中達到頂點，隨著它，整個循環系統緊密閉合。為了人類無辜而起義的漫長反抗終點，竟徹底被倒錯，得出「人皆有罪」這個結論。所有人都是罪人而不自知，客觀的罪人正是自認為無辜的人，他主觀認為他的行動是無害的、甚至有助於正義的未來。但現在被告知，客觀上來說，這行動有損正義的未來。這是科學上的客觀嗎？不，是歷史的。例如，如何能知道，對目前正義欠考慮的揭發，就會損害到正義的未來？真正的客觀性評斷，是科學地觀察事實和意向得出的結果；但是「客觀有罪」這個概念，證實這個怪異的「客觀」，只是奠基在至少要到西元兩千年[451]的科學才可能得出的結果和事實上。在此之前，它是一個無休止的主觀性，卻號稱客觀性而強加在別人身上：這就是恐怖手段的哲學定義。這個客觀性沒有可界定的意義，但當權者賦予它內涵，將它所不贊同的一切認定是有罪的。它同意、也不反對活在帝國之外的哲學家們說，它冒了一個歷史上的風險，就如同客觀罪人不自知所冒的風險；反正事情終會有個評斷，但那時劊子手和受害者都已不在，這個安慰只針對劊子手，而他恰恰並不需要。在最終評斷之前，忠貞信徒定期被請到怪異的慶典上，一絲不苟的儀式將充滿懊悔的犧牲者推上祭壇，獻給歷史之神。

「客觀罪人」這個概念直接的用途，就是禁止對信仰淡漠，是強迫的福音宣傳。法律的功用本是起訴可疑者，在這裡變成要製造可疑者，在製造的過程中，同時讓他們回歸正途。舉個例子說吧，在資產階級社會裡，所有公民被認為是贊同而遵守法律的，在「客觀」社會裡，所有公民被預先認定有可能不贊成法律，必須隨時證明自己並非反對。是否有罪不是取決於事實，而是看信仰夠不夠堅強，這也就顯而易見解釋了所謂「客觀」系統的矛盾。資本主義政體之下，一個人若自稱中立，客觀上來說被認為支持這個政體；帝國政體之下，自稱中立，客觀上來說就是與政體作對。這一點都不讓人驚訝，如果帝國的子民不相信帝國，那這個人在歷史上就什麼都不是，這是他自己選擇的，是他選擇了反對歷史，所以是褻瀆者。嘴上聲稱的信仰還不夠，必須以信仰為生命，行動舉止都為

450「理性的狡計」在歷史範圍中又重提「惡」這個問題。原註。黑格爾所稱的「理性的狡計」，指的是歷史驅使人的熱情為它工作，個人精神被利用來完成普遍精神。譯註。

451 卡繆這本書寫於一九五一年，西元兩千年是一個遙遠的未來。譯註。

信仰，時時保持警覺，在教條改變時及時擁護，一旦稍有差池，權力所決定的罪就變成「客觀的」。革命以這樣的方式完成革命的歷史，不但扼殺了所有的反抗，而且認為自己對所有人——就算最馴服的人——對之前、對目前世界上所有的反抗都有責任。在終於達成的審判世界裡，有罪的人民，在宗教大法官苦澀的眼光下，不停朝著一個不可能獲得的無辜前進。在二十世紀，權力如此陰鬱。

普羅米修斯令人驚訝的旅程在此結束，他吶喊出對神的仇恨和對人的愛，輕蔑地背棄宙斯，來到人的世界，帶領他們向上天發動進攻。但是世人太懦弱，必須把他們組織起來；他們喜歡立即的逸樂幸福，只看到眼前的蜂蜜，必須教導他們為了增強自己學會拒絕。因此，普羅米修斯也成了一個主子，先是循循教導，後來變成發號施令，鬥爭不斷延續，令人疲憊不堪。世人先是懷疑這個光明的城邦，懷疑它到底是否存在，必須拯救他們於迷惘，英雄於是對他們說他曾見過這個城邦，他是唯一見過的人，懷疑此言的人將被丟到沙漠裡，釘在岩石上，被兇狠的惡禽攻擊；其他的人此後將在黑暗中前進，跟隨著孤獨沉思的主子。普羅米修斯一人成為神，統治著全世界人的孤獨。面對宙斯，他僅僅贏來了孤獨與殘酷，他不再是普羅米修斯，而成了凱撒。真正的、永恆的普羅米修斯自己現在卻成了凱撒的受害者。來自遠古同樣一聲嘶吼，依舊迴盪在斯基帝沙漠[452]深處。

反抗與革命

基於原則的革命殺掉了上帝在塵世的代表，二十世紀的革命去除原則中還殘存的上帝，並認可了歷史的虛無主義。不論這虛無主義之後借用了什麼道路，一旦它想在任何道德之外創造什麼，就是建造凱撒強權。選擇歷史——如果只選擇歷史——就是選擇虛無主義，而非選擇反抗得到的教訓。那些以非理性之名[453]投入歷史的人，大喊著歷史毫無意義，結果歷經奴役和恐怖，得出集中營的世界；那些以提倡絕對理性[454]投入歷史的人，歷經的也是奴役和恐怖，得出的還是集中營的世界。法西斯主義想要建立尼采超人的時代，發現上帝如果存在的話，或許是這樣或許是那樣，但首先會是掌管生死的主子，人想讓自己成為上帝的話，就要竊取這掌握其他人生死的權力。他製造屍體與「低

452 神話中普羅米修斯被宙斯綁在高加索山荒漠無人跡的斯基帝沙漠（Scythie）。譯註。
453 法西斯主義。譯註。
454 馬克思主義。譯註。

人」[455]，自己也成了低等人、死神卑賤的奴才，而非上帝。另一方面，理性的革命想實現馬克思所說的「全人」（homme total）；馬克思的歷史邏輯一旦被完全接受，就會漸漸引導歷史背離它最高尚的理想，愈來愈壓迫、切割人，轉變為「客觀的罪行」。把法西斯和蘇俄共產主義的目標混為一談並不正確，前者由劊子手自己頌揚自己，後者更是悲劇，是由受害者頌揚劊子手；前者從未想要解放所有人，僅想解放一些人、征服其他一些人，後者就其最深沉的原則而言，是要解放所有的人，但暫時之間奴役他們，必須承認它的意圖很宏偉。但是反過來說，這兩者所用的方法和犬儒利己政治是同一回事，它們都同出於一個根源：道德的虛無主義；一切所發生進展的，就好像施蒂納和涅察耶夫的傳人利用卡利亞耶夫和蒲魯東的傳人一樣。虛無主義者今天登上王位，那些聲稱以革命為名引導我們歷史的思想，實際上變成了逼人就範的意識形態，而非反抗的精神。這就是為什麼我們這個時代，成了以公、私手段壓制反抗的時代的原因。

革命服從於虛無主義，違背了其反抗的本源。人憎恨死亡和死神，無奈地在它手掌下苟活，想要以不死解放人類；但是在人類還不能主宰世界之前，還是必須死亡。時間有限，循循勸導需要時間，友誼需要長期建立，恐怖手段是通往不死最快的捷徑。然而這些極端的墮落手段又同時吶喊最初期反抗價值的回歸，因為當代的革命聲稱否定一切價值的同時，本身就已是一個價值評斷。[456]人想藉由否定一切價值來主宰世界，但是如果一切都沒有意義，何必要主宰？如果生命如此可憎，何必要追求永生？所以，或許除了自殺之外，沒有絕對的虛無主義，正如同沒有絕對的唯物主義。毀滅人的動作中，仍然肯定那個「人」的存在，恐怖手段和集中營是人為了逃避孤寂所用的最極端手段，對團結一致的渴望必須實現，就算在集體墓穴裡也行。他們殺人是因為他們拒絕人終會死的情況，要所有人都永生，但殺人以某種方式說也是殺自己；但他們同時顯示出離不開人，想滿足對友愛極端渴求。「人需要有歡樂，沒有歡樂的時候，就需要另一個人。」那些拒絕存在與死亡的痛苦的人，便要主宰。「孤獨，就是權力」，薩德如是說。那麼，今日成千上萬孤獨的人都權力在握，因為這權力意味著他人的痛苦，承認對他人的需要。恐怖手段是充滿仇恨的孤獨者對人的友愛獻上的禮讚。

然而，虛無主義——儘管沒有絕對的虛無主義，試著成為虛無主義，這就足夠讓世人滅絕，虛無主義的席捲就是造成我們這時代如此醜陋的原因。歐洲這人道主義的大地，變成了一塊非人性的土地。但這是我們的時代，如何能否認？就算我們的歷史就是我們的地獄，也不能轉過頭迴避。這個時代的恐怖我們無法規避，應該先正視它，之後才能超越它，能夠超越它的是那些頭腦清晰體驗過這些恐怖的人，而非那些激起這些恐怖，並自以為有權利為其下評斷的人。這樣一棵恐怖的植物，

---

455 「低人」（sous-homme）是納粹種族歧視所用的字眼，與尼采的「超人」（sur-homme）相反。譯註。

456 否定，就代表存在著價值判斷，可能就代表了肯定自己否定的那個價值的對立面。譯註。

的確只有在累積了動亂騷動的一層厚土上才能滋生。在這極端的殊死鬥爭之中，二十世紀的瘋狂不分青紅皂白捲進所有人，敵人還依舊是敵對的兄弟，就算被揭發了錯誤，也不被鄙視或仇恨，因為今日，「不幸」是我們大家共同的祖國，唯一回應了人們允諾的世間王國。

對祥樂和平的懷念也必須揚棄，因為這代表現在經歷的是不公不義。那些惋惜哭泣歷史上曾經有過的幸福社會的人，承認他們想要的不是減輕苦難，而是不想看到不想聽到苦難。德梅斯特就曾經說過「革命是對國王們的嚴厲警戒」，革命今日以更緊急的方式，警戒那些當世不夠格的思想家們。我們必須等待這個警戒。一切話語和行動中，儘管是罪惡的，都蘊含一個可能的價值，需要我們去發掘，去公諸於世。未來無法預料，復活或許遙不可及，儘管虛妄的歷史辯證沾滿血腥，有個錯誤的說法認為，儘管在罪惡裡，依然可以成就世界。只不過，我們拒絕屈服：必須為復活賭一賭。

更何況，我們若不選擇復活，就只有死亡。反抗因為否定了自己的本源，如今面臨最極端的矛盾，將和它所造成的世界一起滅亡，否則就要重新找到忠誠信心、重新出發。在進一步申述之前，至少應該先把這個矛盾弄清楚。當人們說——例如我們的存在主義者（他們目前也受縛於歷史主義及其矛盾）——從反抗到革命是一種進步，反抗者若不是革命者的話就什麼也不是，這說法並未清楚定義中間的矛盾。矛盾其實更為尖銳，革命者本就同時是反抗者，否則他就不是革命者，而是與反抗對立的警察和官僚；然而他若是反抗者，最終一定會起而反抗革命，這兩者之間沒有所謂的進步，二者同時進行，中間的矛盾愈來愈大。所有的革命者到最後都會變成壓迫者，或是揚棄自己原本的革命理念。在反抗與革命所選擇的純粹歷史的世界裡，二者都會陷入相同的困境：要不成為警察，要不陷入瘋狂。

到了這個階段，光靠歷史無法提供任何前景，歷史不是價值的來源，它依舊是虛無主義的來源。如果只靠對永恆永生的渴望，能創造出一個對抗歷史的價值嗎？這就形同認可歷史的不正義和人類的苦難。這世界的不正義將我們帶到尼采所定義的虛無主義。不管是只以唯一歷史形成的思想，或是反對一切歷史形成的思想，都剝奪了人生存的方式與理由；前者將人推至「為何活著」這極端的頹廢，後者則將人推向「如何能活」的境地。歷史是必需的，但還不夠，只是一個偶然的原因，它不是全然無價值，但也不是價值本身，甚至不是一個承載價值的實體。它是人可以用來求證一個尚且模糊的價值，從而是拿這個價值反過來評斷歷史的方法之一。反抗本身所許諾的正是這一點。

極權革命認為人性具有絕對的可塑性，可以把人簡化為歷史力量裡的一個分子，但是人的反抗就是拒絕被物化，拒絕被歸結為歷史裡的一個物件，它肯定了人的共有天性，這天性與權力世界並不相干。誠然，歷史是人的限制之一，在這一點上，極權革命者並沒有錯，但人的反抗也為歷史設定了一個限度，由這個限度誕生了一個價值的希望。凱撒式的強權革命今日無情打壓的，正是這個誕生的價值，因為這價值彰顯了它的失敗，威脅它必須放棄革命的原則。在一九五〇年，世界的命運並非像看上去那樣，取決於資產階級發展和革命發展之間的鬥爭，這兩者最終的目的其實是相同的，世界的命運取決於反抗和強權革命之間的角力。凱旋得意的革命借用警察、審判、流放驅逐，想證實人性並不存在；受屈辱的反抗通過其矛盾、艱困、接連不斷的失敗、堅持不懈的傲骨，想給這人性一個痛苦但充滿希望的內涵。

奴隸說：「我反抗，故我們存在」，形而上反抗又加上一句「我們是孤獨的」，這我們今日依然體驗著。然而，如果我們在沒有神祇的天空下孤獨存在，如果我們終將永遠死去，如何能真正存在呢？形而上的反抗於是以「表現」製造存在，純粹歷史的思想接著前來告訴世人，存在，就是行動。我們不存在，但必須運用所有手段來存在，我們的革命就是通過行動，不管一切道德規範，試著造就一個新的人。這就是為什麼這個革命只以歷史為原則，以恐怖手段為內容，對它來說，不管是情願或被迫，人如果不能一致臣服於歷史的話，就什麼都不算。到了這一點上，已超過限度，反抗先被背叛，接著邏輯也被扼殺，因為反抗在它最純粹的行動中，向來確定存在著限度，而我們的存在是分歧的：反抗從最初就不是對一切存在的全然否定，相反的，它同時說「是」與「不」。它拒絕接受存在中的一部分，卻也頌讚另一部分，頌讚愈深刻，對另一部分的拒絕也更堅定。然而，當反抗在昏然狂熱中從「全有否則全無」跨到否定一切存在和一切人的本性，這就是違背了它自己。全然否定只是贊同要達成全體性。肯定人有一個共通的限度、尊嚴、公認的美，則是引發所有人遵守護衛這個價值，不違背反抗本源，朝著團結一致前行。就這個意義來說，反抗以其最初的真實性，從未贊同任何純粹歷史的思想。反抗訴求的是和諧一致性，歷史的革命訴求的是整體性；前者由建立在「是」基礎上的「不」出發，後者由全然否定出發，注定要通過各種奴役，才能製造出被拋到時光最終的那個「是」。457 一個是創造者，另一個是虛無主義者，前者致力創造使生存更圓滿，後者拚命生產製造以便否定得更徹底。歷史的革命被迫不斷以行動希望有一天炮製出存在，卻一再落空。逼迫所有人一致就範，也不足以創造出存在。腓特烈大帝（Frédéric le Grand）對子民說：「要服從！」但他在死前卻說：「我厭倦統治奴隸。」革命若想逃避這個荒謬的下場，現在和將來都注定得拋棄它的原則，拋棄虛無主義和純粹的歷史觀，回過頭重新找到反抗的創造本源。革命若要具有創造力，不能沒有一個規則——不論是道德的或是形而上的規則，以便與純粹歷史的妄想相抗衡。革命原本無疑只是蔑視資產階級社會裡那種制式、騙人的道德，但它的瘋狂是把這個蔑視擴展到一切道德的訴求。在革命的起源和它最深刻的動力之中，其實有一個非制式的規則可指引它的方向。反抗在現在、在將來也愈來愈高聲對它說，要試著去做的，並非在這被迫就範的世界妄想有一天能找到人的存在，

---

457 這裡指的是蘇維埃極權的純粹歷史論，犧牲、奴役群眾是為了歷史終結時的評斷，有點像「現在忍著點，將來會有好日子」的大餅。譯註。

而是從起義的運動裡發現的那個模糊存在裡去找尋。這個規則不是制式既定的，也不受歷史觀的支配，而是我們在藝術創造中能清楚看見它的純粹狀態。讓我們謹記，在「我反抗，故我們存在」、在形而上反抗的「我們是孤獨的」之上，與純歷史論搏鬥的反抗又加上一句：與其以殺戮和死亡肖想生產出不是我們的存在，應該做的是活著以及讓人活著，以便創造出我們的存在。

IV.

反抗與藝術

Révolte et Art

藝術亦然，是個同時贊同和否定的行動。尼采說：「沒有一個藝術家能容忍真實。」確是如此，但也沒有一個藝術家離得開真實。創造要求和諧一致、拒絕世界現狀，拒絕世界，是拒絕它所欠缺的，有時拒絕就因為世界是這個樣子。在藝術範疇裡，反抗讓人窺見它脫離歷史因素的純粹狀態，它原始狀態的複雜性。因此藝術能為我們描繪出反抗的最後一個前瞻視野。

然而，我們觀察到，所有革命改革者都表現出對藝術的敵意。柏拉圖還算溫和，僅止於懷疑語言的忠實度，把詩人逐出他的共和國，除此之外，他將美置於世界之上。然而，現代的革命運動恰好和討伐藝術的傾向同步，這討伐還在進行，尚未結束。宗教改革選擇了道德而揚棄了美，盧梭揭露藝術是社會強加於自然上的腐敗，聖茹斯特強烈反對一切表演活動，他在盛大籌劃的「理性慶典」中，要求代表理性的那個人「品德高尚而非漂亮」，法國大革命沒有孕育出任何一個藝術家，只除了一個傑出的記者岱姆蘭[458]和一個地下作家薩德；當時唯一的詩人被送上斷頭台[459]，唯一一位偉大的散文家[460]流亡到倫敦，為基督教和正統性辯護。再之後，聖西蒙派要求「對社會有用」的藝術，「藝術為進步」成為整個十九世紀的共識，雨果也重彈此調，但並未讓人信服。只有瓦萊斯[461]詛咒藝術，汙辱謾罵藝術，毫不隱諱。

俄國虛無主義者也是這個態度，皮薩列夫聲稱為了實用主義，可以犧牲美學價值，「我寧願做個俄國鞋匠，也不願做俄國的拉斐爾。」一雙靴子對他來說比莎士比亞來得有用。偉大痛苦的虛無主義詩人涅克拉索夫[462]說，他寧可要一塊乳酪，勝過普希金全集；我們也終於明瞭了托爾斯泰何以驅逐藝術[463]。被義大利陽光曬得金光燦爛的維納斯和阿波羅大理石雕像，彼得大帝遠巴巴運到他聖彼得堡夏日花園裡，革命的俄國對之不屑一顧。有時候，悲慘會讓人別過頭不想目睹幸福的景象。

德國意識形態對藝術的控訴也同樣嚴厲，詮釋《精神現象學》的革命者們認為，未來和諧的社會裡，藝術將無立足之地，美將是被經歷過的，而不再是在想像之中，光靠全然理性的真實就足以滿足所有的渴望，對所謂意志和它延伸價值的抨擊當然也延伸到藝術。馬克思說，藝術不是貫穿時代，相反地它只是侷限於表現它那個時代統治階級的價值。這麼說來，革命的藝術就只有一種，為革命的藝術；創造美的、在歷史之外的藝術，都違背唯一的理性，唯一理性就是將歷史本身轉換為絕對的美。俄國的鞋匠一旦擎起革命的角色，就是絕對的美的真正創造者。至於拉斐爾呢，他創造的只是短暫的美，革命創造出的新人類不會懂。

---

458 岱姆蘭（Camille Desmoulins, 1760–1794），法國大革命期間創辦報紙，疾呼自由與人權。譯註。

459 指的是安德烈．舍尼埃（André Chénier, 1762–1794）。譯註。

460 指的是夏多布里昂（François-René de Châteaubriand, 1768–1848），法國政治家、作家，法蘭西院士。譯註。

461 瓦萊斯（Jules Vallès, 1832–1885），法國極左派政治人物、作家。譯註。

462 涅克拉索夫（Nikolay Alexeyevich Nekrasov, 1821–1878），俄國詩人、文評家。譯註。

463 請參考托爾斯泰的《藝術論》。譯註。

沒錯，馬克思也曾思考過，何以古希臘的藝術還能讓我們今日覺得美，他的解釋是，這個美呈現的是天真童稚，而我們在這成人鬥爭裡，自然而然會懷念這種天真時期。然而，義大利文藝復興時期的傑作、林布蘭（Rembrandt）、中國藝術，又何以依舊讓我們覺得美呢？管他呢！反正對藝術的抨擊早已全面展開，延續至今，藝術家和學術界人士也一起合作，投注於汙衊他們的藝術和學術。我們注意到，在這場莎士比亞和鞋匠的鬥爭中，抨擊莎士比亞或美的人不是鞋匠，反而是那些繼續讀莎士比亞作品，不會去當鞋匠，也從不會製造鞋子的人。我們這時代的藝術家，和十九世紀俄國悔悟的青年貴族很像，他們的良心不安使他們獲得了原諒；然而，藝術家面對自己的藝術作品，最無意義的一件事就是懊悔。雖然藝術家在美之前應表現謙卑，但想把美也推到歷史終結之後，以至於在歷史終結之前，剝奪其他所有人——包括鞋匠在內——曾享用的藝術精神食糧，則是過度之舉。

這個瘋狂的節制自有其原因，引起我們的關注。在美學層面，藝術體現了我們已描述過的革命和反抗的鬥爭；在一切反抗中都可發現對一致性的形而上訴求，因為一致性不可能獲得，因而創造一個替代的世界。從這個觀點看來，反抗創造世界，而這也同樣是藝術的定義。事實上，反抗的要求有一部分就是美學的要求。我們看到，一切反抗思想都通過一種修辭和一個封閉的世界來闡釋自己，盧克萊修詠讚護城牆的詩句、薩德緊鎖的修道院和城堡、浪漫派的孤島和岩石、尼采的孤絕山巔、洛特雷阿蒙的原始海洋、韓波的護牆、超寫實主義被花朵風暴摧毀又再生的恐怖城堡、監獄、壁壘森嚴的國度、集中營、充滿自由奴隸的帝國[464]，都以各自的方式呈現對協調、對一致的需求。在這些封閉的世界裡，人終於可以統御、認知。

一切形式的藝術也採取這個同樣的行動，藝術家以自己的想法重新創造世界，大自然的交響樂從不止息，世界從來不是寂靜無聲的，它的沉靜本身也按照我們所不察覺的振動，無盡重複著相同的音符。我們所察覺的振動，會讓我們聽到一些單音，但很少是和弦，從來不會是旋律。但音樂是存在的，交響樂聲中，旋律使單音組合成本身未有的調子，音符的排列組合，都在混沌的大自然中形成一致和諧，撫慰人的精神和心靈。

梵谷寫道：「我愈來愈相信，不應當以我們這個世界來評斷上帝，這樣是對祂不適當的研究。」所有藝術家都不斷嘗試這個研究，想賦予它所欠缺的形式風格。所有藝術中最偉大最具雄心的雕塑，致力於以三維凝結住人無法捕捉的身形，在紛亂的姿態裡尋求一個高超風格的一致。雕塑並不排斥相像，甚至相反它需要相像，但這不是它的首要追求，在雕塑興盛的時代，它追求的是姿態、表情和空泛的眼神能夠概括世上所有姿態和所有眼神。它的用意不在模仿，而是創造風格，以意味深長的表現，凝住身體剎那間的動作和變化無窮的姿態。因此，唯有它在喧囂的城市裡，在建築上方的

464 蘇維埃帝國號稱解放人民，但被解放、自由的人民其實成了政權的奴隸。譯註。

三角帽上，豎起一個典型形象，一個完美的靜態，可以暫時平息人們的騷動。為情所苦的戀人們可在希臘雕像下徘徊遺懷，在雕像美女的身體和面容上找到痛苦的慰藉。

繪畫的原則也是選擇。德拉克洛瓦（Delacroix）寫道：「就算是天才，反映在藝術上時，也就是概括普及和選擇的天賦。」畫家首先要獨立出作畫的對象，這是統一的首要方式。景物會流逝、自記憶中消失、互相銷毀，所以風景畫或靜物畫家將臨摹的物件在時間空間中獨立出來，避免它隨著光線轉換、隱沒在無邊無際的遠景裡，或是在其他事物衝擊下消逝了。風景畫家第一步驟就是設定畫作的範圍，選擇什麼排除什麼；同樣地，主題畫家在時間空間裡獨立出作畫對象的某一個動作，一般時候這個動作通常會被下一個動作取代，但畫家將之凝住固定。那些偉大的創造者，如同皮耶羅．德拉．弗朗切斯卡465，讓人以為他畫的物件剛剛被凝住，放映機乍然停止。藉由藝術的奇蹟，他們畫筆下的人物似乎繼續活著，而且不再消亡。林布蘭畫筆下的那位哲學家去世很久之後，依舊在光線與暗影中思索著同樣的問題。

「許多我們喜歡的畫作，它臨摹得如此相似的那個實物，卻並不讓我們喜歡，真是件荒謬的事」，德拉克洛瓦引用巴斯卡這句名言時，把「荒謬的事」改成「奇怪的事」，改得有道理。這些物品之所以沒被喜歡，是因為我們沒看見它們，它們在不停的變化中被隱沒被否定。耶穌受鞭刑時，誰會注意到行刑者鞭打的手呢？耶穌受難途中，誰會看到路旁的橄欖樹呢？然而它們一旦呈現在我們眼前，隨著永不休止的受難、耶穌的苦痛而生動起來，這痛苦凝固在這些狂暴而美的影像裡，每日在美術館冰冷的展覽室裡發出吶喊。一個畫家的風格就在這大自然與歷史的交融之中，讓畫筆所凝固的這一刻成為永恆。藝術似乎不費吹灰之力就達成黑格爾所夢想的個體與宇宙的融合，或許這就是我們這個瘋狂追求和諧一致的時代，轉向原始藝術的原因，是因為原始藝術的風格最強烈，表現的一致性最令人嚮往吧？最強烈的風格總是出現在一個藝術時期的最初與最末，這股否定和轉移的強烈力量，將現代藝術帶到追求存在與一致的混亂激流裡。梵谷令人讚嘆的喟嘆，也正是所有藝術家驕傲而絕望的吶喊：「在生命和畫作中，我可以不需要上帝，但痛苦的我無法掙脫那個比我更強大的東西，它是我的生命——創造的力量。」

但是，藝術家對真實的反抗，包含了與受壓迫者自發性反抗同樣的訴求，所以不見容於極權革命。誕生於全然否定的革命精神，隱約嗅到在藝術中除了否定，還存有一種同意，對這同意的觀照有可能會破壞會影響到行動、美、不正義，在某些情況下，美本身就是一個無可救藥的不正義，因此沒有任何一種藝術能以全然拒絕否定的方式存在；如同所有的思想——尤其是所謂「不含意義」的思

465 皮耶羅·德拉·弗朗切斯卡（Piero della Francesca, 1415–1492），義大利文藝復興早期畫家。譯註。

想，都有其含義，「無意義」的藝術是不存在的。人可以揭露世上全然的不正義，以他自己獨自創造的藝術作為全然正義，但是他不能證實世上全然的醜陋。[466] 要創造美，他必須在拒絕真實的同時，頌讚真實中某些面相；藝術可以質疑真實，但不能逃避真實。尼采拒絕所有道德或神祇的超驗性，聲稱這種超驗性是在汙衊世界和生命，然而或許有一種充滿生命力的超驗性，它的美讓人充滿希望，能讓人喜愛這不可避免的死亡，以及這有限的世界，超越所有其他東西。藝術因而帶領我們到反抗的本源，試著勾畫出一個價值輪廓，但這價值在不斷的生成流變中流逝，藝術家們體認到這個價值，想將之落實到歷史中。藝術本來就試圖進入生成流變的過程，賦予這改變一個缺少的風格：這風格就是小說。

小說與反抗

我們或許可以區分出「正面文學」[467] 與「叛逆文學」，大致上前者屬於古代和古典時代，後者始於現代。我們注意到正面文學中極少有小說，就算存在少數小說，除了特例之外，這些小說也與歷史無關，內容皆屬幻想（如《戴雅潔與夏利克雷》[468] 或《阿絲特蕾》[469]），這些是杜撰的傳奇故事，而非小說。相反地，叛逆文學則真正開展了小說形式，並不斷豐富繁衍直到今日，與社會批評和革命運動同步。小說與反抗精神同時誕生，在美學層面反映了相同的企圖心。

「以散文體寫成的虛構故事」，利特文學字典（*Littré*）這樣定義小說，可不是這樣嗎？一位天主教文評家[470]這樣寫道：「藝術，不論它的目的是什麼，都是和上帝競爭的有罪敵手。」確實，以小說來說，它競爭的對象應該是上帝，而非世間的敵手。帝博戴[471]談到巴爾札克時，表達了相同的想法：「《人間喜劇》（*La Comédie humaine*）是對上帝天父的模仿。」偉大的文學所做的努力就是創造自成獨立的宇宙或完整的典型。西方的偉大創作並不侷限於對日常生活的描寫，而是不斷刻畫激動人心的偉大形象，奮力去追尋它們。

---

466 藝術家創作，不管用什麼形式，是以美為訴求，而非證實世界的醜陋。譯註。

467 正面文學指的是歌頌世界美好和例如勇氣、勤勞、忠誠等等價值的文學。譯註。

468 《戴雅潔與夏利克雷》（*Théagène et Chariclée*），西元三（或四）世紀古希臘小說，劇情高潮起伏，人物眾多，描述天馬行空引人入勝。譯註。

469 《阿絲特蕾》（*Astrée*），十七世紀初法國巴洛克風格愛情經典名著，共六十冊，五千多頁。譯註。

470 史坦尼斯拉斯．富梅。原註。

史坦尼斯拉斯．富梅（Stanislas Fumet, 1896–1983），法國文人、藝術評論家、天主教社會主義重要人物。譯註。

471 帝博戴（Albert Thibaudet, 1874–1936），法國文評家。譯註。

總而言之，創作或閱讀一本小說是怪誕的行動。將現實中發生的事重新整合而塑造一個故事，這個舉動並非不可避免或必要的，就算一般解釋為創作者和讀者得到愉悅，也該疑問大部分人花時間從一個編造的故事裡得到愉悅，到底出於何種必要呢？革命抨擊純小說是種無所事事、逃避現實的想像，至於日常說法，則把拙劣記者謊話連篇的文章稱為「小說」。幾個世紀以前，人們還有一個錯誤的用語，說某些年輕女孩是「風花雪月的小說調調」，意思就是這些理想派無視生存的真實狀況。廣泛來說，人們一向認為小說有別於真實生命，把生命美化的同時也等於竄改了現實，最簡便的說法，就是把小說視為逃避，這也吻合了革命文學批評的觀點。

但是人們藉由小說逃避什麼呢？太過殘酷的現實嗎？幸福快樂的人也讀小說，極端受苦的人卻經常喪失了看小說的興致。另一方面呢，和我們不斷被那些權威戒嚴的世界相比，小說世界確實沒那麼沉重。然而，又如何解釋我們覺得小說人物阿道爾夫比班傑明．貢斯當更親近[472]，莫斯卡伯爵[473]比那些在位當權宣揚說教者更容易了解呢？巴爾札克有一天在針對政治和世界命運一番長談之後說：「現在該談正經事了」，他指的正經事是他的小說。小說世界無可置疑的嚴肅性，我們堅持嚴肅地看待小說，兩個世紀以來小說提供的無數豐富世界和典範，這一切都不是一句「想逃避現實」足以解釋的。誠然，小說創作代表某種對真實的拒絕，但這拒絕並非單純的逃避，或許可看作黑格爾所說的，高尚靈魂在失望之餘，自己創造了一個純美道德主宰的虛構世界？然而，教化小說和偉大文學相去甚遠，相反的，愛情小說中最經典的《保羅和維爾吉妮》[474]是一部令人傷痛的作品，毫不安慰人心。

矛盾就在這裡：人拒絕世界現狀，卻又不想逃避它。其實，人依戀他生存的世界，絕大部分的人都不想離開它，他們一點都不想逃離世界，反而覺得永遠都掌握得不夠。他們是奇特的世界公民，生活在世上卻永無法滿足渴求，就像失了祖國的放逐人民。除了稍縱即逝的圓滿時刻之外，他們覺得現實永遠還未完成，他們的行動被下一波行動掩住，這些行動又在措手不及的時候回來讓他們承受後果。這一切流逝難以掌握，如同坦塔羅斯[475]的流水，朝向一個未知的河口奔流。知道是哪個河口，掌握河水的流向，掌握生命掌握命運，這是人在晦暗的生命中所希望的，這個讓人終於能和自己相合的圓滿願望，如果能夠出現的話，也只有在死亡那稍縱即逝的一瞬間：一切塵埃落定。在世界上，

---

472 班傑明·貢斯當（Benjamin Constant, 1767–1830），法國政治家、作家。阿道爾夫（Adolphe）是他同名小說的主人翁。譯註。

473 莫斯卡伯爵（Comte de Mosca），司湯達爾小說《帕爾馬修道院》的人物。譯註。

474《保羅和維爾吉妮》（*Paul et Virginie*），貝爾納丹·德·聖皮耶（Bernardin de Saint-Pierre）所著的愛情悲劇小說。譯註。

475 坦塔羅斯（Tantale），希臘神話中宙斯之子，因洩漏天機被罰永世站在上有果樹的河水中，水深及下巴，口渴想喝水時水位降低，腹飢想吃果子時，樹枝即升高。譯註。

想意識到存在，唯有在不再存在、死亡的那一刻。

因此才會有那麼多人渴望在別人的生命中找到體驗，以旁觀者角度窺視這些生命，賦予這些生命和諧一致，這和諧一致事實上並不存在，但對旁觀者來說卻如此輕易而明顯。旁觀者只看到這些生命一連串起伏的亮點，卻未意識到折磨這些生命的細微末節。我們針對這些生命進行藝術創作，以最基本的方式將之化為小說，在這個意義上，每個人都試著把自己的生命化為藝術品。我們希望愛情永存，但也知道它無法永存，就算它奇蹟般持續一輩子，仍然是未完成的。我們對永遠持續的渴望無法滿足，如果我們知道痛苦將是永恆的，或許能讓我們更容易接受與了解塵世間的痛苦，偉大的靈魂似乎有時懼怕的不是痛苦本身，而是這痛苦不能持續。[476]得不到持久不懈的愛，綿長持續的痛苦至少算得上是一個命運。然而不，連最悲慘的折磨也會停止，某一天早上，經歷這麼多絕望之後，一股無法抑制想活下去的渴望對我們宣告，一切都已結束，痛苦也和幸福一樣毫無意義。

「擁有」的欲望也不過是對「持久」的欲望的另一種形式，它造成面對愛時無力的妄想。沒有一個人——就算我們最愛、也以最完整的愛回饋我們的人——也絕對不會成為我們的擁有物。在這殘酷的大地上，有時各分兩地死去的相愛的人，從來不是同時同地出生；完全擁有一個人，一輩子全然相合至死，是不可能的奢望。「擁有」的欲望是不能滿足的，如此無法滿足，在愛本身消逝之後還依然存在。那麼，愛其實是束縛被愛者，自此孑然一身的愛人，卑鄙的痛苦不在於自己不再被愛，而是知道對方可以、也應該會再愛別人。說得更極端一點，所有被「持久」與「擁有」的過度欲望纏繞的人，都希望他愛過的人自此枯朽或死去。這是真正的反抗，那些從未要求過——哪怕只是一天——世人和世界絕對的純真，面對這絕對純真的不可能，因悲懷而戰慄卻又束手無策的人；那些不斷把對絕對純真的緬懷往後推延，沒有因試著去愛而毀滅自己的人，他們無法明瞭反抗的真實內容和它毀滅的狂熱衝動。然而，我們無法掌握別人，自己也無法被別人掌握，人都沒有一個固定的輪廓。從這個觀點看來，生命也缺乏固定的風格，不斷追尋它的形式風貌，卻永遠追尋不到。因此，被撕裂的人也徒勞地追尋這個形式，希望在生命清晰固定的輪廓界限裡能自由自在地活著。世上只要有一個活生生的東西有固定的樣貌，人就能釋懷了！

人只要有基本意識，就無法不竭力追尋能賦予生命所缺少的和諧一致的所有形式或態度。表現或行動、浪蕩子或革命者，為了存在於世界上，都渴求和諧一致。有點像某些已經很不堪、可厭的情人關係，還拖拖拉拉無法了結，因為一方等著找到適當的用詞、姿態、情境，以便把這段關係化為一個完結的、安排好的故事。光活著並不夠，必須有個命定，在死亡來臨之前的命定。我們可以說，人對世界的觀感比真實的世界更好，但是這更好並不表示不同，更好的意思是指統合一致的世界。

476 如果痛苦是持久的、永恆的，至少代表一種永恆的價值和風格，然而不是，愛或痛苦都不能持久，都會消亡。譯註。

將人心提升到如此四分五裂，但人無法擺脫的世界之上的殷切期望，就是對和諧一致的期望。它不是平庸的逃避，而是最固執頑強的訴求。不論是宗教或是罪行，人的一切努力其實都服從於這個不理性的渴求，給予生命它所欠缺之形式的渴求。這個渴望或許引領到對天上神祇的膜拜，或許引領到摧毀人類，也或許導向小說創作，由小說承載這種嚴肅性。

小說是什麼呢？可不就是一個行動在其內找到它的形式的宇宙嗎，最後的結語已說出，人把自己奉獻出來，整個生命就是一場命運。[477] 小說世界只不過是按照人深沉的渴望，對我們這個世界的修正版，兩者是同一個世界。痛苦、謊言、愛是相同的，小說人物有著和我們一樣的語言、弱點、力量，他們的世界並不比我們的更美好更偉大，但是他們至少走到命運的最終，基里洛夫、史塔夫斯金、卡斯蘭夫人、朱利安．索海爾、克列芙王子[478] 這些小說人物之所以如此震撼人心，是因為他們將激情發揮到極致。他們對我們來說深不可測，因為他們完成了我們永遠無法完成的。

拉法耶特夫人（Mme de La Fayette）以她最波瀾起伏的人生經歷寫下《克列芙王妃》（*Princesse de Clèves*），她無疑就是「克列芙夫人」，卻又不是。二者之間有什麼不同呢？不同點是拉法耶特夫人沒進修道院，身邊也沒有人因絕望而身亡。然而無庸置疑，她至少經歷過那種驚天動地的愛情的椎心痛楚，但是她本身的愛情故事沒有句點，她存活過來了，以不再陷入這愛情裡的方式延長了這愛情。若非她用準確無誤的語言清晰描繪出來，沒有人、甚至連她自己都不會知道這段愛情的原委與結局。所有的愛情故事，再沒有比戈賓諾[479]所著《七星派》（*Les Pléiades*）裡蘇菲．彤絲卡（Sophie Tonska）和凱西米爾（Casimir）的故事更浪漫淒美的了：蘇菲是個敏感美麗的女子，完全體現司湯達爾那句肺腑之言「唯有性格高貴的女子能讓我幸福」，她迫使凱西米爾承認對她的愛慕。她一向習慣被追求愛慕，凱西米爾每天與她見面卻表現得心如止水，這讓她氣憤難耐。凱西米爾最後終於坦白對她的愛戀，但是用的口氣像在宣讀法律判決書。他仔細研究過她，了解她如同了解自己，深知他缺了便不能活的這段愛情，是沒有未來的。因此他決定向她傾吐這段虛空的愛情，並把自己的財產贈給她——其實她很富有，這個舉動並沒有多大意義——但她必須每月給他一筆微薄的生活費，讓他在隨便選的一個城市郊區住下（選中的是立陶宛首都維爾紐斯市），在貧困中等待死亡來臨。凱西米爾承認，他能存活下去是靠蘇菲的接濟這個想法，已經是人性弱點上的讓步，也是他唯一允許自己的讓步，最多也只是偶爾寄出夾著空白信紙，信封上寫著蘇菲名字的信。蘇菲聽了先是懊惱、

---

477 儘管小說世界充滿悲懷、絕望、未完成，但創造了生命的形式和禮讚。說出、描繪出絕望，就是超越了絕望。「絕望文學」這個詞本身就是矛盾的。原註。

478 基里洛夫、史塔夫斯金（**Stavroguine**），來自杜斯妥也夫斯基的《附魔者》。卡斯蘭夫人（**Mme Graslin**），來自巴爾札克的《鄉村牧師日記》。朱利安．索海爾（**Julien Sorel**），來自司湯達爾的《紅與黑》。克列芙王子（**le prince de Clèves**），來自拉法耶特夫人的《克列芙王妃》。譯註。

479 戈賓諾（**Arthur de Gobineau, 1816–1882**），法國作家、人種學者、社會思想家。譯註。

困惑、傷心，最後終於答應，之後一切都按照凱西米爾所預想的發展下去，他在維爾紐斯為悲傷的愛情抑鬱而終。小說情節安排有其邏輯，一個優美的故事不能缺乏一個堅定的連續性，這絕不可能出現在現實生活中，卻是從現實生活出發引發的夢想。倘若戈賓諾到維爾紐斯去，很可能覺得無趣而離開，也可能在那裡過得很舒暢，但是凱西米爾並不想改變，不想治癒愛情之苦，他要堅持到底，就如同赫斯克里夫，他希望超越死亡，直下到地獄深淵。

這是一個想像的世界，但是是為了修正現實世界所創造出來的，在這個世界中，痛苦可以持續到死亡，激情永不消散，人們堅守著一個念頭，永遠為彼此而活著。人們為這個世界創出一個讓自己安心的形式和界限，這是他在現實世界中徒勞追尋而找不到的。小說為生命量身製造一個命運，因而它與造化互別苗頭，也暫時戰勝死亡。對最著名的小說詳細剖析，應會顯示出以各種不同角度視野來看，小說的本質就是藝術家以本身經驗為底，永遠朝向同一個方向不斷修正。這遠非道德或純粹形式外表的修正，首先追求的是和諧一致性，藉此表達一種形而上的需求。到了這個階段，小說可說是針對懷舊或反抗情緒的智慧運用。對這一致性的追求，我們可以深入研究法國分析小說，以及梅爾維爾、巴爾札克、杜斯妥也夫斯基、托爾斯泰。然而兩個極端的對立——普魯斯特的創作和近幾年美國小說創作這兩個典型——已足以佐證我們的論述。

美國小說[480]認為，只要將人減低為和他生存所需、外在反應、他的行為舉止符合的程度，就能獲致和諧一致。它並不像我們古典小說那樣，特別凸顯出某個感情反應或某個特別激情，加之以描述鋪陳，而是排除分析一切可能解釋人行為根源的基本心理探索，因而這小說的一致性只是對「人」的觀點的一致性。它的手法就是從外部描繪人，描繪他們最不經意的手勢、不帶評論地轉述他們的話語，直到不斷重複的地步[481]，好似人完全由他們每天機械式的生活所決定。到這樣機械化的層面，人彼此相像，這就解釋了為什麼在這怪異的小說世界裡，所有的人物似乎都可以互相替換，甚至外表特徵都可替換。這個手法被稱為寫實主義實在是一大誤解，因為除了藝術上所謂的寫實主義概念難以理解——這我們會再談到——這個小說世界的目的很顯然並不是要純粹簡單地重現現實，而是任意地強加一種風格，刻意將真實刪減切割。這樣得出來的一致性，是一種壓低劃平的一致性，使人和世界都等高等平毫無起伏。對這些小說家來說，似乎是人的內心活動剝奪了外在行動的一致性，剝奪了人與人之間的關係，這樣的懷疑也不完全錯。然而反抗是小說藝術的根源，只有從內心的現實製造出一致性才能滿足，而非去否定這個反抗。全然否定反抗，就是參照引證一個想像中的人。

480 這裡談的自然是一九三〇、四〇年代的「硬」小說（roman « dur »），而非十九世紀百花齊放令人讚賞的美國小說。原註。

481 就連當代偉大的小說家福克納也一樣，內心獨白只是勾畫出思想的輪廓而已。原註。

這種美國黑色小說也和公式化大團圓結局的愛情小說一樣，眾所皆知非常虛空。它以自己的方式進行教化[482]，描繪的對象被減低為單純的生命體，相反地產生出一個抽象而無意義的世界，不停被真實所駁斥。這種小說排除內心生活，人似乎隔著玻璃被觀察，這種病態的演繹，全都按照邏輯，最後主題千篇一律是個平庸平凡的人。因而我們明白為什麼這個小說世界充滿這麼多「毫無心思」的人，毫無心思的人對這種書寫來說，是個理想的主題，因為他是個模糊不清的形體，只由他的行為來界定，他象徵這個絕望的世界，一堆悲傷的行屍走肉活在機械式的協調之中。美國小說家們舉出這樣的病態典型來抗議現代社會，本身卻是毫無建設性。

至於普魯斯特呢，他的作法是由現實出發，透過巨細靡遺的凝視關注，創造出一個只屬於他、無可取代的獨立世界，標示著他戰勝了事物的流逝與死亡。他用的手法完全相反，先是審慎的篩選，仔細蒐集一些作者本身生命最隱祕角落裡的特殊時刻，另外許多未被記憶留下的時刻被排除於外。若說美國小說世界裡的人是沒有回憶的，普魯斯特的整個世界本身就是回憶，只是這是回憶中最困難最嚴苛的一種，它拒絕接受世界是如此分散，重現一縷過去與現在世界祕密的芳香。普魯斯特選擇了內心生活，甚至比內心生活更隱祕的東西，拒絕這被遺忘的真實世界，這機械式、盲目的世界。然而他並未因拒絕真實世界而否定它，並未犯和美國小說相同的錯誤，直接抹消機械化生活，相反地，他以一個更高境界的一致性，統合過去的回憶和當下的感受，扭傷的腳踝和幸福的往日[483]。

重返年輕歲月美好的地點是件困難的事，海邊永遠有繁花似錦的年輕女孩綻放笑顏，興奮地唧唧喳喳，然而凝視她們的人漸漸失去愛她們的權利，猶如他愛過的女子已失去被愛的魔力。這是普魯斯特的悲傷，這悲傷如此強烈，使他拒絕一切存在，但是對面孔與光線的喜愛又讓他對這世界依戀。他不甘心幸福的假日時光一去不返，親手重新創造這些美好時光，表現對抗衰亡，在時間的盡頭，過去會重新出現在一個永不滅絕的現在，比原來真實的更真實、更豐富。《追憶逝水年華》（*Temps perdu*）中的心理分析只不過是個有力的方法，普魯斯特真正偉大之處是寫了《重現的時光》（*Temps retrouvé*）[484]，整合一個散落的世界，賦予散落與永恆同等的意義。去世的前夕，他艱難得來的勝利，就在於能將不斷流逝的形體經由回憶與才思，萃取出人類一致性的動人象徵。像這樣一部作品是對創作最大的挑戰，自成為一個完整的全部，一個完成的、統合的世界。這就是所謂毫無遺憾的作品。

有人說普魯斯特的世界是個沒有神的世界，這話沒錯，倒不是因為他作品中從不談及神，而是因為他的世界自己想成為一個圓滿的完美，給予永恆一個人性而非神性的面目。《重現的時光》，

---

482 貝爾納丹．德．聖皮耶和薩德侯爵，雖然情況有所不同，著作的也都是制式宣傳小說。原註。

483《重現的時光》中的一段，作者因扭傷腳踝而回想起往日片斷。譯註。

484《重現的時光》為《追憶逝水年華》七卷中的最終卷。譯註。

至少就其野心來說，是一個不需要神的永恆。就這一點來看，普魯斯特的作品，可視為人反抗必有一死所做的最宏偉最有意義的事業之一，它顯示了小說藝術重新改造強加在我們身上、我們拒絕接受的生命。至少從某個方面來看，這個藝術的主旨在為造物反抗造物主，但更深一層來看，它結合了世界和生命的美，對抗死亡與遺忘，它的反抗是創造性的。

反抗與風格

藝術家通過對現實的改造修正，表明了他對現實的拒絕，但是他在創作世界中保留下的現實，表明他至少接受和贊同一部分真實，他將這一部分從變化流轉的陰影中汲取出來，帶到創作的光明裡。倘若是全部拒絕，現實被一舉完全排斥，那我們看到的只會是純粹僵硬制式的作品[485]，若相反地，藝術家選擇單純凸顯赤裸裸的真實——這作法通常出自與藝術無關的原因——那我們看到的是寫實主義。就前者而言，全然的拒絕便犧牲掉與反抗和同意、肯定和否定緊密連結的原始創作行動，僅是一種制式的逃避，我們這個時代裡的例子俯拾皆是，其中可看出虛無主義的根源。就後者而言，藝術家排除一切世界的前瞻性，自以為這樣就賦予了世界一致性，從這個意義來看，他承認需要一致性，就算退而求其次的一致性也行。然而，他也拋棄了藝術創造的首要要求，為了否定創造意識上相對的自由，乾脆肯定世界立即的整體性。這兩種作品中，創作行動都否定了自己，最初它只拒絕現實其中一個方面，肯定另一個方面，但到後來不論是排斥一切現實或是全數接受，不論是絕對否定或絕對肯定，都是否定創造行動自身。這個美學層面上的分析，呼應我們之前在歷史層面已經描畫過的。

然而，一切虛無主義到最後終究會提出一種價值，一切唯物主義只要呈現自己，最終會推翻自己。制式樣板藝術和寫實藝術二者都是荒謬的概念。沒有任何藝術能完全拒絕現實，蛇髮女妖無疑是一個純粹想像的生物，但是它的臉和盤旋頭上的蛇都是自然界觀察到的東西。制式藝術可以愈來愈擺脫現實的內容，但終有一個極限，就算抽象藝術到最後的幾何圖案，也還需要取材外在世界的色彩和景深比例，真正的純形式主義只有沉默。同樣的，寫實主義不可能完全超脫抽象概念上的個人詮釋，最逼真的照片都已經失真，它是來自某個選擇並以鏡頭限制了真正的現實。寫實主義藝術家和形式主義藝術家，在純然不經詮釋的真實，或在以為想像能排除一切真實的狀態下，也就是在不可能有一致性的情況下尋求一致性。相反的，藝術上的一致性應該來自藝術家改造之後的現實，

485為政治、宗教等特定思想喉舌的樣板宣傳作品。譯註。

二者互補，缺一不可。藝術家以他的語言和對現實重新編排所做的改造修正[486]，叫作風格，賦予這重新創造出的世界一致性與限度。所有的反抗者想做的，也曾有幾位天才藝術家成功做到的，就是改造世界，雪萊說：「詩人是未經承認的世界立法者。」

小說藝術，從根源來說，自然是要負起這個使命，不能全然接受真實，也不能全然脫離。純粹的想像並不存在，就算它存在一個純粹脫離真實的理想小說裡，也是毫無藝術意義的，因為尋求一致性的首要要求，就是這一致性應當是可以傳播溝通的。另一方面，純粹理論的一致性是虛假的一致，因為它並未以真實為根據，公式化大團圓結局的愛情小說（或美國黑色小說）、宣傳樣板小說脫離了藝術，正是因為它們或多或少悖離了這條規則。相反的，真正的小說創作運用真實，只運用真實，運用其溫情、血肉、激情或吶喊，只是加了一些東西使之改變面貌。

同樣的，約定俗成所稱的寫實小說，想重現當下的真實，但是完全不經過選擇，重現真實的一切，這即使有可能做到，也只是毫無建設性的重複。寫實主義的方式只應該用來表現宗教特性，這是西班牙藝術令人讚賞的特點；或是另一種極端，只是猴子般滿足於一切現實從而加以模仿的藝術。實際上，藝術永不會是寫實主義，只是有時試圖單純描繪現實罷了，想成為真正的寫實主義，必然描述個沒完沒了。司湯達爾以一個句子描述呂西安．婁凡[487]進入沙龍的場景，若按照寫實主義藝術家的邏輯，想必得用不知多少篇幅來描述人物與內部擺飾，都還無法寫盡一切細節。寫實主義冗長無趣一一列舉，從這一點我們看出它的目標不是尋求一致性，而是獲致真實世界的全體性，因此明白它之所以成為極權革命官方運用的美學手段的原因。然而這種美學已經明顯是不可能的，寫實主義小說無論如何還是得在真實中做篩選，因為選擇與超越現實是思考與呈現中不可或缺的一項。[488] 寫作，已然是一個選擇。因此，真實不是全然真實，而是存在著有條件的選擇，猶如理想典型也是見仁見智，這使得寫實小說成了一種主題曖昧妾身未明的小說。若想把小說世界的一致性減低為百分之百真實性而已，唯有借助想當然耳的評斷，將一切不適用於政治教條的現實先清除掉。所謂的社會寫實主義，依循它本身虛無主義的邏輯，必然集合宗教教化小說和政治宣傳樣板文學於一身。

不論是政治利用創作者，或是創作者自以為肅清了所有政治外圍，兩者結果相同，都淪落到虛無主義的藝術層次。創作就如同文明：處在介於形式與材料、生成流變與思考精神、歷史與價值互相不斷的拉扯張力之間。倘若張力的平衡打破，就是專制或無政府，宣傳樣板或制式的為反對而反對。

---

486 德拉克洛瓦指出——他的這個觀察遠超出繪畫範圍——必須修正「那為了絲毫不差而（事實上）扭曲了觀看對象這種僵硬的觀點」。原註。

487 呂西安．婁凡（Lucien Leuwen），司湯達爾同名小說的主人翁。譯註。

488 就這一點，德拉克洛瓦又深刻指出：「要讓寫實主義不成為意義空洞的字眼，就必須讓所有人具有相同精神、相同觀照事物的方式。」原註。

在這兩種情況下，因自由推論得出的創作都是不可能，要不就是順從抽象或制式的軌跡，要不就是取材於最粗糙最天真的寫實主義；現代藝術幾乎整體都是暴君與奴隸的藝術，而非創作者的藝術。

一個內容超越形式或是形式吞沒內容的作品，表達的一致性都是失落且令人失望的。在藝術領域或其他領域皆然，一切沒有「風格」的一致性都是殘缺。不論藝術家所選擇的角度觀點，對創造者來說有一個原則是不變的：那就是「風格化」，意即融合真實與賦予真實一個形式的精神。通過風格化，創作者試圖重新塑造世界，並且永遠帶著些許偏移，這是藝術和抗議的標幟。不論普魯斯特用顯微鏡將生活經驗無比放大也罷，或相反地像美國小說把人縮小到荒謬的程度，兩者呈現的真實都是處理過的。創作與反抗的果實都存在這反應作品風格和調性的偏移之中。藝術是將不可能的苛求以一種形式表達出來，唯有當最撕裂人心的吶喊，找到它最堅定有力的語言，反抗的真正訴求才能被滿足，並從這個信念中汲取創造的力量。當然，這會受到諸多這時代成見的阻礙，但藝術最大的風格表現就是反抗最高階的表現。猶如真正的古典主義只不過是克制有方的浪漫主義，天才是一個創造了自身標準的反抗[489]，這就是為什麼——與今日眾人所言相反——在否定和純粹絕望之中不會有天才。

換句話說，偉大的風格不是一個單純的形式上的高貴，光想追求偉大風格而犧牲真實，就不會是偉大風格，它不再創新，只是模仿，如同一切的學院派一樣；真正的創造，以其方式來說，是革命。

風格化概括了人干預真實的企圖，以及藝術家在反映真實時做的修正，它的意義深長，卻又不落痕跡，如此，使藝術誕生的訴求才能顯露最大的張力。偉大的風格就是不落痕跡的風格化，渾然天成。福樓拜說：「在藝術裡，不必怕誇張。」但又加了一句：誇張「應是連續的、與自身成比例的」。風格化若誇張又顯露痕跡的話，作品就會是純粹的落空懷想：它試圖獲致的一致性和具體事物毫不相干。相反地，當現實未經風格化，只是原封不動被呈現出來，具體事物便沒有一致性。偉大的藝術、風格、反抗真正的面目，介在這兩種極端[490]之間。

創造與革命

在藝術層面上，反抗唯有經由真正的創造才能完成，才能持續存在，而非經由批評或評論。至

489 人人都有浪漫主義的因子，知道克制浪漫主義，才是真正的古典主義；很多藝術家都反抗，但只有天才能夠創造具有自身標準的反抗。譯註。

490 「修正」跟著呈現的主題而變，在一個忠於上面刻畫的美學標準的作品中，風格因主題而變化，作者獨特的語言（調性）造成不同的風格。原註。

於革命呢，只能顯現在文明之中，而非在恐怖或暴政之下。我們的時代對這陷入死胡同的社會提出兩個問題：創造是可能的嗎？革命是可能的嗎？其實這兩個問題合而為一，牽涉的是文明的復興。

二十世紀的革命和藝術都屈從於同樣的虛無主義，面臨相同的矛盾。它們否認自己行動所證實的，並且兩者都想經由恐怖手段尋求不可能的出路。當代革命認為自己開啟了一個新世界，其實只是一味反對舊世界得出的結果，資本社會和革命社會若都屈從相同的手法——工業生產、相同的承諾，那麼二者最終是同一回事。差別只在於前者的承諾以堂皇的原則為名義，但沒有能力體現這個原則，反而使得原則被使用的手段推翻了；後者則是以唯一的現實為名義，企圖證明它的預言，卻殘害了現實。只考慮生產的社會就只是個生產的社會，而非創造的社會。

當代藝術由於是虛無主義的，也在形式主義和寫實主義之間掙扎。寫實主義既是資產階級的——那就是黑色寫實——也是社會主義的，這又使它成了說教式的宣傳；當形式主義只為抽象玩弄抽象手法，那它屬於過去的社會，當它自詡放眼未來的社會，那就是宣傳。藝術語言若被無理性的否定破壞，就陷入語言的混亂，若被決定論專制意識形態利用，就變成宣傳的口號，藝術就夾在這兩者之間。反抗者該做的，是同時揚棄虛無否定的風潮和對極權的讓步，藝術家該做的，是同時逃脫制式宣傳的框架和只著眼現實的極權美學。今日的世界的確是一體的，但這是虛無主義的一致性。唯有揚棄制式原則的虛無主義和毫無原則的虛無主義，世界重新找到綜合的創造性道路，文明才是可能的。同樣的，藝術範疇裡，喋喋不休的評論和報導已至末路，昭示創造者的時代來臨了。

為了達成這個目標，藝術與社會、創造與革命都應該重回反抗的根源，在這根源裡，反對和同意、特殊性和普遍性、個體和歷史在最大的張力下找到平衡。反抗不是文明的組成成分，卻是所有文明的先決要素。在我們生活的死胡同裡，唯有反抗能讓我們期望尼采所夢想的未來：「由創造者取代法官與鎮壓者。」這句話表達的，並非讓藝術家統領城邦這種可笑的幻覺，而是指出我們這個時代的悲劇，工作完全服膺於生產，再無創造力。一個生產的社會要開啟一條文明的道路，唯有重新賦予勞動者創造的尊嚴，意即勞動者對工作、對製造出的產品抱著同樣的興趣與思索。不管是對階級或個人，此後人們需要的文明再不能將勞動者和創造者分割開，如同藝術創作不能分割形式與內容、精神與歷史，如此一來，文明才確認反抗所訴求的，對所有人的尊嚴。讓莎士比亞來統領一個鞋匠的社會是不正確的、是空想，但一個鞋匠的社會宣稱不需要莎士比亞，也同樣糟糕。缺了鞋匠，莎士比亞會成為暴政的藉口；缺了莎士比亞，鞋匠若不為暴政的擴張效勞，就會被吞噬。一切的創造，就是在駁斥主子—奴隸的世界，我們存活的這個可憎的暴君—奴隸的社會，只能藉由創造來結束，轉變為另一種社會。

然而，創造雖是必需，不表示就能做到。一個藝術創造繽紛的時代，代表在混亂無序的時代裡運用一種有序的風格，勾畫描繪當代人的熱情。因此，對一個創造者來說，在一個連王子都沒心情談情說愛的時代，重複拉法耶特夫人的《克列芙王妃》就行不通了。今日，群體的激情超過個人的激情，爆發式的愛情總是可以用藝術來控制，然而無法避免的問題是如何掌控群體的激情和歷史鬥爭。對那些模仿別人作品的人來說，很不幸地，藝術的對象，已由心理層面擴展到人的生存狀態。當時代的激情擴展到全世界，創造要掌握整個人類命運，面對整體性時又必須堅持一致性，只不過，創造已然被自身、被全體性的思維推入危險之境。在今日，創造是要冒著危險的。

為了掌控群體激情，的確必須至少在一定程度上經歷、感受這些激情，但是當藝術家感受這些激情的同時，也被它們吞沒了。這造成的結果就是，我們這時代成為「報導」而非「藝術作品」的時代，藝術家缺乏對時間正確的掌握。[491]唯一能真正感受集體激情的方式，就是隨時願意為它而死、被它賜死，想刻畫這些激情，冒的死亡危險比過去描繪愛情或是發展藝術雄心的時代大得多。在今日，藝術想追求最大的真實原樣，就面臨最大失敗的威脅。倘若在戰爭和革命中，創造是不可能的，我們將不會有創造者，因為戰爭和革命是我們的宿命。對生產模糊觀念的迷思中就帶著戰爭的陰影，猶如烏雲蘊含著暴風雨。一次次戰爭蹂躪著西方，殺死了佩吉[492]，才剛從廢墟裡站起來的資產階級機器，看見革命機器迎面而來，佩吉甚至還沒時間復活，戰爭的威脅會先殺死所有可能成為佩吉的人。如果還有一個古典主義的創作者可能存在，就算是他獨自簽名落款的，也都該視為是我們這一代人的集體作品。在這個毀滅的世紀，面臨最大失敗威脅，就只能以數量來彌補，也就是說，十個真正的藝術家至少有一個可以存活下來，擔負起他弟兄們最重要的發言，並能在生活中找出激情投入的時間或創造的時間。身為一個藝術家，不管他願意與否，不能再單打獨鬥埋頭創作，除非他想拋開所有同儕而獨享悲哀孤獨的成功。反抗的藝術也不得不揭示「我們存在」，並因此不得不走上謙卑[493]的道路。

征服一切的革命走上了虛無主義迷途，威脅那些還想在全體性裡維持一致性的人們。今日的歷史意義——明日的更是——在於藝術家與不斷出現的新征服者之間、創造性革命的見證人和虛無主義革命營造者之間的纏鬥，我們對纏鬥的結果只能懷抱合理的幻想，但至少明白這場纏鬥不能免。現代的征服者會殺人，但似乎不會創造；藝術家會創造，而不會真正殺人，藝術家裡真正殺人的只是少數例外。長久下去，藝術就會在我們的革命社會裡消失，革命也終會失敗。每當革命消滅人內心可能成為藝術家的那一部分，革命本身也更加衰弱，征服者就算最終能讓世界屈從於他們的法律，

---

491 藝術家投入政治、歷史的群體激情，沒有掌握好反芻、思考、拉開距離的時間。譯註。

492 佩吉（Charles Pierre Péguy, 1873–1914），法國作家、詩人，著文評論當代思想，批評現代生產社會。一九一四年被動員，死於戰場上。譯註。

493 藝術家不能再自己埋頭創作，而身負一整個世代同儕的責任，不能一枝獨秀、大名獨享，所以是「謙卑」。譯註。

也不能證明數量戰勝一切，只證明世界是座地獄。在這地獄中，藝術的地位依舊是被打壓的反抗，絕望空洞的日子中的盲目空虛希望。厄尼斯特·德溫格[494]在《西伯利亞日記》中，提到一名德國中尉，飢寒交迫地被關在勞改營好多年，他用木頭琴鍵製了一架無聲的鋼琴。就在那一堆飽受艱苦、衣衫襤褸的囚徒之間，創作出只有他自己聽得到的奇妙音樂。因此，陷入地獄神祕的曲調、消逝的美的殘酷影像，依然在罪惡與瘋狂中為我們帶來反抗這和諧的回音，見證多少世紀以來人性的偉大。

然而地獄只是一時，生命終有一天重新開始。歷史或許有一個終結，但我們的使命不是終結它，而是以我們自此所看到的真實來創造它。藝術至少讓我們知道，人不應被僅僅縮減為歷史進程，而應在自然界的秩序中找到存在的理由。對人來說，偉大的潘沒有死[495]，人最本能的反抗肯定了共通的價值與尊嚴，對一致性的渴求使他頑強地一再要求保有真實中未被損壞的那部分，那就是「美」。我們可以拒絕一切歷史，而與星辰和大海和諧一致。無視自然和美的反抗者，勢必會將工作和人的尊嚴逐出他們想要建造的歷史之外。所有偉大的改革者都試著在歷史中打造莎士比亞、塞凡提斯（Cervantes）、莫里哀、托爾斯泰所創造的：一個滿足每個人內心對自由和尊嚴的渴望的世界。誠然，美不會起而革命，但總有一天革命會需要它；美的規則質疑真實，卻同時賦予真實一致性，這也是反抗的規則。人們是否可以永遠拒絕不正義，同時不斷禮讚人性和世界之美呢？我們的答案是肯定的。唯有這個自始至終不屈服的精神，方能照亮一個真正現實主義的革命道路。我們維持著美，準備迎接重生的一天，那時文明遠離歷史制式的原則和墮落的價值，將「美」這生動活潑的美德置於思考中心，奠立世界與個人的共同尊嚴。現在，我們要做的，是闡明所面對的這個汙辱美的世界。

494 厄尼斯特．德溫格（Edwin Ernst Dwinger, 1898–1981），德國「士兵作家」，曾被關進西伯利亞勞改營，著有《西伯利亞日記》（*Journal de Sibérie*）。譯註。

495 潘（Pan）是希臘神話中的牧神，非常受人民喜愛。古代基督教為了打擊異教和其他宗教傳統，將潘指為惡魔。當異教被掃除乾淨時，羅馬帝國傳著「偉大的潘死了！」的口號。譯註。

V.

南方思想

La Pensée de Midi

反抗與殺人

歐洲與革命遠離了這個生命泉源，在怵目驚心的景況下逐漸衰竭。十九世紀，人們掙脫宗教的束縛，然而才一掙脫，就發明新的束縛和不可觸犯的戒條。所謂的「美德」已死，但重生之後更加嚴厲，對著所有人大喊慈悲仁愛，這遙不可及的愛顯露當代人道主義的無稽可笑。僵化到這個程度，這美德只會造成破壞，總有一天會更尖銳，那就成了警察制度，為了拯救人類，火刑的恐怖木堆一一架起。我們處於當代悲劇的頂點，因為習慣而對罪惡漠然。生命和創造的泉源似乎枯竭了，恐懼籠罩滿布行屍走肉和機器的歐洲。在兩次大屠殺之間，斷頭台在地底下搭起[496]，「人道主義」施刑者在那裡默默舉行他們的新祭祀儀式。什麼樣的呼喊能讓他們動搖呢？就連詩人們，面臨弟兄之死，也只驕傲宣稱自己雙手清白未沾血。自此整個世界對罪行漫不經心撇過頭去，受害者們陷入最不堪的境地：他們讓人厭煩。在以前，殺人濺血至少引起恐懼，鮮血神聖了生命的代價；這個時代真正悲慘的地方，是讓人認為它不夠血腥。看不見血流成河，血並沒有噴濺到我們那些偽善者臉上。這就是虛無主義的極端：盲目而狂暴的殺人行徑反倒成了綠洲，對我們那些聰明的劊子手來說，傻呼呼的殺人犯倒成了小事一樁。

長久以來，歐洲思想以為它可以和全人類一起反抗上帝，卻發現它若不想死亡，也必須和人鬥爭。反抗者對抗死亡，想經由對抗贏得人的不死性，卻驚惶發現自己反而必須殺人；如果退縮，他們就得接受死亡；如果前進，就得接受殺人。反抗背離了根源，寡廉鮮恥地變了調，在所有層面都游移在犧牲與殺人之間，它所希望的平等分配的正義，已變成細微末節。聖寵的王國已被推翻，但正義的王國也崩潰，歐洲因失望漸漸凋萎。反抗原本辯護的是人的無辜，現在卻為了它自己的罪惡掙扎，才剛投身於全體性，便注定遭受絕望的孤獨。它想集結成一個共同體，但唯一的希望只剩下在漫長的年月中一一聚集原本想走向一致性的孤獨革命者。

那麼，應該放棄各種反抗嗎？要不就接受一個充滿不正義而苟活的社會，要不就犬儒地決定不管人類，只讓它為狂暴歷史的進程效勞？如果我們邏輯得出的結論就是懦弱的因循苟且，那只好接受它，如同某些家庭有時得接受無可避免的蒙羞。如果這邏輯也為傷害人的種種恐怖殺戮、甚至罔顧一切的毀滅做辯護，那就只好同意自殺。到最後正義還是達到了：一個充滿商人與警察的世界消

496 極權主義最剛開始從事的是地下革命。譯註。

亡了。497

問題是，我們還生活在反抗的世界中嗎？反抗是否相反地成了新暴君的藉口呢？反抗運動中的「我們存在」會不會無聲無息、連藉口都不用就和殺人妥協了呢？反抗給壓迫訂了一個限度，在限度以內，所有人擁有共同尊嚴，因此定義了第一個價值，它將人之間坦蕩的默契、共同的組織、同舟共濟的精神、彼此之間的溝通放在考慮的第一順位，使人們彼此靠近團結。它也因此完成了思想在荒謬世界中踏出的第一步，經由這個進步，它現在必須面對殺人這件事，必須解決的問題更加令人心焦。是的，在荒謬層面，殺人僅僅引起邏輯上的矛盾，在反抗層面，殺人代表的是撕裂的矛盾，因為這牽涉的是，必須決定是否能殺——不管是誰——那個我們終於承認與自己相似、接受其與自己具有同一性的那個人。才剛擺脫孤獨，難道又要肯定斷絕一切的行為嗎？迫使一個才剛知道自己並不孤獨的人再次陷入孤獨，豈非對人最大的罪行嗎？

邏輯上，可以說殺人與反抗是衝突矛盾的。的確，只要一個主子被殺，就某種方式來說，反抗者便喪失了人類共同體的資格，但這人類共同體卻是他反抗行動的合法性。如果這世界沒有更高一層的意義，如果人只能以人為裁奪，那麼只要人殺了一個社會裡的人，他便會被社會排除。該隱殺了亞伯，逃到荒漠中；倘若殺人的是一群人，這群人也活在荒漠中，在另一種稱作「烏合雜處」的孤獨之中。

反抗者一旦展開擊殺行動，就將世界分裂為兩半，他以人的同一性為名起而反抗，卻又在血泊中承認了不同，犧牲了這同一性。[498]在苦難與壓迫之中，他唯一的存在就是這同一性，他想藉由反抗運動證實這存在，卻使他停止存在。他大可以說一些人、甚至幾乎所有人都與他為伍，然而在不可取代的友愛世界中，只要少了一個人，世界就荒涼了。倘若我們不能一同存在，那我就不存在，這解釋了卡利亞耶夫的無盡悲傷和聖茹斯特走向斷頭台的沉默。革命者決定以暴力和殺人來維持存在的希望，試著以「我們將會存在」取代「我們存在」，當殺人者和受害者都消失的時候，人類共同體在沒有他們的情況下將重新建立。例外的年代結束，重新訂立規範，在歷史層面猶如個體層面，殺人要不是絕望的例外，要不就毫不重要，它對事物造成的破壞是沒有前瞻性的，只是一個枉然無意義的舉動，也不能拿來被利用，像純粹歷史革命觀的作法。它標示一個限度，人只能違反一次，違反了之後就必須死。反抗者如果必須殺人的話，唯一能和他行動吻合的作法只有：犧牲自己，接受以命抵命。他殺人，償命，藉以證實殺人是不可行的，也藉此表明他事實上相信的是我們存在而非我們將會存在，這也解釋了卡利亞耶夫在獄中的淡然自如，聖茹斯特走向斷頭台的氣定神閒。超

497 倘若反抗邏輯得出的是贊同恐怖與毀滅，世界會毀滅，這世界已成只有商人和警察的世界。正義還是達到了，意指一切毀滅，玉石俱焚。譯註。

498 原本捍衛人共同性的反抗者，一旦殺人，就沒有資格談人的同一性，就是不同了。譯註。

過了這個界限，就開始了矛盾與虛無主義。

虛無主義的殺人

非理性和理性的罪行其實都違反了反抗行動所要彰顯的價值，尤其是前者。否定一切而且自認有權殺人的人，薩德、殺人的浪蕩子、暴虐的無上君主、卡拉馬助夫、橫行無忌的狂熱信徒、在人群中開槍的超現實主義者，簡而言之他們都訴求完全的自由，無限制地擴展人的霸道。虛無主義在狂熱中把造物者和造物混為一談，抹滅一切希望的原則，拋開一切限制，盲目憤慨甚至看不見自己反對的理由，到最後認為人本來注定會死，殺了也沒什麼。

然而它的理由——人與人之間面對共同命運的認知、人與人之間的互通——都還充滿生命力，反抗贊同這些理由的價值並為之效力，同時，反抗定義了一個與虛無主義相反的行動準則，這準則不必等到歷史終了就能闡釋行動，也不是僵化制式的口號。反抗宣揚雅各賓派的道德精神[499]，但揚棄其違反規則與法律的方面，它為道德精神開了一條路，絕不服從抽象的原則，僅在一次次反對行動、起義的澎湃熱血中去發現這些原則。沒人敢說這些原則是永恆的，宣稱它們將是永恆的也沒有多大意義，但它們存在我們生活的這個時代，和我們一起在歷史進程中否定奴役、謊言和恐怖。

的確，主子與奴隸之間毫無共通點，人們無法和一個被奴役的人談話溝通。人藉由不必明說、自由的對話，意識到彼此相似之處、承認我們相同的命運，但奴役則是讓最恐怖的沉默籠罩。對反抗者來說，不正義之所以壞，並非在於它否定正義這永恆不變的思想，反正我們也不知該如何正確施行這正義，而是它使壓迫者與被壓迫者之間沉默的敵意長久持續下去，扼殺了能藉由人與人之間的默契而產生的一點點人性。同樣的，說謊的人會對別人封閉起自己，因此謊言該被排斥驅逐，更等而下之，謀殺和暴力強制絕對的沉默也該被斥逐。由反抗所引出人的默契與溝通，只有在自由的對話中才能存在，任何含糊不清、任何誤解都會造成死亡，唯有清楚的語句和簡單的字彙才能挽救這種死亡。[500]所有悲劇裡的高潮都起因於主人翁不聽或聽不到應該聽的，柏拉圖比摩西與尼采可取[501]，在於人和人同高度的對話，比在孤獨山頂由一個人傳來的那些極權宗教福音引起的殺傷力弱，在戲台上和在社會上一樣，獨白是死亡的前奏。每個反抗者，奮起反抗壓迫者，就是為生存辯護，投

499 雅各賓派崇尚道德，立意甚佳，但用道德準繩取代法律，乃至於流為暴政。譯註。

500 我們注意到，專制學說使用的語言都是學究式或文牘式的語言文字。原註。

501 柏拉圖著有《對話集》，摩西一人聽到神的話語而在西奈山上向眾生宣布，尼采的著作則是「宣告真理」，沒有討論餘地。譯註。

身對抗奴役、謊言和恐怖，在電光石火的一瞬間，譴責這三個災禍使人間籠罩沉默，使人與人無法溝通理解，阻止人擁有能救贖於虛無主義的唯一一個價值，這價值就是與命運搏鬥時彼此間悠長的默契。

電光石火的一瞬，但這暫時已足夠說明，最極端的自由，即殺人的自由，和反抗的理由是不相容的。反抗絲毫未要求絕對的自由，甚至相反，它譴責絕對的自由，它所質疑的恰恰是一個上位者擁有侵犯界限的無限權力。反抗者訴求的遠非一種廣泛的獨立性，而是要大家有一個共識，只要有一個人存在的地方，自由就有其界限，這界限正是這個人反抗的權利，反抗不妥協的深刻原因就在於此，反抗愈是意識到自己要求的是一個合理的界限，就愈加堅定不移。反抗者無疑會為自己要求一定程度的自由，但貫徹反抗的精神，絕不會要求摧毀生命以及他人自由的權利。他不會侮辱任何人，所要求的自由是為了所有人，他所拒絕的自由，也不允許任何人擁有。他不只是奴隸反抗主子，也反對世界上還存在主子與奴隸。因為有了反抗，歷史除了主子與奴隸關係之外，還多了一點東西，無限的權力並非歷史唯一的法則。反抗者正是以另外一種價值的名義來證明，絕對的自由是不可能的，但在此同時，他要求本身一定程度的自由，因為沒有這相對的自由，就無法察覺出絕對自由的不可能性。每一種人類自由，從最深層的根源來看也都是相對的，最極端絕對的自由——殺人的自由，是唯一不要求自身限制，也因此泯滅了自由，它自絕於反抗的根源，盲目飄蕩，像個作惡的虛幻陰影，直到自以為在意識形態中找到軀殼。

我們可以說，反抗的結果若是毀滅，那它就違反了自身邏輯。它要求人類狀況的一致性，它是生命的力量，而非死亡的力量，它深沉的邏輯不是毀滅，而是創造。反抗運動若維持初衷本意，就不能拋棄支撐它的所有矛盾，必須忠於它所包含的「是」，同時堅持它所拒絕的「不」，虛無主義詮釋反抗則只看到這「不」而忽略整體。反抗者的邏輯是要追求正義，絕不在生存狀況裡再增加不正義；盡量用清楚的語言，不使普世的謊言更擴張；正視人的苦難，為爭取幸福而努力。虛無主義的狂熱，加上不正義與謊言，在風風火火中背棄了原本的要求，拋棄了它反抗最明確的理由。虛無主義瘋狂覺得這世界注定滅亡，所以殺人。反抗的結果則是相反，它是要拒絕承認殺人合理，因為其原則就是反抗死亡。

倘若人光靠一己之力就能達成世界的和諧一致，光靠他的意旨、誠心、純真、正義，就能使世界一致，那他就成了上帝，如果真能夠這樣，就沒有理由反抗了。反抗存在，是因為謊言、不正義、暴力都構成反抗者的生存狀況，他若不能誓言絕不殺人也不說謊，就必須放棄反抗，接受世界上的謀殺與罪惡；但他也不能接受殺人與說謊，因為倘若視謀殺與暴力為合理，也就摧毀他反抗的理由。反抗者永無安寧之時，他知道什麼是善，卻不得不為惡。使他能昂然挺立的價值，從來不是一旦獲得就能擁有，他必須不停地保持它，若無再一次的反抗支持他所獲得的存在，這存在就會崩於無形。

無論如何，若他無法永遠不殺一個人——不論是直接或間接——就該將他的熱血和激情用來減少周圍發生殺人的機會。既然已身陷黑暗，唯一的美德就只能不繼續往下深陷，雖然罪惡已纏身，還是堅定地往善勉力前進。他若自己殺了人，就要接受死亡，反抗者忠於反抗的本源，以犧牲自己性命表明他真正的自由不是來自殺人，而是來自接受付出自己的生命，此時他發現了形而上的榮譽。卡利亞耶夫站在斷頭台下，對所有弟兄指出人的榮譽開始和結束的準確界線。

歷史上的謀殺

反抗也在歷史中展開，歷史要求的不只是可作為榜樣的典範，也要求效率和才幹，理性的殺人有可能在歷史中找到正當性，反抗的矛盾也明顯反射了在政治上無法解決的二者矛盾典型，一方面是暴力與非暴力的對立，另一方面是正義與自由的對立。讓我們試著定義其間的矛盾。

最初始的反抗運動所內含的正面價值，意味著從原則上揚棄暴力，卻也因此缺乏使一場革命穩定下來的力量。反抗不斷受困於它內含的矛盾，在歷史層面上，矛盾更加明顯。倘若放棄人的身分應被尊重的原則，就是對施壓者認輸，等於是放棄反抗，回復到虛無主義的冷眼坐視，虛無主義成為相對於革命的保守思想。倘若要求人的身分被尊重以作為存在的前提，投身於行動，行動想成功便需運用無恥的暴力，這樣又否定了人的身分與反抗本身。再將這矛盾擴大一點，倘若世界的一致性不能來自於神祇，就只能以人類的高度在歷史裡塑造。若無更高的價值來使歷史改觀的話，歷史就會受效率法則支配。純粹歷史哲學觀所得出的將會是歷史唯物主義、決定論、暴力、否定一切自由（因為自由與效率背道而馳）、勇狠，和沉默的世界。當今世界，唯有永恆的哲學能站在「非暴力」那邊，針對絕對歷史性，它會以歷史的創造來反駁；針對歷史的情勢，他會質疑它的根源；針對非正義，它會交由上帝帶來正義。然而，它所提出的一切解答，都需要信仰才能令人接受。人們也可以質疑，世間的惡與矛盾，是無所不能但邪惡的上帝帶來的，抑或是善良卻毫無建設性的上帝袖手旁觀所導致的？人們一直難以抉擇，是要聖寵或歷史，上帝或刀劍？

面對這個選擇，反抗者能持什麼態度呢？若轉身背離世界與歷史，就是否定反抗本身的原則，若選擇神的永恆生命，某種意義來說就是屈服於惡。如果他不是基督徒不信上帝，那就只能埋頭走到底，然而走到底意味著選擇絕對的歷史，和因歷史所需所進行的殺人舉動，而同意殺人的合理性依舊違反了反抗的本源。若反抗者不做出選擇，就是選擇了沉默，使他人受奴役；倘若在絕望中，他聲明同時反對上帝也反對歷史，那就是見證了純粹自由，意即虛無。在我們所處的這個歷史階段，找不到一種不受惡所限的崇高理由，只能在沉默與殺人之間進退維谷，而這兩者，都是放棄。

這還是與正義和自由有關，這兩個訴求本已是反抗運動的原則，又出現在革命風潮中，然而一次次革命的歷史顯示這兩者幾乎永遠互相衝突，好似二者的訴求是不相容的。絕對的自由，就是讓最強者擁有統治的權利，它引起的衝突只會讓不正義更得利；絕對的正義意圖消滅所有的衝突，結果泯滅了自由。[502] 為正義、因自由而起的革命，最後卻使這兩者相互對立。在每一次革命中，一旦消除了之前的統治主子階層，就會有一個階段激起反抗運動，這反抗標示出革命的限度，宣告革命失敗的可能性。革命首先想滿足使它產生的反抗精神，繼之為了肯定強化革命本身，又必須否定這反抗精神，反抗運動與革命成果之間似乎存在著無法消解的對立。

然而這個對立只存在於絕對之中，意味著一個沒有中介調停的世界和思考方式。的確，一個完全與歷史分割的神和一個去除一切超驗性的歷史之間，不可能妥協調和；這兩者在世間的代表就是修道者和官員，然而這兩種人的不同之處，並非如人所說的，清靜無為和講求效率的差別。前者只選擇無效果的袖手旁觀，後者只選擇無效果的破壞，因為二者都排斥了反抗所彰顯的中介調停的價值，二者代表的都是遠離真實的兩種虛弱無力，善與惡的虛弱無力。

倘若否定歷史就是否定真實，把歷史視為一個自給自足的整體，也是遠離真實。二十世紀的革命以歷史取代上帝，就自以為避開了虛無主義、忠於真正的反抗，事實上，它強化了前者，背叛了後者。歷史在它純粹的運動中，並不會提供任何價值，因此必須隨著立即的有效性起舞，並且保持緘默或說謊。一貫使用暴力、強迫沉默、算計、共同扯謊，成為不可避免的規則。純粹歷史的思想本來就是虛無主義的思想，它全盤接受歷史的惡，因此是和反抗對立的。儘管它一再強調歷史的絕對合理性，但直到歷史終結之前，這個合理性並不會達成，也不會有完整的意義。但在歷史終結之前，還是必須行動，而且直到最終的規則顯現出來之前，行動不受道德規範約束。政治上犬儒利己的態度，只有按照絕對主義思想才是邏輯的，也就是說一方面是絕對的虛無主義，另一方面是絕對的唯理性主義[503]，至於後果呢，這兩種態度產生的後果並無不同，一旦採用了這兩種方式，大地便荒蕪了。

事實上，絕對的純粹歷史甚至是不可思議的，例如亞斯培的基本思想指出，人不可能掌握全體性，因為他自己就在這全體之內。歷史若是一個整體，只能存在於一個歷史與世界之外的觀察者眼中。充其量歷史之所以存在，是針對上帝，要依循普世歷史那些極權的計畫來行動是不可能的，所以一切歷史行動都只是多多少少合理或有根據的冒險。它一開始就是風險，既然本身是風險便不能

502 尚·科尼葉所著的《關於正確運用自由的對談》（*Entretiens sur le bon usage de la liberté*）提出的闡釋可以簡述如下：絕對的自由摧毀所有價值，而絕對價值泯滅一切自由。如同巴朗德（Palante）所說：「倘若只有一個唯一普世的真實，自由就沒有存在的理由。」原註。

503 我們已看到，並一再強調，絕對唯理性主義並非理性主義，這兩者的區別猶如犬儒利己主義與現實主義的差別。前者將後者推向極端，超過給予它意義與合理性的界線。它更激烈，卻反而減低效力，是以暴制暴。原註。

有任何過度，也不能奢言任何堅定不移與絕對的立場。

倘若反抗可以建立一個哲學，相反的，那應該是關於限度的哲學，不知算計，也不冒盲目的風險。不知道一切的人就不能抹滅一切，反抗者不將歷史視為絕對，而是以他懷抱的想法來拒絕它、質疑它；他拒絕所處的狀況，而這狀況很大一部分是歷史的，不正義、變遷、死亡，都在歷史中出現，拒絕它們，就是拒絕歷史。當然，反抗者並不否定包圍著他的歷史，甚至試著在歷史中肯定自己，然而他面對歷史猶如藝術家面對真實，排斥卻不逃避，哪怕只是一秒鐘，他也不會把它視為絕對。倘若迫於時勢他參與了歷史的罪行，也不會將之合理化。理性的罪行不但不能被反抗認可，而且意味著反抗的死亡。為了使這個明顯的事實更加清楚，理性的罪行第一步就是將罪行施加於反抗者身上，因為反抗行動正是抗議被神化的歷史。

自命為革命者的思想騙局，在今日重拾、甚至更加劇原先資產階級的欺瞞，它允諾絕對的正義，卻讓不正義、無限度的妥協、卑鄙的行徑繼續下去。反抗要求的只是相對性，所允諾的只能是搭配相對正義的確然尊嚴，它為建立人類共同體而確定了一條界限，它的世界是相對的世界。與其和黑格爾、馬克思同聲說一切都是必要的，反抗只是重申在某個界線之內一切都是可能的，就算只是可能的，也值得為之犧牲。介於上帝與歷史、修道者和官員之間，反抗開啟了一條艱難的道路，使矛盾能共同生存、彼此超越。現在讓我們以例子討論一下這兩個矛盾。

一個革命行動想符合自己的根源，就應該積極贊同這相對性，它忠於人的生存狀態，對使用的手段絕不苟且，接受近似的目標。為了使近似的目標愈來愈清晰，它會傾聽多方意見，以此維持「共同存在」的反抗精神。尤其，它堅持法律要清楚地訂定施行，法律定義關於正義和自由適當的作法，若沒有自然法與民法作為社會的基礎，社會就不會有正義，若法律沒有明令制訂清楚，也就如同不存在。法律立即規定明確，那麼它所奠定的正義終有一日可能來到世界。要達到共同存在，必須從我們身上所發現的少許存在著手，而非先去否定它。如果直到正義奠定之前，要先讓法律沉默，那就是永遠要它沉默，因為倘若正義籠罩世界的話，又何需法律發言呢？因此正義再一次被交到那些唯一有發言權的掌權人手裡。幾個世紀以來，由掌權者分派的正義和存在稱為恩賜，為了期待正義而扼殺自由，猶如恢復恩寵概念，但這次不牽涉到神，而是以狂暴的反動行動，恢復像國王掌權者這種低階的神祕偶像。在正義尚未實現的時候，自由保障了抗議的權力，拯救了人與人之間的溝通。在一片沉默的世界裡的正義，受奴役而緘默的正義，其實破壞了人與人之間的溝通，已不能稱為正義。二十世紀的革命因不知限度和其征服的目的，恣意分隔了這兩個不可分的概念。絕對的自由會罔顧正義，絕對的正義會否定自由，這兩個概念若想有成效，必須在彼此間找到各自的界限。若沒有正義，沒有一個人會認為他的生存狀況是自由的，同樣的，若無自由，則無正義可言。倘若無法正確指出什麼是正義與不正義，無法以自身一小部分拒絕死亡的存在，去要求人類共同存在，那麼自由是無法想像的。有一個正義——雖然是很另類的正義——可以恢復自由這歷史上唯一永不衰竭的價值：那就是人若為自由而死，才是死得其所，他會認為自己精神長存。

同樣的道理也適用於暴力，絕對的「非暴力」消極地奠定了奴役以及與奴役相關的暴力，一貫的暴力積極地摧毀人類共同體以及我們依賴它而獲得的存在，這兩個概念若要收到效果，就必須找到限度。在被視為絕對的歷史中，暴力被認為合理，只是一個危險的權宜作法，它使溝通中斷。對反抗者來說，暴力應該維持只是暫時破壞的性質，就算無法避免，也僅止於面對立即的危險時才能使用，並且個人必須負起責任。系統的暴力則置於事物秩序之中，某方面來說，它把一切安排妥當，不論「首領原則」或是「歷史理性」是何種秩序奠定的，它統治的是一個物的世界，而非人的世界。反抗者把殺人視作一個界限，如果他不得不做，就必須以死來承認這界限，同樣的，暴力也只能是面對另一個暴力時使用的最後界限，例如在起義交鋒時。倘若不正義已過度到不得不使用暴力，反抗者也要預先拒絕讓這暴力被某個學說或某個國家理由所利用。所有的歷史危機都由法規作為結束，我們不能掌握後果嚴重的危機，卻可以掌握法規，因為可以定義它，選擇那些我們為之戰鬥的法規，並讓我們的戰鬥依循法規指引的方向。真正的反抗行動倘若同意使用武力，僅僅為了那些限制暴力，而非那些使暴力制度化的法規。革命若不保證立即取消死刑的話，那就不值得為它死，革命若不預先拒絕施行無限期的牢刑，那就不值得為它坐牢。起義的暴力朝著這些法規伸展，一有機會就提起這些法規，這是唯一使暴力真正維持只是暫時的方式。如果歷史終結是絕對的，如果人們認為它是必然的，就有可能犧牲別人；如果不認為終結是絕對且必然的，在為人類共同尊嚴的鬥爭之中，就只能犧牲自己。為達目的可以不擇手段嗎？或許吧。但誰來證明這目的是否正當合理呢？針對這個問題，歷史思想仍無答案，反抗的回答則是：以手段來證明。

這種態度在政治上意味著什麼呢？首先，這態度是有效的嗎？我們只能毫不遲疑地回答，就今日來說它是唯一有效的。所謂的效力有兩種，一種是颱風式的，一種是源源不絕元氣式的。歷史絕對主義並非有效力，而是有能力，它取得了權力就不放手，一旦權力在握，它就毀掉唯一的創造性的現實。發自於反抗的行動，不苟且妥協且遵守限度，維持這個現實並使之愈來愈擴展，這樣的行動並非注定無法戰勝，而應說它冒著無法戰勝而亡的風險。然而，革命要不就冒這樣的風險，要不就承認這場革命只是想換新主子、應受唾棄的一樁事業而已。一個放棄了榮耀的革命就是背叛了它的本源，因為它的本源就是榮耀。總而言之，革命的選擇只有物質上的效率或虛無，或是冒著風險試著創造。以前的革命者急迫完成革命事業，充滿樂觀，但在今日，革命精神已有一百五十年的經驗作為借鏡，在意識與遠見方面大有成長。更何況，革命已喪失節慶般的號召力，成為著眼全世界的驚人運籌計算，雖然它不見得承認，但深知革命若非放眼世界，就不會發起。它成功的機會與一場世界大戰的風險等齊，革命就算成功了，也是一片廢墟的帝國。它也可以繼續忠於它的虛無主義，在屍體堆上印證最後的歷史理性，如此就必須放棄一切，只除了使人間地獄驟然改觀的那無聲音樂。
但在歐洲，革命精神也可以——第一次也是最後一次——反省它的原則，思索是什麼偏差使它走上恐怖和戰爭的歧途，並以它的理性和反抗，重新找回它的初衷。

適度與過度

革命走入歧途的原因，首先在於忽視或完全不了解，與人的本性密不可分的「限度」，而這「限度」正是反抗所彰顯的。虛無主義思想因忽視限度，終至投入一個持續加速度的運動中，無法停止它們造成的後果，因此繼續投入全然毀滅與無止境的征服。經過這一長串對反抗和虛無主義的思索之後，我們現在知道，革命若只講求歷史效率而無其他限度，意味著無限度的奴役。革命精神若想擺脫這個命運，維持生命力，就應該回到反抗的本源，汲取忠於本源的唯一思想，也就是關於限度的思想。倘若反抗所揭示的限度會改變一切，倘若一切思想和行動超越了某一點之後就會否定自己，那就說明了事物與人的確有一個尺度。對於歷史就如同對於心理學，反抗是個亂掉的鐘擺，想擺出最大的幅度，尋找自己最深沉的韻律擺動，但這擺動並不是完全亂擺，還是圍著一個軸心。反抗體現出人的共同本性，也顯示出這個本性原則的節制與限度。

今日一切的思考，不論是虛無主義的還是積極的——有時是在不自知的情況下，在在揭示了事物的限度，這是科學也肯定的。迄今為止的量子論、相對論、測不準原理，都標明一個只能從我們這個普通數量級的世界測出的現實。[504]引領當今世界的意識形態都產生於絕對科學量值的時代，然而，我們真正的認知只能讓我們擁有相對量值的思想。拉薩．比克爾[505]說：「智慧使我們不將自己所想的推到極致，以便還依然能相信現實。」唯有近似的思想才能貼近真實。[506]

甚至物質力量，在盲目的進行中也顯出它本身的限度，因而不必要推翻技術，紡車的時代已結束，夢想重溫手工業文明純屬徒勞。機器之所以不好，完全是因為目前使用它的方式，就算我們拒絕機器造成的破壞，也必須承認它有其益處。卡車司機長時間日夜駕駛著一輛卡車，對整輛車非常熟悉，懷著感情和效率駕駛它，這輛卡車並不會令駕駛它的人感到屈辱。真正的非人性的過度，在於分工，然而過度持續發展下去，有一天會出現一個一百道工序的機器，僅由一個人操作，只製造一種產品，那麼這個人，在不同尺度下，也會感受到一部分如同手工業的創造力，屆時無名的生產者就接近了創造者的角色。當然，工業上的過度未必會立刻朝這個方向發展，但其運作已經顯示限度的必要性，也引起關於如何組織起這個限度的思考。無論如何，要不就是由「適度」來發揮作用，要不就是當代這種過度只能在普遍的毀滅中找到其規則和解決方法。

這個限度的規則也適用於反抗思想中的一切矛盾。真實不完全是合理的，合理的不見得是完全真實的，我們在談論超現實主義時已經看到這一點，對和諧一致的渴望不只要求一切要合理，也要求不犧牲掉「不合理」。我們不能說一切都無意義，因為下這個評斷的時候就已經承認了一個價值判斷；也不能說一切皆有其意義，因為「一切」這個詞對我們來說並沒有意義。不合理限制了合理，合理回過頭也對不合理表明限度，我們應超越無意義，找到有意義的那個東西。同樣的，不能說存在只處於本質階段，本質豈不是在生存與流變中才能掌握嗎？但也不能說存在僅僅是生存，不斷在改變的不能說是存在，必須有個開端。存在要在未來生成之中才能證實自己，未來生成若缺了存在就什麼也不是。世界並非純粹固定不變，但也不僅是運動，它是運動也是固定。舉例來說，歷史辯證法並非永遠以某個未知的價值作為逃避，它還是圍繞著「限度」這首要價值。創出生成流變概念的赫拉克利特，也對永恆的流轉訂出一個標界，這個界限的象徵就是對過度的人毫不留情的「適度女神」涅梅西絲。507 想對當代反抗所顯露的矛盾進行深度思考，應當向這位女神多多請益。

---

504 就這一點，請參考拉薩．比克爾一篇精湛而出人意料的文章〈物理學證實哲學〉（La physique confirme la philosophie），《安佩多克萊文學月刊》（*Empédocle*）第七號。原註。

505 拉薩．比克爾（Lazare Bickel），一九五〇年代的法國文人，生平不可考。譯註。

506 今日的科學背叛了它的本源，為虎作倀效力於國家恐怖主義和強權思想，否定了科學成就。它的懲罰和淪落是只能在一個抽象世界裡生產毀滅和奴役的方法。然而當界限超過時，科學或許將會為個人反抗效力，這個恐怖的界限超過時，將標示一個決定性的轉捩點。原註。

507 涅梅西絲（Némésis），希臘神話中的復仇女神，對人類的過度行為嚴厲懲罰。譯註。

道德上的二元矛盾也因這調停中介的作用，開始變得清晰。善若是離開了真實，就會變成惡的原則，但它也不能完全和真實融為一體，否則就是否定它自身。反抗所揭示的道德價值並不超越生命與歷史之上，如同歷史與生命也不位於道德價值之上。事實上，唯有人願意為這道德價值付出生命或奉獻一生時，它在歷史上才具有實在性。雅各賓黨與資產階級的文明認為價值超越歷史之上，它的制式美德因而奠立了令人厭惡的瞞騙偽善。二十世紀的革命宣稱價值和歷史運動不可分，它的歷史理性又將新一種欺瞞給合理化。面對這種脫序，限度的觀念讓我們知道，一切道德都必須含有一定的現實成分，因為絕對的美德會殺人；一切的現實都必須含有一定的道德成分，因為犬儒利己罔顧道德也會殺人。這也是為什麼人道主義的夸談與犬儒利己主義的煽動同樣空洞。人並非完全有罪，他並沒有開啟歷史；也並非完全無辜，因為他在繼續著歷史。那些超過這個限度，認定自己完全無辜的人，終會陷入罪惡的狂熱之中。相反地，反抗引我們走上一條有限度之考量的犯罪道路，它唯一不可抑制的希望，最大極限只能以無辜殺人體現。

在這個限度上，「我們存在」很弔詭地定義了一個新的個人主義。「我們存在」面對著歷史，歷史必須考慮和重視這「我們存在」，反過來「我們存在」也應在歷史中保持自己。我需要其他人，其他人也需要我以及每個人。每一個集體行動、每一個社會都需要紀律，若無這條法則，個體只不過是個屈服於敵對的集體力量的外來者，相對的，社會和紀律若否定「我們存在」，就會失了方向。

就某種意義來說，我一人身上扛著全體共同的尊嚴，我不能貶低以求，也不能讓其他人吞忍。這種個人主義不是光顧自己安逸滿足，它是奮鬥，不停的奮鬥，頂多是在自豪的同理心的頂峰，偶爾領受到無可比擬的快樂。

南方思想

想知道這樣的態度在當代世界是否能在政治層面發揮作用，只需舉出一個例子，那就是傳統上所稱的革命工會運動。這工會運動有什麼成效呢？答案很簡單：一個世紀以來，它驚人地改善了勞工的工作條件，從每天十六小時減低到每周四十個工時。意識形態帝國使社會主義倒退，摧毀了工會運動獲致的大部分成果。這是因為工會運動由實際的基礎——職業——出發，各行各業屬經濟範圍，公社團體屬政治範圍，它是鞏固整個組織的活躍細胞；反觀專制強權的革命，以學說為出發點，強行把真實勉強冠在學說上。工會運動猶如公社團體，著眼於真實，否定官僚而抽象的中央集權[508]。

508 之後將成為巴黎公社社員的托蘭（Tolain）曾說：「人只有在自然團體中才能得到解放。」原註。

二十世紀的革命卻相反，聲稱著重經濟，其實首先是政治的、意識形態的，其運作不可能避免對真實施加恐怖手段和暴力，不論口中說的是哪一套，仍是以絕對為出發點來塑造現實。反抗則是反過來，著重真實，以此出發不停戰鬥，朝向真理而行。前者試圖由上往下，後者則由下往上去實現。反抗遠非浪漫主義，相反的，是真正的現實主義，當它發動革命時，是為了生命，而非反對生命。這也是為什麼它首先著眼於最具體的現實，關於職業、關於村莊這些流露生命和人與事物活生生心靈的地方，對它來說，政治應該服從於這些真理。總之，在最不同的各種政治條件下[509]，當它帶動歷史並減輕人的痛苦之時，並未使用恐怖或暴力。

這個例子代表的意義其實更為深長。當強權革命壓倒工會和自由主義精神的那一天，革命思想本身便失去它不可或缺的抗衡力量，只能走向衰亡。這個抗衡力量，這個以生命為考慮的精神，正是那個鼓舞了被稱為陽光思想的悠久傳統精神，從古希臘以來，在這個陽光思想裡，大自然與生成變化向來取得平衡。「第一國際」時期，德國社會主義不斷與法國、西班牙、義大利的自由主義思想鬥爭，也就是德意志意識形態和地中海精神鬥爭。[510]公社對抗國家，具體社會對抗絕對主義社會，審慎的自由對抗理性的專制，利他的個人主義對抗對群眾的奴役，這些二分矛盾再一次顯示了自古以來西方歷史層出不窮、介於適度與過度之間長久的對立。二十世紀深沉的衝突，或許倒不是介於德意志的歷史意識形態和基督教政治之間——某方面來說這兩者相輔相成，而是介於德意志夢想與地中海傳統之間、永恆青少年式的暴力與成熟的剛強魄力之間、被知識和書本搞得絕望懷舊與在生命過程中愈來愈堅強清晰的勇氣之間；總之，介於歷史與自然之間。然而，德意志意識形態在這方面只是繼承者，它完成了二十個世紀以來，首先以歷史上的神、繼之以神化的歷史之名，與大自然對抗的徒勞抗爭。基督教能贏得天主教地盤，無疑是靠著盡可能吸收希臘思想才達成。然而，一旦教會慢慢消滅它繼承的地中海思想，就轉而偏重歷史，犧牲了自然，以哥特式壓倒羅馬式，摧毀本身的限度，愈來愈追求世俗的強權與歷史動力論。大自然不再是觀照和讚賞的對象，成為只是意圖改造它的行動的元素。調和的概念原本可以成為基督教真正的力量，然而在現代，卻是上面所說的這些趨勢戰勝，結果作繭自縛，反過來危害基督教自身。上帝被這歷史的世界驅逐，德意志意識形態引發的行動並非追求盡善盡美，而是純粹的征服行動，也就是專制。

然而，歷史的專制儘管獲勝，卻始終不斷牴觸到人性中一個不可克服的原則，這是炙熱的陽光

---

509 光舉一個例子，今日北歐各國社會顯示，在純粹政治的反對中，也會出現造假與殺人。最活躍的工會運動與君主立憲政體調解，完成近乎公正的社會。相反的，歷史和理性的帝國首要考量，就是壓垮各行業組織的團體、公社的自治。原註。

510 參考馬克思一八七〇年七月二十日寫給恩格斯的信，信中期望普魯士戰勝法國：「德國無產階級面對法國無產階級的優勢，將同時是我們的理論面對蒲魯東理論的優勢。」原註。

伴隨著智慧的地中海深藏的祕密。巴黎公社或革命工會的反抗思想，不斷地朝著資產階級的虛無主義和強權社會主義喊出這個原則。專制思想利用三次戰爭[511]以及消滅一批傑出反抗者的生命，吞沒這個自由思想的傳統。但這個貧瘠的勝利只是暫時的，鬥爭仍然繼續著，歐洲一向就處於這種正午和子夜的鬥爭之中，正是因為放棄鬥爭，讓黑夜戰勝白晝，才開始淪落衰退。毀了這種相抗的平衡造成今日的惡果。失去調節中介，遠離自然之美，我們又重回《舊約》的世界，夾在殘酷的法老王和無情的天界神明之間。

在共同的苦難之中，人又發出原先的訴求，大自然又挺身面對歷史。當然，這並非要蔑視什麼，也不是標榜某個文明以貶低另一個文明，只是簡單說明這種思想是今日社會再也無法缺乏的。誠然，歐洲可以從俄羅斯人民身上學到一種犧牲的力量，從美洲吸取到一種建設的必需能量，但是世界的年輕活力永遠圍繞著相同的地中海岸。我們被拋到一個失去美與友誼的歐洲，最高傲的種族在那裡垂垂瀕死，但我們這些地中海人民依舊活在同樣的陽光下。歐洲的深夜之中，陽光思想、雙重面孔的文明還等待著黎明，但它已然照亮真正掌握的道路。

真正掌握，代表的就是駁斥這個時代的偏見，首先是最根深柢固最糟糕的偏見，就是將擺脫過度的人貶低為乖乖不敢興風作浪。是的，若是像尼采這樣以發瘋當作代價，過度也可以是神聖的，然而展現在我們文化舞台上的這種心靈的放肆狂浪，難道都是昏亂的過度、對不可能的瘋狂追求，人只要陷入一次，便無法驅除這種刺激嗎？普羅米修斯可曾有過這種奴隸或檢察官的面目嗎？不，我們的文明苟活在卑鄙仇恨的靈魂和已老去的青少年虛榮的希望之間。路西法和上帝一起死亡，灰燼中冒出一個褊狹的魔鬼，甚至不知該走向何方。在一九五〇年，過度是很舒適的事，有時還能藉此闖出一番政治前途。適度卻相反，是一種純粹的緊張壓力，它無疑在微笑著，而那些痙攣式汲汲營營於世界末日的人們抱以蔑視。然而這微笑在無窮盡努力的頂峰更加燦爛，它是一個額外的力量。那些向我們露出尖酸臉孔的小歐洲人，連微笑的力量都沒有了，何能將他們絕望的痙攣標榜為比他人優越的模樣呢？

真正過度的瘋狂倘若不消亡，就會創立它自己的限度，它不會為了製造藉口而殺人。在最極端的痛苦掙扎之中，它重新找到限度，若必要會犧牲自己，如同卡利亞耶夫所做的。限度不是反抗的相反，反抗正是限度，它統御著、捍衛著、穿過混亂的歷史重新創造一個限度。這個價值的起源已經說明，它永遠只能是痛苦的。反抗創造出的限度，也只能透過反抗表現出來，它是由智慧激發與掌控的恆久衝突，不能戰勝不可能，也不能戰勝深淵，而是與這兩者相抗衡。不論我們做什麼，「過度」始終在我們心中佔據一塊角落，孤獨的那個角落。我們身上都背著我們的艱辛、罪惡與造成的災禍，

511 應指一九〇五年俄國革命和兩次世界大戰。譯註。

但我們的任務不是讓它在世界上作亂，而是在自身、在其他人身上與之掙扎搏鬥。反抗，如同巴雷斯[512]所說，是持續了一整個世紀不屈服的意志，在今日依然是這個搏鬥的原則。反抗是各種形式之母，真正生命的泉源，它讓我們在混沌狂暴的歷史運動中永遠挺立。

超越虛無主義

因此，之於人，存在著一個適中水平的可能的行動和思想，所有超出這個水平的舉動都會引起衝突矛盾。「絕對」不是通過歷史可以達到，更不是可以創造的，政治不是宗教，否則便是專橫的宗教大法官。社會如何界定「絕對」？也許每個人都在為大眾追尋這個「絕對」？但是社會和政治的責任僅是處理眾人之事，使每個人都有閒暇與自由去從事這個共同的追尋。歷史不再是被捧得高高當成崇拜對象，它只是一個機會，審慎的反抗能讓這個機會產生出豐美的果實。

何內．夏爾令人讚嘆的字句：「對收穫的執著與對歷史的漠然，是我的弓上的兩端。」歷史若不是由收穫季周期組成的話，那就只是一個稍縱即逝的殘酷影子，人在其中毫無立足之地，對這種歷史付出，就是對虛無付出，反過來自己也什麼都不是。然而，貢獻於自己一生中的時光，捍衛家園和眾生的尊嚴，將自己奉獻給大地，就會有收穫，再重新撒種，養活眾生。這些人帶動歷史前進，

512 巴雷斯（Maurice Barrès, 1862–1923），法國文人、政界人士，兩次世界大戰期間法國國家主義代表人物。譯註。

也會在必要的時候挺身反抗，這意味著無休止的緊張壓力，篤定中帶著不安，正如詩人何內．夏爾所描述的。但是真正的生命就存在這撕扯痛苦的心靈裡，就是這撕扯痛苦本身，是翱翔於火山口沖天火焰上的精神，是對公平的狂熱，是無法苟且妥協的適度。在漫長反抗冒險的盡頭，我們想聽的並不是樂觀的口號，在我們極度的不幸中，誰想聽這些口號呢？我們想聽的是充滿勇氣與智慧的話語，對沿海的人513來說，這些話語甚至是必需的美德。

今日，沒有任何智慧能自詡比反抗帶來更多。反抗一次次不停與惡對抗，每一次都只能更加勇往直前。人可以控制自己應該成為的樣子，修正自己與生俱來可能成為的樣子，然而，儘管在一個完美的社會裡，孩子們仍舊不正義地死去。人竭盡努力能夠做到的，也不過是盡量減低世上苦難者的數量，不正義與苦難依舊會存在，就算減到最低，還是令人髮指。狄米特里．卡拉馬助夫的那句「為什麼？」還會繼續不斷轟響，只要還有人活著，藝術與反抗便不會死去。

無疑的，人們在拚命追求一致性的渴望中，多少累積了一種惡，但引起這騷亂無序運動的起源，是另一種惡。人面對這個惡，面對死亡，從心靈深處呼喚正義。歷史的基督教面對這抗議惡的呼喊，只是宣稱天國以及永生，這需要信仰才能信服，但是苦難耗盡了希望與信仰，苦難還是孤獨無助找不到解釋。對苦難與死亡已感麻木的廣大勞動群眾，是沒有上帝的群眾，自此我們的位置就是在他們旁邊，遠離那些舊的新的傳道大師。歷史的基督教將根除惡與罪行的任務脫離了歷史，然而這些惡與罪行是在歷史裡發生的；當代的唯物主義也自以為回應了所有的問題，然而它自甘為歷史的僕人，擴大了歷史殺人的領域，並且毫無正當理由，只以未來為美麗藍圖，這也是需要信仰才能信服。在這兩種情況下，人們都必須等待，在等待的時間裡，無辜的人繼續不斷死亡。二十個世紀以來，世界上惡的總數並沒有減低，沒有任何神性的或革命的救世主降臨，不正義依舊造成苦難，即使是罪有應得的苦難，也含著不正義的影子。普羅米修斯面對壓迫他的力量長久的沉默依舊轟然作響，但是他發現人們轉變了態度，轉而反對他、嘲笑他。他陷於人類之惡與命運之間、恐怖手段與專橫之間，只剩下反抗的力量，可讓他不屈服於蔑視褻瀆，在殺戮之間試著拯救還能拯救的東西。

我們因此明白，反抗離不開一種特殊的愛。那些在上帝身上、在歷史中都找不到安寧的人，注定要為和他們一樣活不下去的人們而活下去，為那些被侮辱的人們活下去。最純粹的反抗運動環繞著卡拉馬助夫那聲心碎淒絕的吶喊：如果不是所有人都得救，一個人獲救有何意義！今日西班牙黑牢裡關禁的天主教徒，拒絕領聖體，因為專制政體下的神父規定某些監獄必須強迫執行領聖體，他們是被釘上十字架的無辜者僅有的見證人，如果必須以非正義和壓迫作為代價，寧可拒絕救贖。這就是反抗的慷慨寬宏，毫不遲疑付出愛的力量，毫不猶豫抵制非正義。反抗的高貴之處就是不算計，

513 沿海的人指的是沿地中海的人民，廣義引伸為希臘羅馬的南方思想。譯註。

把一切獻給當下的生命和還活著的弟兄，它就是如此為將來繼起之人不吝惜地付出。對未來真正的慷慨大度，就是為當下獻出一切。

由此，反抗證明了它就是生命運作的本身，若否定反抗就是放棄生命，反抗每一聲純粹的吶喊，都使一個人挺立，因而它含有愛與建設性，若非如此它便什麼也不是了。罔顧榮譽、工於算計的革命注重的是抽象的人，而非有血有肉的人，它不斷否定生命，以仇恨代替愛。一旦反抗忘記它慷慨寬宏的本源，就會被仇恨汙染，否定生命，朝向毀滅，就會衍生出一群冷笑對世的卑鄙造反者，這些人終將是未來的奴隸，在歐洲各國市場上為各種的奴役賣命。[514]那麼反抗就不再是反抗，不再是革命，而是仇恨與專制。當革命以權力和歷史之名變成這個過度的殺人機器，一個以適度與生命為名的新的反抗就成為不能不做的神聖任務，我們現在就處於這個臨界點。在黑暗的盡頭，我們已預測到必然會出現的光亮，我們只需奮鬥就能使之成真。超越虛無主義，我們所有人在一片廢墟之間，已經為重生做好準備，但是很少人知曉看清這一點。

反抗並沒有自以為能解決一切，但至少能面對，從這一刻起，「正午」[515]便在歷史運動中潺潺流淌，在這炙炙火焰四周，黑暗的影子拳腳相踢持續一陣子，隨後消失，盲了眼的人摸摸眼瞼，大喊這就是歷史。歐洲人被遺棄在黑暗陰影之中，找不到那發出光芒的定點，為了未來忘記了現在，為了煙霧般的強權忘記了人的苦難，為了城市中心的光輝忘記了郊區的貧困，為了畫大餅式的未來樂土忘記了生活中的正義。他們對人的自由已不抱希望，反而夢想人類一種怪異的解脫，拒絕獨自死亡，將眾人集體的瀕死垂危稱作不朽。他們不再相信現在的一切，不再相信這個世界和活在世上的人們，歐洲不肯承認的內情，是它不再喜愛生命。歐洲的盲目者幼稚地以為，只要熱愛生命中的一天，就是讓幾個世紀的壓迫成為合理，因此他們將喜樂從世界版圖上抹去，推延到以後，到歷史終結之時。對限度不耐煩、拒絕自己雙重的傾向、對存在絕望，這一切讓他們陷入不人性的過度。他們否定生命真正偉大之處，只好取而代之標榜自身的強大卓越，既然本身其實也沒那麼卓越，只好把自己神化，那麼災難就開始了：他們成了瞎了雙眼的神。卡利亞耶夫和他全世界的弟兄們則相反，拒絕神化自己，因為他們拒絕剝奪別人生命的過度權力，身為表率選擇了今日唯一脫離窠臼的法則：學習生存與死亡，想要成為人，就要拒絕成為神。

在正午的思想裡，反抗者也揚棄神性，一起奮鬥分享共同的命運。我們將會選擇伊塔克島[516]，

514 這些造反者被歐洲各國政權、革命利用，就像奴隸。譯註。

515 原文中的 midi 可視為雙關語，一是對照尼采「正午與子夜」的說法，二是法文中 Midi 指的是南方地中海岸，呼應作者所標榜的南方思想。譯註。

516 伊塔克島（Ithaque）：荷馬史詩《奧德賽》主人翁奧德修斯是伊塔克國王，經過驚險旅行返回伊塔克家鄉。譯註。

忠誠的土地，大膽而質樸的思想，明智的行動，洞悉生命的人的慷慨寬宏。在陽光裡，世界是我們最初和最終的愛。我們的兄弟們生活在和我們同樣的天空下，正義並未死亡。一種奇特的喜樂湧現，幫助我們面對生命與死亡，從今而後我們拒絕將生與死這兩個議題推延到以後。在痛苦的大地上，這喜樂像拔不盡的野草，苦澀的糧食，海上吹來的勁風，古老和嶄新的曙光。一路的戰鬥中，我們懷著這喜樂重新塑造時代的靈魂，重新塑造一個不排斥任何東西的歐洲。不排斥幽魂不散的尼采，西方世界崩潰後的十二年之間[517]，因他最高的意識與虛無主義，繼續參拜他詮釋他；不排斥那位標榜鐵血正義，錯誤地安葬在海格特墓園（cimetière de Highgate）不信神那一區的預言者[518]；不排斥那位安眠在水晶棺中，被行動派奉若神明的木乃伊[519]；也不排斥在這驕傲的苦難時代，歐洲的智慧與能量不斷提供的所有東西。一九〇五年的犧牲之後，所有人都能重生，前提是懂得彼此修正，並且陽光下有個限度在限制著。每個人都對其他人承認自己不是上帝，人自以為神的浪漫主義在此終結。值此時刻，我們每個人都應拉開弓弦，重新接受考驗，在歷史中和反抗歷史中征服已經擁有的——農地上貧瘠的莊稼、這塵世短暫的愛——在這一刻，一個「人」終於誕生，捨棄過去的時代和青少年的瘋狂。弦已拉直，弓已張滿，在張得最滿的那刻，一支箭將急射而出，最強勁最自由的一支箭。

517 意指兩次世界大戰以來，十二年只是個概括數字，並非不多不少十二年。譯註。

518 意指馬克思。「錯誤地安葬在不信神那一區」是雙關語，「不信」這個字代表不信神，但馬克思雖不信神，卻堅信歷史和革命創造的「新人」，所以葬在「不信者」那一區是錯誤的。譯註。

519 列寧。譯註。

walk 008A

反抗者 L'Homme Révolté

作　　者 | 卡繆 Albert Camus
譯　　者 | 嚴慧瑩
責任編輯 | 林盈志
美術設計 | 顏一立
內頁編排 | 江宜蔚
校　　對 | 呂佳真、張晁銘

出 版 者 | 大塊文化出版股份有限公司
台北市 105022 南京東路四段 25 號 11 樓
www.locuspublishing.com
電子信箱 | locus@locuspublishing.com
服務專線 | 0800 006 689
電　　話 | （02）8712 3898
傳　　真 | （02）8712 3897
郵撥帳號 | 1895 5675
戶　　名 | 大塊文化出版股份有限公司
法律顧問 | 董安丹律師、顧慕堯律師

總 經 銷 | 大和書報圖書股份有限公司
新北市新莊區五工五路 2 號
電　　話 | （02）8990 2588

二版一刷 | 2017 年 8 月
二版十三刷 | 2024 年 6 月
定　　價 | 380 元
I S B N | 978-986-213-815-1

本書獲法國在台協會「胡品清出版補助計劃」支持出版。
Cet ouvrage, publié dans le cadre du Programme d'Aide à la Publication «Hu Pinching», bénéficie du soutien du Bureau Français de Taipei.

國家圖書館出版品預行編目 (CIP) 資料

反抗者 / 卡繆 (Albert Camus) 作 ; 嚴慧瑩 譯 . -- 二版 .
-- 臺北市 : 大塊文化 , 2017.08
面 ;　公分 . -- (walk ; 8)

譯自 : L'Homme Révolté
ISBN 978-986-213-815-1（平裝）

876.6　　106011859

LOCUS

LOCUS

LOCUS

LOCUS